Helga Fischer
Hundert Jahre Lieben

TINTE
&
FEDER

Das Buch

Ein Roman über eine bewegte Zeit und eine immerwährende Liebe, inspiriert von wahren Begebenheiten.

Mannheim, 1923: Die lebhafte Hilde wächst in bescheidenen Verhältnissen auf und trägt als Näherin ihren Teil zum Einkommen der Eltern bei. Mit ihrer Jugendliebe Robert ist sie glücklich, doch dann reißt ein tragischer Schicksalsschlag die beiden auseinander.

Stuttgart, 1956: Hildes Tochter Klara verspürt den unbändigen Wunsch nach Selbstbestimmung und heiratet jung. Das Wirtschaftswunder ermöglicht der Familie ein Leben im Wohlstand, doch ihr Mann Franz ist notorisch untreu. Eines Tages findet Klara die Tagebücher ihrer Mutter. Sie sind eine Offenbarung: über Klaras eigenen Weg, über Hilde und die Geheimnisse, die sie so lange gehütet hat …

Die Autorin

Helga Fischer wurde 1940 in Deutschland geboren. Nach ihrem Studium der Germanistik und Arabistik arbeitete sie als Übersetzerin für Arabisch und Spanisch. Ihr bewegender Roman »Hundert Jahre Lieben« beruht auf ihrer eigenen Lebensgeschichte. Heute lebt die Autorin in Hamburg und auf den Kanaren.

HELGA FISCHER

Hundert Jahre Lieben

Roman

TINTE & FEDER

Deutsche Erstveröffentlichung bei
Tinte & Feder, Amazon Media EU S.à r.l.
38, avenue John F. Kennedy, L-1855 Luxembourg
September 2021

Umschlaggestaltung: bürosüd° München, www.buerosued.de
Umschlagmotiv: © Stuart Monk/ArcAngel; © sociologas/Shutterstock;
© Lyuba Alex/Shutterstock;
Lektorat: Ute Köhler
Lektorat und Korrektorat: Rotkel Textwerkstatt
Gedruckt durch:
Amazon Distribution GmbH, Amazonstraße 1, 04347 Leipzig /
Canon Deutschland Business Services GmbH, Ferdinand-Jühlke-Straße 7,
99095 Erfurt /
CPI books GmbH, Birkstraße 10, 25917 Leck

ISBN 978-2-49670-859-2
www.tinte-feder.de

Prolog

Viele Jahre nach dem Tod meiner Mutter fand ich im Keller einen kleinen Holzkasten. Er war zugenagelt, ich wollte ihn schon wegwerfen, wurde jedoch plötzlich neugierig, wollte wissen, was darin verborgen war. Da die alten Nägel nicht nachgaben, hieb ich den Deckel mit einem Hammer entzwei. Ich erblickte einen Stoß alter Schreibhefte, nahm eines heraus und erkannte darin die Schrift meiner Mutter – auf jedem der elf Hefte stand eine Monats- und Jahreszahl.

Ihre Geschichte beginnt im Jahre 1923, es sind also fast hundert Jahre vergangen. Ich lese mit Begeisterung und lerne meine Mutter neu kennen. Ich kannte sie nur als eine stille Frau, die wenig lächelte, ihre Tagebücher zeigen mir jedoch eine andere, eine, die Sehnsüchte hatte und leidenschaftlich liebte. In mir fängt es an zu brodeln, ich bin ihr ähnlicher, als ich dachte, mein Leben und Sehnen war ebenso heftig. Eine Woche später beginne ich zu schreiben, ich fühle mich nicht alt, ich versinke in der Vergangenheit – bis zum Jahre 1988, in das ein Ereignis fällt, das mein ganzes weiteres Leben bis heute bestimmen sollte.

Ich erzähle in diesem Buch eine authentische Emanzipationsgeschichte. Der autofiktionale Roman ist das lebendige und aufwühlende Porträt zweier Frauen – Mutter und Tochter –, die auf der Suche nach Glück und einem selbstbestimmten Leben erkennen, dass die Widerstände auch in ihrem Inneren liegen und dass sie sich – als ersten Schritt zur Freiheit – zunächst von den eigenen Zwängen lösen müssen. Ihr Denken ist geprägt von ihrer Zeit, die im Falle der Mutter dramatische und tragische Züge aufweist. Es ist ein Buch über Emanzipation im Widerstreit mit der Liebe. Ein Buch über das Schwanken zwischen Selbstaufgabe und Selbstverwirklichung und den damit verbundenen Schmerz, der niemals aufhört, wenn man liebt. Dabei muss sich die Liebe immer wieder neu bewähren in immer neuen Umständen – damals wie heute.

Hilde

Mannheim 1923

Die Hitze unterm Dach bringt mich noch um. Statt langsam einzuschlafen, werde ich immer wacher, statt meine Gedanken auf Erfreuliches zu lenken, treibe ich sie in ein Gewirr von Ängsten.

Lene, meine zwei Jahre ältere Schwester, belegt zwei Drittel unseres Bettes, weit ausgebreitet liegen die Arme neben ihr. Wie jede Nacht zwicke ich sie heftig in den Oberarm. Unter Jammern dreht sie sich um, ohne aufzuwachen. Durch die dünnen Wände höre ich meine Mutter keuchen, die Asthmaattacken schnüren ihr die Luft ab – die Stimme meines Vaters klingt sanft und zärtlich. Und plötzlich ist da noch das leise Greinen meiner kleinen Schwester, die fünf Monate alt ist, sechzehn Jahre jünger als ich. Dann kommt ein monotones leises Klopfen dazu. Das Geräusch kenne ich auch: Mein Vater lässt die Finger vorsichtig über den Brustkorb meiner Mutter wandern, um die Verkrampfungen zu lösen.

Aus der Kammer meines Bruders Willi kommt dagegen kein Geräusch.

Die anhaltende sommerliche Hitze unterm Dach lässt die Balken stöhnen, es klingt, als hätte der Dirigent die Noten vergessen. Zwischendurch höre ich das Wispern der Mäuse, doch vor ihnen fürchte ich mich nicht. Meine Ängste sind anderer Art, sie lauern in meinem Kopf, ein Knäuel aus Zahlen und Worten, das ich entwirren muss. Ich suche verzweifelt, vor allem eine Arbeit.

Eine Uhr oder einen Wecker gibt es bei uns nicht. In den vielen durchwachten Nächten hat sich in meinem Körper aber eine Art Zähler entwickelt, der erst Ruhe gibt, wenn der Morgen graut.

Als ich gerade in einen unruhigen Schlaf falle, rüttelt mich ein hartes Klopfen wach, das kaum auszuhalten ist und die Holzwände beben lässt – mein Vater steht auf, befestigt seine Prothese am Knie und humpelt hin und her.

Sein Bein hat er im Jahre 1915 in Verdun verloren. Da war ich acht Jahre alt.

Wir haben kein Bad, nur ein winziges Klo. Zwischen Kloschüssel und Waschbecken passen gerade so meine Beine, ich taumle zum Waschbecken, setze mich auf die Klobrille, tauche ein Handtuch ins Becken und tupfe mich ab. Eine Katzenwäsche. Mit einem Kamm, dem die Hälfte der Zacken fehlen, kämme ich hastig über mein krauses dunkelbraunes Haar, klopfe mir noch auf die Wangen, weil ich bleich bin wie eine Leiche, dann gehe ich in die Küche. Dieser Raum ist der größte unter dem Dach, hier leben meine drei Geschwister und ich mit unseren Eltern. Die Küche riecht nach Abwasch oder nach Fisch, wenn wir Heringe essen, manchmal auch nach Kuchen, wenn wir Mehl haben, und bei Regen nach den nassen Schuhen, die wir vor dem Ofen trocknen lassen. Nahezu jeder Quadratmeter ist vollgestellt mit den Dingen, die wir brauchen, um zu überleben.

In ihrem grauen Morgenmantel steht meine Mutter am Herd und schürt das Feuer, das Wasser brodelt im Kessel, sie brüht den Kaffee-Ersatz auf, den Muckefuck. Ich umarme sie von hinten, drücke mein Gesicht an ihren Rücken und sage nichts. Mein Vater hält die kleine Henny auf dem Arm, gibt ihr das Fläschchen mit der Pulvermilch – sie saugt gierig. Aus den hängenden Brüsten meiner Mutter kommt schon lange nichts mehr.

»Hilde, wecke den Willi, schau, dass er sich wäscht«, bittet mich Mutter, und ich gehe in Willis winzige Kammer und rüttle meinen neunjährigen Bruder wach. Als er sich tot stellt, kitzle ich ihn. Willi versteht Spaß, doch Kitzeln unter den Armen ist für ihn echte Folter. Da er immer noch keine Anstalten macht, von der Matratze aufzustehen, drohe ich ihm mit weiterem Kitzeln. Er taumelt schlaftrunken zum Klo, ich schaue ihm zu bei seiner Katzenwäsche, fahre ihm mit den Fingern durch die Haare, gebe ihm einen Kuss auf die Stirn und einen Klaps auf den Hintern.

Lene lassen meine Eltern schlafen. Das Schuhgeschäft, in dem meine Schwester bis vor Kurzem gearbeitet hat, ist bankrott gegangen, und Lene war es leid, Tag für Tag stundenlang in einer endlosen Schlange anzustehen, um ein mageres Stück Fleisch zu ergattern. Zu ihrem großen Glück hat sie einen Verehrer. Frieder arbeitet in der Küche eines Hotels und bringt ihr gestohlene Leckerbissen, die unbezahlbar sind.

Unsere Eltern sind schweigsame Menschen, kein lautes Wort kommt über ihre Lippen, das Lächeln fällt ihnen schwer. Mein Vater legt Henny in den Korbwagen, streichelt ihr über die Wangen, spitzt die Lippen, aber kein Ton kommt heraus.

Als ich mich über Henny beuge, fängt die Kleine an, heftig mit den Armen und Beinen zu strampeln, sogar jauchzen kann sie schon. Ich hebe sie über meinen Kopf und lasse sie immer wieder zu mir herunterfallen. Henny kann gar nicht genug davon bekommen, aus ihrem Mund kommen Töne, die fast so klingen wie das Vogelgezwitscher unserer beiden Wellensittiche. Als ich sie wieder in ihren Korb lege, fängt sie an zu weinen, und ich nehme mir vor, jeden Tag ein paar Runden mit ihr um den Block zu spazieren.

Unser Frühstück verläuft schweigsam, wir löffeln Grießbrei, der schmeckt nach gar nichts. Ich nehme Henny noch mal aus dem Korb, damit sie mitbekommt, dass sie eine Familie hat. Willi macht Faxen, er zwinkert mit den Augen, wedelt vor Hennys Gesicht herum und stößt seltsame Gurgellaute aus, worüber wir alle lachen müssen. Mein Vater ist Vorarbeiter in einer großen Firma, hat seine Anstellung nicht verloren und ernährt uns. Jetzt steht er auf, richtet seine Hosenträger, zieht die dunkelblaue Arbeitsjacke an, streicht mit beiden Händen über die Halbglatze und verabschiedet sich. Ich spüre den sanften Druck seiner Hand auf der Schulter. »Viel Glück heute, Hilde … ich hoffe, du kriegst Arbeit.«

Mutter steht auch auf, holt aus einer kleinen Schachtel zwei Geldscheine, es sind zwei Billionen, und bittet mich, so schnell ich kann, zum Bäcker zu laufen. »Beeil dich, Hilde, das Geld verfällt von Minute zu Minute, heute Abend ist es bestimmt nur noch die Hälfte wert.«

Mutter ist größer als ich, ich muss mich strecken, um ihr einen Kuss zu geben. Ich streiche über die Zöpfe, die rechts und links über ihre Schultern fallen. Sie ist eine schöne Frau mit einem klassischen Gesicht. Wenn sie ihre schwarzen Haare hochsteckt, sieht sie richtig edel aus … hätte sie doch nur nicht so traurige Augen. An die frische Luft geht sie nur, um auf dem nahe gelegenen Flohmarkt günstige Stoffe zu erwerben. Aus denen fabriziert sie dann Kleider auf einer Maschine, die sie auch auf dem Flohmarkt erstanden hat. Von morgens bis abends sitzt sie im Lichtkegel einer zu kleinen Schreibtischlampe und fertigt Kleidung für die Nachbarschaft. Das Nähen scheint ihre einzige Leidenschaft zu sein.

Diese verdammte Arbeitssuche macht mich rasend, ich laufe mir die Sohlen ab, probiere es erst in den Schneidereien, dann in den vielen großen und kleinen Läden, bekomme aber Tag für Tag nur Kopfschütteln, oft sogar gar keine Reaktion. Die Inflation zermürbt mich.

Klara

Stuttgart 1956

»Mach voran, Klara, hilf deiner Mutter beim Einpacken, der Zug wartet nicht auf uns.« Die Stimme meines Vaters überschlug sich fast. Von meinen Brüdern Günter und Manfred war nichts zu sehen, immer wenn sie wussten, dass sie hinlangen mussten, verdrückten sie sich. Es war der vierte Urlaub nach der Währungsreform, und wir konnten es uns leisten, vier Wochen in die Berge zu fahren. Ich wäre lieber an die Adria gereist, aber meine sportlichen Eltern wollten wandern, Berge besteigen, ihre korpulenten Körper ein wenig strapazieren. Meine Mutter sah komisch aus in der Hose, die sie sich extra für den Urlaub angeschafft und in die sie sich jetzt gezwängt hatte. Die Hose sollte ihren runden Bauch kaschieren, eine Bluse hing locker darüber.

Vater wollte auch fesch sein, er steckte in einer schenkellangen wildledernen Hose und einem karierten Hemd. Meine Brüder und ich genierten uns wegen seines Aufzugs, doch Vater hatte keine Hemmungen. Er war stolz auf seine kräftigen schneeweißen Waden.

Kurz vor zehn standen wir vor unserem Haus auf der von der Sonne erhitzten Straße und warteten auf ein Taxi. Wir hatten Vater bestürmt, nicht zu laufen, und er hatte Mitleid mit uns gehabt – ein Taxi konnten wir uns gerade noch leisten. Am Bahnhof ging es turbulent zu, es wimmelte nur so von Urlaubern, überall waren Koffer und greinende Kinder. Wir schlängelten uns durch die Menge, fast bis ans Ende des Bahnsteigs zu den letzten Waggons für die Passagiere nach Bludenz. Mindestens dreimal erklärte Vater uns, wie wir in den Zug einsteigen sollten. »Zuerst steigt Mama hinauf und besetzt ein Abteil, dann winkt sie euch zu und ihr setzt euch hin. Ich werde schon mit den Koffern fertigwerden.«

Gesagt, getan, es klappte. Meine Brüder stritten sich, wer am Fenster sitzen durfte. Den Sieg trug wie immer mein kleinerer Bruder davon, Vaters Liebling, der stets bevorzugt wurde. Mir war es ziemlich egal, wo ich saß, ich hatte sowieso vor, durch den ganzen Zug zu wandern und mir die vielen Leute in den Abteilen anzuschauen. Vater verstaute die zwei schweren Koffer im Kofferträger über unseren Köpfen, ließ sich dann heftig atmend auf seinen Holzsitz fallen und fuhr mit dem Taschentuch über sein schweißnasses Gesicht. Ich blickte düster auf meine klobigen Halbschuhe mit den Gummisohlen; sie waren so plump und quietschten, wenn man schnell lief, und zu meinem Sommerkleid passten sie wirklich nicht. Zwei Tage vor der Abreise hatte mich Mutter zu ihrem Friseur mitgenommen und befohlen, meine Zöpfe abzuschneiden und mir eine Dauerwelle zu machen. In meine schönen leicht gewellten Haare, auf die ich so stolz war! Als ich danach in den Spiegel geschaut hatte, hätte ich am liebsten geweint, mein ganzer Kopf war voller krauser Locken! Damit meine Trübsal nachließ, hatte Mutter mir ein Kleid aus indigoblauem Leinen genäht, das Oberteil war eng, der Rock sehr weit, beim Herumwirbeln verwandelte er sich in einen Teller, auf dem knallroter Mohn lag. Jetzt auf der Reise trug ich das Kleid zum ersten Mal und die Trampelschuhe sahen fürchterlich dazu aus.

Die Mittlere Reife lag gerade hinter mir und meine Eltern hatten bestimmt, dass ich die nächsten zwei Jahre auf die Handelsschule gehen sollte. Warum machten sie das? Wut stieg in mir hoch, das Blut pochte in den Schläfen. Ich wollte Kindergärtnerin werden oder Lehrerin und nicht den ganzen Tag an einer Schreibmaschine sitzen. Ich setzte alle Hoffnung darauf, mit Betteln und Schreien doch noch meinen Willen zu bekommen.

Wir hatten das Abteil für uns, auf die leeren Plätze legten wir unsere Rucksäcke, meine Brüder stapelten ihre Billy-Jenkins- und Tom-Prox-Hefte, lauter Schundzeug, neben sich und ich nahm mein Buch. Ich las »Die rote Zora« schon zum zweiten Mal. Was dieses Mädchen doch für ein wildes Leben führte! Ich fand das hinreißend. Aber daran, mich in ihre Abenteuer zu vertiefen, war jetzt nicht zu denken, ständig wurde ich unterbrochen von den begeisterten Rufen meiner Mutter, die mir jedes Pferd und jede Kuh zeigen wollte.

Ich fuhr nicht zum ersten Mal in einem Zug. Dreimal hintereinander in den Sommerferien war ich nach Mannheim zu meinen Großeltern gereist, die seit fast fünfzig Jahren im selben Haus unter dem Dach lebten. Ich hatte in dem alten, klapprigen Bett von Mutter und Tante Lene geschlafen. Oma Helene war sechsundsiebzig Jahre alt, ihr Gesicht war noch schön, gar nicht runzlig, und ihre dunkelbraunen Augen sehr lebhaft, nur ihre eisgrauen Haare verrieten ihr Alter. Mein Opa dagegen wirkte geschrumpft, er hatte eine Vollglatze und ein Vollgebiss, das meistens neben ihm auf dem Tisch lag. Ich liebte ihre Geschichten von früher. Natürlich übertrieb meine Oma, wenn sie davon erzählte, wie sie damals fast verhungert wären, als ein Brot zwei Billionen kostete, und dass es unterm Dach nur so von Mäusen gewimmelt hätte. Aber dass meine Mutter weder begeistert von dem fehlenden Bad gewesen war noch davon, das Bett mit ihrer Schwester Lene zu teilen, und dass sie ständig Mausefallen aufstellen mussten, war sicher nicht gelogen.

Tagsüber hatte ich während meiner Sommerferienbesuche in Tante Hennys und Onkel Alfreds Bierhandlung geholfen, die Bierflaschen zu säubern. Auf dem betonierten Hof standen Bierkästen mit leeren Flaschen und riesige Maschinen machten einen höllischen Krach. Ich stülpte am Fließband die Flaschen über Wasserdüsen, und wenn sie sauber waren, klebte ich Etiketten vorne drauf und gab sie meinem Onkel, der Bier hineinfüllte, die Flaschen verschloss und sie in Bierkästen stellte. Tante Henny war eine Riesin, mindestens einen Meter neunzig groß; meine Mutter behauptete, dass sie nicht vom selben Vater sein könnte, sie überragte uns alle um zwanzig Zentimeter. Tante Hennys Kinder waren noch ziemlich klein. Manchmal ging ich mit ihnen durch die Straßen oder in den Rosengarten spazieren. Geld als Belohnung gaben mir meine Tante und der Onkel nicht, sie erlaubten mir aber, das Fahrrad zu benutzen. Da sie mich jedoch nicht das Fahrradfahren lehrten, übte ich auf eigene Faust einige Tage im Hof. Der Sattel war zu hoch, also strampelte ich im Stehen. Am vierten Tag war ich überzeugt, dass es nun klappte, schob das Rad nach draußen und holperte damit über die Pflastersteine. Ich trat immer schneller und jauchzte vor Begeisterung, bis das Vorderrad plötzlich in die Schienenrinne der Straßenbahn rutschte und sich da verklemmte. Ich machte einen Salto vom Rad und knallte auf den Boden. Das schmerzte höllisch, meine Knie waren blutig, hinter mir bimmelte die Straßenbahn. Zum Glück half mir niemand, denn schon rannen Tränen aus meinen Augen.

Hilde

Der Kinderwagen 1923

Die letzte Treppe, die in den fünften Stock zu uns hochführt, ist primitiv, die Stufen sind aus rohem Holz und der Handlauf ist kantig. Die vier Stockwerke unter uns sind elegant, die Treppen aus edlem Hartholz, das Geländer ebenso, der Handlauf glänzt, klar, er wird ja auch ständig von mir poliert. Poliert, weil ich mich jeden Tag mehrmals daraufschwinge und in einem Affenzahn ins Erdgeschoss sause. Der Boden im Erdgeschoss ist mit bunt bemalten Fliesen bedeckt, kupferne Briefkästen hängen an der weiß gelackten Wand. Davor steht der elegante Vater von Robert. Robert grinst mich an, sein Vater übersieht mich. Ich kenne Robert, seit ich vier bin, also seit ich denken kann. Er wohnt mit seiner Familie, seinem Vater, seiner Mutter und drei Geschwistern, im ersten Stock, ist zwei Jahre älter als ich, einen Kopf größer und bis jetzt hat er mich nicht interessiert. Ihm ist das mit mir wohl ähnlich gegangen. Heute fällt mir plötzlich auf, wie gut er aussieht. Er ist fast so groß wie sein Vater. Der nickt jetzt kurz mit dem Kopf, wahrscheinlich geht er in seine Kanzlei. Robert hat ein Netz in der Hand, offenbar muss er auch einkaufen. Ich bin sonst nicht auf den Mund gefallen, aber bei Robert bleibe ich scheu.

Er trägt kurze Hosen, ein weißes Hemd und elegante Ledersandalen. Verlegen schaue ich auf meine abgetragenen Halbschuhe. Er scheint genauso schüchtern zu sein, doch langsam verschwindet das Grinsen und er schaut mich ernst an.

»Musst du auch Schlange stehen?«, fragt er und zeigt auf die andere Straßenseite.

Ich nicke nur und gehe zur Haustür. Auf der anderen Straßenseite befindet sich der Bäcker, es ist erst halb acht, doch die Schlange ist schon mindestens zwanzig Meter lang.

»Herr im Himmel, das dauert Stunden, bis wir drankommen«, murmelt Robert und schaut mich an.

»Wie viel Geld hast du dabei?«, frage ich.

Robert lacht und zieht ein Paket Geld aus der Hosentasche. »Meine Mutter hat mir fünf Billionen mitgegeben, das reicht vielleicht noch für diese Woche.«

»Ich habe nur zwei Billionen, mehr besitzen wir nicht.«

»Was machst du in den Ferien? Fahrt ihr irgendwohin?«

Ich schüttle nur den Kopf. Warum soll ich ihm sagen, dass ich noch nie irgendwo hingefahren bin, höchstens zu unserem Gartenhäuschen am Neckar.

Aber obwohl ich schweige, gibt Robert nicht auf. »Hast du jetzt auch Schulferien?«

Wieder schüttle ich den Kopf, ich schäme mich, ihm die Wahrheit zu erzählen. Robert schaut mich neugierig an, da werde ich mutig. »Ich bin schon seit zwei Jahren nicht mehr in der Schule und habe eine Lehre bei einem Schneider gemacht. Und wie du siehst, habe ich keine Anstellung und stehe stundenlang Schlange wegen eines Brotes.«

»Und … hast du irgendwas vor?«

»Darüber habe ich noch nicht nachgedacht.« Doch kaum habe ich das gesagt, fällt mir etwas ein. Ich hab mir doch geschworen, heute mit meiner kleinen Schwester spazieren zu gehen. Schüchtern lächle ich Robert an. »Hättest du Lust, an den Rhein zu gehen?« Meine kleine Schwester erwähne ich nicht, die wird er dann schon kennenlernen.

Gespannt schaue ich Robert ins Gesicht, er strahlt.

»Um wie viel Uhr sollen wir uns treffen?«

Ich muss nachdenken. Wenn ich Glück habe, bekomme ich das Brot gegen neun Uhr und Mutter wird dann meiner transusigen Schwester das Frühstück machen; danach will ich in verschiedenen Schneidereien nach einer Anstellung fragen. Und wenn das nichts bringt, probiere ich es in den Läden und Kaufhäusern. Nahezu täglich mache ich meine Runden, klopfe hier und dort an. »Treffen wir uns um zwei Uhr vor der Haustür«, schlage ich vor.

Ich bekomme zwei Brote für die zwei Billionen, Robert hat fünf unterm Arm. Im Erdgeschoss lächeln wir uns an, spontan streckt Robert mir einen Brotlaib entgegen. Ich bin sprachlos über so ein Geschenk. Einen Moment stehe ich einfach nur da, dann rase ich die Treppen hoch, überspringe immer zwei Stufen; oben angekommen, keuche ich und bin schweißnass. Mutter sitzt allein in der Küche, Lene scheint immer noch zu schlafen. Sie lächelt mich glücklich an und lobt mich. »Man muss nur dich wegschicken, dann klappt es.«

Ich habe nur zwei Kleider, und das Kleid, das ich trage, klebt an meinem Körper. Ich zerre es mir vom Leib und hänge es über einen Kleiderbügel. Das andere ist eigentlich mein Sonntagskleid, der Stoff ist nicht so luftig und so langsam wird es mir zu eng.

»Wo willst du heute hin?«, fragt Mutter.

Ich zucke mit den Schultern, gebe ihr keine Antwort.

»Was hast du vor, willst du wieder in die Kaufhäuser?«

»Ich weiß selbst noch nicht, wo ich anfangen soll. Im Grunde habe ich schon alle abgelaufen, die Kaufhäuser und die Läden. Und die Schneidergeschäfte. Am liebsten würde ich natürlich in einer Schneiderei arbeiten, doch die Chancen sind größer bei den Kaufhäusern.«

Wir umarmen uns und ich mache mich auf den Weg. Ich fange beim Hansa-Kaufhaus an. Es liegt mitten in der Stadt, nicht weit entfernt vom Wasserturm. Wie oft bin ich schon die Treppen hinaufgelaufen zum Verwaltungsbüro, habe angeklopft und freundlich gelächelt. Aber meistens sitzen dort Frauen, die es nicht für notwendig halten, ein dünnes, schüchternes Mädchen wie mich überhaupt anzuschauen.

Diesmal stehe ich vor einem Mann mittleren Alters und er erwidert doch tatsächlich mein Lächeln. Dann mustert er mich, seine Augen gleiten über mein Gesicht, über mein Kleid, das mir knapp über die Knie reicht, dann über meine verblichenen Halbschuhe. Ich merke, dass ich rot werde.

»Was kann ich für dich tun?«, fragt er.

So etwas ist noch nie vorgekommen. Ich bin sprachlos. Aber nur kurz. »Ich möchte arbeiten, ich habe eine Schneiderlehre gemacht, ich bin schnell und zuverlässig«, schnattere ich drauflos, so wie ich es geübt habe. Erwartungsvoll blicke ich den Mann an. Sein Lächeln ist verschwunden, auf der Stirn bilden sich Falten. Ich schaue auf seine Hände, die auf der Tischplatte liegen. Oft sehe ich an den Bewegungen der Hände, ob ich Glück haben werde oder nicht. Bis jetzt waren es immer Hände mit gespreizten Fingern, die auf die Platte klopfen. Was bedeutet … keine Chance.

Doch diesmal kann ich es nicht erraten.

Der Mann lehnt sich gemütlich zurück, legt die Hände in den Schoß und sagt: »Die Zeiten sind hart.«

Und ich ahne, dass mir das Glück nicht hold ist. Gespannt warte ich auf eine Antwort. Aber der Mann lässt sich Zeit, er tut so, als würde er nachdenken, und schaut wieder und wieder auf meine Brüste und Beine. Als er nach zwei Minuten immer noch nichts sagt, mache ich einen Knicks und stolziere langsam zur Tür.

»Warten Sie«, plötzlich duzt er mich nicht mehr, »ich hätte was für Sie.« Doch ich drehe mich nicht mehr um, schlage einfach die Tür zu.

Alter Drecksack! In den letzten Monaten habe ich mir fast die Sohlen abgelaufen, doch ich gebe nicht auf, irgendwann muss ich einfach Glück haben.

Um halb eins bin ich wieder zu Hause. Erwartungsvoll blickt mich Mutter an. Ich brauche nichts zu sagen, sie sieht, was los ist.

»Arme Kleine«, tröstet sie und nimmt mich in den Arm. »Es kommen bestimmt bessere Zeiten, ich versprech's dir.«

Das tut mir gut, auch wenn ich ihr nicht glaube. Lene sitzt ungekämmt im Nachthemd am Küchentisch. »Mensch, was bist du für ein Faultier, hast du keine Lust, mal was zu arbeiten?«, fauche ich sie an.

»Ich seh ja bei dir, dass es keinen Zweck hat, sich die Beine abzulaufen.«

Hennylein strampelt in ihrem Körbchen mit den Füßen, streckt mir die Arme entgegen, will rausgenommen werden. Ich nehme sie auf den Arm und hüpfe mit ihr im Zimmer herum. »Mama, ich geh nachher mit Henny spazieren.« Mutters Augen beginnen zu glänzen, sie bereitet ein Fläschchen vor und wickelt das Kind. Ich verzichte auf die Grütze, unser tägliches Mittagessen, und breche mir stattdessen ein Stück Brot ab.

Mit dem Kind kann ich natürlich nicht auf dem Geländer nach unten sausen. Vorsichtig steige ich die Stufen hinab, Henny strampelt in meinen Armen, sie will losgelassen werden.

Robert schaut mir erwartungsvoll entgegen, seine Augen leuchten. Doch dann sieht er Henny und das Lächeln erlischt.

»Hier bin ich.« Ich gebe ihm den Schlüssel zu unserem Kellerverlies und bitte ihn, den Kinderwagen herauszuholen.

Klara

Annäherungen 1956

Ich ließ mich auf meinen Sitzplatz fallen. Es machte keinen Spaß, sich durch die Gänge zu zwängen, sämtliche Abteile waren rappelvoll, überall Kindergeschrei und überforderte Eltern, die lauthals schimpften. Bei uns war es relativ ruhig. Vater war vertieft in den Reiseführer, eine Zigarre hing ihm im Mund, er qualmte das Abteil voll. Mutter verdrehte die Augen, stand auf und zog das Fenster herunter. Vater blickte entrüstet auf, stemmte sich hoch und schob das Fenster wieder zu. Ich wusste, was gleich passieren würde.

»Karl, du räucherst uns ein! Ich hasse es, wenn wir alle nach Rauch stinken.« Mutter fuchtelte mit den Armen.

Vater tat, als wäre er taub, und paffte nur noch heftiger.

»Mein Gott, wie kannst du nur so stur sein.« Mutter versuchte erneut, das Fenster herunterzuziehen.

Wir Kinder mischten uns da nicht ein, wir erhielten drohende Blicke und wollten keine Ohrfeigen. Ohne ein weiteres Wort riss Mutter jetzt die Tür auf und verschwand im Gang. Harmonie gab es selten zwischen unseren Eltern.

Die Zeit verging, irgendwann kam Mutter wortlos ins Abteil zurück, die Sonne brannte durchs Fenster, die »Rote

Zora« interessierte mich nicht mehr. Mutter holte aus dem Gepäcknetz eine Tasche und zog die belegten Brote heraus. Manfred und Günter griffen gierig zu, ich hatte keinen Hunger. Vater saß schlaff in seiner Ecke und schnarchte. Das war bei allen Urlaubsreisen so, er hatte sich übernommen, wochenlang herumgetüftelt, in den Bergen nach einem relativ günstigen Urlaubsziel und einem Ferienhaus in einer guten Lage gesucht, die lange Anreise und die Wanderrouten geplant. Alles musste perfekt sein.

Später schlief dann Mutter und Vater vertiefte sich in die »Süddeutsche Zeitung«. Ich schloss die Augen und versenkte mich in meine Erinnerungen. Erinnerungen waren etwas Eigenartiges, sie kamen und gingen, wie sie wollten, aber man konnte sie auflodern lassen, mit ihnen spielen, und wenn sie wehtaten, dann konnte man sie löschen.

Vor einem Jahr hatte ich die Erlaubnis bekommen, in den Tanzkurs zu gehen. Ich war überrascht gewesen, dass mich die Jungs umgarnten, dass sie mich als Tanzpartnerin bevorzugten, mich nach Hause begleiten wollten. Es gefiel mir, bewundert zu werden. Einer von den Jungs wurde Casanova genannt, was mir nicht viel sagte, er tanzte elegant, seine Haare waren mit Öl nach hinten gekämmt, er sah tatsächlich aus wie ein Italiener. Eines Tages brachte er mich nach Hause, wir standen direkt unter dem Schlafzimmer meiner Eltern. Casanova fasste mich nicht an, er beugte nur den Kopf zu mir herunter und küsste mich. Ich fand das eklig und trat einen Schritt zurück, dann hörte ich, wie der Rollladen über mir hochgezogen wurde. Das war meine Mutter, die unbedingt wissen wollte, was ich trieb.

Im Februar nahmen mich meine Eltern mit zum Faschingsball im Malersaal des Stuttgarter Theaters. Mein Vater war Opernsänger, sein erstes Engagement hatte er in Mannheim gehabt, nach dem Krieg war er in Stuttgart als Tenor angestellt worden.

Ich kannte mich gut aus im Theater, viele Nachmittage hatte ich im Kostümfundus verbracht, einem Gebäude vollgestopft mit wahren Kostbarkeiten. Da hingen historische Kostüme: Uniformen, Kleider von Königen und Gewänder von venezianischen Dogen, die Stoffe waren weich und rochen nach Staub. Hinter den Glastüren großer Schränke blinkten in Schatullen die Juwelen der Konkubinen; daneben wurden Strohhüte und Gehstöcke und Fracks der großen Schauspieler aufbewahrt. Die Hüter dieser Kostbarkeiten kannten mich, ich wurde geduldet, durfte in den Tausenden von Kostümen wühlen und stellte mir vor, auch auf einer Bühne zu stehen. Häufig sah ich in der Feuergasse den Sängern auf der Bühne zu, und ich beobachtete meinen Vater dabei, wie er sich an seinem Schminktisch bemalte, die Perücke aufsetzte und das Kostüm anzog.

Für meinen ersten Malerball mit den Eltern suchte ich mir ein schwarzes Tutu aus, dazu eine weiß gepuderte Rokokoperücke. Meine Strümpfe waren ebenfalls weiß, die Füße steckten in halbhohen Schuhen aus Mozarts Zeiten. Als ich den Malersaal betrat, staunte ich. An die zehn oder fünfzehn Meter hohen Wände gelehnt standen Kulissen, bemalt mit Gestalten, die sich küssten oder tanzten. Mein Herz begann, heftig zu schlagen.

Meine Eltern tanzten schon irgendwo, ich suchte sie nicht, ich war hingerissen. Hier ging es anders zu als im Tanzkurs. Ständig wirbelte ich mit Männern übers Parkett, sie drückten mich an sich und ich roch ihren Schweiß. Foxtrott war passé, alle Welt tanzte Rock 'n' Roll, und hin und wieder kam ein Walzer. Bald tanzte ich nur noch mit einem Partner, zu dem ich aufschauen musste; sein Gesicht und seine Gestalt zogen mich an, auch er trug eine Perücke, sein Gewand war meinem ähnlich. In seiner eng anliegenden Robe, den glänzenden Pluderhosen und den Rokokoschuhen sah er aus wie der Held in »Figaros Hochzeit«. Das Blut schoss durch meinen Körper und ich zitterte vor Lust. Wir tanzten wild, lachten uns an, dann nahm er mich an der Hand und zog mich hinter sich her. Er schien sich gut auszukennen, wir landeten im Kammertheater.

Der Saal war schummrig beleuchtet, es gab mehr Schatten als Licht, schemenhaft erkannte ich, dass überall eng aneinandergedrückte Menschen saßen. Mein Begleiter und ich quetschten uns in einen freien Sessel. Der erste richtige Kuss war so intensiv, so verwirrend, dass ich glaubte, ohnmächtig zu werden. Wir knutschten, er durfte mich berühren, mich streicheln, mich küssen; mein Körper bebte, ebenso wie seiner. Er war der Sohn des Kapellmeisters Dünnwald, mit dem mein Vater gut befreundet war, wie sich später herausstellte.

Wenn ich später an die Berührungen dachte, stieg mir das Blut in den Kopf und trieb es mir Röte ins Gesicht. Nachts, wenn ich im Bett lag, presste ich meine Fäuste zwischen die Beine, mein Körper zitterte, es fiel mir schwer, keine Geräusche zu machen. Angst, dass meine Eltern mich erwischten, brauchte ich nicht zu haben, denn sie saßen Abend für Abend vor dem Fernseher, bis sie zu Bett gingen.

Eine Woche später rief Rolf Dünnwald bei meinen Eltern an und fragte, ob er mich nach Tübingen zum Faschingsball mitnehmen dürfe. Natürlich erlaubten mir meine Eltern diesen Ausflug, es sei doch reizend, dass die Kinder sich angefreundet hätten. Wir saßen zu viert in einem VW, Friedrich, Rolfs bester Freund, durfte in dieser Nacht das Auto seiner Mutter nehmen. Den Dritten im Bunde fand ich gleich unsympathisch, weil er versuchte, meine Hand zu halten. Die drei Männer studierten Jura, sie wollten Rechtsanwälte werden. Auf der Fahrt kicherten sie wie Mädchen und erzählten blöde Witze. Zwei hatten sich als Frauen verkleidet mit langen Röcken und engen Blusen, in denen dicke Wattebäusche als Busen steckten. Rolf sah aus wie Charlie Chaplin, er trug einen schwarzen abgewetzten Anzug, dazu Riesenschuhe; auf seiner Oberlippe klebte ein kleiner Bart, seine Augen waren mit schwarzer Farbe umrandet und auf seine dunklen Haare hatte er eine typische Melone gedrückt.

Auch ich war schwarz gekleidet. Die Dienstmädchenuniform mit dem kurzen Rock, der sehr knapp über meinem Po flatterte, sah verführerisch aus. Dazu trug ich Schuhe mit hohen Absätzen und durchsichtige Seidenstrümpfe. Ich fand mich umwerfend sinnlich.

Auf einer großen Wiese standen drei Pavillons, Musik dröhnte heraus. Seltsamerweise verließen mich meine drei Begleiter und verschwanden in den schwach beleuchteten Räumen. Neugierig blickte ich hinein, gleich schlang sich ein Arm um mich, gurrte mich eine Stimme an, wollte mich eine Hand nach unten ziehen und auf eine Matratze drücken. Herr im Himmel, was hatten die mit mir vor? Wütend kickte ich nach der Hand und rannte über die Wiese hinüber zum großen Universitätsgebäude. Die ersten zwei Türen waren verschlossen, aber die dritte ging auf. Ich stürmte durch einen Gang mit Türen rechts und links. Ich hatte Glück, die vierte Tür ging auf und ich landete in einem großen Unterrichtszimmer. Warum hatten diese Deppen mich mitgenommen? Das war doch widerlich! Ich stapfte voller Wut durch das Zimmer und ließ die Tränen fließen. Zwei Stunden blieb ich dort im Dunklen, stellte mir vor, was auf den Matratzen alles passierte, und fluchte, bis ich es nicht mehr aushielt. Nach langem Suchen fand ich meine erste Liebelei knutschend auf einer Matratze. Ich drückte ihm einen Fuß in den Rücken und sagte, dass ich heimwollte. Er folgte mir brav, suchte seine Kollegen, und recht früh war ich unversehrt zu Hause.

Der Zug ruckelte, verlangsamte das Tempo, und ich verabschiedete mich von meinen Erinnerungen.

Der Nachmittag war schnell vergangen, mein Körper voller Energie, ich wollte mich bewegen. Gegen vier Uhr kamen wir in Bludenz an. Dort wurden die Koffer in einem Bus verstaut, der uns durch das Montafon hoch in die Berge brachte bis zu unserem Urlaubsort Gallenkirch. Die Sonne ging unter, als wir die Koffer aus dem Bus hievten. Unser von dem rötlichen Sonnenuntergang in ein prächtiges Licht getauchte Gasthof trug den seltsamen Namen Alpasella. Der Wirt zeigte uns die Zimmer und fast wäre ich meinem Vater um den Hals gefallen, als ich sah, dass ich ein Einzelzimmer bekam.

Ganz früh am nächsten Morgen rüttelte Vater mich wach. »Auf geht's, steh auf, wir gehen in die Berge.«

Kurz darauf stand ich im Zimmer meiner Eltern. Mutter sah lustig aus in ihrem Dirndlkleid, es war ein bisschen zu eng, ihre Brüste wurden platt gedrückt, der Rock war zu kurz – ihre nackten wachsweißen Beine fand ich peinlich. Meine Brüder ließen sich wie brave Hündchen von Mutter die Wanderschuhe zubinden und die Käppchen gegen einen Sonnenbrand aufsetzen. Kurz darauf bestiegen wir den ersten Berg.

An jedem folgenden Morgen legte Vater die Wanderkarte auf den Tisch und suchte sich einen neuen Berg aus. Im Gänsemarsch ging es dann immer ein bisschen höher hinauf, vorne die Eltern, dann meine Brüder, ich bildete das Schlusslicht, um zu vermeiden, ständig von Vater angemeckert zu werden. »Klara, halt deinen Rücken gerade, Klara, lauf ein bisschen schneller, Klara, kannst du kein fröhliches Gesicht machen?« Ich versuchte, den Abstand zu meinen Eltern immer weiter zu vergrößern, bis meine Mutter rief: »Trottelböckchen, komm.« Am vierten Tag fuhren wir mit dem Bus auf die Bielerhöhe. Die vielen Kurven der Silvrettastraße schlugen mir auf den Magen, er rumorte, dann drehte er sich um, ich würgte. Um keine

Sauerei zu verursachen, kippte ich kurzerhand den Rucksack um, ließ Brot und Anorak herausfallen und kotzte mein Frühstück hinein. Es stank widerlich, und widerlich war auch Vater, der mir rechts und links eine Ohrfeige gab. Oben auf der Bielerhöhe umrundeten wir einen kleinen See, da konnte ich meinen verdreckten Rucksack sauber machen. Mein Vater zeigte uns den Piz Buin, der langsam im Nebel verschwand. Ich fror, aber in der Hütte durften wir uns Cola kaufen und unsere Brote auspacken.

Vater hatte angebissen, unbedingt wollte er den Piz Buin bezwingen. Am Tag darauf schnürte er sein Ränzlein und zog um acht Uhr los. Ich hoffte, dass er nicht vor dem Abendessen zurückkam. Günter und Manfred spielten Fußball, Mutter las in einem Liegestuhl, ein paar Meter entfernt lümmelte ich unter einem Apfelbaum im Gras auf einer Decke und döste vor mich hin. Das Buch »Die rote Zora« lag auf meinem Bauch, zwei Stunden hatte ich darin gelesen. Der Roman war einfach spannend, jetzt versuchte ich, mich in das Geschehen hineinzudenken, in der Fantasie mit den Protagonisten Kontakt aufzunehmen. Ich wurde müde, die Gedanken verwandelten sich in Träume, die ich im Halbschlaf überallhin dirigieren konnte.

Plötzlich fiel ein Schatten auf mich, ich setzte mich auf und sah in die lachenden Augen eines Mannes. War das ein Traum? Hatte er mich schon länger betrachtet? Meine Arme hoben sich wie von alleine und kreuzten sich vor meinen Brüsten, jetzt war ich wach.

»Ich wollte Sie nicht erschrecken. Ich fand Ihren Anblick nur reizend.«

Seine Stimme war angenehm. Die nackten Beine waren vielleicht zwei Meter von mir entfernt, ansonsten konnte ich kaum etwas erkennen. Die Sonne blendete mich. Also hielt ich die Hand vor die Augen. Ich schätzte den Mann auf etwa fünfundzwanzig Jahre. Was machte der hier unter lauter Müttern und Kindern? Als hätte er meine Gedanken gelesen, begann er zu lachen.

»Ist es nicht langweilig für Sie, hier so herumzuliegen?«

Blöder konnte man ein Gespräch nicht anfangen.

»Ist es nicht langweilig, mich anzusehen?«, fragte ich schnippisch.

»Ganz im Gegenteil. Ich habe nicht damit gerechnet, hier so ein reizendes Mädchen zu treffen.«

Nun ja, Komplimente zeigten meistens Wirkung. Ich wartete.

»Ich heiße Ulrich«, stellte er sich vor. »Mein Auto hatte einen Platten, ich habe es gerade von der Tankstelle geholt. Ich bin schon drei Tage hier, heute ist mein freier Tag, morgen gehe ich wieder in die Berge.« Er setzte sich ins Gras und schlang die Arme um die Knie.

Ich blieb still, schloss die Augen, seltsame Gedanken wirbelten in meinem Hirn herum, es fühlte sich merkwürdig an, gelobt zu werden. Mutter nörgelte an mir herum, Vater schien mich zu hassen, so oft, wie wir uns stritten. Als ich die Augen wieder aufschlug, stand der Mann dicht neben mir. Er streckte mir eine Hand hin, ich ergriff sie und er zog mich hoch.

»Kommen Sie, wir gehen zu Ihrer Mutter und fragen sie, ob ich Sie heute Abend ausführen darf.« Ich zögerte. Eigentlich war er mir zu alt, ich fand ihn nicht besonders anziehend, noch nie war ich mit einem so alten Mann befreundet gewesen. Doch zugleich war ich baff. Wie hatte der Kerl erraten, dass ich darauf brannte, tanzen zu gehen? Und woher wusste er, dass die Frau auf der Wiese meine Mutter war? Wir stellten uns vor den Liegestuhl, Mutter sah mich seltsam an. Ich hatte keine Ahnung, was in ihrem Kopf vor sich ging. Sie legte ihr Buch auf den Bauch, machte eine auffordernde Geste mit der Hand und fragte: »Kann ich helfen?«

Ulrich war nicht verlegen, er stellte sich vor, ließ uns wissen, dass er noch drei Nächte hier sein würde und gerne heute Abend mit mir zum Tanzen gehen wollte.

Außer auf der Fahrt mit Rolf und seinen Freunden zu der Tübinger Faschingsfeier vor einigen Monaten hatte ich noch nie bei einem Mann im Auto gesessen. Wenn wir um die Kurven rasten, krallten sich meine Finger in den Sitz. Als ich vor Schreck zusammenzuckte, lachte Ulrich laut. Kurz darauf nahm er meine Hand, drückte sie sanft und sagte: »Du brauchst keine Angst zu haben, ich tu dir nichts.« Doch allein schon sein Geruch und seine Stimme machten mich nervös.

Das Tanzcafé war schwach beleuchtet. Mir wurde ganz schummrig, als ich die eng aneinandergepressten Körper sah. Ich versuchte, Abstand von Ulrich zu halten, was ihn wieder zum Lachen brachte. Ich hatte mir ausgelassene Musik vorgestellt, wilde Tänze, doch hier spielte man nur langsame Takte, die nach körperlicher Nähe verlangten. Auf einmal ekelten mich Ulrichs feuchte Hände, und noch schlimmer wurde es, als er seine feuchte Wange an meine drückte. »Ich will nach Hause«, sagte ich nach einer gefühlten Ewigkeit.

»Du bist ja ein richtiger Spielverderber, entspann dich doch, lass dich gehen.«

Bestimmt war es schon weit nach Mitternacht, und Vater stand vor meinem Zimmer und tobte, weil ich mich nicht an seine Anordnung hielt. Mein Herz fing an zu rasen, ich hatte Angst vor meinem Vater und fürchtete mich vor diesem Mann. Auf einmal kam ich mir ausgeliefert vor.

Und von wegen »Ich tu dir doch nichts«. Wir fuhren in die Dunkelheit, ich starrte mit den Scheinwerfern auf die Straße. Dann hielt er an. Er griff nach mir, wollte mich küssen, ich biss ihn in die Zunge, er zerrte an meinem Pullover, ergriff meine Brüste, ich schlug um mich, er klemmte meine Arme unter seinen Arm. Die andere Hand drängte unter meinen Rock, schob sich zur Unterhose. Als er mit dem Finger in mich hineinbohren wollte, fing ich an zu brüllen, er stieß mit dem Kopf gegen mich, Blut tropfte mir aus der Lippe. Er starrte mich an. Dann startete er wortlos den Motor, fuhr mich zum Gasthof und war am nächsten Morgen verschwunden.

Hilde

Spaziergang am Rhein 1923

Wortlos steigt Robert in den Keller, dann höre ich ihn fluchen. Rückwärts zerrt er den alten Kinderwagen über die Kellertreppe hoch. Früher war er einmal weiß wie ein Schwan, jetzt ist der Lack grau und rissig, doch ich und meine Geschwister haben in ihm die Welt entdeckt. Henny erkennt das Ding und beginnt, heftig mit den Beinen zu strampeln. Ich setze sie hinein und wir bugsieren den Wagen zu zweit hinaus auf das Trottoir.

Robert stellt sich neben den Kinderwagen und schaut mich zweifelnd an.

»Freust du dich nicht, mit mir an den Rhein zu gehen?«, frage ich.

Er guckt muffig und zuckt mit den Schultern. Wahrscheinlich ist er beleidigt, dass wir nicht allein sein können.

»Sollen wir den Wagen wieder in den Keller bringen?«

Er schüttelt den Kopf, dann grinst er plötzlich, stellt sich vor den Kinderwagen und rast damit die Straße hinunter.

Ich renne hinterher und erreiche ihn schließlich, als er stehen bleibt.

Es ist brütend heiß und ich habe vergessen, einen Hut für Henny mitzunehmen. Als ich das Robert sage, holt er ein

Taschentuch aus der Hosentasche, verknotet es an jeder Ecke und setzt dem Kind den Hut auf. Wir haben sie angegurtet und ihr ein Kissen in den Rücken gedrückt, ihre Fäustchen klammern sich an den Wagenrand.

Wir gehen unsere Straße entlang, die Breite Straße, die wir als Mannheimer Breide Strooß nennen. Sie liegt mitten in der Innenstadt, in einem Halbkreis, der einst das Herz der alten kurfürstlichen Festung bildete und von einer Stadtmauer umgeben war. Jetzt ist er unterteilt in Quadrate, wir wohnen im Quadrat B 6. Wir halten uns im Schatten der Häuser, kein Mensch ist zu sehen, nur ein Pferdefuhrwerk holpert über das Pflaster. Ungefähr die Hälfte der Strecke liegt schon hinter uns, bald sind wir am Rhein.

Robert legt ein tolles Tempo vor, Henny gefällt das wilde Schaukeln. Ich habe mir das nicht so anstrengend vorgestellt, meine Füße brennen. Beim Rosengarten drosseln wir unsere Geschwindigkeit, jetzt gehen wir ganz langsam, die Rosen duften, sie stehen in voller Blüte. Außer uns ist niemand zu sehen, das nützt Robert aus: Er bückt sich vor einen Rosenstrauch und beißt eine hellrote Rose ab, sie hängt ihm im rechten Mundwinkel. Er stellt sich dicht vor mich hin und lächelt mich an.

»Wenn du sie haben willst, musst du mich küssen.«

Ich überlege nicht lange, stelle mich auf die Zehenspitzen, nehme ihm die Blume aus dem Mund und beiße ihm in die Unterlippe. Nicht allzu fest, aber auch nicht sanft. Robert leckt sich über die Lippe, sagt aber nichts.

Dann sprintet er plötzlich wieder los, rast an den Rabatten vorbei, dreht sich um, grinst und winkt. Ich mache mit und folge ihm.

Auf einem schmalen Weg schlängeln wir uns durchs Dickicht. Der Boden ist matschig, ich sinke mit den Füßen ein, wir müssen den Kinderwagen hochheben, um nicht stecken zu bleiben. Dann wird es plötzlich hell, weißer Sand liegt vor uns und ich sehe den Fluss. Der Rhein macht hier einen Bogen, und in diesem Bogen versteckt sich eine kleine Bucht. Zuerst hebe ich Henny aus dem Wagen. Sie schaut mit weit aufgerissenen Augen um sich. Dann greift sie vorsichtig in den Sand und will ihn in den Mund schieben. Ich halte ihre Hand fest.

»Lass sie ruhig mal ein bisschen Sand essen, sie wird gleich merken, dass der nicht schmeckt.«

Robert scheint Erfahrung mit kleinen Kindern zu haben. Unter einer großen Buche breiten wir eine bunte Decke aus, legen das Kind darauf und ziehen es aus. Henny strampelt glücklich und juchzt vor Freude.

Auch wir ziehen uns aus. Robert bis auf die Badehose, ich bis auf die Unterwäsche. Dann lege ich mich neben Henny unter den Baum und sehe die Blätter im Sonnenlicht tanzen. Meine Augen wandern zum Fluss, die Sonnenstrahlen springen wie Heuschrecken von Welle zu Welle, ich kneife die Augen zu. Meine Hände streichen über das Gras, ich breche einen Halm ab, schiebe ihn zwischen die Lippen und kaue darauf herum. Er schmeckt süß und zugleich ein bisschen säuerlich. Ich schließe die Augen, spüre die warmen Sonnenstrahlen auf meinem Bauch.

»Kannst du schwimmen?«, fragt Robert.

Ich schüttle den Kopf. »Ich war noch nie in einem Schwimmbad.«

»Soll ich dir zeigen, wie's geht?«

Ich öffne die Augen und schaue Roberts braun gebrannten Körper an, er ist sehr schlank, aber nicht mager, und er hat Muskeln. Mein Blick streift über seine Brust und seine hinter dem Kopf verschränkten Arme. Dann fällt mir auf, dass er auf den Fluss schaut.

»Du glaubst doch nicht, dass ich da reingehe?«

Robert richtet sich auf und macht eine ausladende Bewegung mit dem Arm. »Schau, das Wasser hier in der Bucht ist ganz ruhig, ich kenne mich aus … dir passiert nichts.«

Ich schüttle den Kopf. »Vielleicht das nächste Mal.« Ich will ihm nicht erzählen, dass ich gerade meine Regel habe.

»Hast du heute Glück gehabt?«

»Wie meinst du das?«

»Du willst doch eine Arbeit finden. Hat's geklappt?«

Ich seufze. »Ich laufe mir die Hacken ab, es gibt einfach nichts.«

Wir schweigen. Robert lächelt mich an. »Schade, dass wir uns nicht besser kennenlernen können, wir fahren in drei Wochen nach Italien, an die Riviera.«

»Du hast vielleicht ein Glück.«

»Wir haben dort ein Haus.«

»Das muss schön sein.«

Robert greift nach seinem vollgepackten Rucksack, ich bin gespannt, was er da alles drin hat. Er lächelt mich verschmitzt an und packt aus: eine Tafel Schokolade, drei Eier, einen in eine glänzende Folie eingepackten Käse und Nüsse! Herr im Himmel, so was habe ich noch nie gesehen. Solche Dinge kenne ich nur vom Hörensagen. Ich spüre, wie sich Wasser in meinem Mund bildet.

»Woher hast du das alles?«

»Wir haben Beziehungen. Mein Vater wird häufig mit Lebensmitteln bezahlt statt mit Geld.«

Mehr sagt er nicht, doch ich ahne, warum es ihm so gut geht. Offenbar hat sein Vater genügend Kunden, die wissen, wie sie etwas auf dem Schwarzmarkt organisieren. Robert hat mir noch nichts von seiner Familie erzählt, doch vermutlich sind sie Juden. Ich greife gierig nach den Leckerbissen.

Meine kleine Schwester schläft, Robert legt sein Handtuch dicht neben meines. Und ich weiß, dass er gleich über meinen

Körper streichen wird. Ich schließe die Augen, sehe durch einen kleinen Schlitz, wie er die Hand hebt, und vibriere vor Spannung, warte auf die Berührung. Kurz darauf spielen seine Finger mit meinen. Seltsamerweise kribbelt es in meinem Bauch.

Jetzt wandert seine Hand hoch zu meinen Brüsten, es gefällt mir, aber ich darf das nicht machen. Ich habe die Stimme meiner Schwester im Ohr, die mir ständig von geilen Männern erzählt, die nur eines wollen, und dann sagt: »Klopf ihm auf die Finger.« Doch so heftig bin ich nicht, ich schiebe sehr vorsichtig seine Hand von meiner Brust, lächle ihn an und richte mich auf.

Robert lächelt ebenfalls, setzt sich auch auf und küsst mich ganz zart auf den Mund. »Es geht mir was im Kopf herum«, sagt er, »ich fände es toll, wenn du mitkommen würdest. Wenn du Lust hast, frage ich meine Eltern, ob du mit uns an die Riviera fahren darfst.«

Ich antworte nicht, doch mir wird ganz heiß.

»Morgen werde ich meine Eltern fragen, irgendwas muss ich mir einfallen lassen …«, redet Robert weiter, dann beugt er sich über mich und schaut mich ernst an.

In meinem Körper bricht ein Tumult aus. Nicht jeder Tag bietet die Möglichkeit, aus den Schuhen zu schlüpfen und zu tanzen und Spaß zu haben. Ich habe die Wahl zwischen tanzen und rumsitzen. Ich erwidere seinen Kuss.

Klara

Mein Abschlusszeugnis 1958

Mein Abschlusszeugnis der Handelsschule war hervorragend, ich trauerte dem Wunsch, Kindergärtnerin zu werden, nicht mehr nach. Ich konnte jetzt hundertvierzig Silben in der Minute stenografieren, blind Texte tippen, Französisch und Englisch sprechen und war Meisterin in der Buchhaltung. Mit meinem guten Zeugnis stellte ich mich bei drei Firmen vor, wurde getestet in Stenografie und Maschinenschreiben und konnte schließlich zwischen den dreien wählen. Ich entschied mich für die Anwaltskanzlei. An meinem ersten Arbeitstag wurde ich den Angestellten vorgestellt, alle lächelten mich an und wünschten mir einen guten Start. Ich teilte mir mit meinem Chef ein Zimmer, sein riesiger Schreibtisch stand majestätisch im Raum, mein winziger Schreibtisch war dicht an eine Wand gerückt. Wenn ich den Blick von den Tasten hob, sah ich die weiße Tapete.

Mein Chef diktierte mir zehn Seiten lange Briefe voller unbekannter Fachausdrücke. Und es schien ihm nicht zum ersten Mal zu passieren, dass seine Sekretärin in Tränen ausbrach. Er stellte sich neben mich und legte väterlich eine Hand auf meine Schulter. »Nehmen Sie es nicht so tragisch, Fräulein Fischer, fragen Sie mich, wenn Sie nicht weiterwissen.«

Ich wollte mich nicht blamieren, ihn nicht fragen, also tippte ich die unbekannten Worte so, wie ich sie stenografiert hatte, in die Niederschrift. Ein großer Fehler, denn ich schrieb fast alle Wörter falsch. Der Chef korrigierte mit einem dicken roten Stift und ich schrieb den Brief ein zweites Mal.

Obwohl ich in den kommenden Wochen besser wurde, war ich unglücklich, meine Unwissenheit machte mir zu schaffen. Eines Abends auf dem Nachhauseweg nahm meine Zukunft in meiner Fantasie plötzlich Gestalt an und die Vorstellung, ein ganzes Leben lang immer dieselben Tasten zu drücken, machte mich verrückt. Ich wollte weg, aber wie sollte ich das meinen Eltern sagen? Ausgerechnet an jenem Abend rief mich mein Vater in sein Herrenzimmer und machte mir einen Vorschlag. Er hatte vor einiger Zeit den Beruf gewechselt, statt Sänger war er jetzt Vorsitzender der Genossenschaft Deutscher Bühnen-Angehöriger in Baden-Württemberg.

Vater saß hinter seinem großen Schreibtisch und bat mich, Platz zu nehmen. Zum ersten Mal war er höflich zu mir. Irgendwas stimmte da nicht.

Er sah mich nicht an, sondern guckte auf ein Blatt Papier. Wie üblich hing ihm die Zigarre im Mundwinkel. Er hatte wirklich schöne Hände. Wie sie so friedlich dalagen, würde keiner vermuten, wie weit sie ausholen konnten, um meine Brüder und mich zu verprügeln. Schließlich richtete sich sein Blick auf mich.

»Ich muss etwas mit dir besprechen.«

Das war selten vorgekommen, eigentlich fast nie, mir wurde mulmig zumute.

Vater blies eine blaue Zigarrenfahne in meine Richtung und begann zu reden. »Frau Becker, meine Sekretärin, wird in zwei Monaten aufhören, bei mir zu arbeiten. Sie ist schwanger.«

Ich schwieg und wartete neugierig, was er mir erzählen wollte.

»Mama hat mir erzählt, dass dir der Job in deiner Firma nicht besonders gefällt. Da kam mir der Gedanke, dass meine Tochter doch bei mir arbeiten könnte. Was hältst du davon?«

Zum ersten Mal sah ich in dem Lächeln meines Vaters offene Zuneigung.

Ich musste schlucken. Wie sollte ich bloß reagieren? In meinem Kopf wirbelte alles durcheinander, Freude mischte sich mit Angst.

»Darf ich mir das überlegen?«

»Was gibt's da zu überlegen?« Das Lächeln in Vaters Gesicht gefror.

Meine Gedanken überschlugen sich, Nachteile und Vorteile standen sich gegenüber. Schließlich aber überwogen die Vorteile. Ich nickte Vater zu und sagte ihm, dass ich bei meiner Firma kündigen würde, um seine Sekretärin zu werden.

Mein Arbeitstag begann um halb neun, allein das war eine Verbesserung. Zum Bahnhof brauchte ich nur zehn Minuten, dort stieg ich in einen Vorortzug und war in acht Minuten in Stuttgarts Zentrum. Gemütlich trabte ich die lange Schlossstraße entlang, nahm mir ein paar Minuten Zeit für die Schaufenster der vielen Läden, sodass ich kurz vor halb neun das fünfstöckige Patrizierhaus erreichte. Es stand eingeklemmt in einer Reihe von Kaufhäusern und einem Kino. Oben im fünften Stock gab es mehrere Büros. Unseres lag direkt beim Aufzug, neben uns hatte ein Wirtschaftsanwalt seine Räume.

Im Büro meines Vaters befand sich ein riesiger Schreibtisch aus Mahagoni, darauf türmte sich Papier. In der Mitte prangte ein schwarz-weißes Familienbild von uns; ich war stolz, dass wir so im Mittelpunkt standen. Vor den Tisch waren zwei schwere Sessel gerückt. An den Wänden standen Regale, voll beladen mit Büchern und den jährlichen Theateralmanachen. Ein blumiger Perser lag auf dem Boden, schwere Vorhänge hingen vor den Fenstern. Ich schob sie zur Seite und blickte in einen grauen Hinterhof mit einer Reihe Abfallcontainer. In dem Haus gegenüber ging es zu wie in einem Bienenstock. Frauen mit Kopftüchern rannten herum, trockneten Teller ab und wischten sich hin und wieder mit Taschentüchern über das Gesicht oder tupften sich den Schweiß unter den Armen weg. Das war die Küche des berühmten Gasthauses Ketterer, in dem meine Eltern schon manchen Abend nach dem Theater mit ein paar Vierteln Wein abgeschlossen hatten. Mein Arbeitsplatz war auch hier ein schmaler Tisch.

Vater beschrieb mir die Aufgaben der Bühnengenossenschaft und ich erfuhr, dass circa zwanzigtausend Schauspieler, Spielleiter, Kapellmeister, Dramaturgen, Bühnen-, Masken- und Kostümbildner an den Theatern der Bundesrepublik Deutschland, in Berlin, Österreich und der Schweiz beschäftigt waren. Unter den ausgebildeten »Bühnenschaffenden« gab es aber auch erstaunlich viele Arbeitslose. Die engagementlosen jungen Menschen bekamen von den Arbeitsämtern Unterstützung sowie den Rat, sich für einen Mangelberuf umschulen zu lassen. Doch das half nicht, trotz dieses Missstands drängten ungeheuer viele Menschen in die Branche.

Vater ließ mich wissen, dass die öffentlichen Schauspielschulen in Berlin, München und auch in Stuttgart von den zweihundert Interessenten, die sich jedes Jahr meldeten, nur zwölf bis fünfzehn Schüler annehmen konnten. Die Eignungsprüfungen wurden von Kommissionen der Bühnengenossenschaft und des Deutschen Bühnenvereins zweimal jährlich abgehalten.

Zwei Wochen war ich jetzt hier, mein Vater hatte mich eingearbeitet und mir den Tagesablauf eingehämmert. Ich war energiegeladen und stolz auf die Arbeiten, die ich erledigen musste, außerdem gefiel mir, dass hier ständig junge Menschen auftauchten. Interessante Menschen, oft schöne Menschen, Menschen, die sich gut unterhalten konnten, die mich umschmeichelten. Warum sie das taten, wurde mir erst nach Wochen bewusst.

Hilde

Roberts Versprechen 1923

Ich zweifle an Roberts Versprechen, das alles kommt mir vor wie ein Märchen. Warum sollen seine Eltern ein Mädchen mitnehmen, das sie nicht kennen?

Doch keine zwei Tage nach unserem Spaziergang an den Rhein fängt Robert mich im Treppenhaus ab. Er muss einfach auf mich gewartet haben. Als ich angerast komme und vom Handlauf abspringe, fängt er mich auf, grinst mich an und küsst mich.

»Du wirst dir noch alle Knochen brechen. Wenn ich dein Vater wäre, würde ich dir das verbieten.« Er nimmt mich bei der Hand und wir hüpfen die fünf Stufen hinunter aufs Trottoir.

»Was hast du vor, musst du dich wieder vorstellen?«

Ich nicke und sage ihm, dass es immer wieder das Gleiche ist und ich eigentlich zu Hause bleiben könnte. »Willst du mich begleiten?«, frage ich so dahin, ohne eine Antwort zu erwarten.

»Ich glaube, das kannst du sein lassen mit dem Vorstellen. Ich hab eine tolle Nachricht für dich.«

Die Sonne brennt heiß herunter, noch heißer wird mir, als Robert losrennt und mich hinter sich herzerrt, gleich nach der nächsten Ecke bremst er abrupt ab und umarmt mich heftig.

»Spinnst du ein bisschen, was ist in dich gefahren?«

Er schüttelt den Kopf. »Ich erzähl's dir gleich, ein Wunder ist geschehen.«

Im Schatten der Häuser gehen wir Hand in Hand, seine Hand ist heiß und feucht. Er will schneller gehen, doch ich bremse ab. »Du musst es mir jetzt sagen.«

»Nein, das geht nicht. Ich habe mir vorgestellt, dass wir uns auf eine Bank setzen, ganz nah zusammen. Ich will dir ein Märchen erzählen, ein neues, das wird dich umhauen, du wirst es nicht glauben … aber alles ist Tatsache.«

Er zieht mich weiter. »Wir müssen uns hinsetzen, das ist wichtig, denn ich glaube, du fällst in Ohnmacht, wenn ich dir alles erzähle.«

Ich schaue ihm ins Gesicht, seine Augen brennen vor Freude. »Wo ist die nächste Bank?«, frage ich. Und dann rennen wir.

Im Park sind alle Bänke belegt, Mütter sitzen im Schatten, ihre Kinder spielen im Sandkasten. Kurzerhand lassen wir uns unter zwei blühende Büsche fallen. Robert zieht mich an sich, sein Kuss ist erst zart, dann intensiv, ich vergesse die Welt um mich herum, die neugierigen Blicke der Frauen.

Wir sehen uns an und fangen an, laut zu lachen. »Komm schon, ich will dein Märchen hören.«

»Kennst du eigentlich meine Familie?«

»Wie soll ich sie kennen?«, frage ich. »Ihr lebt im ersten Stock und ich unter dem Dach.«

»Hast du noch nie meine Mutter und meine kleinen Geschwister gesehen?«

Ich schüttle den Kopf. »Wie alt sind denn deine Geschwister?«

»Vincent ist zwölf, Jonathan zehn, und dann gibt es noch zwei Nachzügler, Tobias und Ivan, die sind erst zwei Jahre alt.«

Robert richtet sich auf, dehnt sich und lächelt mich verschmitzt an. »Ich habe gestern mit meiner Mutter gesprochen, habe ihr erzählt, dass wir uns beim Einkaufen kennengelernt haben, dass du ganz oben wohnst, auch drei Geschwister hast und seit Wochen versuchst, eine Stelle zu finden.«

Ich schaue ihn erwartungsvoll an.

»Ich habe gesagt, dass du prima mit Kindern umgehst und fantastisch nähen kannst. Ich hab dich gelobt, natürlich nicht allzu begeistert, ich wollte Mutter ja nicht unbedingt unter die Nase reiben, dass ich in dich verliebt bin.« Robert lacht.

Ich rutsche nervös herum, ergreife seine Hand und drücke fest zu. »Und? Hat sie auch angebissen?«

Roberts Mund verzieht sich zu einem breiten Grinsen. »Sie will dich unbedingt kennenlernen. Ich habe sie natürlich noch nicht gefragt, ob du mit an die Riviera darfst, werde aber vor eurem Treffen noch einmal drauf hinweisen, dass du dich dort um die Zwillinge kümmern könntest, um sie zu entlasten. Wenn ich dabei noch fallen lasse, wie praktisch es doch eigentlich ist, eine Schneiderin im Haus zu haben, wird das meine Mutter sicher begeistern. Glaub mir, das werde ich schon schaukeln.«

Schaukeln, schaukeln, in meinem Kopf rasen die Gedanken, ich lehne mich an seine Brust. Der unsichere, unwirkliche Ort, den wir Zukunft nennen, nimmt plötzlich Gestalt an.

An Sonntagen, wenn das Wetter schön ist, stehen wir früh auf, helfen Mutter, die Taschen mit Vorgekochtem zu füllen, und machen uns auf den Weg zur Laube. Meist gibt es dort dann Kartoffelklöße und Grütze, die wir voller Ekel herunterwürgen. Diesmal aber läuft mir das Wasser im Mund zusammen, als Lene vor unserem Aufbruch die Leckerbissen aus ihrem Korb auf den Tisch kippt. Saftige Würste liegen da, dicke und dünne; gierig blicken wir auf die fetten Fleischbrocken, die von Gästen übrig gelassen wurden. Frieder, Lenes Geliebter, hat an alles gedacht.

Gegen zehn Uhr beginnen wir mit dem Abstieg durchs Treppenhaus. Vater und Mutter gehen voraus, Vater umklammert das Geländer, stellt sich auf den linken Fuß und lässt seine Prothese auf die nächste Stufe knallen. Ich höre ihn leise stöhnen, laut schnaufen, jeder Schritt muss ihm wehtun, aber er jammert nie. Es dauert ungefähr eine Viertelstunde, bis wir auf der Straße stehen. Vater sieht blass aus, er presst die Lippen zusammen, und zum ersten Mal nehme ich wahr, welche Torturen er täglich auf sich nimmt, wenn er morgens zu seiner Firma humpelt und abends wieder zurück.

Lenes Freund schiebt den Kinderwagen, sie hängt sich bei ihm ein und hüpft fröhlich. Willi hat meine Hand genommen und erzählt mir, was er gestern auf der Straße gemacht hat. »Franz und ich haben eine tote Katze gefunden. Franz hat sie hochgehoben und mir die vielen Würmer gezeigt.«

»Pfui Teufel, was habt ihr dann mit ihr gemacht?«

»Franz hat sie am Schwanz gepackt und über eine Mauer geschleudert.« Willi lacht.

Unsere kleine Karawane kommt nur langsam voran, mit dem Holzbein gibt Vater den Takt an, inzwischen geht es ihm offenbar besser. Er blickt in den Kinderwagen, verzieht sein Gesicht zu einem Lächeln und wartet auf Hennys begeistertes Glucksen. Im prallen Sonnenlicht durchqueren wir die halbe Stadt, nach einer guten Stunde erreichen wir den Neckar. Den Schrebergarten haben meine Eltern vor dem Krieg zu einem unglaublich niedrigen Preis gekauft. Vor dem Zaun wuchert eine Brombeerhecke. Die Parzelle ist ungefähr hundert Quadratmeter groß, die Hütte nimmt zehn Quadratmeter ein, auf dem kleinen Rechteck aus Gras davor steht eine Bank unter einem Fliederbusch. Der Kirschbaum und der Apfelbaum tragen Früchte, auf die sich meine Geschwister stürzen wie die Geier. Auf den restlichen siebzig Quadratmetern sind Furchen gezogen. Vater hat hier Gelbe Rüben, Rettiche, Kartoffeln,

Rapunzeln und Tomaten angebaut. Ohne den Garten würden wir uns schwertun zu überleben.

Ich gehe in die Hütte, in der lange keiner von uns war, und sehe mich um. Sie ist vollgestellt mit einem seit ewigen Zeiten ungenutzten Tisch, zwei kleinen Bänken und einem Berg von Gerümpel. Eine Gasfunzel steht auf dem Tisch. Ich stelle mir vor, hier mit Robert ungestört schmusen zu können. Mein Herz klopft schneller. Das wäre ja was! Das Zeug auf dem Boden und in den Ecken muss raus, beschließe ich, kein Mensch wird jemals die alten Schachteln, Schuhe und Klamotten brauchen. Willi scheint meine Gedanken lesen zu können. Ohne etwas zu sagen, fängt er an, das Gerümpel aus dem Häuschen zu zerren. Meine Eltern sind sehr sanfte Menschen, wir werden selten gescholten, heute aber wird Mutter laut.

»Junge, spinnst du, was machst du da, wer soll das alles wieder reinstellen?«

Aber Willi lässt sich nicht beirren, er zerrt weiter ein Stück nach dem anderen aus der Hütte. Ich komme ihm zu Hilfe. »Mama, wir brauchen das ganze Zeug doch nicht, ich verspreche dir, dass wir alles mit dem Leiterwagen wegbringen.«

Mutter setzt sich mit dem Kind auf dem Arm vorsichtig auf die Wiese, legt Henny neben sich, lupft den Rock und schiebt sich die Wollstrümpfe von den Beinen. Noch nie habe ich ihre nackten Beine gesehen, ich erschrecke und starre die Krampfadern an, die sich wie dunkle Schlangen über die weiße Haut winden.

»Wohin willst du das Zeug bringen?«

Einen Augenblick bin ich überfordert, was soll ich sagen, doch blitzschnell fällt mir ein, dass es in Mannheim einen Trümmerberg gibt.

Klara

Rock 'n' Roll 1958

Hannelore war einen halben Kopf größer als ich und eine achtzehnjährige klassische Schönheit. Gegen sie wirkte ich zierlich und wie aus einem Modeheft geschnitten. Wir kannten uns seit vielen Jahren, waren zusammen in die Schule gegangen und hatten vor unserem Umzug im selben Haus gewohnt.

Jeder Tag bot uns die Möglichkeit zu tanzen und Spaß zu haben. Hannelore und ich waren scharf auf die Coca-Cola-Bälle. Bill Haleys »Rock Around The Clock« infizierte uns mit dem neuen musikalischen Virus. Es war keine Hysterie, eher das brennende Verlangen nach Freiheit.

Im Café Marquardt am Schlossplatz wurde Rock 'n' Roll gespielt. Um fünf Uhr ging es los. Der Eintritt war günstig, wir setzten uns an einen der runden Tischchen und nuckelten an einer Cola; eigentlich brauchten wir den Tisch aber gar nicht, weil wir ständig aufgefordert wurden und so gut wie ununterbrochen auf der Tanzfläche waren.

Die Musik hämmerte, unsere Körper wirbelten, die flachen Schuhe mit den dünnen Sohlen wurden heiß. Wir waren trunken von diesem wilden Leben, wir wollten es ausschöpfen, wo es nur ging. Wir wollten tanzen. Tanzen.

Die Jungs hatten auch anderes im Sinn, sie waren auf Brautsuche. Wenn Hannelore und ich erhitzt auf unsere Stühle sanken, kamen sie vorbei, gaben uns Zettelchen, wollten unsere Namen aufschreiben, baten um ein Wiedersehen. Wir nannten erfundene Namen und vereinbarten Treffpunkte, die wir gleich wieder vergaßen.

Nachmittags im Büro meines Vaters dagegen überwältigte mich Langeweile. Meine Arbeiten waren erledigt, die Stunden zogen sich in die Länge, ich las und sah den Köchen gegenüber beim Kochen zu.

Die »Stuttgarter Nachrichten« lagen zerfleddert auf dem Boden, ich hob sie auf, setzte mich in den schweren Sessel meines Vaters, legte die Beine auf den Schreibtisch und blätterte gelangweilt darin herum, bis ich auf eine Nachricht stieß, die mich elektrisierte: Am 13. Oktober sollte die schönste Frau Stuttgarts gewählt werden. Das war doch was! Meine Lethargie war verflogen.

Gleich am nächsten Tag meldete ich mich an. Heimlich kaufte ich Schuhe mit hohen Absätzen, nähte knappe Shorts und eine tief dekolletierte Bluse, färbte mein dunkelblondes Haar golden, erwarb Seidenstrümpfe und Kosmetik.

Zwei Wochen später stand ich zusammen mit circa fünfzig Mädchen in einem Spiegelsaal. Der Raum war trotz des kühlen Septembertags unbeheizt, wir halb nackten Mädchen wedelten mit den Armen und machten Kniebeugen, um nicht blau anzulaufen. Dann wurden wir in Zehnergruppen in einen weiteren Saal geführt, stiegen zehn Stufen hoch auf eine Bühne und stolzierten eine nach der anderen über einen schmalen Laufsteg. Natürlich hatte ich mich vorher informiert, mir in Illustrierten genauestens die Gesten und Bewegungen abgeguckt, war jeden Abend in meinem Zimmer umhermarschiert, hatte die Haltung und das Lächeln geübt – trotzdem kam ich mir jetzt ziemlich blöde vor.

Irgendwo, wahrscheinlich nur wenige Meter vom Laufsteg entfernt, musste die Jury sitzen, lauter Männer. Ich vermied, einen Blick nach unten zu werfen, versuchte, nicht zu grinsen, sondern zu lächeln, und war gottfroh, als ich endlich wieder von der Bühne verschwinden durfte.

Vierzig Mädchen mussten sich danach verabschieden, ich war nicht dabei; wir zehn Schönsten sollten uns jetzt vor die Jury stellen und ihre neugierigen Fragen beantworten.

Ich hatte mir das alles als lustiges Spielchen vorgestellt, als Zeitvertreib, wollte vielleicht auch gelobt werden. Doch nicht um den Preis, nun noch einmal vor die Jury zu treten und mich von den Männern anglotzen zu lassen. Ich begann, mich anzuziehen, wollte verschwinden, als mich ein Mann mit einer Kamera in der Hand, wohl ein Journalist, ansprach.

»Mensch Mädchen, bleib da, du verpasst eine große Chance, ich mache Fotos von euch, du kommst in die ›Stuttgarter Zeitung‹. Du wirst berühmt …« Er hörte nicht auf zu reden, und ich ließ mich bezirzen.

Der Traum aller Mädchen, die Schönste zu sein, schien kurz darauf in Erfüllung zu gehen. Die Jury, alles Männer mittleren Alters, saß in einer Zehnerreihe vor uns und ließ ihre Blicke über uns gleiten. Es reichte nicht, nur schön zu sein, wir Schönheiten wurden befragt, wie wir unser Leben gestalten wollten, welche Wünsche wir hatten, welche Berufe uns vorschwebten.

Ich war die Vierte in der Reihe. Als ich meinen Blick hob, erstarrte ich wie ein Ölgötze, Hitze stieg in mir hoch, mein Gesicht wurde feuerrot. Hans Blessin, ein ehemaliger Sängerkollege meines Vaters, sah mich grinsend an. Bevor einer der Männer den Mund aufmachte, drehte ich mich um und rannte aus dem Saal. Der junge Journalist lief hinter mir her.

»Klara, warum hast du das gemacht, du wärst mit Sicherheit die Miss Stuttgart geworden! Geh doch einfach wieder hinein. So was passiert öfters.«

Inzwischen hatte ich mich wieder erholt, war sogar guter Laune. Ich fing an zu kichern und konnte gar nicht mehr damit aufhören. »Ich bin zufrieden mit dem Ergebnis, das reicht mir.«

Jetzt lachte auch der Journalist und machte ein paar Bilder von mir, ich blickte kokett und lächelte. Danach bot er an, mich nach Hause zu bringen.

Er war nicht der Männertyp, der sich damit zufrieden gab, Händchen zu halten. Er tanzte nicht mit mir im Café Marquardt, nein, er ging mit mir ins Tube, ein Nachtlokal, in dem Jazz gespielt wurde. Er kümmerte sich wenig um meine Abwehr, zog mich so eng an sich, dass ich seine Erregung spürte. Doch auch in dem von wenigen rötlichen Lämpchen beleuchteten Schlauch, wo sich die Körper aneinanderdrückten, empfand ich nur Neugierde, kein Begehren.

Es war spät, als ich nach Hause kam; ich war guter Dinge, Adrenalin strömte durch mein Blut, das mir kurz darauf aus der Nase laufen sollte. Ich hörte unseren Fernseher bis ins Treppenhaus dröhnen. Erst klopfte ich leise an die Wohnungstür, dann lauter, schließlich drückte ich ohne Unterlass auf die Klingel. Sie ließen mich eine halbe Stunde lang im kalten Treppenhaus stehen. Dann wurde die Tür aufgerissen. Vor mir stand mein Vater im Schlafanzug, sein Gesicht wutverzerrt. Er ohrfeigte mich, ich drängte an ihm vorbei, presste die Hand vor die blutende Nase, rannte zu meinem Zimmer, warf mich auf mein Bett und zog die dünne Decke über mich. Mein Vater schlug mit dem Teppichklopfer auf mich ein. Hätte ich gebrüllt, hätte er sicher früher aufgehört, doch mein Stillschweigen machte ihn zum Berserker.

Am nächsten Tag konnte ich nicht zur Arbeit gehen. Ich sah aus wie ein Zebra, dunkle Streifen zogen sich über meinen

Körper, ich wand mich vor Schmerzen. Weinend lag ich im Bett, mein Körper glühte. Ich sehnte mich danach, geliebt zu werden, doch mir wurde bewusst, dass meine Eltern nur ihrer Pflicht, Kinder großzuziehen, nachgekommen waren. Schule, Ausbildung, darauf hatte ihr Fokus gelegen. Liebe gehörte nicht dazu.

Hilde

Reisevorbereitungen 1923

Als ich aufwache, höre ich auf der Straße den seltsamen Klang einer Drehorgel. »Sabinchen war ein Frauenzimmer, gar hold und tugendhaft. Sie diente treu und redlich immer bei ihrer Dienstherrschaft ...«

Ich wasche mir die Haare, ziehe mein Sonntagskleid über den Kopf und steige in meine abgelaufenen Schuhe. Heute verzichte ich auf den Handlauf, langsam gehe ich hinunter in den ersten Stock. Als ich um zwei Uhr an der Tür der Familie Bonheim auf den Klingelknopf drücke, zittern meine Hände. Die Bonheims haben ein Dienstmädchen, ich sehe sie oft auf der Straße, wenn sie mit einer Strohtasche zum Einkaufen unterwegs ist. Sie sieht mich neugierig an und fragt: »Was willst denn du hier?«

»Ich werde erwartet«, sage ich kühl und freue mich über das erstaunte Gesicht des Mädchens. Ich bin nervös und traue mich nicht, in die Wohnung hineinzugehen. Verdammt, wo zum Teufel bleibt Robert?

Da öffnet sich eine Tür und Robert kommt mit ernstem Gesicht auf mich zu. Er begrüßt mich höflich. Ich bin dankbar, dass er nicht lächelt. Dann streckt er einen Arm aus und weist in Richtung des Zimmers, aus dem er gerade gekommen ist. »Meine Mutter erwartet dich.«

Beim Anblick des riesigen Wohnraums reiße ich die Augen auf. Robert steuert auf einen Sessel zu, in dem eine wunderschöne Frau mit sehr großen blauen Augen sitzt. Ihr dunkelblondes Haar hat sie zu einem Knoten gebunden. Sie lächelt mir entgegen. Ich bin nahe daran, einen Knicks zu machen, lasse es dann aber doch bleiben und strecke ihr stattdessen vorsichtig die Hand entgegen.

»Setz dich neben mich«, sagt sie leise und weist auf den Sessel. »Du heißt Hilde, hat mir Robert gesagt. Ich weiß, dass du hier mit mehreren Geschwistern im Haus wohnst und eine Schneiderlehre gemacht hast. Das interessiert mich sehr.«

Ich sitze auf dem Sesselrand, meine Hände zittern und ich vergrabe sie im Schoß. Meine Augen wandern über die Vitrinen, in denen in mustergültiger Ordnung Porzellanteller und Kristallgläser stehen, hin zu dem spitzenbedeckten runden Tisch und den acht Polsterstühlen bis zu dem dunkelgrünen Sofa in der Ecke mit den Gobelinkissen. Darüber hängen Bilder einer Frau und eines Mannes – wohl Hochzeitsfotos – in silbernen Rahmen. Diese Pracht schüchtert mich ein, ich antworte nicht.

»Gefällt dir unser Zimmer?«

Die leise Stimme von Roberts Mutter holt mich aus meinem Staunen heraus. Ich hebe mein Gesicht und lächle sie an. Ich spüre, dass sie mich mag. Und jetzt purzeln die Worte nur so aus mir heraus: »Ich habe einen Bruder, der ist neun, und zwei Schwestern; Lene ist achtzehn und Henny fast sechs Monate alt.«

»Das ist ja fast so wie bei uns, nur dass meine Buben älter sind als deine kleine Schwester.« Sie lacht mich fröhlich an. »Wie ist das bei euch Mädchen, versteht ihr euch gut, helft ihr eurer Mutter bei der Arbeit oder habt ihr eine Hilfe? Erzähl mir doch ein bisschen von deiner Familie.«

Was diese liebe Frau doch für eine Vorstellung von uns hat. Ich muss schmunzeln. Offenbar hat Robert ihr wirklich noch nichts erzählt. Was auch, er hat ja noch nie einen Schritt über unsere Schwelle gemacht. Und bis jetzt habe ich mich gehütet, etwas von unserem bitteren Leben preiszugeben.

Es ist schwierig, von mir und meiner Familie zu erzählen, ohne unseren Bretterverschlag zu erwähnen oder von der Enge, der Hitze im Sommer und der Kälte im Winter zu sprechen. Ich beschreibe die Küche, in der wir morgens zusammen frühstücken, und sage, dass Vater als Vorarbeiter in der Firma Manz arbeitet, dass er Kriegsverwundeter ist und allein die Familie ernährt, weil ich und meine Schwester Lene arbeitslos sind. Ich schildere ihr, wie zwecklos meine täglichen Versuche sind, Arbeit zu finden, wie gerne ich eine Stelle hätte und meinen Beruf ausüben würde.

Roberts Mutter unterbricht mich nicht, sie lauscht, jetzt lächelt sie nicht mehr, sondern sieht mich mitleidig an. Sie beugt sich nach vorne, streckt mir die Hände entgegen und wartet, dass ich meine hineinlege. Ich zögere keinen Moment, in mir wirbelt es selig, ein Gefühl von Dankbarkeit steigt in mir auf.

»Ich weiß, die Welt ist schlecht, die Zukunft sieht übel aus, ihr Kinder habt bis jetzt nur Armut und Elend erlebt.« Frau Bonheim steht auf, geht zu dem großen Tisch, setzt sich und winkt mir, damit ich ihr nachkomme. »Robert, könntest du uns den Tee aufgießen?«

Vor lauter Angespanntheit ist mir völlig entgangen, dass Robert auf einem Stuhl in der Ecke gesessen hat. Ein großer Apfelkuchen steht auf der handgestickten Tischdecke, mir läuft das Wasser im Mund zusammen.

»Greif zu«, fordert mich seine Mutter auf, »nimm dir, so viel du willst.«

Robert stellt die Teekanne in die Mitte und gießt uns ein. Er schweigt und tut so, als würde er mich nur oberflächlich kennen, das macht er wirklich gut.

»Hat dir Robert schon von uns erzählt?«

Kurz schaue ich zu Robert hinüber, der ganz sacht den Kopf schüttelt. Also sage ich nur, dass er mir mal geholfen hat, den Kinderwagen aus dem Keller zu holen.

»Braver Junge«, lobt Frau Bonheim und strahlt Robert an. Dann wendet sie sich wieder an mich. »Ich möchte dir einiges vorschlagen, höre es dir einfach an und entscheide dann, ob du es machen kannst.«

Ich nicke und blicke zu Robert, der amüsiert vor sich hin lächelt.

»Mich interessiert besonders, wie es mit dem Nähen bei dir steht. Natürlich gibt es in unserer großen Familie viel zu flicken, doch noch mehr möchte ich wissen, ob du auch Kleider nähen kannst … für Kinder und auch für Erwachsene.«

In mir fängt es an zu glühen, ich kann kaum fassen, was mir da angeboten wird. Meine Ängste sind verschwunden, Freude durchströmt meinen Körper, ohne nachzudenken, fange ich an zu sprechen. Meine Hände bewegen sich geschmeidig auf der Tischdecke, ich rede über meine Ausbildung als Schneiderin, darüber, was ich alles gelernt habe, über Stoffe und Schnitte, zähle auf, was ich alles nähen kann, und sage, wie froh ich wäre, wieder nähen zu dürfen. Dann sehe ich in Frau Bonheims fröhliches Gesicht.

»Genau so jemand hat mir bis jetzt gefehlt. Ich habe noch eine andere Frage: Hättest du hin und wieder Zeit, auf meine Zwillinge aufzupassen? Du hast doch auch eine kleine Schwester, die könntest du mitbringen. Zwar sind meine älter, aber sicher würde es allen Spaß machen. Was hältst du davon?«

Was ich davon halte? Mein Herz klopft wild, ich kann es nicht glauben, ein Wunder ist geschehen. Dann höre ich Roberts Stimme, die zweimal das Gleiche fragt: »Hilde, geht's dir gut?«

Ich nicke. Mir hat's die Sprache verschlagen.

»Leider müssen wir das bis August aufschieben, übernächste Woche wollen wir nämlich Urlaub machen und wie jedes Jahr nach Italien fahren. Wir freuen uns jetzt schon drauf. Wenn bloß der lange Weg nicht wäre. Das sind über achthundert Kilometer im Auto, eine lange Strecke für zwei Kleinkinder. Als sie noch Babys waren, schliefen sie mehr, aber jetzt sind Ivan und Tobias kaum im Zaum zu halten.«

Stille breitet sich aus. Warum sagt Robert nichts? Jetzt wäre der richtige Moment vorzuschlagen, dass ich doch mitfahren könnte. Frau Bonheim steht auf und winkt mir, ihr zu folgen. Wir gehen durch einen langen Flur, leise öffnet sie eine Tür. Auf Zehenspitzen betreten wir das Kinderzimmer. Die zwei Buben in den Bettchen schlafen tief. Obwohl sie Zwillinge sind, ist einer blond, der andere hat dunkle Haare, ihre Arme sind nach oben gebogen, liegen direkt neben den Ohren. Frau Bonheims Gesicht glüht vor Liebe. Ganz plötzlich fängt sie glucksend an, vor sich hin zu lachen. »Warum bin ich nicht gleich darauf gekommen«, sagt sie und sieht mich mit einem strahlenden Lächeln an. »Hilde, ich möchte dir etwas vorschlagen: Wäre es möglich, dass du mit uns nach Italien fährst? Für mich wärst du eine große Hilfe. Unser Haus in Imperia liegt hundert Meter über dem Meer, du bekommst dort ein eigenes Zimmer, kannst mit den Kindern im Garten spielen und hast jeden Tag zwei Stunden Freizeit, wenn die zwei schlafen.«

Robert steht hinter seiner Mutter, er streckt beide Daumen nach oben, Sieg, Sieg. Mir kommen fast die Tränen vor lauter Glück.

Klara

Die Eignungsprüfung 1958

Im Oktober brachte die Post Tag für Tag Briefe von jungen Frauen und Männern, die Sänger oder Schauspieler werden wollten. Zum ersten Mal war ich bei den Eignungsprüfungen dabei. Ich registrierte die Anmeldungen und beantwortete Fragen, schriftlich und am Telefon. Manche Noch-nicht-Künstler kamen persönlich zu uns ins Büro und schmeichelten mir. Inzwischen wusste ich, dass es ihnen nicht um mich ging. Sie wollten meinen Vater persönlich sprechen, was ich verhindern musste. Betteln half ihnen nichts, ich sollte sie abwimmeln.

Am Tag der Eignungsprüfung war das Kammertheater leer bis auf die Intendanten, die in den ersten Reihen saßen. Auf der hell erleuchteten Bühne mussten die Anwärter jetzt beweisen, was sie in den Bereichen Schauspiel, Tanz und Gesang konnten.

Ich hielt die Liste der Angemeldeten in der Hand, es waren mehr Männer als Frauen. Meine Aufgabe war es, sie nacheinander auf die Bühne zu bitten. Ich sah ihre angestrengten Gesichter, ihre Blässe, registrierte, wie sie ihren Text flüsterten. Jeder Noch-nicht-Künstler hatte zehn Minuten Zeit.

Ich rief den Ersten auf, wünschte ihm viel Glück, dann rannte ich zu dem Sessel neben meinem Vater und sah eine kleine Gestalt auf der kahlen Bühne stehen. Ich bewunderte jeden, der den Mut hatte, in die Rolle einer Bühnenfigur zu schlüpfen. Den ersten zehn Anwärtern widmete ich meine Aufmerksamkeit, dann stieg die Erinnerung an die Fastnacht im Malersaal in mir auf, an die Hände auf meinen Brüsten und die Lippen auf meinem Mund. Die Sehnsucht nach Liebe überfiel mich.

Jetzt bekam ich nicht mehr mit, was auf der Bühne geschah. Erst als mein Vater mir in die Rippen boxte, wurde ich wach, sprang auf, rannte hoch zur Bühne und rief den nächsten Bewerber auf.

Am späten Nachmittag entschloss sich unsere Gruppe, zum Gasthaus Ketterer zu gehen, dort wurde gut gegessen und getrunken. Nicht eine Frau war dabei, die Intendanten unterhielten sich über die Prüfung und beschwerten sich, dass sie besonders klassische Rollen nicht zureichend besetzen konnten. Der Intendant des Esslinger Theaters klagte, dass heutzutage nicht nur der Held als Bühnenfigur Mangelware geworden sei, auch Liebhaber, die immerhin zum Repertoire jedes Theaters gehörten, hätten mittlerweile Seltenheitswert.

Der Intendant aus Mannheim meinte, dass man die Klassiker nicht richtig sprechen lerne, dieser Mangel müsse behoben werden.

Dann mischte sich der Intendant aus Pforzheim in das Gespräch: »Bedeutsamer erscheint mir der innere Widerstand des Nachwuchses: Er empfindet Scham oder Scheu vor starken Gefühlen, die Figuren wie Romeo und Julia, Klärchen, Gretchen und den Prinzen von Homburg antreiben. Deshalb fällt es ihnen schwer, sie darzustellen.«

In den darauffolgenden Wochen ging es bei uns zu wie in einem Affenstall.

Tag für Tag klopften die vorläufigen Noch-nicht-Künstler im Büro an, hofften auf ein gutes Ergebnis. Von meinem Vater waren sie unterrichtet worden, dass sie Bescheid bekämen, wenn sie die Prüfung bestanden hatten. Sie schienen aber zu glauben, dass eine persönliche Vorstellung das Prozedere beschleunigen würde. Ich konnte sie gut verstehen, jeder Tag ohne Nachricht musste eine Qual sein; immerhin hatten sie sich bestimmt lange darauf vorbereitet, an sich und ihr Talent geglaubt. Es musste einer Marter gleichkommen, wochenlang in der Luft zu hängen. Sie brachten mir Blumensträuße, übergaben mir kleine Kuverts mit Briefen, in denen sie mich baten, doch ein gutes Wort bei meinem Vater für sie einzulegen. Einige kamen mehrmals, ich fand das langsam nicht mehr lustig und sie taten mir auch nicht mehr leid. Einmal stand ich auf, öffnete die Tür zum Büro meines Vaters und meinte: »Sagen Sie doch Herrn Fischer, was Sie auf dem Herzen haben.«

Hilde

Die Familie Bonheim 1923

Ich rase die fünf Stockwerke hoch, nehme immer zwei Stufen auf einmal, reiße oben erst die Wohnungs-, dann die Küchentür auf und werfe mich meiner Mutter in die Arme.

»Was ist denn in dich gefahren?« Mutter schiebt mich weg und blickt mich besorgt an.

»Mama, Mama, ich habe heute einen Glückstag, stell dir vor, die Frau Bonheim will mich anstellen, ich kann ihre Kinder hüten und ihr Kleider nähen … mein Gott, das ist ein richtiger Glückstreffer. Und Mama, du wirst es nicht glauben, ich darf mit nach Italien!«

Meine Mutter packt mich an den Schultern und schüttelt mich. Dann strahlt sie mich an und wischt sich eine Träne aus dem Auge. Vor Überraschung bleibe ich erst mal stumm. Schließlich fange ich an zu erzählen.

»Die Bonheims haben ein Haus in Italien, sie fahren jeden Sommer dorthin, der Ort heißt Imperia.«

Mutter umarmt mich, ich spüre ihr Herz klopfen, dann seufzt sie. Bestimmt ist es ihr größter Wunsch, einmal im Leben Urlaub zu machen.

»Wie ist denn die Frau auf dich gekommen?«

Jetzt wird es ein bisschen brenzlig. Es ist mir zwar nicht verboten, mit einem Jungen zu sprechen, Lene bringt ja sogar ihren Freund Frieder mit zu uns und er gehört quasi schon zur Familie – doch bis jetzt habe ich mein Geheimnis gehütet, Robert soll mir gehören, nur mir. Ich beschreibe, wie Robert mir geholfen hat, den Kinderwagen aus dem Keller zu holen, und sage, dass wir uns über unsere Familien unterhalten haben und er die großartige Idee hatte, dass ich seiner Mutter zur Hand gehen könnte. »Mama, so was hast du noch nie gesehen, die haben eine Wohnung, die ist doppelt so groß wie unsere. Sie müssen stinkreich sein, sie haben ein Dienstmädchen und einen Chauffeur und der Vater ist Rechtsanwalt.«

»Ah, die kenne ich.« Mutter wackelt ein bisschen mit dem Kopf. »Was sollst du denn für die Bonheims genau machen?«

»Am wichtigsten sind ihr die Kinder, sie hat zweijährige Zwillinge, mit denen soll ich spazieren gehen, und ich soll ihre Schneiderin werden, das interessiert mich besonders. Und stell dir vor, sie hat mir vorgeschlagen, Henny mitzubringen. Das wäre doch eine tolle Abwechslung für sie.«

Meine Mutter schweigt, brütet vor sich hin, ganz plötzlich blickt sie mich ernst an. »Ich denke, da kommst du nicht zu kurz. Nach dem, was man so von den Juden hört, haben die immer Beziehungen untereinander, da verhungert bestimmt keiner so schnell.«

Sie mustert mich von oben bis unten, steht auf, geht zur Stoffkiste, wühlt darin herum und zieht einen bunt geblümten Stoff heraus.

»So kannst du dort nicht arbeiten, ich muss dir unbedingt ein neues Kleid nähen.«

»Mama, das kann ich auch selbst, ich hatte bisher nur keine Lust, mir was zu nähen.«

Mein erster Tag! Ich schwinge mich aufs Geländer, sause in den ersten Stock, springe ab und falle fast in die Arme von Roberts Vater. Das ist mir sehr peinlich! Ich hebe an, mich zu entschuldigen, doch er winkt ab, lächelt sogar. »Ich habe gehört, dass du die Zwillinge hüten sollst, na, da hast du was zu tun.« Meine Angst vor dem großen Mann ist verflogen, er ist elegant gekleidet und strahlt eine gewinnende Autorität aus.

»Ich wünsch dir einen schönen Tag«, sagt Herr Bonheim jetzt und geht rasch die letzten Stufen hinab.

Elsa, das Hausmädchen, macht mir wortlos die Tür auf, winkt mich hinter sich her über den Flur, öffnet die nächste Tür und schon stehe ich in einer Küche. Sie ist mindestens doppelt so groß wie unsere und zehnmal so schön. Noch schöner ist, dass mich alle anlächeln, die Mutter und die Kinder. Auch Robert lächelt kurz, dann schaut er verlegen zur Seite.

»Komm, setz dich zu uns, bedien dich, stärke dich, denn Kraft brauchst du, wenn ich dir die Zwillinge überlasse«, fordert mich seine Mutter auf.

»Ich bin's gewöhnt, ich habe ja auch kleine Geschwister.«

»Ich kenne deinen Bruder Willi, ich gehe mit ihm in die gleiche Klasse«, sagt Jonathan, der Zehnjährige, »ich kicke immer in der Pause mit ihm.«

»Wunderbar, dann muss ich dich nicht vorstellen.«

Die Zwillinge fremdeln, sie wollen nicht von mir angezogen werden, schlagen mir die Löffel aus der Hand, die ich ihnen in den Mund schieben will. Der blonde Tobias zerrt ständig an meinen Haaren, Ivan tritt mich in den Bauch.

Am dritten Tag tragen Robert und ich den langen Zwillingswagen die Stufen hinunter, winken Frau Bonheim zu, die sich aus dem Fenster lehnt, und biegen so schnell wie möglich um die Ecke. Dort fallen wir uns in die Arme.

Es ist zehn Uhr früh, Robert hat eine halbe Stunde Zeit, bevor er in die Kanzlei seines Vaters muss. Für den Rosenpark reicht die Zeit nicht, und das Wetter lädt auch nicht dazu ein, sich auf den Boden zu setzen. Also halten wir alle zehn Minuten vor einer Eingangstür, schauen, ob die Luft rein ist, und drücken dann unsere Körper aneinander, umschlingen uns heftig.

»In zwei Wochen sind wir in Imperia«, flüstert Robert. »Ich kann's noch gar nicht glauben. Wir müssen jetzt ganz vorsichtig sein. Wenn meine Mutter nur den geringsten Verdacht schöpft, ist es aus mit unserem gemeinsamen Urlaub.« Robert sieht mich ernst an.

Um zwölf Uhr bin ich wieder zurück, füttere die Buben, wickle sie in frische Windeln, bringe sie in ihre Bettchen und verdunkle das Zimmer.

In der Küche steht Frau Bonheim am Herd und kocht.

»Schlafen die Jungs schon?«

Ich nicke und warte darauf, dass sie noch etwas sagt.

»Was machst du jetzt in deinen freien Stunden?«

»Ich habe nichts vor«, murmle ich. Ich kann ihr ja schlecht sagen, dass ich lieber bei ihr bin als bei meiner Mutter. Wortlos bleibe ich stehen.

»Was ist mit dir, Mädchen, hast du einen Wunsch?« Frau Bonheim lächelt mich an.

Ich brenne darauf, ihr zu erzählen, wie ich in den letzten drei Tagen ratlos vor ihren riesigen Bücherregalen gestanden habe. »Ich würde so gerne lesen. Können Sie mir zeigen, welche Bücher zu mir passen?«

»Liebes Kind, natürlich kann ich dir helfen.« Sie wischt sich die Hände an der Schürze ab und bittet mich, ihr zu folgen. Auf dem Boden der Bibliothek liegt ein Perser, darauf steht ein langer Tisch mit sechs Sesseln, neben den Bücherregalen hängen Bilder von bärtigen Männern, die finster schauen.

»Es ist nicht schwierig rauszufinden, was man lesen will. Samuel, mein Mann, hat die Bücher nach Genres in die Regale gestellt. Jeder macht das anders, aber ich finde das so sehr praktisch.«

Das Wort Genre ist mir unbekannt, doch Frau Bonheim erklärt ausführlich, was es bedeutet.

»Ich vermute, dass du Familienromane bevorzugst oder Gesellschaftsromane oder historische Romane; Märchenromane machen auch viel Spaß, vielleicht liest du aber auch am liebsten Krimis oder Abenteuergeschichten.« Frau Bonheim zeigt auf zwei große Regale. Ich bin ganz still und versuche zu verstehen, was sie mir gerade erklärt hat. Es ist mir peinlich, so unwissend zu sein, peinlich, noch nie ein Buch außer der Schullektüre in der Hand gehabt zu haben. Wir gehen zwei Regale weiter.

»Hier stehen die Klassiker, Spionagethriller und Krimis, Krimi Noir, Dystopien, Fantasyromane und Sachbücher. Mein Mann interessiert sich sehr für Philosophie.«

»Können Sie mir etwas vorschlagen?« Ich warte darauf, dass sie mich fragt, was ich schon gelesen habe, doch ich habe mich geirrt.

»Am besten holst du dir ein paar Bücher heraus, blätterst ein bisschen darin, und wenn ein Buch dir gefällt, liest du einfach weiter.«

Ich will aber nicht lange herumsuchen, sondern mich sofort in ein Buch vertiefen. Ich will erfahren, was anderen Leuten in den Köpfen herumgeht.

»Mein Lieblingsschriftsteller ist Knut Hamsun«, sagt Frau Bonheim und nimmt ein Buch aus dem Regal. »›Das letzte Kapitel‹ ist dieses Jahr veröffentlicht worden und die Leute reißen sich darum. Hamsun ist weltberühmt, 1920 hat er den Nobelpreis erhalten, und so verschiedenartige Schriftsteller wie Maxim Gorki und Thomas Mann spendeten ihm großes Lob. Im Augenblick lese ich ›Hunger‹, er hat es vor einigen Jahren geschrieben, und ich bewundere, wie er sich einfühlen kann in das Elend der Menschen. Was mich besonders berührt, ist, dass sein Roman teils autobiografisch ist. Er beschreibt, wie sich ein namenloser Journalist von Auftrag zu Auftrag rettet und über dem quälenden Hunger langsam die geistige und physische Gesundheit einbüßt. Zu Beginn hat er noch ein Dach über dem Kopf, die Arbeit geht ihm leicht von der Hand, doch dann verliert er seine Bleibe und damit den Kontakt zu dem Leben um sich herum. Mit der Zeit überkommt ihn immer wieder der Wahnsinn, das Gefühl, sich nicht mehr kontrollieren zu können.«

Wie gebannt blicke ich in das Gesicht von Roberts Mutter. Es verändert sich ständig, ihre Mimik ist ausdrucksstark, ihre Augen sind weit geöffnet. Ich staune, wie sehr der Inhalt eines Buches einen Menschen beeinflussen kann. Aber das währt nur Sekunden, schon lächelt sie mir wieder zu und meint: »Mich hat das sehr mitgenommen, die armen hungernden Menschen … nein … du solltest mit einem anderen Buch beginnen, etwas Heiterem. Ich schlage dir vor, erst mal Virginia Woolfes ›Mrs Dalloway‹ zu lesen oder James Joyce, der sich in ›Ulysses‹ in den Gedanken einer jungen Frau bewegt.«

Frau Bonheims Augen wandern über eines der vielen Regale, sie weiß, wo die Bücher stehen. Und ich starre diese Frau an, die mir so bewegt von einem Buch erzählt hat. Was mich irritiert, ist, dass ihr die Ähnlichkeit zwischen der Situation des Journalisten und der so vieler Menschen in unserem Land offenbar nicht im Geringsten zu schaffen macht.

Klara

Ein Reigen junger Männer 1958

Durch matschigen Dezemberschnee strebten Hannelore und ich einem kleinen Café am Schlossplatz zu, um uns ein bisschen aufzuwärmen. Seit Tagen schneite es, die Straßen waren schlecht geräumt, unsere Halbschuhe durchnässt. Das Lokal war gemütlich, in der Ecke stand ein Ofen, wir stellten uns davor und rieben uns die Finger warm. Der Kellner winkte uns in eine ruhige Ecke, wo wir uns aus den dicken Mänteln schälten und in die Sessel plumpsen ließen. Danach brachte er den Tee, den wir hier immer tranken, und fragte, was wir essen wollten. Apfelkuchen, Käsekuchen, Schneckennudeln oder Brezeln mit Butter.

Hannelore erzählte von ihrer Firma, wie langweilig der Laden sei, ständig drehe sich alles um die Trikotagen, die neueste Sommermode, die Badeanzüge, und – das solle ich mir mal vorstellen – im nächsten Sommer gebe es Bikinis!

Bikinis hatte ich bisher nur in Illustrierten gesehen, ich war Feuer und Flamme, so ein Ding musste ich unbedingt haben. Im Sommer. Erst mal hatte ich andere Pläne. »Weißt du, was ich gemacht habe?«, fragte ich. »Ich habe mich bei der Berlitzschule für einen Englisch-Intensivkurs angemeldet, denn da kann ich mich noch verbessern. Ich bin in einer kleinen Gruppe und werde dreimal in der Woche am Spätnachmittag hingehen. Nachmittags hocke ich immer allein im Büro rum und drehe Däumchen vor lauter Langeweile. Eigentlich kann ich den Krempel in vier Stunden erledigen!«

»Glaubst du, dass dir dein Vater das erlaubt?«

Mir wurde heiß und kalt bei der Vorstellung, wie mein Vater darauf reagieren würde. »Er muss mir das erlauben, er kann doch nicht von mir erwarten, dass ich den Rest meines Lebens mit ihm in einem winzigen Büro unterm Dach verbringe!«

Kalte Luft wehte in den Raum, zwei junge Männer waren eingetreten und sahen sich nach einem Tisch um. Freie Tische gab es genug, aber sie setzten sich direkt neben uns. Verstohlen sahen wir sie an. Beide waren groß, der eine blond, der andere schwarzhaarig. Hannelore und ich lächelten uns an, wir waren uns einig. Die beiden gefielen uns. Die Männer bestellten Kaffee und Kuchen, sie flüsterten, sahen immer öfter zu uns herüber, dann fingen sie an, uns zuzulächeln. Hannelore trat mir auf den Fuß, was bedeutete: Jetzt sag doch was. Aber ich brauchte nichts zu sagen, denn der Blonde stand auf, beugte ein wenig den Kopf und fragte mit einem leichten Akzent, ob sie sich zu uns setzen dürften. Wir nickten und lächelten dezent. Sie mochten vielleicht zwei oder drei Jahre älter sein als wir, waren gut gekleidet und sprachen kein Schwäbisch. Wir hielten sie für Studenten. Sie stellten sich als Georg Caracciola und Alfredo Oberländer vor, Georg kam aus Düsseldorf und Alfredo von den Kanarischen Inseln. Sie wollten ihr Fachpraktikum bei Daimler-Benz absolvieren und danach in Freiburg studieren. Caracciola – wer kannte den Namen nicht! Ich platzte fast vor Neugierde. »Bist du verwandt mit dem berühmten Rennfahrer?«

Georg grinste und nickte. »Soll ich euch was von meinem berühmten Onkel erzählen?«

Alfredo wedelte ungestüm mit den Armen und fiel seinem Freund ins Wort. »Wenn der Georg anfängt, von seinem Onkel zu erzählen, dauert das Stunden«, warnte er.

Ehemaliger Rennfahrer hin oder her, uns interessierten im Augenblick ohnehin andere Dinge. Georg rückte seinen Stuhl dicht neben Hannelore, Alfredo lächelte mich schüchtern an. Zwei Stunden saßen wir zusammen, tranken Tee und unterhielten uns. Alfredo wurde mutiger, er erzählte von seinen Eltern, die vor sechzig Jahren ausgewandert waren. Als wir schließlich aufbrachen, wollten die zwei den Tee bezahlen, aber Hannelore und ich wehrten entrüstet ab. Alfredo schlug vor, mich nach Hause zu bringen, doch ich wollte allein heimfahren, mir gingen sehr viele Gedanken durch den Kopf. Alfredos verliebtes Verhalten konnte ich nicht erwidern, es ging mir zu schnell.

Doch ich war aufgeputscht auf dem Nachhauseweg. Die Angst, mit meinem Vater zu sprechen, war verflogen und hatte dem Wunsch Platz gemacht, meinen Entschluss kundzutun. Günter und Manfred lagen schon im Bett, meine Eltern saßen wie jeden Abend vor dem Fernseher in ihren Sesseln, die Füße auf Schemel gestellt und je ein Glas Wein in der Hand. Wie üblich rauchte mein Vater Zigarre.

»Wo hast du dich bis jetzt rumgetrieben?«, fragte er und blickte auf die Uhr. »Es ist zehn Uhr. Bei dieser Kälte warst du bestimmt nicht auf der Straße.«

Mein Übermut begann zu verschwinden. »Ich war mit Hannelore in einem Café und wir haben uns viel erzählt.«

Uninteressiert wandte mein Vater den Blick wieder zum Bildschirm. Er wollte nicht gestört werden beim Fernsehen, aber ich musste unbedingt mit ihm sprechen.

»Papa, ich möchte dich etwas fragen, es geht um die Arbeit.«

»Kann das nicht bis morgen warten, wenn wir im Büro sind?«

Ich begann zu zittern vor Aufregung, ich wollte ihm jetzt sagen, dass ich ab der nächsten Woche nachmittags nicht im Büro sein würde. Wie üblich sprach ich die ersten Worte sehr schnell, eine Angewohnheit von mir, denn meistens unterbrach mich mein Vater. Auch diesmal hob er die Hand, winkte ab und sagte barsch: »Ich hab jetzt keine Lust, dir zuzuhören.«

Woher ich nun den Mut nahm, wusste ich nicht, aber es brodelte in mir, und zum ersten Mal in meinem Leben fauchte ich meinen Vater an: »Ich habe es satt, bei dir im Büro zu arbeiten. Ich will unter Leute, ich will Erfahrungen sammeln, ich sitze in deinem Büro acht Stunden ab, vier würden reichen. Warum bist du so scharf darauf, dass ich mich schrecklich langweile? Und weil ich mich so langweile, habe ich mich heute bei der Berlitzschule angemeldet. Viermal in der Woche am Nachmittag habe ich jetzt Unterricht.«

Mein Vater blieb stumm, ihm hatte es offenbar die Sprache verschlagen. Dann stand er auf, ich sah ihm in die Augen, sie glitzerten vor Wut. Ich wartete auf den ersten Schlag, wich aber keinen Zentimeter zurück, und, oh Wunder, er griff nicht an.

»Was kostet dieser Unterricht?«

»Dreißig Mark in der Woche.«

»Die zahlst du selbst, von mir kriegst du keinen Pfennig.«

Schlappe dreihundert Mark verdiente ich, die Hälfte kassierten meine Eltern. Sie behaupteten zwar, dass sie das Geld für mich anlegten, doch dieses Konto hatten sie mir nie gezeigt. Von den hundertfünfzig Mark, die mir blieben, kaufte ich die Bahntickets, und wenn ich jetzt auch noch hundertzwanzig Mark für den Unterricht bezahlen musste, blieben mir nur dreißig Mark. Mir wurde heiß, ich sagte kein Wort mehr.

Georg und Alfredo, die zukünftigen Ingenieure, wohnten in einem Daimler-Praktikantenwohnhaus. Damenbesuch war dort strengstens verboten. Der Winter war kalt, die Besuche in Cafés und Restaurants waren zu teuer, aber unsere neuen Freunde wollten uns näher kennenlernen. Sie fanden schnell eine Lösung. Sie hieß Kurt. Kurt war ein dicklicher, gutmütiger Freund, der wenig Erfolg bei den Mädchen hatte, doch relativ glücklich war, wenn seine Freunde zu ihm nach Hause kamen und ihre Freundinnen mitbrachten. Seine Bude war gemütlich wie eine Höhle, zwei Chaiselongues standen unter dem schrägen Dach und er hatte einen Plattenspieler und circa tausend Platten. An den Wochenenden machten wir es uns auf seinen Sofas bequem, tranken Tee und hörten Musik. Am liebsten die amerikanischen Rock-'n'-Roll- und Jazzrock-Musiker Frank Zappa, Miles Davis und Ella Fitzgerald, die für ihre Stimme gefeiert wurde. Hingerissen lauschten wir dem Song »Dream a Little Dream of Me«, den sie mit Louis Armstrong sang. Bei der sanften Musik von Glenn Miller, der »Moonlight Serenade«, bei »In the Mood« oder »Chattanooga Choo Choo« zerfloss ich vor Sehnsucht.

In mir glühte es, wenn ich diese Musik hörte, nicht aber wenn Alfredo versuchte, mich zu küssen. Einige Männer hatten mich inzwischen begehrt, aber noch nie war ein Funke übergesprungen. Neidisch sah ich Hannelore und Georg auf dem Sofa knutschen, betrachtete ihre hingerissenen Gesichter.

Der Unterricht der Berlitzschule war genau das, was mir bisher gefehlt hatte: Ich genoss es, Kontakt mit anderen jungen Leuten zu haben, etwas Neues zu lernen und zu erleben und auch, gelobt zu werden. Voller Vorfreude auf den nächsten Tag ging ich abends ins Bett.

Mittlerweile war es Frühling geworden, die Sonne stach vom Himmel, die Badezeit brach an. Hannelore brachte mir den heiß ersehnten Bikini. Das Ding kostete zwanzig Mark, und ich gab Hannelore meine letzten Groschen, was zur Folge hatte, dass ich die nächste Rate für die Berlitzschule nicht bezahlen konnte. Der Bikini hatte Körbchen, an deren oberem Rand kleine Volants flatterten, das Höschen bedeckte knapp das Schamhaar. Ich stieg in meine hochhackigen Schuhe, ging vor dem langen Spiegel in meinem Zimmer hin und her und betrachtete mich wohlwollend.

Zwei Tage später, am späten Abend, rief mein Vater nach mir. Meine Eltern saßen wie immer in ihren Sesseln mit hochgelagerten Beinen, der Fernseher war aber nicht angestellt.

»Wollt ihr was von mir?« Furcht überkam mich, als ich ihre ernsten Gesichter sah. Sie sahen nicht unfreundlich aus, lächelten sogar leicht, was mich aber eher beunruhigte.

Selten ergriff meine Mutter das Wort, doch heute begann sie zu reden: »Du hast Schulden, heute haben wir eine Mahnung von deiner Berlitzschule bekommen. Du hast diesen Monat noch nicht bezahlt. Wo ist das Geld hingekommen?«

Mir wurde heiß und kalt, ich sagte nichts. Gleich würde mein Vater mir die Flügel stutzen.

»Ich habe heute Morgen deine Schulden bezahlt, doch glaub ja nicht, dass du so davonkommst.«

Statt Angst stieg plötzlich Wut in mir auf, beim Anblick seines hämischen Lächelns stampfte ich mit dem Fuß auf den Boden. »Ich habe mir einen Bikini gekauft.«

»Du ziehst jetzt dieses Stück an und zeigst es uns.« Ein zynisches Grinsen verzerrte sein Gesicht.

Wie in Trance ging ich in mein Zimmer und zog den Bikini an, ich zitterte vor Wut. Ich würde wohl nicht davonkommen, doch das, was er von mir erwartete, würde er nicht kriegen. Ich würde nicht weinen, nicht schluchzen, sondern mich stattdessen mit einem leichten Lächeln vor ihn stellen, ihm in die Augen sehen und die Hände auf die Hüften legen.

Ich verfluchte ihn, als ich kurz darauf in sein grinsendes Gesicht sah. Schlimmer noch fand ich aber, dass Mutter den Mund nicht aufmachte. Fand sie Gefallen daran, wie Vater mich erniedrigte? Ihrem Gesicht war nichts anzusehen, ihre Augen waren halb geschlossen, nur an ihren Fingern, die auf die Sessellehnen trommelten, erkannte ich, dass sie außer sich war; doch warum ließ sie alle diese Fiesheiten zu?

Hilde

Meine Schwester und ich 1923

Lene schnarcht neben mir, wie üblich nimmt sie zwei Drittel des Bettes ein, ich bin todmüde und kann nicht einschlafen. Ich möchte mit Lene sprechen, will wissen, wie es bei ihr das erste Mal gewesen ist und was sie tut, um nicht schwanger zu werden. Meine Hände streichen über meinen Körper, er ist heiß, glüht, die Brustwarzen pochen, der Bauch zieht sich zusammen, meine Finger berühren die Schamlippen, ich bekomme Angst, weil sie so geschwollen sind und pulsieren, als würden sie gleich platzen.

Ich halte es im Bett nicht mehr aus, schleiche im Dunkeln in die Küche, nehme ein Handtuch und halte es unter den Wasserhahn. Dann lege ich mich auf den Boden, die Kacheln sind kühl. Ich schiebe das nasse Tuch zwischen meine Beine und versuche, meinen Körper zu beruhigen, er muss sich ausruhen, einschlafen. Plötzlich höre ich rhythmische Geräusche aus dem Schlafraum meiner Eltern. Noch nie habe ich mir über ihr Liebesleben Gedanken gemacht. Es ist mir peinlich, ich schäme mich für sie. Und was machen sie da nur? Wie ein Dieb schleiche ich an ihre Tür und lausche. Es dauert lang, meine Mutter seufzt leise, mein Vater stöhnt, dann folgt ein Schrei.

Ich schleiche wieder zurück ins Bett, lege mich neben meine Schwester und rüttle sie wach. Lene ist wütend, schlägt auf meine Hand und dreht sich um. Ich zwicke sie in den Arm.

»Herr im Himmel, spinnst du, warum zwickst du mich? Es ist mitten in der Nacht.«

Ich drücke ihr den Finger auf den Mund und flüstere: »Pst, brüll doch nicht so, unsere Eltern sind noch wach.«

»Hast du gehört, dass sie sich lieben?«, flüstert Lene zurück.

»Woher weißt du das, du schläfst doch immer?«

»Sie machen es oft mitten in der Nacht, wenn sie nicht schlafen können.«

»Ich hätte nicht gedacht, dass so alte Leute so was machen.«

»Na, so alt sind unsere Eltern nun auch wieder nicht. Glaubst du, dass der Klapperstorch Henny gebracht hat? Irgendwas in ihrem beschissenen Leben muss ihnen ja Spaß machen.«

»Ich muss dich dringend was fragen.«

Lene wartet.

»Ich hab mich in Robert Bonheim verliebt.«

»Das ist ja vielleicht eine Sache ... toll!« Lene kuschelt sich an mich.

»Was mache ich, dass ich nicht schwanger werde?«

»Da hilft nur eins: Er muss ihn rausziehen, bevor er kommt.«

»Was meinst du damit?« Ich verstehe nur Bahnhof.

»Das weißt du nicht? Als ich so alt war wie du, wusste ich schon längst Bescheid. Bevor er kommt, bedeutet, dass er sein Ding aus dir ziehen muss, bevor das Sperma kommt.«

»Aha, das klingt ja einfach. Aber weiß er, wann er aufhören muss?«

»Natürlich weiß er das, du musst ihm das aber vorher sagen.«

»Mhm, mhm, und ist das schön?«

»Es ist berauschend. Wenn du erst einmal angefangen hast, wirst du süchtig. Aber jetzt will ich schlafen, wir sprechen morgen weiter. Gute Nacht.«

Wieder brennt es zwischen meinen Beinen, aber ich berühre mich nicht, sondern liege einfach auf dem Rücken und spüre, wie heiße Wellen meinen Körper durchzucken. Ich streichle meine Brüste, und dann erlebe ich meinen ersten Orgasmus.

Klara

Muttertag 1959

Der Mai kam und mit ihm der Muttertag, diesmal am elften, und dieser Tag wurde für mich schicksalhaft, denn ich lernte Franz kennen. Am Muttertag übernahm mein Vater das Kommando über den Haushalt. Eine Woche vorher schon hatte er ein Gedicht geschrieben, das meine Brüder und ich auswendig lernen mussten. Ein Strauß roter Rosen wurde im Keller versteckt. Am Muttertag durfte meine Mutter erst aufstehen, als der Frühstückstisch gedeckt war. Vater führte sie feierlich aus dem Schlafzimmer. Steif wie Zinnsoldaten standen wir da mit unseren Feldblumensträußen. Im Morgenrock – anziehen durfte sie sich erst später – erschien unsere Mutter und sah uns erwartungsvoll an. Wir trugen unser Gedicht vor, Mutter traten vor Rührung die Tränen in die Augen, sie umarmte und küsste uns. Dann überreichte Vater ihr strahlend seinen Rosenstrauß, küsste sie zärtlich und gratulierte ihr: »Alles Gute zum Muttertag.« Das war unser Stichwort, wir mussten unisono einfallen. Im selben Augenblick ging der Plattenspieler an und spielte das Lied »Ich tanze mit dir in den Himmel hinein«. Verlegen sahen wir zu, wie sie tanzten – das war einfach peinlich.

Nach dem Frühstück wurde es hektisch.

»Kinder, deckt den Tisch ab, zieht euch an, ihr geht mit Mama in die Wilhelma.« Es war Tradition, dass Mutter mit uns einen Spaziergang oder Ausflug machte, während Vater alleine das Mittagessen kochte. Diesmal war es der Zoo. Der Himmel strahlte blau, es war fast sommerlich warm und die Rhododendronbüsche und Azaleen blühten violett und rot. Nahezu alle Tiere lagen faul auf den Wiesen und genossen die Sonnenstrahlen. Wir lachten über die Affen und Elefanten und sahen eine Ewigkeit zu, wie die Seehunde spielten und Kunststücke zeigten.

Um halb zwei erwartete uns Vater zum Essen. Er sah erhitzt aus, trug eine Schürze mit vielen Flecken und begrüßte uns hektisch: »Das Essen ist fertig, bitte zu Tisch.« Der Sauerbraten stand schon da, außerdem gab es handgemachte Spätzle mit grünen Bohnen und als Nachtisch Obstsalat. Wir langten kräftig zu. Beim Muttertagsessen herrschte Friede, Vater hütete sich, einen Streit anzufachen, wie er das sonst täglich tat.

Die Küche sah aus wie ein Schlachtfeld: Töpfe, Schüsseln und Abfälle lagen in der Spüle und auf dem Tisch. Die Ordnung wiederherzustellen war wie alle Jahre die Aufgabe der Kinder. Zwischendurch kam Vater zur Inspektion und trieb uns an: »Klara, beeil dich – Günter, bring den Müll weg – Manfred, räum das Besteck in die Schublade, aber zack, zack!« Irgendwann entbrannte ein Streit zwischen uns Geschwistern: Wer trocknet ab, wer bringt den Müll nach unten? Mutter stürzte in die Küche und schrie: »Verschwindet, ihr Blagen, ihr könnt auf der Straße herumbrüllen, ihr habt mir den ganzen Tag verdorben.«

Zerknirscht packten wir unsere Badesachen zusammen und machten uns zu Fuß auf zum Mineralbad Berg, das gut zwei Kilometer von unserer Wohnung entfernt lag. Inzwischen brannte die Sonne vom Himmel, wir kamen nur schleppend voran. Manfred zockelte unter Maulen hinter Günter und mir her. Die Mineralbäder in Stuttgart waren das ganze Jahr über geöffnet und wurden von dreißig Grad warmem Wasser gespeist. Trotz des schönen Wetters war das Schwimmbad an diesem 11. Mai nahezu leer; auf der Wiese lagen nur ein paar Leute. Meine Brüder verschwanden postwendend, Günter im Pool, Manfred planschte im Kinderbecken. Ich machte es mir auf unserer Wolldecke gemütlich, cremte mich sorgfältig ein, legte mich auf den Rücken, sah in den blauen Himmel, träumte und genoss es, zum ersten Mal in diesem Jahr die Sonne am ganzen Körper zu spüren; aber bald wurde mir langweilig. Günter hatte Stapel seiner Schundliteratur mitgenommen, kleine Blättchen mit Abenteuer-, Cowboy- oder Weltraumgeschichten. Ich blätterte gelangweilt darin herum.

Dann sah ich, wie zwei junge Männer immer näher an mich heranrückten; ich tat, als ob ich sie nicht bemerkte, gestand mir jedoch ein, dass ich mich sehr geschmeichelt fühlte. Anfangs hatten sie etwa fünfzig Meter von mir entfernt gelegen, jetzt, ich sah es aus dem Augenwinkel, hatte sich die Distanz auf rund zwanzig Meter verkürzt. Verstohlen begann ich, sie zu mustern; sie sahen wirklich recht eindrucksvoll aus und schienen in ein Buch vertieft. Ich drehte ihnen den Rücken zu, bis plötzlich jemand sagte: »Fräulein, Sie hängen ja Ihre Haare in unser Buch.«

Ich drehte mich erstaunt um und meinte: »Das ist aber seltsam«, und dann lächelten wir uns an.

Die beiden Männer sahen grundverschieden aus, der Größere von ihnen gefiel mir auf Anhieb. Er hatte einen muskulösen Körper, blonde, kurze Haare, die ihm in die Stirn fielen, eine kräftige, leicht gebogene Nase und leuchtend blaue Augen, die mich frech musterten. Der andere, offenbar sein Freund, war untersetzt und sah im Vergleich zu dem Großen aus wie ein unscheinbarer Hamster. Die beiden amüsierten sich über meine Lektüre und demonstrierten mir stolz, wie gehoben doch ihr Standard war. Sie hatten sich mit den »Tolldreisten

Geschichten« von Balzac die Zeit vertrieben – oder waren es die »Liaisons dangereuses« von Choderlos de Laclos? Ich hatte nicht genau hingesehen. Ich erfuhr, dass sie fünfundzwanzig Jahre alt waren, zusammen in München Maschinenbau studiert und vor vier Wochen hier ihre erste Stelle angetreten hatten; Friedrich, der Hamster, bei Daimler-Benz und Franz, der Schöne, bei einem Luft- und Raumfahrtkonzern.

»Das Erste, was man in einer neuen Stadt tun muss, ist, sich eine Freundin zu suchen«, erklärte mir Franz, lächelte und zwinkerte mir zu.

Darum seien sie auch gleich ins Schwimmbad gegangen, plauderte Franz weiter, denn Schwimmbäder seien ja bekanntlich hervorragende Begegnungsstätten. Vom ersten Moment an war mir klar, dass ich meiner sehnsüchtig erwarteten ersten Liebe begegnet war, denn zum ersten Mal spürte ich die so oft von meinen Freundinnen erwähnten Schmetterlinge im Bauch. Obwohl ich keine Wasserratte war, tobte und planschte ich mit Franz vergnügt im Wasser herum. Ich staunte, wie wohl er sich in diesem Element fühlte, wie elegant er im Delfinstil das Wasser durchpflügte. Beiläufig und mit einem Lächeln erzählte er mir, dass er vor ein paar Jahren bayerischer Jugendmeister im Brustschwimmen gewesen sei. Meine Brüder saßen mit offenen Mündern am Beckenrand und staunten. Vor allem Günter, der jeden Morgen mit Hanteln und Liegestützen trainierte, um einen athletischen Körper zu bekommen. Irgendwann erinnerten mich die beiden daran, dass es Zeit war, nach Hause zu gehen.

»Kann ich Sie wiedersehen?«, fragte Franz. »Vielleicht heute Abend im Kino?«

»Ich weiß nicht, was meine Eltern heute, am Muttertag, geplant haben – aber rufen Sie mich doch in einer Stunde daheim an«, bat ich, lächelte und hoffte, dass er mir nicht ansah, wie heftig mein Herz klopfte. Bevor er es sich anders überlegen konnte, ratterte ich meine Telefonnummer herunter – er hatte nichts zu schreiben dabei –, und ich setzte all meine Hoffnung auf sein gutes Gedächtnis.

Kaum zu Hause angekommen, stürzte ich ins Wohnzimmer und fragte: »Mama, darf ich heute ins Kino, ich habe zwei tolle Männer kennengelernt.« Erstaunlicherweise hatte sie nichts dagegen; sie sagte nur: »Denk daran, dass du morgen um halb sieben aufstehen musst.«

Zwei Stunden, die mir wie zwei Tage vorkamen, strich ich um das Telefon herum und sah ständig auf die Uhr. Als endlich der erwartete Anruf kam, war mein Glück perfekt. Wir verabredeten uns um halb acht am Bahnhof.

Die Straßenbahn fuhr viel zu langsam, ich sprang heraus, bevor sie ganz zum Halten gekommen war, und sah mich um. Meine Enttäuschung war riesig, als ich nur einen der beiden entdeckte. Den Falschen. Friedrich grinste breit und beruhigte mich: »Franz ist noch aufs Land gefahren, wo er sein Zimmer hat, um sich eine lange Hose anzuziehen – er muss jeden Moment kommen. So lange müssen Sie mit mir vorliebnehmen.«

Lange musste ich nicht warten. Kurz darauf sprang Franz aus der Straßenbahn, die langen Hosen standen ihm noch besser als die Shorts, dazu trug er ein weites kariertes Hemd, seine Haare waren streng nach hinten gebürstet.

Im Kino saß ich zwischen den beiden Männern. Der Film hieß »Die Verlobten des Todes«, aber ich bekam kaum etwas davon mit, denn nach höchstens zehn Minuten nahm Franz meine Hand – Friedrich sah uns fasziniert zu –, und ich spürte endlich das Kribbeln, auf das ich so lange gewartet hatte; es begann in den Fingern, die Franz sanft liebkoste, stieg die Arme hoch, breitete sich in mir aus und setzte Gefühle frei, von denen ich nichts geahnt hatte. Die Vorstellung war viel zu rasch vorbei, und ehe ich mich versah, verabschiedete sich Franz, um den letzten Bus in sein Dorf zu erwischen. »Ich ruf dich morgen an«, rief er und rannte los. Friedrich begleitete mich nach Hause.

Am nächsten Tag musste ich nicht lange auf den Anruf von Franz warten. Noch bevor ich mich auf den Weg zur Arbeit machte, klingelte das Telefon.

»Ich hab's nicht mehr bis heute Abend ausgehalten«, sprudelte es atemlos in mein Ohr. »Ich habe die ganze Nacht an dich gedacht, können wir uns heute Abend sehen?«

Was für eine Frage! Wir trafen uns am Bahnhof. Dahinter lag der Stadtpark, viele verschlungene Wege führten hindurch. Der ideale Treffpunkt für Liebespaare, das war uns wohl beiden durch den Kopf gegangen, als wir die Details für unser nächstes Stelldichein besprochen hatten.

Und Franz zögerte nicht lange; kaum standen wir im Schatten der Büsche und Bäume, zog er mich an sich und küsste mich. Wellen der Leidenschaft strömten durch meinen Körper – ich war hingerissen. Dann hörte ich seine Stimme ganz nah an meinem Ohr. »Du bist ein süßes, heißblütiges Mädchen, aber so junge Mädchen sollten vorsichtiger sein.« Und schon wieder küsste er mich heftig, seine Hände begannen, zielstrebig über meinen Körper zu wandern. Warnungen meiner Mutter taumelten durch mein benebeltes Hirn: »Sei vorsichtig mit den Männern, sie haben eine andere Moral als Frauen. Erst machen sie dich heiß, du stirbst fast vor Verlangen, bist du aber allzu willig, verlieren sie die Achtung vor dir.«

Obwohl ich jede Sekunde genossen hatte, beschloss ich auf dem Nachhauseweg, künftig ein bisschen reservierter zu sein, und küsste ihn nicht mehr, bis wir zu Hause angekommen waren. Ich hielt mich jedoch nicht lange an meinen Vorsatz. Von diesem Abend an sahen wir uns täglich, unser Begehren wurde immer leidenschaftlicher, und ich wusste, dass ich bald mit Franz schlafen würde.

Hilde

Die Reise nach Italien 1923

Vor unserem Haus versammelt sich eine Traube von Menschen, sie bestaunen den riesigen sechs Zylinder starken Fiat. Stolz stehen Herr Bonheim, Robert, Vincent und Jonathan davor. Andächtig zählt Robert die neunundzwanzig Luftschlitze in der fast zwei Meter langen Motorhaube, er streicht über das schwarz glänzende Blech, die mächtigen Reifen und die Lampen, dann öffnet sein Vater den Wagen und erklärt die Sitzordnung. »Ich sitze neben dem Chauffeur. Mama, die Zwillinge und Hilde sitzen in der nächsten Reihe und du, Robert, Vincent und Jonathan, ihr könnt es euch hinten gemütlich machen.«

Herr Bonheim und Victor, der Fahrer, diskutieren über die Menge Benzin, die sie für die fast tausend Kilometer lange Strecke brauchen werden. Sie beschließen, fünf Kanister mitzunehmen. Robert schaut mich an, lächelt und streckt den Daumen nach oben.

Herr Bonheim klopft seinen Söhnen auf die Schulter. »Wir können einsteigen, sagt Mama Bescheid und holt das Gepäck herunter.« Victor breitet auf der Motorhaube eine riesige Reisekarte aus, die beiden Männer beugen sich darüber, fahren mit dem Finger die Reiseroute ab. Herr Bonheim hat einen Stift in der Hand, er umkringelt die Orte, die er interessant findet, damit wir dort Pausen einlegen.

Frau Bonheim ist nervös, die Zwillinge greinen. Obwohl die Kleinen mittlerweile am Tag zu verstehen geben, wenn sie auf die Toilette möchten, wird das auf der langen Fahrt schwierig werden. Mein Köfferchen ist klein, ich habe nur zwei Kleider, zwei Jacken und natürlich ein paar Unterhosen eingepackt. Robert hat mir versichert, dass es in Italien im August nicht regnet.

Das Packen und Einräumen hat zwei Stunden verschlungen, es ist schon zwölf Uhr, als wir losfahren. Verstohlen lächle ich Robert zu, der direkt hinter mir sitzt. Zum Glück schlafen die Zwillinge gleich ein. Auch mir fallen die Augen zu, vor lauter Aufregung habe ich letzte Nacht kaum geschlafen. Als ich die Augen wieder aufschlage, weiß ich zuerst gar nicht, wo ich bin. Das Auto schaukelt, der Motor brummt laut, dann höre ich Herrn Bonheim, der sich mit dem Chauffeur unterhält. Sie sprechen sehr leise, ich verstehe nur Bruchstücke, habe aber auch kein großes Interesse an ihrer Unterhaltung. Plötzlich spüre ich, wie ein Finger über meinen Nacken streicht, ganz zart, ganz langsam; mir kommt es vor wie ein Wunder, was ein kleiner Finger alles bewirken kann. Das Wunder fährt mir durch alle Glieder, meine Stirn wird heiß, mein Mund füllt sich mit Speichel, mein Atem geht schnell, meine Haut fängt an zu brennen. Ich muss vorsichtig sein, darf nicht seufzen, ich schaue zu Frau Bonheim, sie schläft mit dem Kopf auf der Brust und schnarcht leicht. Auch die Zwillinge dösen noch vor sich hin. Also drehe ich mich vorsichtig um, sehe zuerst zu Vincent und Jonathan, die gegeneinandergelehnt ebenfalls schlafen, bevor ich in Roberts weit aufgerissene Augen blicke. Er kann nicht geschlafen haben, er sieht aus wie nach einem schnellen Lauf. Wir zwinkern uns zu und sprechen lautlos.

Um mich von Robert abzulenken, schaue ich durchs Fenster, sehe die Landschaft an uns vorbeisausen und ein, zwei andere Autos. Rechts von uns, das muss der Rhein sein. Eine Uhr habe ich nicht und ich möchte auch nicht Herrn Bonheim fragen, wo wir sind. Lange können wir noch nicht unterwegs sein, denn die Zwillinge schlafen am Tag selten mehr als eineinhalb Stunden.

Ganz plötzlich fängt Herr Bonheim an zu sprechen. »Warum seid ihr alle so still?«

Keine Antwort. »Schlaft ihr denn alle?«

Robert sagt leise: »Die schlafen alle.«

Herrn Bonheim kümmert es nicht, dass seine Familie schläft, er verkündet, dass wir in einer halben Stunde in Schaffhausen seien und uns dort ein wenig die Beine vertreten könnten. Schlagartig sind alle wach, die Zwillinge fangen sofort an zu brüllen, die unbekannte Umgebung macht ihnen Angst. Frau Bonheim und ich nehmen jede ein Kind auf den Schoß und geben ihnen zu trinken. Ich mag Ivan lieber als Tobias, er liebt es, in meinen Haaren zu wühlen, und wenn ich ihn am Bauch kitzle oder »kuckuck, wo bist du« rufe, meine Hände vor die Augen drücke und warte, bis er sich versteckt hat. Wenn ich ihn dann nicht gleich finde, fängt er an zu lachen und zu rufen.

Frau Bonheim sieht mitgenommen aus, sie gähnt, dehnt sich und seufzt. Fünf Kinder sind schon anstrengend. Das erinnert mich an das Gespräch mit meiner Schwester, und ich lächle vor mich hin.

Schaffhausen sieht gemütlich aus, Victor umrundet ein paar Mal die Festung Munot, lenkt vorsichtig durch die mittelalterlichen Gassen und um Plätze und hält schließlich vor einem wunderschönen Fachwerkhaus. »Hohlenbaum« steht über dem Eingang, es scheint ein Gasthaus zu sein. Herr Bonheim hält uns zurück, als wir uns aus dem Auto drängen wollen. »Bleibt vorläufig sitzen, ich werde mich erkundigen, ob wir hier übernachten können.« Kurz darauf kommt er zurück, strahlt und winkt uns zu.

Das Fachwerkhaus hat niedrige Decken. Wir haben drei Zimmer bekommen, eines für das Ehepaar Bonheim, eines für die Jungs und das dritte bekomme ich, zusammen mit den Zwillingen. Das wird ja eine tolle Nacht werden. Die Zwillinge wachen nachts oft auf und beginnen zu weinen. Aber das soll mich nicht stören, Robert wird ja zu mir ins Zimmer kommen, jeder von uns wird ein Kind in den Arm nehmen und es müde schaukeln; je schneller wir schaukeln, umso schneller können wir uns in die Arme fallen.

Herr Bonheim will uns den Rheinfall zeigen, mit viel Armewedeln beschreibt uns der Wirt den Weg zum hoch gelegenen Schloss Laufen.

Große Bäume werden vom Wind geschüttelt, der Himmel ist stahlblau, unsere Augen suchen den Rhein. Hundertfünfzig Meter breit soll er hier in die Tiefe stürzen und dann wild brausend um einen Felsen schäumen.

»Wollen wir hinuntersteigen?«, fragt Herr Bonheim seine Söhne. Warum fragt er mich nicht? Ich blicke Frau Bonheim an, sie nickt, und ich steige begeistert mit den anderen über viele Stufen und durch einen Tunnel hinunter an den Fluss. Sprühnebel stäubt uns ein, der Anblick ist überwältigend.

Nass kehren wir zurück in unser Hotel, wo es nichts zu essen gibt, der Wirt steht vor uns und zuckt mit den Schultern. »Die Zeiten sind schlecht, außer Wasser und einem Muckefuck kann ich Ihnen nichts anbieten.« Frau Bonheim holt die Stullen aus dem Rucksack, ausgehungert fallen wir darüber her. Die Zwillinge sitzen lachend auf dem Holzboden, Jonathan und Vincent rennen um die Tische herum, und mich wundert, dass Herr Bonheim das alles akzeptiert, ohne das Gesicht zu verziehen.

Bevor es ganz dunkel wird, beziehen wir unsere Zimmer. Ich mache es mir auf dem Holzboden bequem, die Zwillinge sitzen dicht an mich gedrückt. Mit einem Kinderbuch in der Hand plappere ich leise und zeige ihnen die Kühe, Hühner, Schweine, Hunde und die Katze auf den Bildern. Ich bemerke gar nicht, dass sie einschlafen, plötzlich kippen sie zur Seite und rollen sich auf dem Boden zusammen. Vorsichtig trage ich sie zum großen Bett, lege mich daneben und schlafe ebenfalls ein. Irgendwann weckt mich ein leises Kratzen an der Tür, dann kommt ein Ächzen dazu. Mein Herz beginnt, heftig zu klopfen. Der Boden knarrt, Roberts Schritte sind behutsam, er kniet sich vor das Bett und sucht mein Gesicht. Wir berühren uns, beginnen bei unseren Mündern. Roberts Finger streicheln über meine Brüste, langsam lässt er sie über meinen Leib wandern. Dann legt er sich neben mich, auch meine Hände sind in Bewegung, neugierig und ängstlich zugleich. Als ich sein Glied erreiche, erschrecke ich vor der Größe. Dann umkreisen seine Finger meine Schamlippen, suchen den Eingang, und ich schmelze förmlich, will mich hingeben, spüre es in mir brodeln – und bin enttäuscht, als das Spiel nicht weitergeht. Robert steht leise auf und flüstert: »Wenn wir uns lieben, möchte ich nicht mäuschenstill sein, ich will dich sehen, ich will dich hören.«

Sehr früh weckt uns Herr Bonheim auf. Die ersten Strahlen der Sonne fallen gerade über den Hügel und durch das Fenster auf den fast leeren Frühstückstisch. Die Jungs verschlingen die mit Margarine bestrichenen Brotscheiben. Immer wenn seine Eltern ihre Köpfe senken, strahlt Robert mich an. Frau Bonheim ist schlechter Laune, sie scheint Migräne zu haben und starrt wortlos in ihre Kaffeetasse.

Im Auto wird es lebhaft, ich halte die Zwillinge im Arm und lasse sie zum Fenster hinausschauen. Sie klatschen mit den Händchen ans Fenster, wollen die vorbeirasenden Bäume einfangen.

Herr Bonheim beschreibt uns die Route. »Wir fahren gen Süden an Basel vorbei, bald darauf werden die Berge immer höher, dann kommt das Tessin und anschließend geht es durch den Gotthard.« Eine sehr kurze Reisebeschreibung.

Wir kurbeln die Fenster hinunter, Vincent und Jonathan strecken die Arme hinaus. Die Landschaft ist wunderschön, wir schaukeln durch Täler, an Seen und Flüssen vorbei. Die Straße wird enger, neben uns fließt ein Bach.

»Papa, Papa«, betteln Jonathan und Vincent, »dürfen wir raus und ins Wasser?«

Wir warten gespannt auf die Entscheidung. »Ja, warum nicht, aber nicht lange, wir haben erst die Hälfte hinter uns.« Herr Bonheim schaut kurz seine Frau an, sie lächelt, ihre Kopfschmerzen scheinen verflogen. »Gib mir die Kinder.« Er klatscht fröhlich in die Hände, stellt sich vor die Tür und fängt die Zwillinge auf, die behände über Frau Bonheim hinwegkrabbeln. Jonathan und Vincent sind schon vorangestürmt. Herr Bonheim läuft mit je einem Zwilling an der Hand hinterher. So was haben die Kleinen noch nie gesehen, sie zappeln wild. Herr Bonheim kniet sich auf den Boden und spritzt sie nass.

Robert und ich nehmen ihm die Kinder ab, steigen vorsichtig in das Wasser, bücken uns und halten ihre wild strampelnden Füße hinein. Jonathan und Vincent kreischen währenddessen und spritzen ihren Vater nass, der inzwischen wie seine Söhne nur noch eine Unterhose trägt.

Immer steiler windet sich die schmale Straße den Berg hinauf. Unser starker Fiat kriecht auf eine dunkle Röhre zu, den

Gotthardtunnel. Die Funzeln an der Decke leuchten in einem dunklen Gelb, der Boden ist mit dicken Steinen gepflastert.

»Robert, kannst du dir vorstellen, mit siebzehn Jahren dein Elternhaus zu verlassen?«

»Was ist das für eine seltsame Frage, Papa?«

»Ich habe über das Leben von Louis Favre gelesen. Das war eine spannende Geschichte. Er war ein Jahr jünger als du, Robert, verließ mit nur hundert Franken in der Tasche sein Vaterhaus, ging nach Paris, und mit viel Einfallsreichtum und Geschick verdiente er sein Geld als Zimmermann bei einem Bauunternehmer. Der Junge muss sehr ehrgeizig gewesen sein, denn ständig strebte er danach, seine Kenntnisse zu erweitern, und besuchte Architekturkurse. Nachdem er Erfahrungen im Eisenbahnbau gesammelt hatte, übernahm er den Auftrag, den Tunnel von Marne zu bauen; hier konnte er sein Talent als Tunnelbauer beweisen.«

Ich werfe einen Blick nach hinten und sehe Jonathan und Vincent stumm einen Kampf ausfechten. Der eine kauert auf dem Boden, der andere sitzt auf der Bank und hat den Kopf des Bruders zwischen die Beine geklemmt. Frau Bonheim neben mir hat die Augen geschlossen, ihre Lider zucken, sie schläft nicht. Die Zwillinge hocken neben mir, der eine rechts, der andere links. Wir spielen Fingerspiele, hin und wieder bekomme ich einen Satz von Herrn Bonheim mit.

»Als er dann siebenundvierzig Jahre alt war, wollte er sein größtes Werk verwirklichen. Doch ihm fehlten die Erfahrungen, um einen Tunnel von sechzehn Kilometer Länge durch das Gebirge zu bauen. Die Bauarbeiten wurden ausgeschrieben und Favres Angebot erhielt den Vorrang. Innerhalb von acht Jahren sollte der Tunnel für 55 850 600 Franken gebaut werden.«

»Woher hast du deine Weisheiten, Papa?«, fragt Robert.

»Wenn du selbst ein bisschen mehr lesen würdest, wärst du auch schlauer.«

Herr Bonheim erzählt weiter. »Beim Bau gab es Felsbrüche, fünfzehnhundert Arbeiter mussten bei vierzig Grad schuften, es gab Streiks; hundertachtzig Menschen starben an der Hakenwurmkrankheit oder Einbrüchen.«

Robert schweigt.

Unser Auto holpert weiter, wir werden durcheinandergeschüttelt. Jonathan und Vincent wollen wissen, wie lange wir noch im Tunnel sind.

Herr Bonheim reagiert nicht, munter erzählt er weiter. »Den Durchschlag des Tunnels am 29. Februar 1880 erlebte Favre nicht mehr. 1879 erlag er mit dreiundfünfzig Jahren im Gotthardtunnel den Folgen eines Risses in der Bauchaorta.«

Wir sehen Licht. Vincent und Jonathan jubeln. Victor hält an und deutet zur Felswand. Dort ist ein Porträt Favres in den Stein gemeißelt. Die Inschrift lautet:

Blicke und lächle auf uns hernieder, Louis Favre, an diesem Tage der Freude und des Ruhmes, den man hauptsächlich Dir verdankt. Sei gegrüßt, Du herrlicher Sohn der Schweiz, gefallen auf dem Felde der Arbeit und der Ehre. Dein Name ist eingegraben in die Felsen des durchbrochenen Gotthard und im Andenken in den Herzen dreier dankbarer Völker.

Die Jungs drängen aus dem Auto, Frau Bonheim sieht angegriffen aus, sie hält sich ein Tuch vor den Mund. Ihr Mann nimmt die Zwillinge auf den Arm und dreht sich im Kreis. So lustig habe ich ihn noch nie gesehen. Ein warmer Wind umweht uns, die Sicht ist weit, wie verzaubert blicke ich auf die herrliche Landschaft unter uns, die mittelalterlichen Burgen, Lugano und den See.

Die Fahrt hinunter ins Tal ist gefährlich, steil und kurvig, Frau Bonheim fängt an zu würgen. Wir halten abrupt. Sie springt aus dem Auto, stellt sich an den Straßenrand und muss brechen. Herr Bonheim umarmt sie sanft. Ich darf da nicht hinschauen, weil mein Magen auch rebelliert.

Jetzt sind wir in der italienischen Schweiz, einem reichen Landstrich, in dem wir was zu essen bekommen, in dem die Leute wohlhabend sind und sich nicht vorstellen können, wie schmerzhaft der Hunger ist.

In den engen Kurven ächzt und schaukelt das Auto, wir halten uns an den Schlaufen rechts und links fest. An Lugano fahren wir vorbei, dann erblicken wir den See. Wie wunderbar er aussieht, das Wasser schimmert dunkelblau, blitzt wie ein Diamant. Am Ufer wachsen Palmen, Schiffe segeln an uns vorbei, Leute winken uns zu. Victor hält vor einem weißen Haus nah am Ufer. Auf der Terrasse stehen Sonnenschirme, elegante Leute sitzen darunter und essen. Mir wird fast schwindlig vor Hunger. Alle steigen aus, nur ich nicht, rechts und links neben mir liegen die Zwillinge und schlafen fest.

Da kommt mir Robert zu Hilfe. »Ich bleibe bei Hilde sitzen. Wenn die zwei aufwachen, bringen wir sie ins Restaurant.« Er sagt das lässig, ohne das Gesicht zu verziehen.

»Hab ich das nicht gut gemacht?« Er lacht, schaut aus dem Fenster und nickt zufrieden. Die Luft ist rein, in seinen Augen steht Verlangen, heftig schlingt er seine Arme um mich. Die Kinder rühren sich nicht, wir nutzen die Minuten, um uns abzutasten, uns zu küssen, wieder überfällt mich ein Schwindel vor lauter Hunger, diesmal hat er aber nichts mit Essen zu tun.

Eine halbe Stunde später schlendern wir, jeder ein Kind auf dem Arm, zum See. Dort sitzt die Familie unter einem großen Sonnenschirm. Mir läuft das Wasser im Mund zusammen, als ich all die Leckereien auf dem Tisch erblicke. Frau Bonheim ist wie verwandelt, sie steht auf, streckt die Arme aus, drückt ihre Kinder an sich, küsst sie und nimmt sie auf den Schoß.

»Das habt ihr gut gemacht, Kinder, kommt, setzt euch, schaut euch an, was wir alles bestellt haben, schlagt zu.«

Das lassen wir uns nicht zweimal sagen.

Während des Essens habe ich Zeit, Frau Bonheim zu beobachten. Ihr Gesicht strahlt, sie sieht jung aus, ich suche nach Gemeinsamkeiten mit Mutter, finde aber keine. Das Leben von Frau Bonheim verläuft in geordneten Bahnen. Sie ist eitel, wiegt sich einmal in der Woche, bemüht sich, ihre gute Figur zu halten. Dreimal in der Woche geht sie zur Massage, lässt ihren Körper durchwalken und die Haare richten.

Das Leben meiner Mutter sieht völlig anders aus. Sie ist immer traurig, deprimiert, wann habe ich sie einmal lächeln sehen? Nur selten. Nie trägt sie elegante Kleider. Wenn sie ihre Haare pflegen würde, wären sie schön, aber meist flicht sie sich Zöpfe, die sie älter machen. An Liebe fehlt es meiner Mutter nicht, sie hätte keinen besseren Mann finden können, und wir Kinder sind wohl recht gut gelungen. Doch wir müssen hungern, es gibt nichts zu lachen. Armut und Reichtum prägen einen Menschen.

Tobias und Ivan küssen ihre Mutter ab und greifen ihr ins Haar, ihre schlanken Arme umschlingen die Kinder, ihre Hände sind gepflegt, die Nägel lackiert, an fast jedem Finger trägt sie einen Ring. In der Sonne glitzern die Brillanten.

Am späten Nachmittag fahren wir weiter, ich stupse Victor an und frage ihn, wie viele Kilometer wir noch vor uns haben.

»Über fünfhundert Kilometer liegen hinter uns«, informiert er mich, »dreihundert müssen wir noch fahren. Mehr als achtzig Kilometer in der Stunde schaffen wir nicht, die Straßen sind kurvig, sehr schlecht, also schätze ich, dass wir« – er schaut auf seine Uhr – »so gegen neun Uhr in Imperia ankommen.«

Ich versinke in Gedanken. Wie hat die Familie es geschafft, sich ein Haus in Italien zu kaufen? Woher haben sie das viele

Geld, woher hat Herr Bonheim die Schweizer Franken, mit denen er das Mittagessen bezahlt hat, warum haben sie ausgerechnet Imperia ausgesucht? Ob Robert mir erklären kann, warum sie so reich sind und wir so arm? Ein unangenehmes, unbekanntes Gefühl steigt in mir hoch: Ich bin neidisch.

Klara

Das Gartenhäuschen 1959

Der Sommer kam, er war voller Liebe, Lachen und Seligkeit. Er erschien mir wie eine Oase: üppig grün und fruchtbar.

Franz und ich sahen uns täglich, trafen uns nach der Arbeit im Stadtzentrum, bummelten durch die Straßen, hielten uns an den Händen, und wenn wir Hunger hatten, kauften wir uns irgendeine Kleinigkeit. An den Wochenenden gingen wir tanzen, ließen uns von den wilden Rhythmen begeistern, drängten uns immer wieder aneinander, um uns zu berühren. Berührungen mit Franz durchzuckten mich wie Stromstöße. Wenn die Sonne schien, und das tat sie in diesem Sommer fast immer, trafen wir uns im Mineralbad, wo wir uns kennengelernt hatten.

Franz hatte zwei Schwestern, die ältere war vor fünf Jahren tödlich verunglückt: Franz, ein Freund und sie hatten eine Radtour unternommen. Auf einer noch nicht fertig asphaltierten Straße ragte damals ein Kanaldeckel auf. Die Schwester, die in der Mitte fuhr, versuchte, ihm auszuweichen, aber das misslang. Sie verfing sich mit einem Bein im Fahrrad, stürzte, schlug mit dem Kopf auf den Deckel, verlor das Bewusstsein und wachte nie mehr aus dem Koma auf. Sie starb nach zwei

Tagen an Gehirnblutungen. Die Familie war damals fast wahnsinnig geworden vor Kummer.

An einem Wochenende kam Franz' jüngere Schwester Lore zu Besuch. Mit ihren dreiundzwanzig Jahren sah sie aus wie eine alte Frau; sie wirkte einfach allzu elegant und gepflegt. Im dunkelblonden Haar entdeckte ich helle Strähnchen, die Fingernägel waren dunkelrot lackiert und an jedem Finger glitzerte ein Ring. Am beeindruckendsten war ihr mächtiger Busen, auf den sie stolz zu sein schien, denn ihr Dekolleté ließ tiefe Einblicke zu. Ihren Bruder schien sie sehr zu lieben; unaufhörlich tätschelte und küsste sie ihn und fragte: »Geht's dir gut, Franzilein? Macht dir die Arbeit Spaß?« Und mit einem koketten Seitenblick auf mich wuschelte sie ihm durchs Haar und zirpte: »Gell, du bist froh, dass du die Klara getroffen hast.« Auch ich bekam einiges von der Herzlichkeit ab. Ich wurde begutachtet und gelobt wegen meiner guten Figur und meinen dunkelblonden Haaren. So viel Herzlichkeit war mir suspekt, schien mir nicht echt.

Am Nachmittag gingen wir schwimmen, am Abend wollte Lore zum Tanzen; aber Franz und zwei Frauen? Er war äußerst skeptisch, und fast wäre der Abend ins Wasser gefallen. In letzter Sekunde fiel mir mein abgelegter Kamerad Benny ein, der mich stets erfolglos angeschmachtet hatte. Selbstredend kam er mit, und selbstredend galt Lore nur seine halbe Aufmerksamkeit. Er tanzte mit ihr und warf mir hin und wieder verliebte Blicke zu. Doch ich sah und fühlte nur Franz.

Am Wochenende darauf traf ich meinen Geliebten nicht. Er war zu seiner Familie nach Ulm gereist, um dort seinen fünfundzwanzigsten Geburtstag zu feiern. Meine Enttäuschung war groß – ich konnte ihm mein Geschenk erst mal nicht überreichen: die »Sternstunden der Menschheit« von meinem Lieblingsdichter Stefan Zweig. Als Widmung hatte ich auf die erste Seite geschrieben:

Die Begegnung mit Dir gleicht einer
Sternstunde
– ich liebe Dich –

Zum ersten Mal in meinem Leben hatte ich diese drei Worte geschrieben, ausgesprochen hatte ich sie noch nicht.

Am Montagmorgen rief Franz an. »Klara, ich habe dich so vermisst, ich muss dich unbedingt sehen, ich träume ständig von dir, ich sehne mich nach dir. Kannst du nicht mal zu mir aufs Land kommen?«

Mein Herz fing an zu klopfen. Vater musste am Dienstag nach Freiburg zu einer Besprechung, Mutter wollte ihn begleiten und die beiden würden erst Mittwoch zurückkommen. Franz war ganz aufgeregt. Das sei doch eine herrliche Gelegenheit! Kurzerhand verschoben wir unser Wiedersehen auf Dienstag.

Eine geschlagene halbe Stunde dauerte die Busfahrt zu Franz' Dorf. Er stand an der Haltestelle und lachte, als ich mich vom Trittbrett direkt in seine Arme fallen ließ. Immer wieder flüsterte er: »Wie schön, dass du gekommen bist.« Verstohlen blickte ich mich um. Das Dorf war nicht einmal ein Dorf, eher ein Weiler; ich sah eine einfache Kirche und daneben einen typischen Gasthof. In diesem Gasthof war Franz Untermieter. Um mir zu zeigen, wo er seine Nächte verbrachte, öffnete er die Tür zu dem Zimmer, das er sich mit einem anderen jungen Mann teilte, und ließ mich hineinschauen. Die Möblierung war nichtssagend: zwei altmodische Holzbetten, ein Schrank und ein Tisch. Auf einem der Betten lag der Zimmerkollege und las. Bei unserem Anblick lächelte er mokant.

In dieser Nacht schien kein Mond, der Himmel war fast schwarz, die Sterne funkelten und die Luft war lau. Ich trug nur ein leichtes Sommerkleid, Franz hatte Shorts an. Hand in Hand strebten wir dem Waldrand zu, rochen die Blumen und das gemähte Gras. Als wir den Schutz der Bäume erreicht hatten, umschlangen und küssten wir uns. Dann schlenderten wir dahin, blieben alle zehn Meter stehen, um uns wieder zu küssen – die Abstände wurden immer geringer, bis Franz sagte: »Bei meinem Gasthof im Garten ist ein Gartenhäuschen, vielleicht schauen wir uns das mal an.« Vorsichtig schlichen wir uns durch das hohe Gras im Garten. Die Tür des Häuschens war nur angelehnt, wir stolperten über einen Stapel im Eingang und Werkzeuge krachten auf den Boden, aber niemand schien uns zu hören. Franz tastete sich voran. »Hier links, unter dem Fenster, steht eine Couch«, flüsterte er und zog mich hinter sich her. Seine Küsse waren wild – wir zogen uns im Stehen aus. Sein Penis drängte zwischen meine Schenkel; er führte meine Hand, und ich umschloss ihn. Ich staunte über die Größe – jetzt gab es kein Zögern mehr. Wir vereinigten uns in einer wilden Umarmung. Franz lag angelehnt auf der Couch, seine Arme umklammerten mich, ich spürte ihn in mir und wurde überwältigt von Lust, Schmerz und Fülle. Er legte mich auf den Rücken, ich umschlang ihn mit Armen und Beinen, bäumte mich ihm entgegen. Unsere Haut brannte, wir standen in Flammen. Irgendwann blieben wir mit schweißnassen Körpern nebeneinander liegen. Kurz darauf schwoll sein Glied wieder an, füllte meine Enge erneut aus – meine Scheide umspannte ihn wie eine reife, honigtriefende Frucht.

In dieser Nacht vollbrachten wir Höchstleistungen. Immer wieder fielen wir in kurzen Schlummer, dazwischen liebten wir uns, bis der Morgen anbrach. Eng umschlungen und mit vielen Pausen, in denen wir uns küssten, gingen wir zum ersten Bus. Trotz der Kühle des beginnenden Tages und meines dünnen Kleidchens spürte ich eine herrliche Hitze. Nachdem ich Franz zum Abschied zugewinkt hatte, sah ich zu den anderen Fahrgästen. Bestimmt bemerkten sie meinen Geruch. Franz' Samen klebten mir zwischen den Schenkeln, ich spürte noch seinen Atem auf meiner Haut und meinen Lippen. Aber keiner der Mitfahrer schenkte mir besondere Aufmerksamkeit. Sie trugen alle Arbeitskleidung und dösten auf ihren Sitzen vor sich hin. Ich kam mir richtig verrucht vor.

Tag für Tag fuhr ich nun gleich nach Arbeitsschluss und meinem Sprachkurs zu Franz aufs Land. Die Fahrscheine sammelte ich, klebte einen über den anderen, bis langsam ein kleiner Block daraus wurde. Schon im Bus durchströmte mich ein Glücksgefühl – das Wissen, dass ich gleich vor Lust in Franz' Armen zergehen würde. Viel Zeit blieb uns allerdings nicht, denn nach wie vor musste ich um zehn Uhr zu Hause sein. Weil wir das Gartenhäuschen erst nach Sonnenuntergang benutzen konnten, suchten wir bald nach Auswegen. Wir fanden Lichtungen im Wald und geschützte Plätzchen in den Weinbergen. Und schließlich gab es ja auch noch Franz' Zimmer; leider ging der Mitbewohner aber selten aus. In all den Wochen liebten wir uns dort nur ein einziges Mal. Zuvor hatte Franz vorsorglich die Tür abgeschlossen, wir wollten nicht überrascht werden. Der ausgesperrte Kollege hämmerte schließlich an die Tür. Als wir an ihm vorbeigingen, musterte er uns wortlos und voller Verachtung, ich schämte mich. Im Treppenhaus stand die alte Wirtin und grollte: »Der Herr sieht alles, der Herr wird Sie strafen!« Warum nur musste Franz sein Zimmer mit einem Mann teilen? Der Grund dafür war einfach und mit einem Satz erklärt: Franz legte jeden Pfennig, den er entbehren konnte, auf die hohe Kante – er wollte so schnell wie möglich ein eigenes Auto.

Wenn ich um zehn Uhr nach Hause kam, musste ich klingeln, einen eigenen Schlüssel besaß ich nicht. Meine Eltern wollten die Kontrolle behalten. Ein- oder zweimal in der Woche gingen sie ins Theater, aber nie sagten sie mir, an welchem Tag.

Fand ich durch Zufall oder hartnäckige Detektivarbeit heraus, an welchem Abend sie im Theater sein würden, konnte ich meinen Landaufenthalt um eine Stunde verlängern. Doch einmal hatte ich Pech. Als ich um elf klingelte, machte keiner auf. Offenbar schliefen meine Brüder wie die Murmeltiere. Ich klopfte, lief in den Hof und warf Steinchen an ihr Fenster – nichts rührte sich. Schließlich setzte ich mich ins Treppenhaus und schlief ein. Meine Eltern, die nach der Vorstellung noch essen gegangen waren, weckten mich um zwei Uhr nachts.

Unser Sommer strotzte nur so vor heiteren Erlebnissen und unvergesslichen Begegnungen. Immer mehr erfuhr ich von Franz, von seiner Familie und der Firma, für die er arbeitete. Er war begeistert von den vielen Möglichkeiten, die sich ihm dort boten. Das Unternehmen entwickelte Flugkörper aller Art und war in einer vielversprechenden Aufbauphase. Franz bewegte sich als Jungingenieur von einer Abteilung zur anderen und versuchte herauszufinden, welches Fachgebiet ihn am meisten interessierte. Sein Enthusiasmus hielt bis Mitte August, dann wurde er stiller. Eines Tages teilte er mir mit betrübtem Gesicht mit: »Meine Firma will sich vergrößern, sie wächst rasant. Hier in Stuttgart hat sie sich vergebens nach Grundstücken für ihre Betriebsgebäude umgeschaut. In München haben sie jetzt eine Zusage bekommen.« Sein Atem stockte, er schluckte und sah mich eindringlich an. »Das heißt, dass ich über kurz oder lang nach München ziehen muss, Klara. Aber nicht vor Oktober.« Das war ein Schlag.

Vor Franz' Abreise kam noch zweimal seine Schwester zu Besuch, wie immer ebenso elegant wie dominant. Ende August schlug mir Franz vor, mit ihm nach Ulm zu fahren, denn seine Eltern wollten mich kennenlernen. Ein Kollege von Franz, der nach München fuhr, nahm uns mit und setzte uns an der Autobahnausfahrt Ulm ab. Kurz darauf stand ich vor der Haustür seiner Eltern. Mein Herz hämmerte in meiner Brust, ich umklammerte Franz' Hand. Lore öffnete und umarmte uns innig. »Klara, wie freu ich mich, dich zu sehen – warum kommt ihr so spät?« Gerade als ich antworten wollte, näherten sich langsam eine dicke alte Frau und ein hagerer alter Mann. In dem Mann konnte ich Franz erkennen. Sie hatten die gleiche Größe, die gleichen Augen und auch ihre Gesichtszüge waren frappierend ähnlich. Bis auf die Nase. Die von Franz war kräftig und leicht gebogen, die seines Vaters lang und herrisch, eine typische Habsburger Nase. Franz' Mutter wirkte im Gegensatz zu ihren Kindern fast ungepflegt. Wie war es nur möglich, dass sie zwei so attraktive Kinder bekommen hatte? Ihre Füße steckten in unförmigen Gesundheitsschuhen. Durch die wenigen grauen, dauergewellten Haare erschien auch ihre Gesichtsfarbe grau. Sie sah mich lange wortlos an, jeder schien abzuschätzen, was er sagen konnte, dann lächelte sie endlich. Ich wurde herzlich aufgenommen und gleich in die Küche geführt. Bratenduft strömte mir entgegen. Die Couch am Fenster der Wohnküche war für den Vater reserviert. Auf ihr verbrachte er halbe Tage und löste Kreuzworträtsel. Die Mutter stand derweil am Herd, denn Kochen war ihre Leidenschaft. Und sie kochte gut, ich bekam gleich eine Kostprobe.

Zum Glück aßen wir viel, denn ich wusste nicht, was ich ihnen erzählen sollte. Wie so oft urteilte ich nach dem ersten Eindruck: Der Vater gefiel mir sofort, bei der Mutter war ich skeptisch – vielleicht lag es an den Blicken, mit denen sie mich musterte, und den gezielten Fragen. Sie war es, die in der Familie den Ton anzugeben schien. Lore drängte: »Wir müssen los, ich habe Karten fürs Kino besorgt.«

Die Eltern schliefen schon, als wir wieder zurückkamen. Mir war unklar, wo ich die Nacht verbringen würde. Außer der Küche gab es nur noch ein Wohnzimmer mit einer Couch, das Schlafzimmer der Eltern und Lores Zimmer, das sie früher mit der Schwester geteilt hatte. Franz hatte nie ein eigenes Zimmer gehabt; er war noch schlechter dran gewesen als ich. Als Bett hatte ihm die Wohnzimmercouch gedient, das Bettzeug wurde tagsüber in einer Schublade verstaut. An dem schmalen Schreibtisch unter dem Fenster habe er an den Wochenenden oft für sein Studium gebüffelt, hatte er mir am Vorabend unseres Besuchs erzählt. Jetzt stellte mir Lore ihr Zimmer zur Verfügung und verabschiedete sich. Sie schlief bei einer Freundin. In dieser Nacht blieben Franz und ich brav in unseren Betten, wir trauten uns nicht, über den Gang zu schleichen, vorbei an der leicht geöffneten Schlafzimmertür seiner Eltern.

Das Wochenende verging mit Bummeln durch die Stadt und der Besichtigung des Schrebergartens von Franz' Vater. Am Abend kam ein befreundetes Ehepaar zu Besuch, das neugierig auf Franz' Neue war. Beiläufig erfuhr ich, dass Franz viele Jahre mit einer Frau zusammen gewesen war, die quasi schon zur Familie gehört hatte. Man war davon ausgegangen, dass Franz sie nach Beendigung seines Studiums heiraten würde. Und nun präsentierte er ihnen ein sehr junges Mädchen, fast noch ein Kind. Bis jetzt hatte ich nie über Franz' Vergangenheit nachgedacht, sondern glücklich in den Tag hinein gelebt. Aber natürlich war mir klar, dass es im Leben eines fünfundzwanzigjährigen Mannes Frauen gegeben hatte.

Die zwei Tage in Ulm lebten wir keusch. Am Sonntagnachmittag – der Vater hatte sich zu einem Schläfchen auf die Couch gelegt, die Mutter räumte die Küche auf – zog Franz mich ins Bad, küsste mich gierig und setzte sich auf den Rand der Badewanne. Nur hier konnten wir allein sein, ansonsten war Franz' Mutter stets in unserer Nähe und passte auf wie ein Luchs.

Hilde

Die Villa im Olivenhain 1923

Als die Sonne bereits tiefer über dem Meer steht, bittet Herr Bonheim Victor um eine kurze Pause. Die Zwillinge haben zwei Stunden tief geschlafen, doch jetzt werden sie unruhig und quengeln, sie wollen sich bewegen. Kurz werfe ich einen Blick nach hinten, sehe zu Robert, der tonlos den Mund bewegt. Ich verstehe, dass wir am besten zusammen mit den Kindern an den Strand gehen.

»Mama«, sagt Robert, »Hilde und ich nehmen die Kleinen mit an den Strand, du brauchst nichts machen, gib mir bitte die Trinkflaschen.« Wir nehmen die Kinder huckepack, die beiden kreischen vor Begeisterung.

Frau Bonheim rührt sich nicht, ihr Gesicht ist schneeweiß, sie hält sich ein Tuch vor den Mund, dann reißt sie die Autotür auf und fängt an zu würgen. Ihr Mann hilft ihr, greift ihr unter die Arme, spricht liebevoll auf sie ein. Nah am Wasser setzen wir die Kinder auf den Boden, der Sand ist warm. Tobias und Ivan drücken erst vorsichtig ihre Händchen hinein, dann beginnen sie, darin zu wühlen. Wir küssen uns, achten aber darauf, vom Auto aus nicht gesehen zu werden. Der Moment ist viel zu schnell vorbei. Robert holt zwei Trinkflaschen aus der Tasche, die Kinder greifen danach. Während sie trinken, sitzen Robert und ich ganz eng nebeneinander und sehen zu, wie die Sonne das Meer allmählich rötlich färbt.

Als wir Imperia erreichen, bricht die Dunkelheit herein. Victor ist das erste Mal hier, aufmerksam folgt er den Anweisungen von Herrn Bonheim. Langsam schiebt sich der große Fiat über die bucklige Piste ohne Straßenlaternen, wir werden durchgerüttelt. Herr Bonheim flucht: »Wir hätten nicht so lange Pause machen dürfen, jetzt haben wir die Bescherung.«

Das Auto schaukelt durch die Schlaglöcher, die Kinder jauchzen vor Freude.

Dann brüllt Herr Bonheim: »Wir sind da!«

Victor öffnet die Türen, hilft zuerst Frau Bonheim beim Aussteigen, dann greift er nach den Zwillingen und überreicht sie mir. Im Dämmerlicht erblicke ich die Silhouette eines großen Hauses.

»Bleibt stehen, bis ich Licht gemacht habe«, ruft Herr Bonheim und geht mit einer Taschenlampe in der Hand einige Stufen hinauf. Kurz darauf strahlt Licht aus den Fenstern, die Jungs rasen los.

»Soll ich dir ein Kind abnehmen?«, fragt Frau Bonheim.

»Nein, nein«, antworte ich. »Robert trägt Ivan, ich trage Tobias.« Nur zwei Schritte ist sie vor uns, sie bewegt sich behutsam, und langsam kommen wir darauf, wie wir mit kleinen Tricks zusammen sein können. Wir geben uns einen langen Kuss.

Ich schlafe wie eine Tote und erwache sehr früh. Mein kleines Zimmer füllt sich gerade mit Licht, die Wände sind in einem hellen Grün getüncht, ich blicke auf eine Kommode mit vielen Schubladen. Darauf steht ein bunter Blumenstrauß. Da ich keine Uhr besitze, kann ich nur schätzen, wie spät es ist. Nach einer Katzenwäsche an dem kleinen Waschbecken ziehe ich mein neues Sommerkleid an. Mutter hat mir in der letzten Woche zwei Kleider genäht. Vor dem Fenster bläht sich ein weißer Tüllvorhang, ich ziehe ihn zur Seite. Der Ausblick überwältigt mich. Das Haus liegt auf der Kuppe eines Hügels. Unter mir sehe ich einen Teich im Schatten einer Weide, das wilde Gras steht einen halben Meter hoch, der ganze Hang ist mit Olivenbäumen bewachsen. Leise öffne ich meine Tür, horche, ob schon jemand wach ist. Es rührt sich nichts. Ich gehe an einer Reihe von Türen vorbei bis zu einer Treppe, die zu einem großen Raum führt.

Mein Blick wandert über die Terrakottafliesen, der Boden unter meinen nackten Fußsohlen ist kühl, ich schaue mir den Kamin an. Darin kann ich fast aufrecht stehen. Der mächtige Holztisch in der Mitte des Raumes ist auch mit Blumen geschmückt und er ist gedeckt. Es riecht nach Kaffee, die anderen Düfte erkenne ich nicht, doch mir läuft das Wasser im Mund zusammen. Sie kommen aus der Küche. Die junge Frau, die dort am Herd steht, erschrickt, als sie mein »Guten Morgen« hört, sie dreht sich um, lächelt schüchtern und sagt »*Buon giorno, Signorina*«. Ich frage sie nach ihrem Namen, doch sie versteht mich nicht, also gehe ich weiter.

Zum Teich sind es höchstens fünfzig Meter, das hohe Gras reicht mir fast bis zur Hüfte. Es raschelt, ich muss an Roberts Warnung denken. Auf eine Schlange möchte ich nicht treten. Der Teich ist fast schwarz, er sieht aus, als schliefe er. Ich bücke mich und werfe einen Stein. Das Wasser kräuselt sich, dann kicke ich hinein, es spritzt in alle Richtungen. Hinter mir lacht jemand, Robert, weiß ich, ohne mich umzudrehen. Er hält Abstand, jeder im Haus kann uns beobachten, doch was er sagt, höre nur ich.

»Guten Morgen, mein Schätzchen, hast du gut geschlafen?«

Ich nicke.

»Ich werde beim Frühstück meinen Eltern vorschlagen, dass wir ein bisschen mit den Zwillingen spazieren gehen.«

Wieder nicke ich.

Robert fängt erneut an zu lachen. »Stumm brauchst du nicht zu bleiben, hier hört uns keiner. Ich halte es nicht mehr aus, dich nur anzusehen, ich will dich berühren, ich will dich streicheln, ich will dich nackt in einer Blumenwiese sehen, ich will …«

Ich drehe mich lachend um, vergesse, dass man uns hier beobachten kann, will ihm die Arme um den Hals schlingen, doch Robert reagiert schnell. Er bückt sich, zieht die Schuhe aus und murmelt: »Wir müssen äußerst vorsichtig sein, eine falsche Geste, ein verliebtes Lächeln kann uns ins Verderben stürzen. Ich sage das nicht im Spaß, ich kenne meinen Vater, er würde dich glatt zum nächsten Zug bringen, dich nach Deutschland schicken.«

Seine Worte schockieren mich gewaltig, lassen mich ein paar Schritte zurückweichen. »Seit wann habt ihr das Haus?

»Erst seit zwei Jahren. Ein Freund meines Vaters wollte unbedingt nach Palästina auswandern, ein Großteil seiner Familie lebt dort. Mein Vater hat ihn zwar vor dem britischen Mandatsgebiet gewarnt und gesagt, dass die Zahl der Rückwanderer fast so hoch sei wie die der Zuwanderer. Doch der Freund ließ sich nicht beirren. Er brauchte Geld, viel Geld, Schweizer Franken, mit unserem wertlosen deutschen Geld konnte er nichts anfangen. Mein Vater gab ihm die gewünschte Summe und so bekamen wir das schönste Haus der Welt.«

Ich brenne darauf, Robert zu fragen, woher sein Vater so viele Schweizer Franken hatte, doch ich traue mich nicht. Irgendwann wird mir Robert das schon erzählen.

»Geh frühstücken, meine Eltern sind bestimmt schon aufgewacht.«

Im Haus treffe ich auf Jonathan und Vincent, sie sitzen in einer Ecke und jeder hat ein Stück Brot in der Hand. Gut erzogen sind sie, keiner von ihnen wagt es, sich allein an den Tisch zu setzen, ihr Vater würde ihnen sonst sicher die Leviten lesen.

»Sind Mama und Papa schon wach?«, frage ich sie.

»Wach sind die, aber am Wochenende bleiben sie gerne lange im Bett.« Die zwei Jungen feixen.

So ähnlich ist das bei meinen Eltern auch, sie brauchen wohl diese Nähe nach einer harten Woche voller Mühsal. Ich beginne wieder zu vergleichen, kann jedoch kaum Ähnlichkeiten finden.

Herr und Frau Bonheim kommen herein. Herr Bonheim trägt den hellblonden Tobias, Frau Bonheim Ivan mit seinen dunkelbraunen Haaren, ich finde den Kontrast zauberhaft; aus den Augen des Ehepaars strahlt das reine Glück.

»Ihr seid ja brav gewesen, ihr müsst schrecklich Hunger haben, jetzt geht's los.« Herr Bonheim übergibt mir Tobias, klatscht in die Hände und setzt sich an den Tisch. Ich warte, bis alle sitzen, und bekomme dann den Platz an der Schmalseite. Robert ist noch nicht da, ich frage mich gerade, was er noch am Teich macht, da kommt er mit einem kleinen Blumenstrauß angeschlendert und gibt ihn seiner Mutter. Sie zieht seinen Kopf zu sich hinab und küsst ihn auf die Wange.

Der Tisch mit dem schweren Leintuch ist voll beladen mit Schätzen. So viele Leckereien auf einmal habe ich noch nie in meinem Leben gesehen, ich kann den Blick kaum abwenden. Ein großer Korb mit Brot steht in der Mitte, eine Schale mit Früchten daneben, beim Anblick von Käse, Würsten und verschiedenen Marmeladen läuft mir das Wasser im Mund zusammen. Neben Herrn Bonheim steht Milch – wann habe ich das letzte Mal Milch getrunken? Er füllt acht Gläser für uns. »Damit ihr groß und stark werdet«, sagt er und trinkt sein Milchglas in einem Zug leer. »Wenn wir mit dem Frühstück fertig sind, werden Mama und ich nach Imperia hinunterfahren, wir wollen mal allein«, er lächelt spitzbübisch, »spazieren gehen. Robert und Hilde sind ja bei euch, da kann nicht viel passieren.«

Wenn die wüssten! Vorsichtig blicke ich zu Robert, aber sein Gesicht ist ausdruckslos, er kann sich gut verstellen. »Wann kommt ihr zurück?«, will er wissen.

»So genau wissen wir das nicht, wir müssen eine Menge einkaufen, Elena wird euch was zu essen machen.«

Die Luft ist rein, wir überlegen, wie wir die Brüder loswerden können. »Habt ihr Lust, mit uns die Olivenhaine anzuschauen?«, fragt Robert. Er weiß ganz genau, dass Jonathan und Vincent auf andere Abenteuer aus sind.

Prompt schüttelt Vincent den Kopf. »Nee, wir gehen runter zum Fluss; da, wo das Wasser durch die Schlucht schießt, gibt es immer eine Menge angeschwemmte Hölzer und schöne Steine.«

»Ihr müsst aufpassen, geht ja nicht ins Wasser, Papa wird mich umbringen, wenn euch was passiert.«

Die Jungen nicken und sind schon verschwunden.

Wir schlingen uns kräftige Tücher um den Körper und verstauen die Kinder darin. Dann klettern wir durch die Olivenhaine langsam den Hügel hinauf. Zielsicher geht Robert vor mir her, hin und wieder grinst er mich an. Tobias ist ein kräftiges Kleinkind, er wiegt mindestens zehn Kilo; als ich anfange zu jammern, beruhigt Robert mich: »Gleich sind wir da.«

Wir kommen zu einem kleinen, aus Trockenstein gefertigten Unterstand, der von zwei Olivenbäumen beschattet wird. Robert erklärt mir, dass die Hirten bis vor Kurzem in diesen Hütten übernachtet haben. Wir blicken hinein, die Hütte ist ein Abstellplatz, vollgestopft mit Werkzeugen, Saatgut und einigen Decken. Während sich Robert an die Arbeit macht, passe ich auf die Zwillinge auf, spiele, lache und singe mit ihnen, ich will sie müde machen.

Robert hat das Saatgut und die Werkzeuge zu einem Berg aufgehäuft und ich baue ein weiches Nest für die Zwillinge. Es dauert ein Weilchen, bis ihnen nach vielen Liedern und Späßchen endlich die Augen zufallen. Unter einem Olivenbaum breitet Robert unsere Decken aus, zart zieht er mir das Kleid über den Kopf, streift mir das Höschen ab. Er berührt mich nicht, seine Augen verfolgen den Tanz der Blätter auf meinem Körper, dann versuchen seine Hände, die tanzenden Blätter zu fangen, ich schließe die Augen und spüre ihn in mir. Es ist genauso, wie meine Schwester sagte: Wenn du das erste Mal mit einem Mann schläfst, tut es weh, doch beim nächsten Mal bist du wild darauf, du willst es wieder und wieder tun.

Die Bonheim-Eltern kommen am Spätnachmittag zurück, voll beladen mit Tüten, die wir zusammen in die Küche tragen. Elena, unsere Hilfe, hat den Nachmittag freibekommen, und Frau Bonheim steht etwas verwirrt vor den Einkäufen.

»Mama, ruh dich aus, Hilde und ich machen das, du wirst sicher alles wiederfinden.«

Schon wieder kribbelt alles in mir.

Kaum eine Viertelstunde später brüllt Herr Bonheim: »Kinder, kommt zum Teich, ihr müsst mir helfen.«

Das klingt abenteuerlich, jedenfalls für die Buben; Vincent und Jonathan kommen herangeprescht. »Sobald wir rings um den Teich das hohe Gras geschnitten haben, dürft ihr reinspringen. Ich habe keine Lust, auf eine Schlange oder eine Schnecke zu treten.« Herr Bonheim hält sich eine Sichel dicht vors Gesicht, fährt vorsichtig über das wie ein Halbmond geformte Werkzeug und meint: »Die hat's nötig. Robert, geh doch in die Werkstatt und schau, ob du da einen Schleifstein findest.«

Natürlich gehe ich mit, um ihm beim Suchen zu helfen, wir finden den Stein sofort, lassen uns jedoch Zeit, nutzen jeden Moment, uns zu küssen.

»Habt ihr was gefunden?« Die Stimme von Roberts Vater klingt ungeduldig.

Offenbar hat Herr Bonheim noch nie eine Sichel benutzt, er holt aus und lässt sie viel zu tief nach unten sausen, außer einem Büschel Gras hat er einen Brocken Erde herausgehackt. Robert lacht sich halb tot, was seinen Vater in Rage bringt. »Versuch's doch selbst, du Besserwisser! Hier, nimm die Sichel und versuch's!«

Robert will seinen Vater nicht gleich blamieren, zuerst hackt er auch ein bisschen herum, doch beim dritten Anlauf saust die Sichel zischend durch das hohe Gras, es wirbelt durch die Luft und legt sich dann wie ein weicher Teppich auf den Boden.

»Mach weiter so, mach weiter so!« Herr Bonheim ist kein Spielverderber, er klatscht sogar in die Hände. Robert schwingt das Gerät mit Begeisterung. Der Schweiß läuft ihm übers Gesicht, er zieht das Hemd aus, seine Muskeln bewegen sich rhythmisch, begierig betrachte ich seinen Körper. Ich muss aufpassen, dass Herr Bonheim das nicht wahrnimmt.

Vincent und Jonathan wälzen sich im weichen Gras und bewerfen sich damit, dann schauen sie neugierig ihrem Vater zu, der in Unterhose ins Wasser steigt. Ich finde Herrn Bonheim mutig – wer weiß schon, was da alles im dunklen Wasser herumkriecht. In der Mitte des Teiches steht ihm das Wasser bis zum Hals. Und dann plötzlich fängt er lauthals an zu jubeln. »Kommt rein, Kinder, das Wasser fühlt sich an wie Samt.« Er streckt die Arme nach den Buben aus, die sich begeistert auf ihren Vater stürzen.

»Wollt ihr nicht auch reinkommen?«, ruft er uns zu. Robert ist sofort im Wasser, ich bin zögerlich, ich kann nicht gut schwimmen, doch Herr Bonheim streckt mir seinen Arm entgegen und beruhigt mich. »Es passiert dir nichts, Robert und ich werden dich schon retten.« Dann beginnt er, laut zu lachen, platscht kräftig auf die Wasseroberfläche und spritzt mich an.

Klara

Franz zieht um 1959

Der Rest des Sommers verging schnell, und damit rückte Franz' Umzug nach München heran. Ich war tieftraurig, so tieftraurig, wie man das nur während seiner ersten Liebe sein kann. Mein Herz war schwer, ich fürchtete mich vor dem ständigen Trennungsschmerz. Aber Franz tröstete mich: »Kopf hoch, Mädchen, ich suche mir Mitfahrgelegenheiten und werde dich jedes Wochenende besuchen.« Als er dann im November wegzog, telefonierten wir täglich; jede Woche bekam ich einen langen Liebesbrief, und ich schrieb eifrig zurück. Franz kam wirklich fast jedes Wochenende, nur manchmal lagen zwei Wochen dazwischen. Je länger wir getrennt waren, umso drängender und verzehrender wurde unser Verlangen, und vier Wochen vor Weihnachten blieb meine Regel aus. Wir waren erschrocken, obwohl wir damit eigentlich hätten rechnen müssen. Nie hatten wir versucht, eine Schwangerschaft zu verhüten, gelegentliche Coitus interrupti waren immer schiefgegangen. Täglich rief Franz mich an und hoffte auf Entwarnung, doch ich war und blieb schwanger. Auch diesmal tröstete er mich: »Du brauchst keine Angst zu haben, irgendwann hätten wir sowieso geheiratet, denn ich liebe dich – jetzt ist es halt ein bisschen früher passiert.« Und als ich ihm antwortete: »Wie bringe ich das meinen Eltern bei?«, gluckste er: »Darüber brauchst du dir wirklich keine Sorgen zu machen, die sind sicher froh, dass du einen Mann mit abgeschlossenem Studium bekommst, der für dich sorgen wird. Pass auf, wir machen das so: Sag du ihnen jetzt noch nichts, ich werde mit ihnen reden.«

Wir beschlossen, das Gespräch auf den Januar zu verschieben, denn Franz und ich wollten Silvester mit anderen auf einer Skihütte verbringen. Meine Eltern hatten nichts dagegen. Diese Woche war eine Vorflitterwoche – zärtlich und verliebt; ein Kind wuchs in mir, wir konnten es noch gar nicht glauben. Die Hütte war nur mit Bahn und Bus und einem langen Fußmarsch zu erreichen. Den herrlichen Anblick des tief verschneiten Waldes konnte ich am Tag unserer Ankunft allerdings nicht genießen, denn schwer lag der Rucksack auf meinem Rücken. Franz schleppte zusätzlich die Verpflegung für eine ganze Woche. Die Skier balancierten wir auf den Schultern. Als wir unser Ziel am späten Nachmittag erreichten, war ich kurz davor zusammenzubrechen, Wellen von Übelkeit schüttelten mich – die ersten Anzeichen der Schwangerschaft machten sich untrüglich bemerkbar. Das Hüttenleben war einfach und locker. Gekocht und gegessen wurde in einem gemütlichen, von einem Kachelofen beheizten Aufenthaltsraum. Auf einem Eisenherd, der mit dicken Holzscheiten befeuert wurde, kochten wir unsere Nudeln und aßen dazu Gemüse aus Dosen. Im oberen Stockwerk befanden sich die Matratzenlager, wo wir dicht nebeneinanderlagen wie die Heringe in der Dose. Franz und mich störte das nicht – wir liebten die Nähe, wir konnten es nicht eng genug haben. Franz war hier gut bekannt; die Männer schlugen ihm kameradschaftlich auf die Schulter, mich musterten sie neugierig. Und so nach und nach bekam ich mit, dass Franz hier so manches Wochenende und die eine oder andere Skiwoche mit unterschiedlichen Freundinnen verbracht hatte. Was mich jedoch nicht störte. Denn ich trug unser Kind unter dem Herzen. Und in mich war er ganz offenkundig vernarrt. Die anderen waren Schnee von gestern. Dieses Gefühl der Sicherheit machte mir sogar Mut, das Skifahren auszuprobieren. Stolz führte ich Franz meine eigenhändig besorgten Bretter vor.

»Das ist der letzte Schrott«, meinte er, »sie haben nicht mal Stahlkanten!« Dennoch versuchte er, mir das Skifahren beizubringen. Vor unserer Hütte gab es zwar einen Übungslift – aber auch fürs Liftfahren brauchte man Vorkenntnisse, und ich hatte noch nie im Leben Skier an den Füßen gehabt. Deshalb stapften wir den Hang hinauf – höher und höher –, ließen die Endstation des Liftes hinter uns und stiefelten durch tiefen Schnee, bis ich irgendwann meine Skier zu Boden warf und keuchte: »Ich kann nicht mehr, ich gehe keinen Schritt weiter!« Franz half mir beim Befestigen der Bindung. »Die stammt wohl noch aus dem letzten Jahrhundert«, schimpfte er, »völlig veraltet und verrostet. Und mit Tiefzug.« Seine Skier dagegen waren auf dem neuesten Stand, er brauchte sich nur in die Bindung zu stellen, schon machte es *Klick* und er war abfahrbereit. »Wichtig für Anfänger ist der Schneepflug: Skispitzen zusammen, Knie gebeugt, leicht nach vorn lehnen«, erklärte er, »dann das Gewicht verlagern, Schulter zum Tal, und automatisch kriegst du die Kurve.« Alles schön und gut. Franz fuhr voraus – und zog im Tiefschnee elegant einen ersten Bogen. Ich versuchte, es ihm gleichzutun, doch meine Skier machten, was sie wollten, sie fuhren einfach abwärts – immer schneller und schneller –, bis ich stürzte. Franz probierte es noch zweimal mit mir, zeigte aber wenig Einfühlungsvermögen. Beim dritten Sturz versank ich im Tiefschnee, meine Skier lagen über Kreuz, und je mehr ich versuchte, mich aus dem Schnee zu buddeln, desto tiefer grub ich mich ein. »Ich glaube, es ist besser, wenn du dir das Skifahren für einen späteren Zeitpunkt aufhebst.«

Gesagt, getan. Er half mir auf, schnallte meine Skier ab, nahm sie auf die Schulter und fuhr los. Ich sollte zu Fuß zur Hütte absteigen. Auch wenn ich es mir anders gewünscht hatte, war ich froh, meine Skier nicht nach unten schleppen zu müssen. Ich setzte also die Stiefel in meine Aufstiegsspur und machte mich enttäuscht auf den Rückweg.

Franz strahlte mich an, als ich die Hütte erreichte, nahm mich in den Arm und scherzte: »Na, du Angsthase, bist du froh, dass du wieder auf sicherem Boden stehst?«

»Du hast wohl vergessen, dass ich im zweiten Monat schwanger bin, noch nie im Leben auf Skiern stand, drei Stürze gebaut habe – und dann das«, fauchte ich. Am liebsten hätte ich ihn erwürgt. Aber es war zu schön auf der Berghütte, um mich lange zu ärgern. Am Abend, im Matratzenlager, drängten Franz und ich uns eng zusammen und versuchten, miteinander zu schlafen, ohne dass es jemand mitbekam, was sich jedoch als schwierig erwies, so dicht wie der nächste Nachbar neben uns lag. Dann legte Franz seine Hand auf meinen Bauch und flüsterte: »Was bin ich doch für ein blöder Kerl. Wie leicht hätte dir etwas passieren können.«

Um alleine zu sein, stapften wir stundenlang durch den Schnee und legten uns in unseren Skianzügen irgendwo in die Sonne. Und auch auf Schäferstündchen mussten wir nicht verzichten, denn fast auf jeder Almwiese stand ein Heustadel. Diese Hütten waren bis obenhin voll mit Heu, das von den Jägern an das Wild verfüttert wurde. Am Spätnachmittag machten wir uns auf den Weg und legten uns ins duftende Heubett. Wenn uns zu kalt wurde, schichteten wir dicke Lagen Heu auf uns. In der Stille hörten wir nur das wilde Pochen unserer Herzen.

Hilde

Imperia 1923

Eine Woche ist vergangen, ich kenne nahezu jeden Baum und Busch, jede Mulde, jede kleine Hütte oberhalb unserer Villa. Wir überlegen, wie wir es hinkriegen, einmal allein nach Imperia hinunterzugehen. Wenn die ganze Familie in der Stadt war, marschierten Robert und ich mit je einem Kind auf dem Arm hinter den Erwachsenen her, hielten an, wenn sie anhielten, zeigten uns von den Monumenten begeistert, die uns völlig egal waren.

Robert flüstert mir zu: »So langsam reicht's mir, ständig die Zwillinge zu hüten, ich sage einfach meinem Vater, dass ich mit dir eine Geschichtsrunde machen will.«

Beim Mittagessen spricht er seinen Vater an: »Papa, ich will morgen Hilde die Stadt zeigen, das geht aber nur, wenn wir ohne die Zwillinge da unten sind.«

Herr Bonheim zeigt Verständnis: »Soll Victor euch hinunterfahren oder wollt ihr laufen?«

»Natürlich wollen wir laufen, Papa, wir brauchen rauf und runter nur eine Stunde, und dunkel wird's erst um neun Uhr.«

»Was, so lange wollt ihr wegbleiben?«

»Na ja, drei Stunden werden wir in der Stadt schon brauchen.«

»Dürfen wir mitkommen?«, fragt Jonathan begeistert, doch Robert winkt ab. »Euch wird es langweilig werden, geht lieber zum Fluss.«

Sobald wir außer Sichtweite des Hauses sind, nehmen wir uns an der Hand. Alle zehn Meter bleiben wir stehen, um uns zu küssen. Wie junge Ziegen springen wir Hand in Hand über die hügeligen Wiesen, stolpern absichtlich und lassen uns auf das raue Gras fallen, spielen wie zwei wilde Katzen, berühren uns heftig. Roberts blondes Haar kräuselt sich vor Schweiß, seine Augen sehen mich fiebrig an, sein Mund ist leicht geöffnet, seine Hände wühlen in meinen dunkelbraunen Haaren. Sein Stöhnen macht mich verrückt, mein Körper biegt sich ihm entgegen. Schweißgebadet liegen wir unter einem Olivenbaum.

»Wenn wir so weitermachen, sind wir erst heute Abend in der Stadt«, witzelt Robert.

Mein Körper ist tiefbraun, der Himmel ist dunkelblau, Falken flitzen durch die Luft, und Robert erzählt mir von der Entstehung des Ortes Imperia.

»Erst vor Kurzem, nach dem königlichen Erlass und auf Anordnung von Mussolini, der einige Jahre zuvor für kurze Zeit in Oneglia als Lehrer tätig war, vereinigten sich die Gemeinden Porto Maurizio und Oneglia zu einer Stadt. Damit es keinen Streit über den Namen gab, beschlossen sie, die Stadt nach dem Fluss zu benennen, der genau zwischen Porto Maurizio und Oneglia fließt. So also entstand Imperia.«

Robert starrt in den Himmel, nimmt meine Hand, dann richtet er sich auf, stützt den Kopf auf seinen Ellbogen und sagt: »Ich werde nicht mehr lange in Mannheim bleiben, ich habe mich in Heidelberg an der Universität für Medizin angemeldet. Bisher habe ich mir noch kein Zimmer gemietet, aber auf die Dauer kann ich nicht täglich zwischen Mannheim und

Heidelberg pendeln. Ich weiß, das klingt schrecklich für dich, aber das geht nicht anders.«

»Und wenn du ein Zimmer hast, werde ich dich besuchen«, sage ich begeistert, schaue Robert in die Augen, doch Robert bleibt ernst.

»Ich glaube nicht, dass das so toll sein wird. Sechs Tage werde ich in die Uni gehen und am Sonntag erwarten mich meine Eltern. Und unter der Woche kommst du nicht weg von Mannheim. Ich habe mir schon den Kopf zerbrochen, wie wir uns sehen können. Es wird sich schon was finden, ich halte es nicht lange ohne dich aus.«

Hand in Hand spazieren wir durch die bezaubernde Stadt, der Impero fließt mitten hindurch. Durch enge Sträßchen im Ortsteil Maurizio spazieren wir vorbei an eleganten Häusern und Palästen, dann steigen wir in steilen Gassen und auf Treppenwegen hinauf in die Altstadt, die Einwohner nennen sie Parasio. Wir umrunden die größte Kirche Liguriens, die uralt ist, und landen auf einem Wochenmarkt. Robert nimmt mich an der Hand, wir schlängeln uns zwischen den Frauen und johlenden Kindern hindurch und an den vielen Ständen und Tischen auf dem riesigen Platz vorbei, an denen Handarbeiten, Eingemachtes in Gläsern und Berge von Blumen angeboten werden. Die Frauen tragen Kopftücher, dunkle Kleider mit engen Miedern und weiten Röcken, ihre Körper sind rund, die Gesichter fröhlich, sie sehen nicht so verhungert aus wie die Frauen in Mannheim. Durch viele Torbögen schlendern wir weiter zum Kloster Santa Chiara, setzen uns im Schatten eines riesigen Ahornbaums auf eine Holzbank. Zwei Katzen schlafen in der Sonne und rühren sich nicht. Kein Mensch ist zu sehen, Robert legt den Arm um mich und wir blicken in die Ferne über das tiefblaue Meer.

Der Ortsteil Oneglia ist anders als Maurizio. Wir steigen Treppen hinauf und hinunter, flanieren durch die fünfhundert Meter lange Arkadenstraße; in der Mitte steht ein alter Springbrunnen, wir halten die Hände ins Wasser und spritzen uns nass. Im Hafen liegen bunte Schiffe, und schon von Weitem hören wir Geschrei, Lachen und Feilschen. Fischer stehen in ihren Booten und verkaufen den frischen Fang.

Auf einem schmalen Weg schlendern wir hinunter zum Meer, es liegt glatt da wie ein See. Wir nehmen uns an der Hand und beginnen zu hüpfen. Die Sonne steht im Zenit, auf dem Wasser tanzen goldene Strahlen. Übermut überkommt uns, wir haben es eilig, den Hafen hinter uns zu lassen. Beim ersten Baum am Strand machen wir Halt. Sorgsam legen wir unsere Decke in den Schatten und Robert zieht mir das Kleid über den Kopf. Unsere Schuhe schleudern wir von den Füßen, holen die Handtücher aus dem Rucksack und rennen ins Meer. Wir kreischen vor Begeisterung. Robert umklammert meine Hand, meine Füße versinken im Sand; das Meerwasser ist lauwarm. Als es uns bis zur Hüfte reicht, presse ich mich an seinen Körper. Mich wundert, dass wir hier die Einzigen sind. Die Wellen scheinen zu schlafen.

Ich habe keine Angst, ich tue nur so, denn mit Robert würde ich bis nach Afrika schwimmen. Ich spüre seine Arme unter meinen Achseln, strecke mich aus, paddle mit den Füßen. Mein Körper ist schwerelos, ich stelle mir vor, eine Wassernixe zu sein.

»Du brauchst keine Angst zu haben, ich werde dich immer retten«, sagt er, lächelt mich spitzbübisch an und lässt mich los. Ich bewege meine Arme und Beine, spüre seine Hand auf dem Rücken, sie gibt mir Halt, ich werde mutig und paddle schneller. Meine dunkelbraunen Haare breiten sich um meinen schwebenden Körper wie ein Fächer.

Wir legen uns unter den Oleanderbaum, lassen uns von der Sonne trocknen. Ich schließe die Augen, will nur fühlen; wir betasten uns, erforschen unsere Körper, lieben uns wild und vergessen – wie schnell der Tag zu Ende geht.

Eine Uhr haben wir nicht dabei, wir müssen uns nach der Sonne richten. Tief gesunken, taucht sie das Meer in ein rotes Licht.

Auf dem Heimweg sind wir schweigsam, halten uns an den Händen, machen häufig Halt, um unsere Körper aneinanderzudrücken. Mir kommt es vor, als wären wir ein einziger Mensch.

»Wenn wir so weitermachen, kommen wir nicht vor Mitternacht nach Hause«, spöttelt Robert.

»Wenn das so weitergeht, musst du mich tragen«, kichere ich. »Und was sollen wir deinen Eltern erzählen, warum wir so spät nach Hause kommen?«

»Lass das meine Sorge sein, mir wird schon noch was einfallen.«

Und wie gerufen kommt unsere Rettung. Auf dem holprigen, schmalen Weg stolpert uns ein Mann entgegen, gebückt unter einem eisernen Gittergestell. Er ist jung und kräftig, aber je näher er kommt, umso heftiger ist sein Schnaufen. An den Eisenstangen hängen eine Reihe wild schaukelnder Käfige. Abrupt hält der Mann vor uns an, sein schmerzhaft verzogenes Gesicht beginnt zu strahlen. Er fragt uns, wo wir so spät noch hinwollen.

»Nach Hause. Unser Haus ist das letzte, oben in der Nähe des Flusses.«

»Ah, das kenne ich, das ist das ganze Jahr leer, schade um das Haus; fast jedes Jahr wird im Winter dort eingebrochen.«

»Und hat man die Einbrecher geschnappt?«

Der Mann wackelt mit dem Kopf. »Bei Nacht traut sich kein Polizist, hier hinaufzugehen. Zu einsam.«

Aus den Käfigen kommt lautes Schnattern, neugierig blicken wir hinein. In der Dunkelheit kann ich die Tiere nicht gut erkennen. »Was sind das für Vögel?«

»Das sind Enten, ich will sie morgen auf dem Markt verkaufen. Ihre Flügel sind gestutzt, sie fliegen nicht davon.«

Robert klatscht in die Hände und fängt an zu lachen. »Sie kommen wie gerufen. Können wir vielleicht zwei Enten kaufen? Wir haben einen kleinen Teich, da passen die genau hinein.«

»Nehmt euch zwei Käfige von dem Gitter. Gebt mir dafür, was ihr wollt.«

Robert nimmt zwei Käfige vom Gerüst und drückt dem Mann alle Münzen aus seiner Hose in die Hand. »Sie können die Vögel wieder abholen, wenn wir weg sind.«

Es ist stockdunkel, als wir das Haus erreichen. Von Weitem sehen wir Fackeln. Herr und Frau Bonheim sind total aus dem Häuschen, erst schimpfen sie, dann umarmen sie uns, Frau Bonheim vergießt Tränen. »Ihr könnt euch gar nicht vorstellen, wie sehr wir uns gesorgt haben.« Jonathan und Vincent werfen sich begeistert auf die Käfige, die Enten sind verschüchtert und mäuschenstill. Zusammen gehen wir zum Teich, öffnen die Gitter und lassen die Enten ins Wasser. Die Vögel sind glücklich, wir hören ihr Schnattern die ganze Nacht.

Der Teich wird zu meinem Lieblingsort. Solange die Zwillinge schlafen, liege ich träge im Schatten der Weide am Ufer. Licht tanzt auf dem Wasser und Frösche quaken.

Ich döse vor mich hin, fange an zu träumen, ich stehe voll und ganz im Bann dieser Familie. Ihre Herzlichkeit, ihr Verhalten mir gegenüber ist eine neue Erfahrung, so etwas habe ich nie zuvor erlebt.

Wenn Robert nachts in mein Zimmer kommt, hört das Universum für mich auf zu existieren. Bestimmt sieht mir jeder an, dass ich mit einem Mann geschlafen habe, davon bin ich fest überzeugt. Wir umklammern uns, küssen uns, als hinge das Leben davon ab. Vor dem Fenster steht der Vollmond, sein weißes Licht fällt ins Zimmer. Mein Herz hämmert, als würde es gleich aus meiner Brust springen. Blut pulsiert durch meine Adern, mein Körper brennt, ich blicke in den Spiegel, sehe meine glänzenden Augen, die rosigen Wangen, die geschwollenen Lippen.

Die Tage scheinen zu fliegen, nur noch zwei Wochen, bis wir wieder nach Hause müssen. Ich bekomme ein schlechtes Gewissen, ich habe kaum an Vater und Mutter gedacht, geschweige denn an die Geschwister oder an unsere Bruchbude unterm Dach, die Hitze, die fünf Stockwerke, die mein einbeiniger Vater tagtäglich überwinden muss. Ich sehe meine kleine Schwester vor mir, die fast nie an die Luft kommt. Und mir wird bewusst, dass ich mich nicht auf Lene verlassen kann. Sie wird nie einen Finger für ihre kleine Schwester rühren; Henny wird bald ein Jahr alt sein und ihr Leben fast nur drinnen verbracht haben.

Klara

Wie sag ich's meinen Eltern 1960

Auf dem kleinen Bahnhof im Allgäu trennten sich unsere Wege. Mir war schwer ums Herz. Mein Zug fuhr nach Stuttgart, der von Franz eine Stunde später nach München. Wir hielten uns an den Händen, küssten uns immer wieder, und Franz sagte ein ums andere Mal: »Mach dir keine Sorgen, meine Kleine, es wird alles gut. Ich werde so schnell wie möglich nach Stuttgart kommen und mit deinen Eltern reden.«

Spätabends kam ich in Stuttgart an. Beladen mit Rucksack und Skiern nahm ich die nächste Straßenbahn und klingelte nachts um elf an unserer Haustür. Ein verschlafener Günter öffnete mir; meine Eltern waren wieder mal im Theater. Er fragte nichts, und ich sagte nichts! Wir verstanden uns ohne Worte. Todmüde sank ich ins Bett. Todmüde stand ich am nächsten Morgen auf, um zur Arbeit zu gehen.

Die Straßenbahn war voll. Mit einer Hand hielt ich mich an einer der Halteschlaufen fest, die von der Decke baumelten, und atmete den muffigen Geruch von feuchten Wintermänteln ein. Mein Magen drehte sich um und ich drängte zur Tür. Ich schaffte es gerade noch bis zur Bordsteinkante, wo mein Mageninhalt aufs Pflaster spritzte. Wie üblich erschien mein

Vater eine Stunde nach mir im Büro. Ohne jedes Gespräch oder auch nur eine Frage nach dem Urlaub diktierte er mir einige Briefe und schob mir einen Berg Papier zu.

Als ich um sieben Uhr nach Hause kam, traf ich auf meine Mutter. Ich musste einfach mit ihr reden. Den ganzen Tag über hatte ich mir schon über das *Wie* Gedanken gemacht. Meine Mutter begrüßte mich mit der üblichen Herbheit: keine Umarmung, kein Kuss. Zärtlichkeiten hatte es zwischen uns selten gegeben, kaum jemals hatte sie mich liebevoll berührt oder gestreichelt. Jetzt, da ich ein Kind erwartete, dürstete ich nach ihrer Liebe, ihrem Verständnis.

»Ich muss dir was sagen, Mama.«

Sie ließ ihr Buch sinken und ihre dunklen Augen wanderten gelangweilt über mich hinweg, ein kleines Lächeln erschien in den Mundwinkeln. »Du siehst nicht so aus, als ob du gerade aus dem Urlaub kämst – hast du abgenommen?«

Ich nickte. »Ja, wir sind sehr viel Ski gefahren und gewandert.«

Keine Antwort, Mutter war nicht im Geringsten neugierig. Unvermittelt fragte ich: »Mama, kann Franz nächstes Wochenende kommen?«

»Das wird nicht gehen – Papa hat eine Verabredung mit dem Intendanten in Freiburg.« Sie nahm ihr Buch wieder auf und murmelte: »Verschieb's auf nächste Woche.«

»Aber Franz muss kommen.«

Das Buch fiel ihr auf den Schoß, sie sah mich misstrauisch an. »Er wird doch wohl eine Woche warten können.«

Ganz plötzlich kam Leben in sie, sie stellte sich dicht vor mich hin und ergriff meine Arme.

»Klara, sag mir, was los ist. Irgendwas stimmt nicht mit dir.«

»Ich bin schwanger«, sagte ich schlicht. Mehr fiel mir nicht ein. Aber das reichte, um meine Mutter völlig aus der Fassung zu bringen.

»Mein Gott, Kind, wie konntest du uns das nur antun!«, stammelte sie und sank auf den nächsten Stuhl.

Meine Angst war plötzlich verschwunden, ich hatte es ihr gesagt, und ich war gewiss, dass Vater es schnellstens erfahren würde. Das riesige Theater, das sie machten, fand ich fast spießig, sie redeten von Schande, die ich über sie brächte, über das Unglück, das mir widerfahren sei, und über meine verlorene Ehre.

Ihre Beschimpfungen berührten mich wenig, es war ganz so, wie Franz es vorausgesagt hatte: »Pass auf, die werden sich ganz schnell wieder beruhigen.«

Nach zwei Tagen kamen sie zu der Einsicht, dass ich eine gute Partie machen würde und es gut für mich war, so früh unter die Haube zu kommen.

»Ich habe dir ja immer gesagt, dass du mal früh heiraten wirst«, sagte Mutter, nahm meinen Kopf zwischen ihre Hände und lächelte mich seltsam traurig an.

Bald ging man zum Praktischen über. Die zukünftigen Schwiegereltern mussten benachrichtigt und die Hochzeit musste geplant werden. Am übernächsten Wochenende gab es ein Familientreffen der besonderen Art. Besorgt betrachteten wir die beiden Elternpaare auf dem Sofa, die sich mit je einem Glas Wein in der Hand kennenlernten. Das Wort führte meistens Franz' Mutter, sie ging pragmatisch vor: »Jetzt ist es Januar, das Kind wird im August kommen«, rechnete sie uns vor, »die Hochzeit muss also sobald wie möglich stattfinden.« Und mit ruhiger Stimme fügte sie hinzu: »Natürlich werdet ihr katholisch heiraten.«

»Ich glaube nicht, dass meine Tochter das will«, ereiferte sich meine Mutter. »Die Kinder sollten im Glauben der Mutter erzogen werden.«

Meine künftige Schwiegermutter sah ihrem Sohn tief in die Augen und konterte mit einem Satz, der mich erzittern ließ:

»Wenn das passiert, werde ich mein zweites Kind verlieren.« Mit von Gram umflorter Stimme erzählte sie uns, wie ihr die überaus geliebte Tochter genommen worden war. Wollte sie uns jetzt tatsächlich allen Ernstes sagen, dass sie Franz ebenfalls verlöre, wenn er es wagte, evangelisch zu heiraten? Franz hatte mir schon viel von der Bigotterie seiner Mutter erzählt und mit welcher Hingabe sie aktives Mitglied der katholischen Kirche war, im Kirchenchor sang und den Pfarrer verehrte. Hatte sie noch nie von Nächstenliebe gehört? Die Männer saßen relativ unbeteiligt dabei; mein Vater gehörte keiner Glaubensgemeinschaft an und Franz' Vater war evangelisch. Das Gezanke unserer Mütter widerte mich an – zwei Menschen wollten heiraten, und niemand fand es wichtig, sie nach ihrer Meinung zu fragen. Ich stand auf, ging in mein Zimmer, warf mich aufs Bett und weinte. Franz kam und wollte mich trösten, doch ich fauchte ihn an: »Ich will überhaupt nicht heiraten, vor allem nicht katholisch!«

»Aber du bist doch überhaupt nicht gläubig. Was stört dich daran, wenn wir katholisch heiraten?« Er setzte sich zu mir aufs Bett.

»Es stört mich, dass du das Sprachrohr deiner Mutter bist und dass du bis jetzt noch kein Wort über uns und unsere gemeinsame Zukunft verloren hast!«, schrie ich. Als ich in Franz' erschrockenes Gesicht blickte, kamen mir die Tränen und ich warf mich in seine Arme. »Lass uns doch einfach nur standesamtlich heiraten.«

Das war das letzte Mal, dass ich meinen Willen durchsetzte.

Franz brachte seiner Mutter mit seinen fünfundzwanzig Jahren eine fast kindliche Verehrung entgegen; mit ihrer Dominanz hatte sie ihn gefügig gemacht, ihm ihre Moral und Pflichtgefühle eingebläut. Franz war eher das Kind seiner Mutter als mein Mann.

Fortan schrieben Franz und ich uns fast täglich Briefe, in denen wir unsere Gefühle zum Ausdruck brachten, unsere Sehnsucht und unser Verlangen – und unsere Vorstellungen von unserem zukünftigen Leben. Jeden Tag stürzte ich zum Briefkasten und nahm einen weiteren dicken Brief in Empfang. Anfangs hatte Franz gemeint: »Die Briefschreiberei wird sicher einseitig bleiben.« Aber da irrte er sich. Und ich hatte eine neue Leidenschaft entdeckt: das Schreiben. Beim Schreiben konnte ich ausdrücken, was mich berührte und bewegte. Bis zu unserer Hochzeit am 20. Februar hatten wir uns so viele Liebesbriefe geschrieben, dass sie eine ganze Schachtel füllten.

Meine Schwiegereltern wollten zur Hochzeit kommen, obwohl wir nur standesamtlich heirateten. Inzwischen hasste ich meine Schwiegermutter. Schuld daran war ein Brief, den Franz auf einem Tisch hatte liegen lassen. Als ich auf dem Umschlag die Handschrift seiner Mutter erkannte, übermannte mich die Neugier und ich las ihn gründlich. Meine künftige Schwiegermutter beschwor darin ihren Sohn eindringlich, mich unter Druck zu setzen. Sie beschrieb mich als junges, eitles Ding – kein Vergleich zu der von ihr bevorzugten, doch von Franz verschmähten Ex-Verlobten –, kurzum, es müsse doch ein Leichtes sein, einem neunzehnjährigen schwangeren Mädchen klarzumachen, dass aus einer Heirat nichts würde, wenn sie sich nicht seinen Bedingungen fügte.

Franz kam drei Tage vor dem Hochzeitstermin nach Stuttgart. Es gab viel zu erledigen: Wir kauften ein, brachten die Wohnung auf Vordermann, buken Kuchen für zwanzig Verwandte und bereiteten das kalte Buffet vor. Wir arbeiteten bis spät in die Nacht. Irgendwann fiel mir ein, dass wir noch keine Eheringe hatten. Da zog Franz ein kleines blaues Etui aus seiner Hosentasche und gab es mir. Ich öffnete es erwartungsvoll und sah unsere Ringe. Sie gefielen mir nicht.

»Warum hast du sie gekauft, ohne mich zu fragen?«

»Weil ich sie schon jahrelang habe.«

Ich schaute ihn mit großen Augen an. »Warum jahrelang? Wir kennen uns doch erst seit einem Dreivierteljahr.«

»Weil ich sie für Sigrid und mich gekauft habe – meine Eltern konnten damals eine Verlobung gerade noch verhindern«, gab Franz zu. »Ich war zwanzig und Sigrid achtzehn; ihre Mutter schickte sie nach England, wo sie sich diese Flausen aus dem Kopf schlagen und erst mal als Au-pair-Mädchen arbeiten sollte. Ich stürzte mich daraufhin ins Studium.«

Franz sah mir offenbar an, wie verletzt ich war. Zerknirscht sagte er: »Wir gehen heute Nachmittag in die Stadt und kaufen neue – ich hatte nur daran gedacht, was für Kosten jetzt auf uns zukommen: Wohnung, Möbel, ein Kind, und da schien es mir besser, das Geld für Ringe zu sparen.« Seine Logik war mir zu pragmatisch, mir hätte mehr Romantik gefallen, ich hätte gern in einem weißen Brautkleid geheiratet. Stattdessen hatte mir meine Mutter geholfen, ein weißes Leinenkleid mit Jacke zu nähen. Das Schnittmuster wurde auf Zeitungspapier mit einem Zackenrädchen ausgeradelt, dann auf den Stoff gelegt und mit Nahtzugabe ausgeschnitten. Abnäher und Seitennähte wurden geheftet, das Ganze anprobiert, mit Stecknadeln korrigiert, und zum Schluss ratterte stundenlang die Singer-Nähmaschine meiner Mutter, die noch mit einem Schwungrad über ein Fußpedal angetrieben wurde. Ich brauchte etwas Übung, bis ich den wippenden Fuß, das drehende Rad und die Nadel in Einklang brachte. Die ersten Nähte zogen sich in Schlangenlinien – dem scharfen Auge meiner Mutter entging das nicht, sie war eine strenge Lehrmeisterin –, ich musste alles wieder auftrennen; das war mühselig und zeitraubend. Aber als mein Kleid fertig war, war ich stolz – mein erstes Werk war gelungen.

Man sah mir die Schwangerschaft noch nicht an, mein Bauch war nur unerheblich dicker geworden, doch meine Brüste blühten auf wie Rosenknospen und schmerzten leicht.

Und endlich hatte ich keine Brechanfälle mehr, es ging mir gut bis auf die ständige Müdigkeit.

Der große Tag kam, die Verwandtschaft rollte an. Um zwölf Uhr mittags tauschte ein glücklich lächelndes Paar die Ringe; Elternpaare und Trauzeugen – meine Freundin Hannelore und Franz' Schulfreund Sebastian – strahlten in die Kamera. In der Goldenen Traube wurde der Bund fürs Leben dann gefeiert.

Der Hochzeitstag war anstrengend, nicht eine Minute waren wir allein, deshalb verschwanden wir kurzerhand für einen Augenblick in einem Nebenzimmer und pressten uns im Dunkeln aneinander. Franz stöhnte: »Schätzlein … wenn wir nur schon im Hotelzimmer wären.«

An den Tischen des Abendbuffets ging es hoch her. Meine Onkel hatten die Jacken ausgezogen und die Ärmel hochgekrempelt, sie hoben die Bierkrüge ein ums andere Mal und stießen an. Selbst meine Schwiegereltern waren vergnügt, und mein Schwiegervater prostete mir häufig zu. Ich mochte ihn. Irgendwann ging ich zu ihm hinüber und setzte mich auf seine Knie. Er drückte mich an seine Brust und sagte: »Mädchen, du stehst besser wieder auf. Ich bin noch nicht so alt, wie ich aussehe.« Alle um uns herum wieherten vor Lachen, ich lachte mit, merkte aber genau, wie ich rot wurde. Meine ganze Verwandtschaft wusste, dass ich schwanger war, und es fiel ein anzügliches Witzchen nach dem anderen, bis mein Vater Musik auflegte.

Meine Cousins tanzten wie die Verrückten, Franz und ich drückten uns auf der Tanzfläche aneinander. Um zwei Uhr morgens wurden wir von den Onkeln zum Aufbruch gedrängt: »Kinder, die Nacht ist kurz, ihr wollt doch noch was erleben in eurer Hochzeitsnacht.«

In warme Mäntel gehüllt stapften Franz und ich eng umschlungen durch den Schneematsch zu unserem Hotel. Die Müdigkeit war verflogen. Es war die erste Nacht, in der wir vor Überraschungen sicher sein konnten. Kein Vater und keine Mutter würden vor der Tür lauschen, kein Mitbewohner entrüstet an die Tür klopfen.

»So viele Wochen habe ich ständig daran gedacht, wie es sein wird, dich die ganze Nacht in meinen Armen zu halten«, flüsterte Franz, »du bist so süß, so wild – ich bin verrückt nach dir –, ich möchte am liebsten ganz in dich hineinschlüpfen.« Und weil ich so keuchte, dicht an seinem Ohr, bekam ich in jener Nacht meinen ersten Kosenamen: Schnauferle.

Ich erkundete seinen muskulösen Körper, seine breite Brust, seinen Mund, seinen harten Bauch, seinen Penis, der kaum, dass ich ihn berührte, erregt anschwoll. Unser leidenschaftliches Begehren wurde nur von kurzen Schlummerpausen unterbrochen. Mein Körper glühte, zum ersten Mal wurde mir bewusst, wie glücklich ich war.

Die Trennung am nächsten Abend fiel uns schwer. Ich schluchzte, als Franz' Zug aus dem Bahnhof rollte.

Man solle nie eine Hochzeitsreise verschieben, denn man könne sie nicht nachholen, sagte meine Mutter. Aber wo konnte man im Februar schon hinfahren? Geld für eine Reise in den warmen Süden hatten wir nicht, und mit einer schwangeren Frau Ski fahren zu gehen, kam nicht mehr infrage. Wir mussten also notgedrungen bis Ostern warten. An einem Freitag stand Franz dann mit seinem Freund Sebastian, unserem Trauzeugen, und dessen Ente vor der Tür. Sebastian sah verdammt gut aus und arbeitete als Beamter bei der Stadtverwaltung. Glück bei den Frauen hatte er allerdings nicht, denn er war ein Langweiler mit dem Temperament einer Schildkröte.

Mit ihm und Hannelore wollten wir drei Tage Hochzeitsreise machen. Sebastian hatte das Auto, ohne das wir nicht verreisen konnten, und er wollte nur in Damenbegleitung mitfahren, der Erpresser. Der Trip wurde ein Fiasko, entbehrte aber nicht einer gewissen Situationskomik. Dem Brenner näherten wir uns in einer riesigen Autokolonne nur schrittweise. Mein Bauch wölbte sich inzwischen gewaltig und bei jeder Kurve wurde mir schlechter, zum Schluss stieg ich fast an jeder aus und übergab mich. Die Fahrt war eine Tortur – bis Rom würden wir so nicht kommen –, in Brixen war Schluss.

Die Quartiersuche erwies sich als schwierig. Wir brauchten ein Doppelzimmer und zwei Einzelzimmer, aber Einzelzimmer waren nicht zu kriegen, wir mussten uns also mit zwei Doppelzimmern zufriedengeben. Und damit war der Urlaub im Eimer. Hannelore weigerte sich, mit Sebastian das Zimmer zu teilen, hektisch flüsterte sie mir zu: »Ich tu so einiges für dich, aber das ist zu viel verlangt.«

Sie ließ sich nicht erweichen, deshalb blieb mir nichts anderes übrig, als mit ihr im Zimmer zu schlafen, Franz bekam Sebastian als Bettgenossen.

»Hochzeitsreise mit einem Freund, wer hat so was schon mal mitgemacht?«, meinte er, grinste, küsste mich und verschwand.

Wir blieben nur zwei Tage, und Franz und ich schliefen nicht ein einziges Mal miteinander. Das Wetter war schlecht, aus dicken Wolken regnete es ununterbrochen, die Berge waren im Nebel verschwunden, wir hatten viel zu leichte Kleidung dabei und froren ständig. Wenigstens in der Gaststube war es warm, in der wir einen Tee nach dem anderen tranken, für Wein hatten wir kein Geld. Hin und wieder standen Franz und ich auf, um frische Luft zu schnappen, stellten uns in den kalten Hausflur und knutschten.

Als ich zu Hause ankam, war mein Hals voller Knutschflecken. Meine Eltern lächelten.

Hilde

Das Liebesnest 1925

Frischer Schnee liegt auf dem Gehsteig, eine tief stehende Sonne wirft matte Strahlen, vermummte Gestalten laufen durch die Stadt. Mein Mantel ist dünn, eine Kapuze wärmt meinen Kopf. Meine Wangen sind blau vor Kälte. Und trotzdem brennt mein ganzer Körper. Ich habe es nicht weit, es lohnt sich nicht, die Straßenbahn zu nehmen. Robert ist einen Tag früher von Heidelberg gekommen, seine Eltern erwarten ihn erst morgen.

Die Gassen sind weihnachtlich geschmückt. Seit zwei Jahren treffen wir uns nun schon heimlich in dem Zimmer von Roberts Freund. Weihnachten feiere ich auch dieses Jahr mit meinen Eltern und Geschwistern. Ich freue mich schon auf Hennys strahlende Augen. Am 26. Dezember werde ich achtzehn, diesen Tag verbringe ich bei Bonheims. In den zweieinhalb Jahren, die ich sie jetzt kenne, bin ich ein richtiges Familienmitglied geworden. Meine Schritte werden immer schneller, ich spüre meinen Körper unter dem warmen Mantel, niemand außer Robert hat ihn je nackt gesehen. Ich fange an zu hüpfen.

Das Zimmer seines Freundes liegt in einem hässlichen Hinterhof, die Mülleimer stehen an der Hauswand. Robert muss meine klappernden Schuhe gehört haben, er steht schon an der Tür, strahlt mir entgegen und zieht mich in die Stube. So wie Roberts Freund das Zimmer eingerichtet hat, muss er ein sympathischer und einfallsreicher Mann sein. Vor dem großen Bett mit den hohen Beinen liegt ein Perser. Darüber hängt ein Bild, aus dem eine schöne Frau mit glänzenden Augen übers Zimmer blickt. Immer wenn ich den Raum betrete, lächle ich sie an und flüstere ihr zu, dass es jetzt wieder etwas Schönes zu sehen gibt. Heute steht in einer Ecke ein Zwergtannenbaum, rote Kugeln hängen daran. Wer ihn wohl dort hingestellt hat? Robert oder sein Freund?

Den Freund habe ich noch nie gesehen, er ist auch Jude und sein Vater hat einen großen Bücherladen in der Stadtmitte.

Wir entkleiden uns, werfen die Sachen auf den Boden, stehen uns zitternd gegenüber und sehen uns an. Ich lasse meine Hände über seinen Rücken gleiten.

»Du bist ja noch dünner geworden.«

»Und du bist zum Fressen süß.« Wir liegen eng aneinandergeschmiegt, Roberts Hände wandern gierig über meinen Körper, er streichelt meine Brüste, ist in mir, ich zerfließe vor Glück.

»Lange halte ich diese Heimlichkeiten nicht mehr aus«, seufzt Robert. »Wir sind keine Kinder mehr, ich möchte dich meinen Eltern als meine Braut vorstellen, dich nicht verstecken.«

»Das darfst du auf keinen Fall tun, deine Mutter würde die Achtung vor mir verlieren. Schlimmer noch wäre, wenn ich schwanger würde. Wir haben selten aufgepasst … würdest du mich dann wirklich heiraten?«

»Natürlich. Mach dir keine Sorgen um meine Mutter. Du arbeitest jetzt über zwei Jahre für sie, sie kennt dich sehr gut. Vermutlich weiß sie ohnehin schon lange, dass wir uns lieben.«

Ich atme auf und erzähle ihm, dass ich seit gestern nicht mehr Kindermädchen bin, sondern nur noch Schneiderin.

»Deine Mutter hat mir ein Nähzimmer mit einer nagelneuen Singer-Nähmaschine eingerichtet. All ihre Freundinnen lassen sich inzwischen von mir ihre Kleider nähen. Seit wir die Reichsmark haben, werfen sie das Geld nur so raus.« Für jedes Kleid bekomme ich zwanzig Reichsmark. Ich fühle mich reich.

»Sag mal, wieso hat dein Freund eigentlich dieses Zimmer hier? Warum schläft er nicht zu Hause?«

»Weiß ich nicht«, behauptet Robert.

Und plötzlich fällt es mir wie Schuppen von den Augen. Dieses Bett dient jungen Männern als Liebesnest! Wer weiß, wie viele Paare sich schon in diesem Bett gewälzt, sich auf diesem Leintuch geliebt haben. Mir wird fast schlecht. Mein Körper fängt an zu jucken, ich springe aus dem Bett, renne ans Waschbecken, drehe den Hahn auf, lasse eiskaltes Wasser in die Hände laufen und säubere mich. Robert liegt im Bett und schaut mir zu, wie ich mich anziehe. Er sieht ziemlich fassungslos aus.

»Steh auf«, sage ich zärtlich, lasse mich neben ihn auf die Bettkante nieder und streiche ihm die langen Haare aus dem Gesicht. »Nie wieder setze ich einen Fuß in diese Bude, lieber friere ich mir den Hintern in unserem Gartenhäuschen ab.«

Robert schweigt und zieht sich an. Er sieht über mich hinweg, ich spüre, wie sich mein Herz verkrampft.

Wir schlagen den Weg zur Innenstadt ein, Schneeflocken wirbeln, vor den Schaufenstern und Verkaufsbuden stehen Menschentrauben. Robert ist schweigsam, seine Hände hat er in den Hosentaschen vergraben. Ich schiebe meine in den Muff. Der Schnee dämpft unsere Schritte, unsere Kleider werden immer weißer. Mit Paketen beladene Menschen kommen uns entgegen, die Straßenlaternen blinken gelblich durchs Schneegestöber.

»Komm, gehen wir einen Tee trinken.«

Er spricht wieder mit mir!

»Hast du schon alles gekauft für deine Geschwister und deine Eltern?«, frage ich, als wir im Café sitzen.

Er nickt, blickt auf den Tisch und nippt an seinem Tee.

»Ich versteh nicht, warum du sauer bist«, sage ich. »Kannst du nicht begreifen, dass ich mich davor ekle, in einem Bett zu schlafen, in dem schon andere Menschen ihre Lüste befriedigt haben?«

»Fällt dir das erst jetzt ein? Nachdem wir uns über ein Jahr in diesem Bett geliebt haben?«

Ich schweige. Er zieht meine Hand an seinen Mund und haucht sie an. Dann greift er in seine Hosentasche und holt ein kleines Paket heraus. »Hier, Hilde, gleich wird es dir warm werden.«

Es sind weiche, gefütterte Lederhandschuhe. Ich sitze in einem warmen Café und will sie nicht mehr ausziehen. Draußen ist es dunkel geworden, was sollen wir noch machen? Robert kann jetzt nicht nach Hause gehen, er wird erst morgen erwartet. Es bleibt ihm nichts anderes übrig, als im Zimmer seines Freundes zu übernachten. »Gehen wir ins Kino«, schlägt er vor. »Der Film mit Marlene Dietrich soll prima sein.«

Zwei Tage habe ich Urlaub, es ist schwierig, sie auszufüllen. An Heiligabend bin ich noch fröhlich, die Stimmung in unserer Küche ist schön, eine Zwergtanne steht auf dem Spülbecken, Willi und Mutter haben sie geschmückt. Hennys Augen strahlen, Mutter fängt an zu singen und wir fallen mit ein. Das Christkind ist geboren. Henny bekommt ein kleines Wägelchen mit einer Puppe. Ich habe ihr ein Mäntelchen genäht, sie zieht es an und schwitzt vor Begeisterung. Meine Eltern wissen, dass ich eine Leseratte bin, sie haben mir zwei Bücher geschenkt.

Unser Küchentisch ist festlich gedeckt, die Tischdecke mit den gestickten Blüten und Zweigen wird nur an Weihnachten benutzt. Mutter hat Rouladen mit Rotkraut gekocht, dazu

Kartoffelpüree, Vater öffnet eine Flasche Rotwein und wir stoßen an.

»Wo bleibt denn Lene?« Mutters Gesicht verzieht sich ärgerlich.

Lene hat einen Neuen, und so wie ich sie kenne, liegt sie lieber im Bett mit ihm, statt mit uns Weihnachten zu feiern. Aber da täusche ich mich, plötzlich geht die Tür auf und Lene steht da. Mit ihrem Neuen. Selten habe ich Mama so ärgerlich erlebt, ihr sonst blasses Gesicht wird feuerrot, ihre Augen blitzen, aber sie sagt kein Wort. Ich blicke Lene an, und da ist es umgekehrt, ihr rosiges Gesicht wird blass.

In dieser Nacht habe ich unser Bett für mich allein. Die zwei neuen Bücher liegen neben mir. »Der Zauberberg« von Thomas Mann ist erst vor Kurzem herausgekommen; das andere Buch von Franz Kafka handelt von einem sechzehnjährigen Jungen, der sich vater- und mutterlos durchs fremde Amerika schlägt. Die Geschichte zieht mich in ihren Bann. Ich lese die halbe Nacht hindurch, an einigen Stellen weine ich aus Mitleid.

Am ersten Feiertag sehe ich Robert nicht, ich döse den halben Tag über, lese viel, spiele mit Henny und lasse mir von Lene ihre Liebesgeschichten erzählen. Ihr Neuer kommt aus gutem Hause, der Vater ist Kaufmann, was er verkauft, sagt Lene nicht; sie schwebt auf Wolke sieben.

Am nächsten Tag bin ich zum Mittagessen bei den Bonheims eingeladen. Mein schönstes Kleid ist aus dunkelblauem Taft, ich habe es erst vorige Woche fertig genäht. Heute, zu meinem achtzehnten Geburtstag, will ich es einweihen. Dazu ziehe ich seidene Strümpfe an und Schuhe mit hohen Absätzen. Am Morgen habe ich meine Haare in unserer Zinnbadewanne gewaschen und danach drei Stunden lang vor dem Ofen trocknen lassen. Aber als ich jetzt in den Spiegel sehe, bin ich dem Weinen nahe. Ich gefalle mir nicht mehr. Ich nehme Mutters große Schneiderschere und schneide drauflos. Irgendwann kommt meine Mutter rein und verhindert das Schlimmste. Sorgsam versucht sie zu retten, was zu retten ist, damit ich nicht aussehe wie ein gerupfter Vogel. Sie schnibbelt und zupft. Am Ende erkenne ich mich selbst kaum wieder mit meiner neuen Bobfrisur.

Mit dem schönen Kleid und den hohen Absätzen traue ich mich nicht, auf dem Geländer hinunterzusausen, also nehme ich die Treppe. Robert muss auf mich gewartet haben. Als ich die Klingel drücke, geht sofort die Tür auf. Robert starrt mich an, er ist sprachlos. Dann geht er mir voraus zum Wohnzimmer; ich strahle, als ich die Familie sehe, die mich offenbar ebenfalls kaum erkennt. »Fröhliche Weihnachten« wünsche ich ihnen.

»Toll siehst du aus«, sagen Vincent und Jonathan gleichzeitig, Frau Bonheim nimmt mich in die Arme, und auch Herr Bonheim drückt mich kurz an seine Brust. »Herzlichen Glückwunsch, liebe Hilde.«

Ich bin ein bisschen verlegen, weil ich »Fröhliche Weihnachten« gesagt habe, obwohl mir Robert erklärt hat, dass sie Weihnachten nicht feiern.

Statt eines Tannenbaums steht ein Chanukkaleuchter auf dem Tisch, eine der acht Kerzen brennt, und daneben liegen Geschenke. Jonathan und Vincent nehmen ihre Päckchen, packen sie aus und jubeln. Jeder hat eine Uhr bekommen. Die vierjährigen Zwillinge sitzen mit glitzernden Augen auf dem Boden und versuchen, die Päckchen zu öffnen. Bilderbücher sind darin, sie strecken die Ärmchen nach mir aus und fordern: »Hilde, lesen!«

Das Geschenk, das ich bekomme, ist klein und schwer. Meine Finger zittern vor Neugierde; ich reiße das Papier ab, heraus kommt ein ledernes Etui. Als ich auf den kleinen Knopf drücke, springt der Deckel auf. Ein silberner Armreif liegt darin! Er glänzt und glitzert wie meine Augen. Noch ein weiteres Geschenk für mich liegt auf dem Tisch. Ich ziehe vorsichtig an dem goldenen Papier. Ein winziges Etui kommt zum Vorschein. Mit zitternden Fingern öffne ich es und erblicke einen Ring mit einem dunkelblauen Stein. Mein Herz macht einen Sprung, meine Augen wandern zu Roberts Eltern. Sie starren den Ring an.

Robert ergreift den Ring und schiebt ihn über meinen linken Ringfinger. »Lieber Papa und liebe Mama und meine geliebte Hilde … Ich will das Versteckspiel endlich beenden, ich bin zweiundzwanzig und heute ist Hilde achtzehn geworden. Wir lieben uns. Hilde, willst du mich heiraten?« Sprachlos falle ich ihm um den Hals. Robert nimmt mich in die Arme und küsst mich auf den Mund. Dann schaut er gespannt zu seinen Eltern, die sich langsam aus ihrer Erstarrung lösen. Frau Bonheim lächelt, Herr Bonheim schmunzelt, sie nehmen mich beide in den Arm und sagen liebevoll: »Masel tov, viel Glück, ihr Kinder!«

Ich kann's noch gar nicht fassen, eine Last fällt von mir ab. Die Versteckspielerei ist beendet. Als ich meinen Eltern und Geschwistern Robert als meinen Verlobten vorstelle, sind sie außer sich vor Freude, schließen ihn in die Arme und heißen ihn in der Familie willkommen. Mein Herz tanzt.

Klara

Die Taufe 1960

Viele Briefe schrieben wir uns nach unserer missglückten Hochzeitsreise, erzählten uns von unseren Wünschen und Sehnsüchten, stellten uns vor, wie es sein würde, zusammen mit unserem Kind in unserer neuen Wohnung zu leben.

Es waren nur noch zwei Monate bis zu meinem Umzug, dennoch schien er mir unendlich fern. Franz schrieb mir von den interessanten Aufgaben, die er bei der Arbeit übernommen hatte, vom rapiden Wachstum der Firma. Bei seiner Einstellung im vergangenen Jahr war er der fünfundsiebzigste Mitarbeiter gewesen, jetzt war die Belegschaft schon auf dreihundert angewachsen. Es war schwierig, eine Wohnung zu bekommen. Sämtliche junge Paare schienen eine zu suchen. In München setzte ein kleiner Bauboom ein und Franz' Firma stellte Mittel zur Verfügung, um Wohnraum für ihre Mitarbeiter zu schaffen. Franz erkundigte sich zusätzlich überall nach einer Wohnung, er lief sich die Schuhsohlen heiß, fand aber nichts Passendes.

Auch ich war nicht untätig. Emsig arbeiteten meine Mutter und ich an der Aussteuer. Bettwäsche wurde gekauft, Knöpfe mussten angenäht und Knopflöcher gesäumt werden, Geschirr und Töpfe wurden erstanden; in meinem Zimmer stapelten sich bald die Hausgeräte. Abends saß ich jetzt auch vor dem Fernseher und hielt eine Handarbeit im Schoß. Und während meine Mutter und ich Spielfilme und Nachrichten sahen, strickten wir Strampelhosen und Jäckchen, umhäkelten Moltonwindeln mit buntem Garn. Der Nestbautrieb hatte mit voller Macht eingesetzt.

Franz kam jedes zweite Wochenende, meistens in einem Auto des Mitfahrerdiensts, manchmal nahm ihn auch ein Kollege mit, der sich ein Auto leisten konnte. Von einem eigenen Auto, einem VW mit offenem Verdeck, konnte er nur noch träumen. In seinen Briefen schrieb er mir: »Ich lebe sehr sparsam, damit wir uns eine angemessene Wohnung leisten können, lege jeden Monat viel zurück. Jetzt haben wir den Fünfundzwanzigsten und ich habe noch zehn Mark zur Verfügung; ab heute gibt's nur noch Kartoffeln – das Bier ist gestrichen.«

Wenn Franz am Wochenende in Stuttgart war, unternahmen wir ausgedehnte Spaziergänge in den Wäldern, gingen ins Kino und ins Theater und liebten uns vorsichtig auf der schmalen Couch meiner Mädchenjahre. Langes Sitzen machte mir jetzt häufig Probleme, ich musste mich bewegen, mein Bauch begann, sich mächtig zu runden.

Immer wieder dachte ich an die Horrorgeschichten, die mir Franz' Mutter über ihre Schwangerschaft erzählt hatte: »Franz hat mich fast das Leben gekostet – ich wurde unförmig dick und bekam Wasser in den Beinen – vielleicht lag das auch an dem geräucherten Schwein, das ich während der Schwangerschaft gegessen habe. Die Geburt war eine Sturzgeburt, das Kind drängte mit Eile und Gewalt ans Licht. Nach einer Stunde war ich völlig zerrissen, und ein sechs Kilo schwerer Junge war geboren.«

Ich war völlig geschockt und bekam Angst vor der Geburt.

Sechs Wochen vor dem Geburtstermin hatte ich meinen letzten Arbeitstag. Die morgendlichen Fahrten in der überfüllten Straßenbahn waren vorbei, das monotone Erstellen der Schriftsätze auch, mein neues Leben konnte beginnen.

Und endlich hatte Franz auch eine Wohnung für uns gefunden. »Ich bin ein Glückskind«, schrieb er. »Du wirst es kaum glauben können, ich habe eine Wohnung! In vierzehn Tagen können wir einziehen.« Täglich trafen jetzt neue Möbelstücke ein, die Franz und ich gemeinsam gekauft hatten. Ich träumte von den eingerichteten Zimmern und war glücklich – dieser Schrank, dieser Tisch, diese Couch würden uns nun viele Jahre gehören, wir würden mit ihnen leben und sie lieben.

Mit einem Mietauto, fast so groß wie ein Kleinlaster, brachten mich meine Eltern nach München. Mit neunzehn Jahren verließ ich endgültig mein Elternhaus; ich spürte keinen Hauch von Bedauern, nein, ich konnte gar nicht schnell genug wegkommen. Als ich Franz in die Arme fiel, schluchzte ich vor Freude. Er zeigte mir voller Stolz unser Heim. Ich war überwältigt. Wir hielten uns in den Armen und konnten gar nicht mehr aufhören, uns zu küssen. Mir blieb der Atem weg, denn mittlerweile war mein Bauch ein mächtiges Hindernis.

In Frieden, häuslichem Glück und süßen Stunden wurde es August. Der Geburtstermin rückte immer näher, mein Bauch hatte jetzt den stattlichen Umfang von einem Meter und fünf Zentimetern erreicht. Ich hatte das Gefühl, mit einem Elefanten schwanger zu sein; meine Fußgelenke schwollen an und meine Finger und Arme begannen heftig zu schmerzen. In den schlaflosen Nächten massierte ich meine Hände und hob die Arme, um den Schmerz zu vertreiben – ohne Erfolg. Der Arzt vertröstete mich: »Sie werden sehen, sobald das Kind da ist, gehören all Ihre Beschwerden der Vergangenheit an.«

Drei Tage vor dem errechneten Termin kam meine Schwiegermutter angereist, um mir zur Seite zu stehen. Mir war das gar nicht recht, denn Franz musste aus dem Schlafzimmer ausziehen und sein Nachtlager auf der Wohnzimmercouch aufschlagen. Fortan raubten mir nicht nur meine Schmerzen den Schlaf, sondern auch das Röcheln und Schnarchen meiner Schwiegermutter. Außerdem fehlte es mir, mich an Franz' Schulter zu kuscheln.

Abends um neun Uhr platzte die Fruchtblase, ich spürte, wie das Wasser warm an meinen Beinen herunterlief. Leise stand ich auf, um meine Schwiegermutter nicht zu wecken, schlich ins Bad und klemmte mir ein Handtuch zwischen die Beine. Franz schlief schon, als ich mich vorsichtig neben ihn auf die Couch quetschte. Erschrocken fuhr er auf. »Kannst du nicht schlafen?«, fragte er alarmiert und sah mich ängstlich an.

»Nein«, antwortete ich feierlich, »ich glaube, es ist so weit.« Da unser Nachbar Ernst angeboten hatte, mich zur Klinik zu fahren, war ich ganz gelassen.

Fast andächtig erwartete ich das Kommen und Gehen der Wehen. Wenn das alles war, dann würde ich das gut durchhalten. Mittlerweile blickte ich den Schmerzen fast freudig entgegen, denn sie würden die Mühsal und schlaflosen Nächte beenden und mir mein Kind bringen. Eine Stunde lagen wir so da und warteten auf das rhythmische Wiederkehren der Wehen, und von Mal zu Mal steigerte sich der Schmerz.

»Ich glaube, ich hole jetzt Ernst«, meinte Franz, »wenn wir noch länger warten, schläft er sonst womöglich.« Er fuhr hastig in seine Kleider und rannte zu unserem Nachbarn.

Kaum fünf Minuten später kam Ernst aufgeregt zu uns herüber; die beiden Männer waren besorgter als ich. »Müssen wir dich jetzt raustragen?«, fragten sie.

Ich winkte ab. »Ich kann noch ganz gut alleine gehen.«

In halsbrecherischem Tempo fuhren wir zur Klinik. Franz meldete mich an, die Schwester zeigte auf den Aufzug und ratterte mechanisch ihren Text herunter: »Dritter Stock links, verabschieden Sie sich bitte von Ihrer Frau.«

Alles ging schnell. Die Tür des Aufzugs öffnete sich, Franz drückte mir mein Köfferchen in die Hand, nahm mich noch mal rasch in die Arme und küsste mich, da schloss sich schon die Tür. Ich schwebte nach oben, einer langen, schmerzvollen Nacht entgegen.

Ich war völlig unvorbereitet auf die Geburt. Mit gerade neunzehn Jahren fühlte ich mich stark, fähig, alle Schmerzen dieser Welt zu ertragen. Die Hebamme untersuchte mich kurz, sah das Tuch zwischen meinen Beinen, roch daran und fragte: »Wann ist das Fruchtwasser abgegangen?«

»Um neun Uhr«, murmelte ich.

»Dann stehen Sie jetzt bitte nicht mehr auf. Der Muttermund ist erst zehnpfennigweit geöffnet, das wird noch bis morgen dauern.«

»Das kann ich nicht glauben, die Wehen kommen doch schon alle fünf Minuten und es tut scheußlich weh«, sagte ich.

»Sie sind Erstgebärende, da müssen Sie sich schon ein bisschen gedulden«, fuhr mich die Hebamme an.

Ohne jeden weiteren Hinweis überließ sie mich meinem Schicksal. Je weiter die Nacht fortschritt und je heftiger die Wehen wurden, umso mehr verspannte ich mich. Ich wurde steif wie ein Brett, sobald der Schmerz mich überrollte. Im Morgengrauen kam die Hebamme wieder, hörte kurz die Herztöne ab, überprüfte, wie weit der Muttermund jetzt geöffnet war, und meinte vorwurfsvoll: »Da tut sich ja überhaupt nichts, entspannen Sie sich mal ein bisschen.«

Die Folter wollte kein Ende nehmen, um neun Uhr morgens kamen die Wehen in einminütigen Abständen, zwölf Stunden quälte ich mich jetzt schon – ich war nahe daran, aus dem Fenster zu springen. Die Hebamme, die nach dem Schichtwechsel kam, war einen Deut freundlicher. Sie sah, wie verzweifelt ich gegen die Schmerzen ankämpfte, gab mir schmerzstillende Zäpfchen und brachte mir eine Lachgasmaske.

Dann schob sie meine Liege in den Kreißsaal, der in mehrere kleinere Abteilungen unterteilt war. Nur durch einen dünnen Vorhang von der nächsten Liege getrennt, hörte ich das Schreien und Stöhnen anderer Frauen. Ich selbst biss die Zähne zusammen und gab keinen Laut von mir.

Um ein Uhr wurde die Hebamme unruhig. »Die Frau hat jetzt schon sechzehn Stunden Wehen und die Herztöne werden schwächer«, erklärte sie dem herbeigerufenen Arzt. Man gab mir Wehenmittel, und von da an kam Bewegung in die Geburt. Eine Stunde später folgten die Wehen in kurzen Abständen aufeinander, und ich presste mit voller Kraft, doch das Kind kam einfach nicht. Plötzlich herrschte hektischer Betrieb um mich, Ärzte und Krankenschwestern drängten sich um meine Liege. Ein Arzt versuchte, den Kopf des Kindes zu fassen, um es aus mir herauszuziehen. Ich hörte noch, wie er sagte: »Geben Sie ihr eine Narkose«, dann umfing mich gnädig das Dunkel.

Doch schon kurz darauf zerriss mich der grässliche Schmerz von Neuem. Halb benommen hörte ich wieder Stimmen, sie schrien: »Pressen, pressen – weiterpressen!« Dann spürte ich, wie sich der Kopf des Kindes aus mir herauszwängte.

Doch das Baby schrie nicht und war bereits dunkelblau angelaufen. Die Hebamme hielt es an den Füßen hoch und versetzte ihm hektisch leichte Schläge. Todmüde und verzweifelt sah ich zu, wie sie mein Baby abwechselnd in kaltes und warmes Wasser tauchten. Der Arzt stülpte ihm eine Sauerstoffmaske über das Gesicht, alles schien eine Ewigkeit zu dauern. Doch dann plötzlich schrie mein Kind endlich laut und kräftig. Triumphierend hielt der Arzt es in die Höhe.

»Dieser Prachtkerl«, rief er erleichtert und beugte sich über mich, »hat Ihnen so zu schaffen gemacht. Herzlichen Glückwunsch! Ihr Junge ist neunundfünfzig Zentimeter groß und wiegt fast fünf Kilo. Er hat jetzt schon eine ziemliche Schuhgröße, ich gratuliere!«

Ich richtete mich auf und schlang die Arme um seinen Hals.

»Warum hat es so lange gedauert?«, flüstere ich.

»Die Nabelschnur hat sich zweimal um seinen Hals gewickelt, er konnte sich nicht bewegen. Während der Narkose haben wir ihn davon befreit, beinahe wäre er erstickt … es ging um Sekunden.«

Ich lag da wie betäubt. Die Geburt war ein Schock für mich gewesen.

Man hatte mich genäht, meine Beine übereinandergeschlagen und einen leichten Sandsack auf meinen Bauch gelegt. Und auf meiner Brust ruhte mein kleiner Sohn. Ein neues Glücksgefühl durchströmte mich. Sein nackter, winziger Körper bewegte sich sachte auf meiner Haut. Ich lauschte seinen schnellen, leichten Atemzügen und streichelte ihn vorsichtig. Zum ersten Mal in seinem Leben konnte er sich dehnen und strecken. Wir schliefen zusammen ein; er war sicher nicht weniger erschöpft als ich.

Franz' prächtiger Strauß roter Rosen stand auf meinem Nachttisch; jeden Tag nach Feierabend kam er in die Klinik, um uns zu sehen. Zuerst gingen wir in die Babyabteilung, wo wir durch eine Panoramascheibe die Winzlinge betrachten konnten. Für Franz sahen sie alle gleich aus, ich aber fand unser Kind besonders schön.

Meine Eltern kamen zu Besuch und bewunderten stolz ihren Enkel. »So schlimm hast du dir die Geburt sicher nicht vorgestellt«, sagte meine Mutter, sah mich voller Mitgefühl an und strich zart über mein Gesicht und meine Augenlider mit den ganzen geplatzten Äderchen.

Unser kleiner Michael sollte in der Klinik getauft werden. Ich füllte sorgfältig das Formular für die evangelische Taufe aus und übergab es der Schwester. Am Tag der Taufe saßen meine Schwiegermutter Luise und meine Schwägerin Lore andächtig in der Kapelle, als ich mit dem Kind auf dem Arm zu ihnen trat. Franz war noch nicht da. Er sollte zusammen mit meinen Eltern kommen, die in einem nahe gelegenen Hotel übernachteten und jeden Morgen bei uns in der Wohnung frühstückten.

Aber Franz kam allein. Ich fragte ihn erstaunt: »Warum sind meine Eltern nicht mitgekommen?«

Er antwortete kurz angebunden: »Sie wollten an der Taufe nicht teilnehmen.«

Ungläubig starrte ich ihn an. Schon kurz darauf sollte ich hinter die Infamie meiner Schwiegermutter kommen, denn es fand eine katholische Taufe statt. Weder Franz noch seine Mutter hatten es für nötig befunden, mich darüber zu informieren. Das von mir ausgefüllte Formular hatten sie einfach ignoriert. Ich war todtraurig, der Vertrauensbruch von Franz traf mich tief. Und die Macht seiner Mutter über ihn erfüllte mich mit Schrecken.

Auch meine Eltern waren sehr gekränkt. Als Franz an jenem Morgen im dunklen Anzug das Haus verlassen wollte, hatten sie ihn gefragt: »Warum bist du so festlich gekleidet, fährst du vielleicht zur Taufe?«

»Nein, ich habe eine geschäftliche Verabredung«, hatte Franz geantwortet, aber das erzählte mir meine Mutter erst Monate später.

Hilde

Eine Wendung im Leben 1926

Über den Stoff auf meinem Zuschneidetisch lege ich das Schnittmuster und schneide die Teile für ein Kleid, eine Bluse oder eine Hose aus. Fünf Stunden am Vormittag rattert meine Nähmaschine, mein Fuß bewegt stundenlang die Trittscheibe auf und nieder. Meine Augen brennen vom Hinstarren, ich reibe mit dem Handrücken darüber. Ich habe viel Zeit zu grübeln; in der einstündigen Erholungspause setze ich mich in die hinterste Ecke des Herrenzimmers und lausche den Gesprächen zwischen Herrn Bonheim und seinen Gästen. Ich spitze die Ohren, während ich so tue, als läse ich in meinem Buch. In den letzten Jahren habe ich so viel über Politik gelernt und zum Beispiel erfahren, dass nur eine funktionierende Ökonomie in der Lage ist, Wiedergutmachungsleistungen in nennenswertem Umfang aufzubringen. Pläne wurden gemacht, denn die deutsche Regierung sollte jährlich bis zu drei Milliarden Reichsmark aus dem Steueraufkommen an die Siegermächte des Weltkriegs überweisen. Um das Wachstum der deutschen Wirtschaft anzukurbeln, sollten internationale Anleihen verkauft werden.

Ich verstehe wenig, habe aber ein gutes Gedächtnis. Wenn Robert nach Hause kommt, überfalle ich ihn mit Fragen:

»Kannst du mir erklären, warum es uns besser geht, obwohl die deutsche Regierung jährlich mehr als drei Milliarden Reichsmark an die Siegermächte des Weltkriegs überweisen muss? Woher nimmt unsere Regierung das viele Geld?«

»Es gibt internationale Anleihen zugunsten der deutschen Wirtschaft«, erklärt Robert, »sie sollen das Wachstum finanzieren und zu einer gleichmäßigen Zahlung beitragen. Die Dawes-Anleihe beträgt vier Milliarden Reichsmark. Mein Vater hat eifrig zugelangt, ich weiß nicht, wie viel er angelegt hat, aber er bekommt fünfeinhalb Prozent für die Anleihe; den Gewinn bringt er in der Schweiz in Sicherheit.«

»Aha, jetzt wird mir klar, wie einfach es ist, sich ein Haus in Italien zu kaufen.«

»Ganz so einfach ist das nicht. Mein Vater ist Jurist, er kennt alle Fallen und Gefahren und muss verdammt vorsichtig sein; erzähl also bitte niemandem, was du von mir gehört hast.«

Während ich an der Nähmaschine sitze und die Füße bewege, wirbeln wirre Vorstellungen durch meinen Kopf. Auch wenn es herrlich gemütlich ist in diesem Zimmer, fehlt mir der Kontakt zu anderen. Hin und wieder kommt Frau Bonheim zu mir, stellt mir eine Tasse Kaffee oder Tee neben die Maschine, legt eine Hand auf meine Schulter, unterhält sich eine Viertelstunde mit mir und fragt mich, ob sie mir einen Gefallen tun kann. Das kann sie nicht. Jeder neue Tag wartet in neuer Stille auf mich. In mir brodeln Wörter, es gäbe so viel zu sagen; ich brauche mehr Freiheit, will selbst entscheiden, anstatt ständig unter Beobachtung zu sein, und ich will nicht mehr oben bei meinen Eltern unter dem heißen Dach wohnen.

In einer Zeitung habe ich gelesen, dass die Firma Engelhorn & Sturm einen Schneider sucht. In meinen freien Stunden stehe ich sehnsüchtig vor dem eleganten Geschäft in den Mannheimer Planken, Quadrat O 5. Lange habe ich gegrübelt, ob ich es machen soll, denn ich möchte einfach wieder unter Menschen, um mich mehr zu unterhalten und zu lachen.

In meinem neuen kurzen, selbst genähten Kleid, den neuen hochhackigen Schuhen und Beinen, die in goldenen Strümpfen seidig glänzen, mache ich mich auf den Weg. Meine frühere Schüchternheit Männern gegenüber ist verschwunden, ich sehe häufig männliche Blicke an mir hinunter- und hinaufgleiten, dann muss ich lächeln, und oft kommt ein Lächeln zurück. Das ist ein nettes Spielchen, das mich mit Stolz erfüllt. Mit erhobenem Kopf betrete ich den Laden. Ein unbekannter, herber Geruch kitzelt mir in der Nase, die vielen Kleidungsstücke machen den großen Raum zu einer gemütlichen Höhle. Sofort werde ich von einem jungen Mann begrüßt. Er stellt sich als Herr Engelhorn junior vor und sieht mich ein bisschen verwundert an, weil das elegante Geschäft ausschließlich Herrenbekleidung anbietet. Ich komme direkt auf die Anzeige zu sprechen und sage, dass ich interessiert bin, als Schneiderin für sie zu arbeiten.

Sein Lächeln verschwindet, er mustert mich skeptisch. Diesen Blick bin ich gewöhnt, ich weiß, wie ich den Mann wieder zum Lächeln bringe. Bevor er etwas sagen kann, schildere ich ihm meine zweijährige Ausbildung und meine jahrelange Arbeit in einem Privathaushalt, während der ich nicht nur schöne Kleider gefertigt habe, sondern auch Herrenbekleidung.

»Das klingt gut, aber das kann ich nicht allein entscheiden. Bitte gedulden Sie sich einen Moment, ich werde meinen Vater holen.«

Offenbar gefällt dem jungen Herrn meine Vorstellung, er lacht sogar. »Wenn Sie so gut nähen, wie Sie reden, kann ja nichts schiefgehen.«

Der elegant gekleidete alte Herr ist einen Kopf kleiner als sein hochgewachsener Sohn. Bis auf die Augen, die mich aufmerksam betrachten, sehen sich die beiden nicht im Geringsten ähnlich.

»Mein Sohn hat mir erzählt, dass Sie gerne bei uns arbeiten wollen. Doch verstehen Sie bitte, dass ich etwas mehr von Ihnen wissen will. Können Sie uns Zeugnisse zeigen von Ihrer Ausbildung und Ihrer bisherigen Arbeitsstelle? Wir müssen einfach sichergehen, dass Sie diesem Posten gewachsen sind.«

»Ich kann Ihnen versprechen, dass ich das schaffe. Ich bringe Ihnen morgen um diese Zeit meine Zeugnisse.«

Klara

Alltag einer jungen Mutter 1961

All meine Zeit verbrachte ich mit meinem kleinen Sohn. Stundenlang konnte ich ihn betrachten: sein schönes Gesichtchen, die Form seines Mundes und seiner Nase, den wohlgeformten, kräftigen Körper. Michael war ein einfaches Kind, er war freundlich, schrie selten und entwickelte sich prächtig. Ich legte eine Schafwolldecke auf den Boden des Wohnzimmers, verteilte seine Spielsachen um ihn herum, damit er sie greifen konnte, legte mich mit einem Kissen daneben und las. Lesen war meine einzige Leidenschaft, dabei vergaß ich außer meinem Kind nahezu alles.

Nachdem Franz zur Arbeit gegangen war, gehörte die »Süddeutsche Zeitung« mir allein. Am Frühstückstisch las ich zuerst den Fortsetzungsroman und dann die letzte Seite, schließlich arbeitete ich mich schrittweise nach vorne durch, bis ich zum Schluss zum Leitartikel gelangte.

Voll Hektik und schlechtem Gewissen machte ich mich nach der allmorgendlichen Leseflucht an die Hausarbeit, doch die war schnell erledigt. Niemand kam, der mich kontrollierte, und wenn ich nicht weiterlas, nachdem ich meine Pflichten erfüllt hatte, langweilte ich mich. Immer öfter dachte ich an meine Familie. An meine Eltern und Geschwister. An das rege Leben. Ich vermisste sie in diesen Wochen mehr denn je – zum ersten Mal in meiner jungen Ehe schmerzte mich heftiges Heimweh. Meinen Brüdern, die mich so genervt und geärgert hatten, schrieb ich plötzlich lauter positive Eigenschaften zu. Sie wären nett, unterhaltsam, kameradschaftlich gewesen, wir hätten viel Spaß zusammen gehabt, befand ich im Rückblick. Ich weinte ein wenig, weil die Zeit unserer gemeinsamen Kindheit unwiederbringlich vorbei war, weil ich so weit weg war von zu Hause. Meine Mutter rief oft an, auch sie schien mich zu vermissen. Als ich noch zu Hause lebte, hatten wir selten Gespräche geführt; für sie war ich das Kind, die Tochter, die sie anwies, korrigierte und kritisierte, selten lobte. Doch sie hatte auch mit uns gesungen und uns Geschichten erzählt. Bei einem Telefongespräch sagte sie zum Abschied: »Klara, das Haus ist so ruhig geworden ohne dich, du fehlst mir – du bist viel zu früh von zu Hause weggegangen. Bist du auch wirklich glücklich?« Ich war zu Tränen gerührt, doch nie im Leben hätte ich zugegeben, dass ich todtraurig war – das gestand ich mir nicht einmal selbst ein. Ich verriet ihr auch nicht, dass die gute Partie, die ich mit Franz gemacht zu haben schien, doch nicht so großartig war.

Unsere Wohnung wurde uns zu klein, und wir entschieden uns, in einen Münchner Vorort umzuziehen, der gerade einen Bauboom ohnegleichen erlebte. Franz und ich wohnten dort in einer Erdgeschosswohnung, weil wir hier den Kinderwagen einfach auf die Terrasse schieben konnten. Den Erdgeschossbewohnern oblag die Pflege des kleinen Vorgartens, und dementsprechend dürftig sahen die Vorgärten aus. Franz und ich gingen in den nahe gelegenen Wald, gruben fünf kleine Fichten aus und pflanzten sie drei Meter von der Haustür entfernt wieder ein; sie bildeten die grüne Grenze zwischen Haus und Straße; die war auch bitternötig. Wir nannten die Straße

Schlaglochallee, sie war im Sommer staubig, bei Regen füllten sich die Schlaglöcher mit Wasser. Dann blieb man besser mit dem Kinderwagen zu Hause, wenn man nicht Gefahr laufen wollte, von einem vorbeifahrenden Auto angespritzt und durchnässt zu werden. Die Bücher, die Franz in unseren Hausstand mitgebracht hatte, stapelten sich im Kinderzimmer auf dem Boden, ein ungeheurer Fundus für mich. Die Wochenenden verbrachte Franz damit, in Eigenarbeit Regale und Schränke zu bauen, denn das Geld war knapp. Es hatte bis jetzt noch nicht einmal dazu gereicht, eine Waschmaschine zu kaufen. Dafür hatten wir ein Klavier – ein Geschenk von Franz' Mutter, die das musikalische Talent ihres Sohnes weiterhin fördern wollte, das sie in ihm wach geküsst oder vielleicht eher ihm eingebläut hatte: Franz' Klavierunterricht als Kind war stets begleitet gewesen von Übungsstunden zu Hause, die seine Mutter wachsam verfolgte. Sie saß neben ihm und achtete auf seine Hände. Sobald er danebengriff, schlug sie mit dem Kochlöffel zu. Oft allerdings zu spät, denn Franz entwickelte ein Gespür für das drohende Unheil und handelte schnell. Die meisten Tasten auf dem Klavier im Hause seiner Eltern hatten deshalb abgeschlagene Ecken. Aber nichtsdestotrotz liebte Franz das neue Klavier. Er spielte Schubert-Lieder und sang dazu.

An anderen Tagen, wenn ihm brachialer zumute war, ersetzte er seinen Anzug durch die Turnhose, nahm seine Kugel oder Diskusscheibe und verschwand im Wald. Oft ging ich mit, setzte mich mit Michael auf einen Baumstamm und sah ihm zu, wie seine Würfe länger und länger wurden. Franz war schon immer ein begeisterter Sportler gewesen und schien Talent für nahezu alle Sportarten zu haben. Er schwamm wie ein Fisch, er ruderte – das sah man seinem breiten Brustkorb an –, er stemmte Gewichte, er fuhr Ski und bestieg Berge, doch seine besondere Leidenschaft galt dem Fahrrad.

Unser ganzes gespartes Geld hatten wir in die Wohnungseinrichtung gesteckt. Das Sparbuch war leer, der Kauf eines Gebrauchtwagens lag in weiter Ferne, dafür hatten wir jetzt einen Kinderwagen. Franz ließ mir freie Hand, wie ich mit unserem Geld wirtschaftete: Ein Drittel seines Verdiensts ging für die Miete drauf, der Rest fürs tägliche Leben. Davon legte ich hundert Mark monatlich fürs Auto zurück. Entsprechend selten kam Fleisch auf den Tisch, dafür aber fast immer reichlich Gemüse, denn mein Schwiegervater war Besitzer eines Schrebergartens. Tag der Gemüseübergabe war der Sonntag, der einzige mögliche Familientag. Statt auszuschlafen, zu kuscheln und behaglich im Bett zu bleiben, standen um Schlag halb neun Uhr die Schwiegereltern vor der Tür, beladen mit zwei dicken Taschen. Es fiel mir im Laufe der Monate schwerer, Freude zu heucheln, wurden mir die Sonntage doch immer verhasster.

Der Tag begann mit einem gemeinsamen Frühstück. Den Tisch hatte ich gedeckt, der Schwiegervater ließ sich glücklich nieder und begann, sein Kreuzworträtsel zu lösen. Meine Schwiegermutter spielte unterdessen verzückt mit ihrem Enkel, sie liebte Michael abgöttisch. Nach dem Frühstück wurden dann die mitgebrachten Schätze ausgepackt und Franz und mir stolz präsentiert: Karotten, Rote Bete, Lauch, Sellerie, Schwarzwurzeln und Kartoffeln, alles noch erdverkrustet und sorgfältig in Zeitungspapier eingeschlagen. Ich sah nur einen Haufen Arbeit und Schmutz und war bitterböse auf die Alten, weil sie mir mein Wochenende stahlen. Ich wagte jedoch nicht, mich bei Franz zu beschweren, aus Angst, auf Unverständnis zu stoßen.

Mit der Zeit wuchs ein gewaltiger Frust in mir und ich trug eine kindische Protesthaltung gegenüber meiner Schwiegermutter offen zur Schau. In Ermanglung einer Waschmaschine kochte ich beispielsweise die Windeln stets in einem großen verzinkten Topf auf dem Herd. Um sie auskühlen zu lassen, schüttete ich die heiße Brühe in unsere Badewanne – und ließ dann alles dort liegen. Denn ich wusste, dass der Inspektionsgang meiner Schwiegermutter sie zur Wäsche führen würde. Vor der Badewanne warf sich die schwere Frau auf die Knie und fing an, unter Stöhnen und Schnaufen zu rubbeln und zu wringen. Kam Franz dazu und sah, wie seine Mutter da schuftete, fuhr er mich wütend an: »Warum muss meine alte Mutter für dich die Wäsche waschen?«

In diesem Moment hätte ich sie beide am liebsten erschlagen. Doch obwohl ich mich mit dieser Aktion selbst bestrafte, war ich hochzufrieden. Nach getaner Arbeit warf meine Schwiegermutter dann einen Blick ins Schlafzimmer und sah die Bettdecken zum Lüften auf dem Fensterbrett liegen. Selbstverständlich nörgelte sie auch jetzt wie auf Kommando los: »Um zwölf Uhr hängen deine Betten immer noch zum Fenster heraus. So etwas gibt es bei uns in Ulm nicht, da würde man die Nase rümpfen und Schlampe sagen.«

Sonntags wusch ich mir ganz bewusst die Haare, drehte sie auf Lockenwickler auf und lief stundenlang damit herum, nur damit sie sich ärgerte. Aus demselben Grund zog ich mich schlampig an, obwohl ich wusste, dass sie mich dafür schelten und zurechtweisen würde wie ein kleines Kind. Und so fühlte ich mich auch: zornig, einsam und unverstanden. Ein anderes Mal ging ich in den Wald, statt zu kochen, joggte ein bisschen ohne Lust – und traf bei meiner Rückkehr auf die empörte Familie.

Mit dem Geschrei meiner Schwiegermutter hatte ich gerechnet. Aber Franz' Vorwürfe trafen mich hart. »Das machst du nicht noch einmal«, brauste er auf. »Es ist eine Unverschämtheit, uns hier alle warten zu lassen.« Er blitzte mich so böse an, dass ich für einen Moment glaubte, er würde mich schlagen.

An einem Sonntag im Spätherbst kam ich dann auf die grandiose Idee, mich im Kleiderschrank zu verstecken – ich wollte hören, wie meine Familie reagierte, wenn ich nicht da war; sollten sie ruhig denken, dass ich im Wald wäre.

Ich musste nicht lange warten, da schnaubte meine Schwiegermutter: »Das Mädchen benimmt sich wirklich empörend, sie kann doch nicht einfach verschwinden!«

»Sie ist doch noch fast ein Kind«, beschwichtigte Franz. Aber den Einwand ließ sie nicht gelten. Da lenkte Franz ein: »Sie wird was von mir zu hören bekommen!«

»Gerade weil sie noch so jung ist, musst du sie rechtzeitig erziehen, denn sie macht ja, was sie will«, ereiferte sich meine Schwiegermutter weiter.

Der Schwiegervater schwieg zu alledem.

Mit einundzwanzig Jahren führte ich in einer Vorstadtidylle das Leben einer *grünen Witwe* und sonntags das von Aschenputtel; ich war nur kurz ins pralle Leben eingetaucht, meine neuen Erfahrungen als Ehefrau dagegen langweilten, enttäuschten und schmerzten mich zusehends. Franz genoss sein intellektuelles Leben. Er konnte es morgens kaum erwarten, aus dem Haus und unter Leute zu kommen. Am Abend harrte ich voller Erwartung auf seine Heimkehr, lauschte interessiert seinen Erlebnissen in der Firma und war glücklich, wenn er hin und wieder einen Kollegen zum Abendessen mitbrachte. Aber nichtsdestotrotz fühlte ich mich nur als Zuschauerin.

Und so konzentrierte ich all meine Gefühle auf mein Kind und reagierte mich mit Gartenarbeit ab, ich grub den Garten um, säte und pflanzte; und um meinen Geist zu befriedigen, flüchtete ich mich in die Welten von Büchern. Ich las und las. Und hatte Heimweh.

Im Spätherbst war ich das zweite Mal schwanger – ich war glücklich darüber und freute mich auf das Kind. An einem lauen Juniabend setzten die Wehen ein, ich war allein zu Hause, denn Michael befand sich in der Obhut seiner Großmutter. Da wir kein Telefon hatten, wusste ich nicht, wie ich Franz erreichen konnte. Als die Wehen stärker wurden, bekam ich Angst und lief zu meiner Freundin Marga. »Schau, ob du Franz erreichen kannst«, bat ich sie, aber Franz war unauffindbar, und ich wurde immer nervöser.

»Bleib ganz ruhig«, sagte Marga, »wir rufen ein Taxi, und du bist auf jeden Fall noch rechtzeitig in der Klinik. Ich versteh nur Franz nicht, er weiß doch, dass es bei dir jeden Moment losgehen kann.«

Christine wurde nach fünfzehn Stunden geboren, problemlos. Auch diesmal entschied Franz' Mutter über die Religion des Kindes. Das Kind wurde wieder katholisch getauft.

Am Entlassungstag nahm ich mir erneut ein Taxi. Denn kein glücklich strahlender Vater holte mich ab. Franz hatte unaufschiebbare Termine, war unabkömmlich. Franz lebte sein Leben und vergaß mich.

Hilde

Entscheidende Jahre 1926 bis 1929

Am liebsten würde ich durch die Stadt hüpfen, mein Herz hämmert, alles jubelt in mir, doch als ich unserem Haus näher komme, überfallen mich Zweifel. Bin ich all dem gewachsen, was dieses große, elegante Geschäft verlangt? Dass die beiden Männer mich anstellen würden, daran zweifelte ich nicht; inzwischen rieche ich förmlich, ob ich bei einer Bewerbung Glück haben werde oder Pech.

In unserem Haus rase ich die Treppe hoch in den fünften Stock, nehme zwei Stufen auf einmal, reiße die klappernde Tür auf und falle meiner Mutter um den Hals. »Mama, ich bin bei Engelhorn & Sturm angestellt worden, ich kriege ein gutes Gehalt, ein Dachzimmer dort für mich gehört dazu, endlich hab ich's geschafft.« Ich beginne zu weinen vor lauter Freude und meine Mutter wiegt mich wie ein kleines Kind. »Stell dir vor, er hat mir hundertdreißig Reichsmark angeboten.«

Abends im Bett kann ich nicht einschlafen, in meinem Kopf wirbeln lauter Gedanken herum. Ich stelle mir vor, wie sehr sich Robert freuen wird über die glückliche Fügung, wie wir lachen und uns umarmen werden.

Aber es kommt anders. Zum ersten Mal haben wir einen richtigen Krach.

»Sag mal, warum hast du nicht vorher mit mir gesprochen? Das ist doch eine wichtige Entscheidung, und offenbar hast du meiner Mutter auch noch kein Wort davon erzählt.« Robert runzelt die Stirn.

Und ich werde zum ersten Mal wütend. »Du machst es ja genauso«, rufe ich und zeige auf sein nagelneues Motorrad, »du hast mich nicht gefragt, ob ich mich hinter dich setzen will … ich hasse Motorräder!« Ich fange an zu weinen.

Stumm stehen wir voreinander. Dann gibt Robert nach und breitet die Arme aus, ich werfe mich hinein und muss lachen und weinen.

»Gewöhn dich lieber daran; wenn du dich nicht hinten draufsetzen willst, musst du zu Fuß zum Gartenhäuschen gehen.« Robert grinst, setzt sich auf den Sattel, lässt den Motor aufheulen und tutet dreimal. »Wenn du nicht gleich aufsitzt, fahre ich allein.«

Eilig klettere ich auf den Mitfahrersitz und umklammere seinen Rücken. Dann spüre ich seine Muskeln arbeiten und drücke zarte Küsse in seinen Nacken. Es ist berauschend. Im Gartenhäuschen richten wir unser Liebesnest her. Längst haben wir das ganze Gerümpel auf den Müllberg gebracht, das Häuschen ist nun fast leer.

Am Abend begleite ich Robert in die Wohnung. »Mama, Hilde will dir was erzählen.« Robert schiebt die Hände in die Hosentaschen.

Mein Herz klopft heftig. Warum fällt es mir so schwer, ihr zu sagen, dass ich sie verlassen will? Weil ich nicht undankbar sein will. Ohne sie säße ich ja vielleicht immer noch auf der Straße. Ich beginne zu weinen.

»Kind, was ist denn passiert?« Frau Bonheim schlingt einen Arm um mich. »Komm, sag mir, was dich bedrückt.«

»Ich muss Sie verlassen«, sprudelt es aus mir heraus. »Man hat mir ein Angebot als Schneiderin in einem großen Bekleidungsgeschäft gemacht.«

Frau Bonheim klatscht in die Hände, umarmt mich zärtlich, schiebt mich einen Schritt von sich und lacht mich fröhlich an. »Oh, liebes Kind, was für ein Glückstag! Endlich hast du das gefunden, was du dir immer gewünscht hast.«

Mir fällt ein Stein vom Herzen und Robert offenbar auch, denn er fängt an zu strahlen.

»Mama, ich habe auch nichts davon gewusst, wir wollten dir nichts verheimlichen.«

»Wann kannst du anfangen?«, fragt Frau Bonheim.

»Das erfahre ich morgen, wenn ich meine Unterlagen bei Engelhorn & Sturm vorgelegt habe.«

Am nächsten Tag bringt mich Robert mit dem Motorrad vor das Geschäft. Er will draußen auf mich warten, doch kaum bin ich vom Sattel gestiegen, geht die Tür auf und der junge Wolfgang Engelhorn kommt uns entgegen. Ihn hat das Motorrad gefesselt, begeistert nimmt er es in Augenschein und lässt sich von Robert die Maschine beschreiben.

Im Geschäft begrüßt mich der Chef, seinem freundlichen Gesicht entnehme ich, dass ich angenommen bin.

»Das ist ein Geschäft für Herren, das wissen Sie ja. Sie müssen nichts zuschneiden, sondern nur ändern, das heißt, Sie können nicht kreativ arbeiten. Ihre Fantasie wird hier also nicht strapaziert werden.«

Herr Engelhorn schaut mich prüfend an. Ich lächle und versichere: »Ich habe mir das nicht anders vorgestellt. Meine Kundinnen werden nicht zu kurz kommen, die bediene ich am Sonntag.«

»Fleißiges Mädchen.« Herr Engelhorn klopft mir auf die Schulter. »Im Juli können Sie anfangen.«

Mein neues Leben beginnt mit Dauerregen und Kälte. Es macht keinen Spaß, Motorrad zu fahren. Als ich ein paar Tage Urlaub habe, nehme ich den Zug nach Heidelberg und Robert holt mich ab. Er ist jetzt im sechsten Semester, die Medizin fesselt ihn, er hat die Orthopädie gewählt. Seine Studentenbude ist nur zum Lieben da, das Bett, ein riesiger Kasten, füllt fast das ganze Zimmer. Der Wirt hat es selbst gebaut und Robert zugeraunt, dass er darin seine Frau kennengelernt habe.

Wenn doch einmal die Sonne herauskommt, wird es warm und es zieht uns ans Wasser. Der Neckar fließt schnell, auch hier gibt es versteckte Buchten, wir liegen zwischen den Büschen und lieben uns. Robert passt auf, dass ich nicht schwanger werde, aber im Herbst bleibt meine Regel aus. Ich bin erst seit zwei Monaten bei Engelhorn angestellt! Ich gerate in Panik, all meine wunderbaren Vorstellungen kommen ins Wanken. »Was machen wir? Was machen wir bloß?«, murmle ich ständig vor mich hin.

Robert scheint meine Schwangerschaft dagegen nicht zu zermürben. Er nimmt mich auf den Schoß, schaukelt mich sanft, küsst mich und sagt: »Ich mach das.«

Ich weiß, was das heißt, und frage, wo er das machen will.

»Allein kann ich das nicht, aber Frieder Bittner ist bereit, mir zu helfen; er studiert Frauenheilkunde und weiß deshalb natürlich viel mehr als ich; ich könnte dir eher einen gebrochenen Fuß eingipsen.« Er lacht, und ich bin geschockt.

Frieder stellt zwei Stühle mit Lehnen an einen quadratischen Holztisch. Robert breitet darauf zwei Wolldecken aus, auf die ich mich legen kann. Wir gehen häufig mit Frieder tanzen und essen oder unternehmen Ausflüge zu dritt. Er ist ein ernster Mensch, der selten lächelt; ich schäme mich nicht, so halb nackt vor ihm zu liegen. »Ich werde dir jetzt eine Spritze geben«, sagt Frieder. »Du wirst dann ein bisschen müde, aber keine großen Schmerzen haben. Der Fötus ist noch klein, nach schätzungsweise einer halben Stunde ist alles vorbei. Leg deine Beine auf die Stuhllehnen.«

Robert steht neben mir, hält meine Hand, küsst mich und streichelt mich, ich spüre nur ab und zu ein leichtes Zwicken.

»Bleib noch ein bisschen liegen«, meint Frieder schließlich.

In meinem Kopf pikt es, als wäre er mit Stroh gefüllt. Robert hilft mir, vom Tisch zu steigen, knöpft mir das Kleid zu und führt mich zum Bett. »Ruh dich ein bisschen aus.«

Frieder verstaut seine Instrumente in einer voluminösen Tasche, dann setzt er sich kurz neben mich, streichelt mir über die Wangen und sagt leise: »Nimm's nicht so tragisch, Hilde, du bist noch so jung, du wirst sicher noch viele Kinder bekommen.«

Bei diesem Satz fühle ich plötzlich große Trauer, ich fange an zu zittern und zu weinen.

»Weine nur, das ist wichtig, du wirst dich immer daran erinnern, aber noch wichtiger ist es, erst erwachsen zu werden.«

Doch meine Traurigkeit will nicht verschwinden, nächtelang kann ich nicht schlafen, ständig läuft in meinem Kopf ein Film ab; das Kind, das ich getötet habe, wächst in meiner Fantasie von einem Baby zu einem Kleinkind heran. Fast ein Jahr dauert es, bis mich die Depression verlässt. Roberts Liebe umhüllt mich auch in dieser Zeit, er versucht alles, um mich wieder lachen zu sehen, und schließlich empfinde ich wieder Freude und genieße unsere Liebe.

Die weiteren Jahre sind wie ein wertvolles Geschenk. Sechs Jahre kennen wir uns jetzt. Im nächsten Jahr wird Robert sein Studium beenden, täglich reden wir von unserer Zukunft, wo wir wohnen werden; vielleicht ziehen wir zusammen nach Heidelberg oder wir bleiben in Mannheim. Mein Dachzimmer im Engelhorn-Haus ist gemütlich und so groß wie die schäbige Dachwohnung meiner Eltern, in der wir zu sechst gelebt haben.

Durch drei große Fenster kann ich auf die Planken schauen, auf das Menschengewühl an den Wochenenden. Dann füllt sich das Geschäft mit eleganten Männern und ihren Frauen. Häufig muss an einem Anzug etwas geändert werden, meist an den Hosenlängen; dann witzeln die Männer, wie schön es doch sei, eine Frau auf den Knien zu sehen. Außer diesen einfachen Näharbeiten bediene ich reiche Damen. Unterm Dach tritt mein Fuß nächtelang aufs Pedal, die Damen kommen in Scharen, und nach dem zweiten Jahr überlege ich, ob ich nicht eine eigene Schneiderwerkstatt aufmachen soll.

Die Arbeit mit Vater und Sohn Engelhorn genieße ich, der Vater überschüttet mich mit Lob, sein Sohn mit Schmeicheleien und kleinen Geschenken; er ist nicht aufdringlich, eher schüchtern.

Robert und ich sind stolz auf das, was wir geleistet haben, und neugierig auf die Zukunft. Mein Kleiderschrank hat sich bereits mit Bettwäsche gefüllt und für die Küche stelle ich mir bunt karierte Vorhänge vor und einen weiß lackierten Tisch, der groß genug ist für sechs Personen. Daran würde dann unsere große Familie sitzen, vier Kinder wünschen wir uns – alle zwei Jahre möchte ich ein Kind bekommen.

Zwölf Semester hat Robert inzwischen hinter sich und er bekommt eine Stelle in der Universitätsklinik Heidelberg. Er ist glücklich und stolz über die Approbation und darauf, den Titel *Assistenzarzt* tragen zu dürfen. Monatelang schreibt er wie besessen an seiner Doktorarbeit. Einen Herbst und einen Winter sehe ich ihn an seinem Schreibtisch sitzen, wortkarg; manchmal lächelt er mir zu, doch meistens ist er abwesend. Und dann darf er sich endlich Doktor nennen.

Inzwischen ist es April. Als ich frühmorgens an einem warmen Tag mit dem Zug in Heidelberg ankomme, läuft er mir mit einem Strahlen im Gesicht und einem riesigen Blumenstrauß in der Hand entgegen, drückt mich an seine Brust und küsst mich heftig. Zuerst gehen wir an den Neckar, breiten dort unter einer Linde unsere Decke aus, sehen dem Wasser zu und drücken unsere Körper aneinander. Ich fühle mich wie im Paradies.

Später sehen wir uns drei Wohnungen an; wir entscheiden uns für ein Fachwerkhaus mit steiler Treppe und drei kleinen Zimmern, das nicht weit entfernt vom Schloss liegt. Die Küche riecht nach alten Leuten und das Klo nach Urin, aber das Schlafzimmer entzückt mich; aus dem schrägen Fenster sehe ich die Umrisse des Schlosses. Den winzigen Wohnraum füllt fast zur Hälfte ein riesiger Kachelofen, in der anderen Hälfte stehen ein runder Tisch mit vier Stühlen und eine Vitrine mit Glastür eng nebeneinander. Das Kinderzimmer gibt den Ausschlag. Es ist hell, eine Blümchentapete klebt an den Wänden und abgesehen von einem großen Schrank befinden sich zwei Kinderbettchen darin.

»Das nehmen wir«, juble ich. »Schau doch mal, wie weich der Teppich ist, hier haben sicher schon viele Kinder gewohnt. Ich sehe unsere jetzt schon hier herumkrabbeln.«

Doch dazu soll es nicht kommen. Vier Wochen später, an einem Regentag, erreicht mich die Nachricht der Katastrophe: Robert ist mit dem Motorrad verunglückt. Auf der Fahrt nach Mannheim wurde er aus einer Kurve getragen und stürzte fünfzig Meter tief in eine Schlucht. Er muss sofort tot gewesen sein.

So grausam endet das Märchen von der Liebe meines Lebens.

Klara

Die zwei Wasserkreise 1963

Im Jahr 1963 waren Franz und ich drei Jahre verheiratet. Eines Nachmittags kam er früher nach Hause als sonst. »Du kannst dir gar nicht vorstellen, was heute passiert ist«, jubelte er und wirbelte mich herum.

»Ein Unternehmensberater hat mich angerufen und mir einen unglaublichen Vorschlag gemacht.«

Franz sah mir begeistert in die Augen.

»Dieser Mann arbeitet im Auftrag der ägyptischen Regierung. Und die hat Großes vor. Sie sucht Spezialisten, Techniker und Ingenieure, die auf dem Gebiet der Luft- und Raumfahrt arbeiten.« Auf meinen verständnislosen Blick hin erklärte er: »Ägypten will selbst Flugkörper herstellen und eigene Ingenieure ausbilden lassen, um das technische Know-how des Westens zu erlangen. Nach dem Abzug der russischen Wissenschaftler liegen Berge von MiG-Jägern sozusagen ohne Wartung auf Halde, auch dafür brauchen sie Fachleute. Außerdem werden für die Modernisierung der Staatsbahnen und die Entsandung des Nassersees, der sich im Laufe der Jahre mit Nilschlamm gefüllt hat, Spezialisten benötigt.«

Franz war Feuer und Flamme, er sah in Ägypten seine Chance, mit einem ausgesuchten Expertenteam etwas Außergewöhnliches auf die Beine zu stellen. Außer ihm waren vierzehn weitere Experten angesprochen worden: Flugzeugbauer, Maschinenbauer, Elektroingenieure und technische Zeichner. Begeistert lauschte ich Franz' Geschichte.

Im August unterzeichnete Franz dann den Vertrag, und Ende September war er schon auf dem Weg nach Ägypten, ins Land der Verheißung.

Ich sollte später mit den Kindern nachkommen. Franz war dreißig, ich dreiundzwanzig Jahre alt, unsere Kinder Michael und Christine waren drei und eins. Leichten Herzens gab ich Deutschland auf, ich trauerte weder um meine Wohnung noch um meine Freunde; ich war in München nicht glücklich geworden und träumte jetzt von einem Märchen wie aus »Tausendundeiner Nacht«.

Schon im ersten Ehejahr hatte sich eine riesige Kluft aufgetan zwischen meinem Zustand als verliebtes Mädchen und dem als verheiratete Frau mit Kleinkind.

Als wir damals im Sommer zusammengezogen waren, hatte ich geglaubt, Franz zu kennen, und angenommen, der verliebte Zustand würde ewig andauern. Unser Glück schien mir vollkommen. Doch uns war es nicht gelungen, diesen Zustand zu einer festen Bindung weiterzuentwickeln. Stattdessen grenzten wir uns emotional immer stärker voneinander ab. Franz legte die Machtverhältnisse fest: Mir wies er die traditionelle Frauenrolle zu, die der Gebärenden, der Mutter, der Frau, die sich ihrem Mann zu unterwerfen hatte.

Ich versuchte, eine gute Ehefrau und Mutter zu sein. Meine Liebe war groß, meine Erwartungen ebenfalls. Nach kurzem Zusammenleben stellte ich fest, dass Franz meine Gefühle nicht wollte oder brauchte. Er hatte mich erbeutet und sah mich fortan als seinen Besitz. Es bestand keinerlei Grund mehr, um mich zu werben, aufmerksam, kontaktfreudig oder zärtlich zu sein. Er hatte sein Studium beendet, sich rasch die Frau fürs gemeinsame Leben zugelegt – Nachwuchs war auch schon da –, und nun stand seiner Selbstverwirklichung nichts mehr im Wege. Die sah er nicht in der Entwicklung zu einem guten Ehemann und im Erlernen der Vaterpflichten, sondern in der Ausübung eines interessanten Berufs.

Dabei vergaß er mich völlig. Er lebte in einer sachlichen Welt, ich in einer emotionalen. Am schnellsten wirkte sich die Entfremdung auf unser Liebesleben aus. Sein Sexualverhalten hatte sich im Laufe der Zeit nicht verändert, war ungestüm und wild wie früher – im Gegensatz zu meinem. Wenn wir miteinander schliefen, wartete ich auf das fantastische Gefühl, die prickelnde Lust, die in jenem ersten verliebten Sommer so selbstverständlich gewesen war. Aber ich spürte sie nicht, es ging alles zu rasch, war mir zu heftig. Anfangs zeigte ich meine Enttäuschung, dann meinte Franz: »Wenn's jetzt nicht geklappt hat, machen wir es halt noch einmal.« Doch es lag nicht an der Quantität, sondern an der Qualität. Franz war sieben Jahre älter als ich und sollte eigentlich Erfahrung mit Frauen haben. Doch offenbar hatte er keine Ahnung vom weiblichen Gefühlsleben. Vargas Llosas Don Rigoberto beschreibt so wunderschön:

Erotik ist ein herrliches Spiel, jene Schöpfung von lebendigen und fleischlichen Fantasien, an der sich der Geist, Imagination, Hormone, Einfühlungsvermögen und tiefes Begehren vereinen, uns zu Göttern macht und uns in eine neue Sphäre erhebt, die der Ästhetik, die dem Geistigen den Vorzug gibt. Wir leben nicht mehr in prähistorischen Zeiten, die Zivilisation hat uns die Kunst gebracht, die Verfeinerung des Sexus, die Kunst zu lieben. Wir haben gelernt zu genießen, haben das Geschlechtliche bereichert, es mit Ritualen und Verhaltensregeln umgeben, haben uns über den rein kopulativen, animalischen, zeugungsorientierten Akt erhoben.

Der Liebesakt, entstehend aus dem Unbewussten, aus der Tiefe der Seele, verwandelt sich in einen Schöpfungsakt zwischen Mann und Frau.

All dies gab es in unserer jungen Ehe nicht. Weder erotische Spielereien noch Gespräche und Berührungen. Wollte ich nur Zärtlichkeiten, bedeutete das für Franz die *Aufforderung zum Tanz*, er nahm mich mechanisch und meist stürmisch in Besitz, weil er es nicht besser wusste.

Einmal sprach ich verschämt mit Franz darüber, doch seine Reaktion war seltsam. Er schien so etwas wie den weiblichen Orgasmus gar nicht zu kennen. Und er interessierte sich auch nicht dafür, denn er wies meine *Belehrungen* schroff ab.

Vielleicht war der pure Sex – ohne Erotik – für Franz die reinste Art zu lieben. Ich hingegen empfand bald nichts mehr. Aber ich zeigte es ihm nicht, sondern spielte weiter meine Rolle – und schlief dabei wie Dornröschen hinter der Dornenhecke, in der Hoffnung auf einen Prinzen, der mich wach küsste.

Einmal warf ich Steinchen ins Wasser und sah, wie die beiden Wellenkreise gegeneinanderstießen, statt sich zu einem Kreis zu vereinen. Das erinnerte mich an mein Leben mit Franz: Wir waren wie zwei Kreise, die nicht miteinander in Harmonie kommen konnten.

Aber das *Gestern* war vorbei, und ich wollte es vergessen. Das *Morgenland* verhieß mir ein neues Leben, neue Ziele und Erfahrungen. Ich war begierig, dorthin zu kommen.

Bis zu unserer Abreise in das verheißungsvolle Land erlebte ich die Einsamkeit noch intensiver.

Hilde

Ein pochendes Herz 1929

Ich will weder gesehen noch angesprochen werden, ich lausche dem Pochen meines Herzens. Wie eine Tote liege ich im Bett, bis ich glaube, verrückt zu werden. In der Dämmerung klopft es an die Tür. Ich gebe keine Antwort, das Klopfen wird eindringlicher.

»Darf ich reinkommen?«, fragt eine Männerstimme. Ich erkenne sie sofort. Sie gehört Wolfgang Engelhorn. »Ich möchte mit dir reden, dir helfen … ich habe dir was zu essen und zu trinken mitgebracht … ich mache mir Sorgen … ach, sag doch was …«

Ich bin verschwitzt und ungewaschen, mein Gesicht ist verweint und meine Augen brennen. Die Hände zittern, als ich die Tür aufschließe. Wolfgang Engelhorn lächelt mich schüchtern an und streckt mir ein Tablett mit Essen entgegen. Ich mag ihm nicht die Tür vor der Nase zumachen, also kehre ich einfach zu meinem Bett zurück, setze mich darauf und warte.

Wolfgang wartet auch, offenbar weiß er nicht, wie er sich verhalten soll.

»Danke, dass du dich um mich kümmerst«, sage ich, »aber ich habe keinen Hunger; alles, was ich brauche, ist Vergessen …

ich wollte, ich wäre auch tot.« Ich ziehe die Bettdecke über mein Gesicht.

»Sag das nicht, du wirst noch lange leben, du darfst nicht verzweifeln; du hast doch eine Familie, die dich liebt, und du hast auch mich.«

Wolfgang kniet sich vor mein Bett, umarmt meine Beine, legt seinen Kopf darauf und ich spüre, wie sich sein Körper an mich schmiegt. Und dieses Umschlingen bringt mich endlich zum Weinen. Wie lange wir so verbunden sind, weiß ich nicht, wir bewegen uns nicht.

»Ich helf dir beim Waschen, dann ziehst du dich an und isst etwas, und dann fahre ich dich zu Roberts Familie, die warten doch sicher schon lange auf dich. Bestimmt brauchen seine Eltern deine Hilfe, denk auch an seine Geschwister. Und sicherlich weißt du, dass die Juden ihre Toten am selben Tag beerdigen wollen. Du möchtest doch nicht im Bett liegen, während dein Robert beerdigt wird.«

Wie elektrisiert springe ich auf und schüttle die Schwäche von mir, ich schlüpfe in meine Sachen, ohne einen Gedanken ans Waschen und Frisieren zu verschwenden.

»So kannst du nicht gehen, du musst dich ein bisschen herrichten«, sagt Wolfgang. Ich zucke zusammen. Ich habe ganz vergessen, dass er im Zimmer sitzt. Er zieht mich zum Waschbecken. Steif wie eine Holzpuppe, sprach- und gefühllos, stehe ich da und überlasse ihm die Prozedur. Mit einem Waschlappen fährt er zart über mein Gesicht, nimmt eine Bürste und kämmt meine Haare. Danach stolpere ich hinter ihm die drei Stockwerke hinunter, er zerrt die Haustür auf und zieht mich zu seinem Motorrad. In der schweren Maschine sehe ich ein Ungeheuer, eine Zerstörerin, ich reiße mich los und laufe die Straße entlang.

Wolfgang holt mich ein und nimmt mich an der Hand. »Bleib stehen, Hilde, wir nehmen das Auto, du brauchst keine Angst zu haben«, beruhigt er mich.

Trotz der vielen Menschen herrscht im Wohnzimmer eine tiefe Stille, nur unterbrochen von Worten aus der Thora. Ich kenne wenige, alle schauen in dieselbe Richtung. Vorsichtig nähere ich mich meinem toten Geliebten. Vater, Mutter und Geschwister stehen vor ihm, Frau Bonheim nickt mir zu, streckt mir die Arme entgegen. Ich spüre ihr Herz heftig schlagen, sie nimmt mein Gesicht zwischen die Hände, küsst mich auf die Stirn und bringt sogar ein sanftes Lächeln zustande. Die Zwillinge klammern sich an den Rock der Mutter, Vincent und Jonathan sind ganz starr. Herr Bonheim blickt ins Leere, sein Gesicht ist erloschen. Beim Anblick meines Geliebten beginne ich zu zittern. Seine Augen sind geschlossen, man hat ihm eine Feder auf die Oberlippe gelegt, sein Kopf ist mit einem Tuch umwickelt und liegt auf einem Kissen, er trägt ein schlichtes Sterbegewand. Mit hellem Puder hat man die Schrammen überdeckt. Die Füße zeigen in Richtung der Tür, aus der er später hinausgetragen wird. Bis zur Beerdigung wache ich über ihn. Am Kopfende brennt eine Kerze. Alle Spiegel im Raum sind verhängt, um nicht zwei Tote zu sehen.

Eine lange Menschenschlange begleitet den Sarg zum Friedhof. Der Verstorbene muss im jüdischen Glauben innerhalb von vierundzwanzig Stunden beerdigt werden. Als der Sarg sich in die Grube senkt, breche ich in Tränen aus.

Jüdische Gräber werden nicht bepflanzt, um die Ruhe der Toten nicht zu stören. Früher schützte ein Steinhügel die Leichname vor Tieren. Dieser Brauch wurde beibehalten. Heute kommen Steine zum Gedenken auf das Grab, denn Blumen verwelken, Steine bleiben. Ich lege trotzdem meinen Blumenstrauß darauf.

Ich möchte davonlaufen, alle Erinnerungen zurücklassen, die zerstören. Die nächsten Wochen erlebe ich wie im Traum, Bilder von früher steigen in mir hoch, ohne dass ich es verhindern kann. Alles ist unsicher, die Zukunft ist unwirklich, die Angst bemächtigt sich meiner.

Als die Weltwirtschaftskrise ausbricht, bin ich erst recht froh, bei Engelhorn & Sturm angestellt zu sein. Hunderttausende werden arbeitslos, perspektivlos, hoffnungslos. Die Bevölkerung verelendet. Im Jahr 1929 gibt es achthunderttausend Arbeitslose, und als im Winter Schnee fällt, kommt der Hunger und das Frieren. Die Menschen verzweifeln.

Im Geschäft sind kaum noch Kunden. Wer leistet sich jetzt schon noch einen neuen Anzug, der zudem doch bald zu weit sein wird?

Ich habe viel Zeit zum Lesen, Wolfgang bringt mir die neuesten Bücher, »Der Bewohner und seine Hoffnung« von Neruda oder »Auf der Suche nach der verlorenen Zeit« von Proust. Ich muss nicht hungern, ebenso wenig wie Familie Bonheim. Wer gute Beziehungen hat, lebt leichter. Ich gehe die Bonheims häufig besuchen, nähe hin und wieder ein Kleid oder einen Mantel für Frau Bonheim oder ihre vielen Freundinnen. Manchmal lege ich mich in Roberts Zimmer aufs Bett, schließe die Augen und denke an die Vergangenheit.

Wolfgang Engelhorn ist ein liebenswerter Mann, ich mag ihn sehr, doch ich kann mich nicht in ihn verlieben. Das Auffallendste in seinem Gesicht sind die unglaublich wachen Augen, die mich so oft traurig anschauen, bisweilen auch mit Hingabe und Beharrlichkeit mein Gesicht betrachten. Ich schaue ihn hingegen am liebsten an, wenn er im Sessel eingenickt ist, weil er dann so sanft aussieht, friedlich, kindlich.

Fast jedes Wochenende besuche ich meine Eltern. Immer noch wohnen sie unterm Dach; bis auf meine kleine Schwester

Henny sind meine Geschwister ausgeflogen. Heute aber treffen wir uns alle, weil Vater fünfzig Jahre alt geworden ist. So zusammengeschrumpft, wie er in seinem Korbsessel sitzt, sieht er auch keinen Tag jünger aus, eher älter. Seine Vollglatze gleicht einer polierten Birne, seine dunkelblauen Augen strahlen, und wenn er lacht, tanzt der dichte schwarze Schnauzbart fröhlich um seinen Mund. Heute hat er viel Grund zum Lachen, denn wir Kinder haben dafür gesorgt, dass er nicht erfrieren kann. Willi hat ihm eine lange Unterhose eingepackt. Als er das Geschenk überreicht, sagt er: »Eigentlich hätte ich das linke Bein abschneiden können, aber wenn's dir Spaß macht, kannst du dir's ja über die Prothese ziehen.« Lene zeigt ihm stolz den handgestrickten Pullover und besteht darauf, dass er ihn sofort anzieht. Mein Geschenk sieht bescheiden aus, zwischen Vaters groben Arbeiterhänden ist es fast nicht zu sehen. Er blättert in dem kleinen Album, gluckst und muss sich manchmal die Tränen aus den Augen wischen. Außer den Fotos habe ich ihm einen Hut mitgebracht. Vater setzt ihn auf die Glatze und schon rutscht er ihm auf die Ohren. Erst sind wir verblüfft, doch dann brüllen wir vor Lachen.

Mutter hat sich heute elegant angezogen und die langen Zöpfe auf dem Kopf kunstvoll befestigt. Behutsam rührt sie in dem großen Kochtopf, in dem unser Mittagessen köchelt. »Papa hat heute einen Hasen geschlachtet, den ältesten, er wird also ein bisschen zäh sein. Ich hab's einfach nicht übers Herz gebracht, die Grete oder die Liese zu schlachten.«

Henny schluchzt los. »Nein, Mama! Ihr seid gemein!«

Sie wirft sich auf die Knie und vergräbt den Kopf in Mutters Schoß.

Unsere Mutter streichelt ihr über den Kopf, wiegt sie hin und her. »Es ist schlimm, aber wir Menschen können nun mal kein Gras essen wie die Hasen.« Plötzlich lacht Willi laut los, Tränen schießen ihm in die Augen vor lauter Lachen.

»Was soll das, Junge? Spinnst du?« Vater springt auf und gibt Willi eine Ohrfeige. Der steht da wie ein Ölgötze; mit dieser Reaktion hat er nicht gerechnet. Auch ich bin sprachlos. Als ich meinen kleinen Bruder so anschaue, fällt mir auf, wie sehr er sich verändert hat. Er ist hochgewachsen und sieht fast verhungert aus, die Kleider schlottern an seinem Körper, die Wangen sind eingefallen, die Augen glitzern. »Hast du eigentlich irgendeine Arbeit?«, frage ich.

Ein hämisches Lächeln breitet sich auf seinem Gesicht aus, er holt ein Tütchen aus der Hose und fragt: »Willst du's mal probieren? Du wirst gleich glücklich sein.«

Lenes neuer Freund hat bis jetzt noch nicht den Mund aufgemacht, unsere Familie scheint ihn zu amüsieren, er hört gar nicht auf zu grinsen. Er hat sich noch nicht vorgestellt, wir wissen nur, dass er Waldemar heißt. Ich zwicke meine Schwester in den Arm und flüstere: »Kannst du uns nicht etwas von deinem Freund erzählen?«

»Was soll ich denn von ihm erzählen? Ich kenne ihn ja selbst erst zwei Wochen, frag du ihn doch!«

»Du bist richtig blöd«, fauche ich. »Ich habe Robert jahrelang gekannt und mir nie erlaubt, ihn so einfach mit nach Hause zu bringen.« Richtig ärgern kann ich mich aber nicht über meine Schwester, sie wird nie klug werden, höflich sein, nie dankbar, nie aufrichtig, nie fleißig; sie ist halt so.

Der Hase schmeckt hervorragend, wir schlagen alle zu. Vater hat einen Krug Most auf den Tisch gestellt und wir stoßen an. »Alles Gute, Papa, bleib gesund«, wünsche ich. »Wir hoffen, dass du deine Arbeit nicht verlierst.«

»Was machen Sie, Waldemar, haben Sie eine Stelle?«, fragt Mutter. Plötzlich sieht Waldemar aus, als hätte er auf etwas Saures gebissen.

»Meine Eltern haben eine Schreinerei«, sagt er. »Die liegt jetzt total brach, das Einzige, was wir im Augenblick herstellen, sind Särge.«

Keiner antwortet. Dann fragt mich Mutter: »Und was wird aus deinem Leben werden, Hilde?«

Klara

El Qahira, die Unbesiegbare 1964

El Qahira – die Unbesiegbare, die Mutter der Welt – empfing mich mit ihren heißen Armen und glühendem Atem.

Langsam, an jeder Hand ein Kind, stieg ich die Gangway hinunter und atmete gierig trockene Wüstenluft ein. Christine umklammerte ihren schwarz-weißen Stoffhund, Michael hatte seinen Stoffaffen unter den Arm geklemmt und auf dem Rücken trug er einen kleinen Rucksack, gefüllt mit Malbüchern und Stiften. »Schaut mal, ob ihr den Papa seht!«, forderte ich die beiden auf und guckte selbst ungeduldig auf die dicht gedrängte Menge am Fuße der Gangway. Sofort entdeckte ich Franz, denn er überragte seine Begleiter. Er winkte heftig, sein Gesicht strahlte – es war dunkelbraun gebrannt – und die Augen leuchteten in einem intensiven Blau. Kurz darauf umarmte und küsste er mich, dann bückte er sich und hob seine Kinder hoch. Neugierig strich ihm Christine über die Wangen, so groß und braun hatte sie ihren Vater nicht in Erinnerung.

Franz stellte mich seinen jungen Begleitern vor: »Das sind Nadim und Samir, Offiziere der ägyptischen Luftwaffe.« Die beiden trugen eng anliegende dunkelblaue Uniformen und verbeugten sich mit zurückhaltendem Lächeln.

In zwei eleganten Limousinen wurden wir in unser Hotel am Nil gefahren. Eigentlich war ich hundemüde, doch an Schlaf war nicht zu denken. Auch am Abend schien diese Stadt keine Ruhe zu finden. Autos fuhren Stoßstange an Stoßstange und hupten, Menschen schrien, Polizeipfeifen schrillten, die Luft war voller Staub und fremder Gerüche.

»Sobald unsere Wohnung fertig ist, werden wir in Heliopolis wohnen«, flüsterte mir Franz ins Ohr, »doch jetzt genießen wir dieses herrliche Hotel.« Und er versprach nicht zu viel. Diener in Livrée verneigten sich, als wir an ihnen vorbeigingen, und alle Türen schienen sich wie durch Zauberhand von allein zu öffnen. In unseren eleganten Zimmern versank ich förmlich in tiefen Berberteppichen.

Nun waren wir also im Morgenland. Franz zeigte mir noch mehr Zaubertricks, er fragte: »Was wollt ihr trinken?« Danach sprach er unsere Wünsche ins Telefon, und nur wenige Minuten später klopfte es an der Tür. »*Come in*«, rief Franz, und ein Kellner schob einen kleinen Wagen voller Getränke ins Zimmer.

Jedes Mal, wenn es in den nächsten Tagen wieder an der Tür klopfte, jubelte Christine daraufhin: »Der *Come in* ist wieder da.«

Der erste Abend war ein Fest. Meine Müdigkeit war endgültig verflogen, als ich vom zwanzigsten Stockwerk aus meine Blicke über Kairo schweifen ließ; ein glitzerndes Lichtermeer, durchzogen vom dunklen Band des Nils. Die Brücken über den Fluss hoben sich als Lichtbänder ab. Selbst hier oben, auf der Dachterrasse, roch ich die feuchte Erde, die der mächtige Strom auf seinem viele Tausend Kilometer langen Weg mit sich führte.

Unsere Gruppe war noch nicht vollzählig, erst zehn der fünfzehn Männer waren eingetroffen, acht waren verheiratet, zwei Junggesellen. Zusammen mit uns Ehefrauen und Kindern waren wir schon fünfundzwanzig. In zwei Wochen würden wir vollzählig sein.

Hunderte von Palmen in Kübeln waren kunstvoll in Gruppen arrangiert. Sie vermittelten das Gefühl, in einer Oase zu sitzen. Ein kleiner Wasserlauf plätscherte zwischen den Palmen hindurch, Musik rieselte leise aus den Lautsprechern.

Unsere Gruppe saß gemütlich zurückgelehnt in Sesseln. Bis auf kleine Öllampen war die Terrasse dunkel. Und dann plötzlich erschien eine Prozession von Kellnern: Als leuchtende Schlange glitten sie heran; die auf den ausgestreckten Armen balancierten großen, mit Eiswürfeln gefüllten Glasschalen waren von unten beleuchtet und schillerten so in allen Farben des Regenbogens. Die Ägypter schienen das Spiel mit Licht und Ton zu lieben – *son et lumière*. Auf dem Eis lagen Köstlichkeiten: Berge von Krevetten, Fischen und Pasteten. Eine Augenweide.

An diesem Abend lernte ich die zwei jungen Piloten, beide um die dreißig, besser kennen, sie schlossen sich uns an, wurden unsere ständigen Begleiter.

Die ägyptische Regierung hatte für unsere Angelegenheiten ein Office eingerichtet. Ein Stab von Leuten kümmerte sich um unsere Bedürfnisse, bemühte sich um unser Wohlbefinden, war uns bei vielem behilflich und gab uns eine Menge Tipps. Trotz der guten Organisation unserer ägyptischen Gastgeber aber verzögerte sich der Umzug in unsere Wohnungen beträchtlich: Möbel mussten noch angefertigt, Vorhänge genäht, Geschirr und Bettwäsche gekauft werden, das Office war für alles zuständig. Und es wurde nicht gespart, sondern vielmehr alles unternommen, um das Expertenteam zufriedenzustellen.

Die beiden Piloten führten uns in das ägyptische Nachtleben ein, und sie waren Kenner der Szene. Bald fühlten wir uns in sämtlichen Bars der Luxushotels wie zu Hause. Sie waren prall gefüllt mit der ägyptischen Oberschicht. Bei unserem ersten Streifzug wunderten wir uns, dass hier nur Französisch gesprochen wurde.

Nadim klärte uns auf: »Bis zur Suezkrise 1956 bestanden gute Beziehungen zur französischen Regierung, doch dann brach Präsident Nasser diese Kontakte ab, und statt Französisch wurde Deutsch als Fremdsprache an den ägyptischen Schulen eingeführt.«

Die Leute, die wir hier trafen, waren noch in der *französischen Zeit* aufgewachsen, sie sprachen Französisch wie ihre Muttersprache. Der Alkohol floss in den Bars in Strömen, Whisky war das bevorzugte Getränk der Männer.

Samir forderte mich zum Tanzen auf. Es dauerte nicht lange, bis er mich enger an sich zog, meine Hand nahm, sie an seine Lippen führte und sachte küsste. Vielleicht ermutigte ihn Franz' Anblick, der fest eine Tänzerin in den Armen hielt und ihr mit verklärtem Blick in die Augen sah. Samir war bedeutend kleiner als Franz, hatte ein markantes, breitwangiges Gesicht und samtweiche Augen mit langen Wimpern, die ständig zu lächeln schienen. Auf der Oberlippe trug er einen kurz gestutzten Bart.

»Klara ist ein schöner Name, er passt zu Ihnen, er klingt dänisch«, murmelte Samir dicht an meinem Ohr.

»Dänisch ist er nicht, meine Großmutter hieß auch so«, flüsterte ich zurück und taxierte Franz' Tänzerin.

»Ihr Englisch ist gut«, schmeichelte Samir, »wo haben Sie es gelernt?«

»Seit meiner Schulzeit habe ich kein Wort Englisch gesprochen, da liegt sicher einiges begraben«, kicherte ich und freute mich über das Kompliment. Was ich in der Sprachschule gelernt hatte, half mir jetzt sehr.

»Ich hoffe, ich darf Ihnen behilflich sein, es wieder ans Tageslicht zu holen«, flüsterte Samir und fragte dann: »Wie gefällt Ihnen Ägypten? Fühlen Sie sich wohl hier?«

»Ich bin begeistert von der Stadt, freue mich aber auch sehr auf unsere Wohnung, sie wird ein Traum sein. Ich komme mir vor wie im Märchen, und ich werde fünf Jahre haben, um dieses wunderbare Land kennenzulernen«, sprudelte es aus mir heraus. Samirs Augen leuchteten.

»Wenn Sie erlauben, werde ich es Ihnen zeigen.« Samir drückte seine Wange an meine.

Angesichts so viel körperlicher Nähe fühlte ich mich hilflos. Ich versuchte, ihn ein bisschen auf Distanz zu bringen, doch er blieb hartnäckig. Das Lokal war ein Touristentreff, und Fotografen lichteten uns ab. Die Fotos des Abends legte ich in eine Schachtel, zu Hunderten von anderen Bildern, sie zeigten zwei eng umschlungene, elegant gekleidete Paare: Franz' Tänzerin und ich mit verführerischem Lächeln, die Männer mit schmachtenden Blicken.

Unseren ersten Bauchtanz erlebten wir in der Auberge des Pyramides, einem großen Zelt in der Nähe der Pyramiden. Das Publikum saß dicht gedrängt auf niedrigen Hockern an Tischen, auf denen ein Dutzend Schälchen mit Leckerbissen standen, und starrte zur Tanzfläche, wo sich eine Tänzerin im Rhythmus der aufreizenden Musik wiegte und wand. Ihr Bauch schien ein Eigenleben zu führen, zitterte, sprang und hüpfte im heißen Wirbel der Trommeln und dem Seufzen der Geigen. Ihre Hüften schaukelten vor und zurück, von links nach rechts, sie wirbelte im Kreis; die Männer gerieten in Ekstase und begannen, rhythmisch in die Hände zu klatschen.

Erregung herrschte im Zelt, erzeugt vom Alkohol und der heißen Musik. Die Luft war zum Schneiden, die Frauen schön und die Männer animiert. Die Ehefrauen der ägyptischen Männer sah man selten bei diesen Events, das schickte sich nicht. Davon abgesehen, hatten die Männer auch gar keine Lust, mit ihren Frauen dort hinzugehen. Sie erschienen mit ihren fast ausnahmslos schönen, jungen, sehr elegant gekleideten und mit Klunkern behängten Geliebten – man ließ sich nicht lumpen. Alles an diesen Frauen, die wir Deutschen anfangs für ihre

Ehefrauen hielten, war sexy: die engen, kurzen Kleider, die tiefen Dekolletés und die langen schwarz bestrumpften Beine. Sie hatten noch nicht ihre schmale Taille verloren wie die meisten arabischen Frauen nach dem ersten oder zweiten Kind. Statt mit uns zu reden, widmeten sie sich voll ihren Partnern und wirkten so arrogant und hochnäsig. Vielleicht waren sie uns deutschen Frauen gegenüber aber nur schüchtern.

Auch Samir und Nadim waren verheiratete Männer, doch sie erschienen stets allein, denn es gab neue Kandidatinnen, die es zu erobern galt: acht junge deutsche Frauen, alle zwischen dreiundzwanzig und dreißig.

Für Samir und Nadim waren wir Frauen eine Attraktion, und bald schon merkten wir, dass die beiden ihre Wahl getroffen hatten. Nadims bewundernder Blick galt einer kleinen, molligen Blondine, der Frau eines Mathematikers, und ich ahnte, dass sie bald seinem Charme erliegen würde. Samir hatte mich auserkoren. Doch er ging taktischer vor als Nadim, war galant, charmant, ständig um mich bemüht. Franz dagegen sah ich mit anderen Frauen tanzen, ihre Körper drückten sich aneinander, ihre Augen waren geschlossen, ihre Gesichter zeigten Erregung.

Samir war uns behilflich, Fuß zu fassen in unserer neuen Heimat, ebnete uns Wege, beschaffte uns Personal und führte uns in vornehme ägyptische Kreise ein; schließlich stellte er uns auch seine Frau und seine beiden Kinder vor. Wir bekamen einen tiefen Einblick in das ägyptische Leben, den krassen Unterschied zwischen Arm und Reich, zwischen Überfluss und dem Kampf ums Überleben.

Ich ließ mich von Samir bewundern und verwöhnen, ging aber nicht weiter. Franz nannte ihn mir gegenüber *meinen treu ergebenen Hund.*

Langeweile und Traurigkeit waren in der neuen Umgebung mit einem Schlag verschwunden. Scheherazade tischte mir jeden Tag ein neues Märchen auf. Solange Franz' Büroräume noch nicht fertiggestellt waren, blieb ihm viel freie Zeit. Wir nutzten sie, um Kairo zu erkunden. Wir flanierten durch die luxuriösen Einkaufsstraßen, Franz kaufte mir Kleider und Schuhe, er war großzügig, denn Geld war jetzt kein Thema mehr.

Samir wurde unser ständiger Begleiter, wir verbrachten selten einen Abend ohne ihn. Er lud uns zum Essen ein, führte uns durch die verwinkelten Gassen des Chan-el-Chalili-Basars und brachte uns die ersten Brocken Arabisch bei. Die Sprache klang guttural und herb, ich war fasziniert.

Den Kindern wollten wir einen Museumsbesuch nicht zumuten und Franz bot mir an, mit Christine und Michael im Hotel zu bleiben, also zog ich alleine los.

Wann war ich das letzte Mal ohne ein Kind im Kinderwagen durch die Stadt geschlendert? Eine Ewigkeit schien seither vergangen zu sein. Im Museum staunte ich über das, was Menschenhände vor vielen Tausend Jahren zustande gebracht hatten, unter heute unvorstellbaren Bedingungen. Ich ließ mir Zeit, verweilte stundenlang in den Säulenhallen vor den Sarkophagen der ägyptischen Pharaonen und bewunderte die Pracht der Grabbeigaben. Ein Tag reichte bei Weitem nicht aus, um alles in sich aufzunehmen.

Bei meiner Rückkehr erwartete Franz mich schon. »Kaum hast du die Tür hinter dir zugemacht, da fing Christine an zu plärren: ›Mama kommt gleich wieder!‹ Wie eine Schallplatte, wenn die Nadel in der immer gleichen Rille läuft.«

Franz und seine Kollegen hatten längst Kontakt zu den jungen ägyptischen Ingenieuren aufgenommen, die in Zukunft mit ihnen arbeiten sollten; Hochschulabsolventen der Universität Kairo, die es kaum erwarten konnten, endlich ihr Fachwissen unter Beweis zu stellen.

Sechs wunderschöne Wochen verbrachten wir im Hotel, genug Zeit, um mit Muße die orientalische Stadt zu erkunden, die uns trotz der allgegenwärtigen Armut verzauberte. Den Blick auf die erwachende Stadt werde ich sicher nie vergessen, auf die Zitadelle mit der gigantischen Muhammad-Ali-Moschee, ihren mehrstöckigen Kuppeln und Doppelminaretten, und auf die tausend anderen schlanken Minarette im Licht der aufgehenden Sonne. Franz und ich lehnten an einer Balustrade, sahen auf die Stadt im Morgendunst und hörten die Rufe der Muezzine.

Dann war es endlich so weit: Unsere Wohnung war fertiggestellt. Das Neubaugebiet lag in der Wüste. Die neun schmucken weiß getünchten Häuser waren umgeben von einem Park mit einem Pavillon, die Zufahrtsstraße war frisch asphaltiert.

Freudig nahm ich unsere Wohnung im ersten Stock in Besitz. Sie war voll möbliert und riesengroß im Vergleich zu unserem Münchner Zuhause. Stolz betrachteten wir unser Entree, den Empfangsraum für Gäste, in dem Sessel um kleine Tischchen gruppiert waren; durch ein Panoramafenster, vor dem ein kunstvoll geschmiedetes Eisengitter angebracht worden war, fiel der Blick auf den Park. Hinter dem Empfangsraum lag ein eleganter Salon mit Sofas, Sesseln und Bergen von Kissen, die Böden bedeckten Berberteppiche. Mondän war das Esszimmer mit Geschirrschränken, Tisch und Stühlen; der Holztisch mit der riesigen Glasplatte bot Platz für zehn Personen. Neben dem Wohntrakt lagen drei Schlafzimmer.

Wir brannten darauf, die Räume zum Leben zu erwecken!

Das alles erschien mir wie ein Traum, ich befand mich nun auf der Sonnenseite des Lebens, vergessen waren Schmerz und Finsternis.

Leila, unser neunzehnjähriges Kindermädchen, kam aus Assuan in Oberägypten. Die ersten zwei Monate redeten wir kein Wort miteinander, nicht nur weil sie sehr schüchtern war, sondern auch weil wir nicht wussten, wie wir uns verständigen sollten. Nachdem ich etwas mehr Arabisch gelernt hatte, ging es besser. Ibrahim, unser Diener, half mir dabei, er sprach mir die fremden Wörter vor, damit ich mir ihren Klang einprägen konnte. Arabisch hatte so gar keine Ähnlichkeit mit irgendeiner Sprache, die ich kannte. Häufig nahm ich ein Wörterbuch zur Hand, suchte ein Wort heraus und versuchte, es an den Mann zu bringen, was bei Ibrahim oft Gelächter hervorrief, denn meistens lag ich völlig falsch mit der Aussprache.

Um sieben Uhr begann der Arbeitstag für Franz und seine Gruppe. Sie arbeiteten bis zwei Uhr nachmittags, denn später wurde es zu heiß und die Leistung ließ nach. Um zwei Uhr hatten Ibrahim und ich das Essen vorbereitet: viel Reis, auf ägyptische Art gekocht mit Nüssen und Rosinen, Gemüse und scharf gewürztes Fleisch. Wir hielten uns aber nicht lange mit dem Essen auf, uns lockte der von den Engländern gegründete Sporting Club in Heliopolis, der einzige Ort, wo man sich den ganzen Tag aufhalten konnte, ohne zu schwitzen. Von Bougainvilleabüschen beschattete Wege führten zu den Sportanlagen und den Kinderspielplätzen mit Sandkästen und Klettergerüsten unter großen, ausladenden Bäumen. Auch Schwimmbecken gab es im Sporting Club in Hülle und Fülle – für die ganz Kleinen ein Planschbecken direkt unter einem schäumenden Wasserfall. Dort verbrachten Michael und Christine Stunden, immer inmitten einer Schar anderer Kinder. Sie wurden richtige Wasserratten.

Im Klub fühlte Franz sich in seinem Element. Das dunkelblau gekachelte fünfzig Meter lange Schwimmbecken zog ihn in seinen Bann. Er schwamm Tausende von Metern, verlor zusehends Gewicht und bekam die Figur eines Schwimmers: eine schmale Taille und eine breite Brust.

Abgekühlt vom Schwimmen, döste ich im Liegestuhl unter einer Palme. Durch die ausgefransten fächerförmigen Blätter fielen Sonnenstrahlen auf meine braune Haut. Ich fuhr die sich ständig verändernden Muster träge mit den Fingern nach. Meine Hände und mein Körper waren gepflegt, meine Figur glich fast der, die ich vor den beiden Schwangerschaften hatte, nur die Schwangerschaftsstreifen erinnerten daran, dass mein Bauch einmal eine riesige Kugel gewesen war.

Stahlblau wölbte sich der Himmel, ich verlor mich in Fantasien, stellte mir vor, wie Re, der mächtige Sonnengott, über die Erde herrschte. Nach der ägyptischen Schöpfungsvorstellung hatte es am Anfang nur den Ozean gegeben, und Re war aus dem Meer geboren worden. Re gebar vier Kinder, zwei Söhne und zwei Töchter, die Götter Schu und Geb und die Göttinnen Tefnut und Nut. Shu – Luft und Leere – und Tefnut – Feuchtigkeit – bildeten die Atmosphäre, ihr Sitz war Geb – die Erde – und sie zogen Nut – den späteren Himmel – auf. Da verwirrten sich meine Gedanken und ich schlummerte ein.

Im Halbschlaf nahm ich schlurfende Schritte wahr. Ohne den Kopf zu heben, wusste ich, dass es Hassan war, der alte Kellner. Seine Schuhe hatten keine Schnürsenkel und waren zwei Nummern zu groß; hätte er die Füße gehoben, wären ihm die Schuhe heruntergefallen.

Er stellte zwei Drinks auf den Tisch neben mir, einen für mich, den anderen für Rebecca. Seit zwei Wochen waren Rebecca und ich Freundinnen, sie war mit ihrem Mann Jochen etwas später in Kairo eingetroffen, und wir hatten verblüffend viel gemeinsam, zum Beispiel waren nicht nur wir, sondern auch unsere Kinder gleich alt. Auch unsere Männer waren unzertrennlich geworden – sowohl im Beruf als auch beim Sport, gerade schwammen und tauchten sie um die Wette.

»Sag mal, Klara«, hörte ich Rebeccas Stimme vom benachbarten Liegestuhl, »hast du nicht Lust, irgendetwas zu tun?«

»Ich glaube, wir sollten noch ein bisschen warten mit dem Tennisspielen, es ist noch viel zu heiß.«

»Ich habe nicht ans Tennisspielen gedacht«, meinte Rebecca. »Seit einer Woche überlege ich, ob wir nicht etwas Sinnvolles machen können, so viel Zeit, wie wir haben.«

»Was verstehst du unter sinnvoll?«, fragte ich.

»Ich hätte zum Beispiel so gerne das Abitur«, seufzte sie. »Mir fehlt nur ein Jahr, und hier wäre alles viel einfacher.«

Rebeccas Vorschlag überraschte mich.

»Wie bist du denn auf die Idee gekommen?«

»Weil ich mich in den letzten vier Jahren verdammt oft gelangweilt habe«, murmelte Rebecca und ergänzte lauter: »Immer warten, warten, nie ein Gespräch, ständig die plärrenden Kinder, und das mit dreiundzwanzig Jahren.«

»Deine Gedanken sind ja aufrührerisch«, scherzte ich, obwohl ich genau wusste, wovon sie sprach. »Und hast du dir auch schon überlegt, wie wir das bewerkstelligen könnten mit unserer Kinderschar?« Leiser Spott schwang in meiner Stimme.

»Nichts leichter als das«, triumphierte Rebecca, sie hatte an alles gedacht. »Wir haben doch Kindermädchen für die Kleinen, und die Größeren holt um acht Uhr der Bus ab, um sie zur Vorschule zu bringen. Zurück kommen sie erst um zwei, genau wie unsere Männer. Und dann sind wir längst wieder da.«

»Das klingt alles so einfach und verführerisch«, sagte ich überrumpelt. »Ich hätte eigentlich auch große Lust dazu, doch wie sag ich's meinem Manne? Für Franz wäre das eine Provokation.«

»Weißt du was, wir fahren doch am Freitag ans Rote Meer, da sagen wir es Franz und Jochen zusammen.«

»Aber zuerst müssen wir noch abklären, ob die uns an der Deutschen Schule auch nehmen.« Ich wollte keinen Sturm im Wasserglas provozieren.

»Ich erledige das, morgen fahre ich mit den Kindern in die Stadt und erkundige mich.« Rebecca war wild entschlossen.

Ihr Vorschlag versetzte mich in Aufregung und verschaffte mir eine schlaflose Nacht. Auch ich hatte elf Schuljahre hinter mir, aber würde ich es schaffen, den Anschluss zu finden? Mathe war mein Schwachpunkt gewesen, doch Fremdsprachen lagen mir. Zumal ich Englisch gerade häufig sprach, zum Beispiel wenn wir uns mit Samir oder den ägyptischen Kollegen trafen. Die Vorstellung, etwas für mich zu tun, nahm immer festere Formen an.

Rebecca kam am nächsten Tag mit guten Nachrichten zurück. Sie hatte einfach unsere Zeugnisse vorgelegt, und mit einem Stempeldruck waren wir in die Abiturklasse aufgenommen worden.

Der Freitag, der islamische Sonntag, war unser freier Tag. Wir verbrachten ihn immer am Roten Meer, in Ain Suchna, der heißen Quelle.

Das schwarze Asphaltband der Landstraße zog sich schnurgerade durch die steinige graugelbe Wüste. Bis Sues änderte sich die Landschaft kaum, doch dann tauchten inmitten von Sand und Felsen rote zerklüftete Berge auf. Am Ufer des tiefblau schimmernden Ozeans bauten wir unser großes Familienzelt auf, denn Schatten gab es hier nirgends. Jochen und Franz zogen Shorts und T-Shirts an, schnappten sich ihre Flossen, Brille und Schnorchel und waren verschwunden. Das Rote Meer war verführerisch warm, man vergaß leicht, wie schnell die Sonne die Haut verbrannte. Deswegen zogen wir auch im Wasser unsere Hemden nicht aus. Wenn Jochen und Franz auf Jagd waren, vergaßen sie die Zeit. Jochen schoss mit der Kamera, Franz mit der Harpune.

Stolz und begeistert kamen unsere Männer nach einer Ewigkeit zurück. »Ihr müsst unbedingt mal weiter rausschwimmen!«, schwärmten sie. »An der Riffkante geht es mehrere

Hundert Meter in die Tiefe, da patrouillieren riesige Haie auf und ab – ein fantastischer Anblick.«

»Dann nehmen wir nächste Woche Leila mit, damit sie auf die Kinder aufpasst«, antwortete ich und schielte hinüber zu Rebecca.

Franz und Jochen setzten sich zu uns ins Zelt und wir aßen die mitgebrachten Vorräte.

»Mir ist es fast zu kalt hier drin«, meinte Franz und zog die Schultern hoch.

»Ja, drei Stunden im Wasser kühlen unheimlich aus«, antwortete Jochen. »Und Durst machen sie auch.« Er trank seine Flasche Bier in einem Zug aus.

Dann legten sich die Männer auf den Rücken und schlossen die Augen.

Rebecca und ich waren gut vorbereitet auf unseren großen Auftritt.

»Franz und Jochen, wir möchten euch was sagen«, fing Rebecca an und verhedderte sich fast vor Aufregung. »Klara und ich wollen nächste Woche zum Unterricht in die Deutsche Schule gehen.«

»Das kann doch nicht euer Ernst sein«, riefen beide Männer fast unisono und richteten sich auf.

»Schlagt euch das mal aus dem Kopf!«, sagte Franz.

Jochen lachte höhnisch. »Habt ihr den Verstand verloren?«

Rebecca grinste. »Wir waren noch nie so klar im Kopf wie jetzt.«

Ich nickte entschlossen, und auf Franz' Frage, wie wir das organisieren wollten, antwortete ich: »Das ist ganz einfach«, und dann berichtete ich, was wir schon alles unternommen hatten.

»Das kommt gar nicht infrage«, zischte Franz und damit war die Angelegenheit für ihn erledigt. Aber nicht für mich, und diesmal blieb ich hartnäckig, auch da ich mir der Unterstützung Rebeccas sicher war.

Und so kam es, dass Rebecca und ich, Mütter von insgesamt vier Kindern, noch einmal die Schulbank drückten.

Es war November, das Schuljahr wäre schon im Juni vorüber, und was waren schon neun Monate? Ein Klacks. Die Zeit würde nur so verfliegen. Aber wie es so oft im Leben geht: Es kam anders als gedacht.

An Heiligabend teilte mir Franz mit, dass Anfang Januar seine Eltern kommen würden.

Ich sprang auf wie elektrisiert und fragte: »Warum sagst du mir das jetzt erst, warum fragst du mich nicht?« Ich war fassungslos. »Wie lange wollen sie bleiben?«

»Meine Mutter rief heute im Office an und teilte mir die Reisedaten mit. Ein paar Wochen.«

Ich war am Boden zerstört.

Hilde

Geliebt und doch allein 1929 bis 1933

Wie ein Wolkenmeer ziehen meine Erinnerungen langsam an mir vorüber. Und manchmal glaube ich, dass sie nur den Zweck haben, mir das Herz zu brechen. Trotzdem sind sie das Einzige, was mich am Leben hält.

Wenn ich in der Nacht schlaflos in meinem Bett liege, sehe ich den schlafenden Robert, betrachte den sanften, friedlichen Ausdruck seines Gesichts. Ich verlasse das Haus nur, um auf den Friedhof zu gehen. Dort stehe ich stundenlang vor dem Grab und spreche mit Robert. Irgendwann entzündet sich in mir eine Flamme, und ich spüre: Ich will weiterleben.

Ich gehe im Laden zwischen den Reihen mit Anzügen hindurch und streiche über den einen oder anderen, ich rieche die Wolle der Mäntel. Wenn am Tag fünf Männer kommen, ist es mittlerweile ein guter Tag.

Wolfgang kommt häufig aus dem Büro, um mit mir zu reden, er erzählt, was da draußen so vor sich geht, dass es Glatteis gibt auf dem Trottoir oder dass er gerade Sand auf das Eis geschüttet hat. Heute erzählt er vom Schwarzmarkt und dem Fleisch, das er dort bekommen hat. Er sagt: »In einer halben Stunde machen wir zu, ich gehe jetzt hoch in die Küche und koche. Kommst du?«

Diesmal schüttle ich nicht den Kopf, ich habe Hunger, nicht nur auf Fleisch; ich spüre meine Einsamkeit, ich brauche Nähe, einen Menschen, der mich kennt und versteht. Ich lächle Wolfgang an, blicke in sein strahlendes Gesicht, und er tut mir leid. Was bin ich doch für ein egoistischer Mensch, kann ich nicht mehr lieben?

Der alte Herr Engelhorn wartet schon am Tisch, er schaut mich erstaunt an und fragt: »Kenne ich Sie, Fräulein?«

Ich weiß, dass er dement ist, und nenne ihm meinen Namen.

»Ja, ich erinnere mich, Sie sind eine gute Kundin von uns.«

Wolfgang stellt den Topf auf den Tisch, schaut mich verlegen an und flüstert: »Der Papa hat sich sehr verändert.«

Ich antworte nicht, Fleischgeruch steigt mir in die Nase und in meinem Mund sammelt sich Speichel, gierig schlucke ich den ersten Löffel Suppe hinunter.

Ich bin wieder im Leben, lasse die Trauer langsam hinter mir. Wolfgang schlägt mir vor, in ihre Wohnung zu ziehen. Er schaut mich bittend an, und ich bin überrascht über mich, als ich »Ja« sage. In die Wohnung würde eine fünfköpfige Familie hineinpassen, drei Zimmer stehen noch leer; ich darf das Zimmer mit den meisten Fenstern und Blick auf die Planken nehmen.

Wir werden also eine kleine Familie, in der jeder für sich lebt. Was der alte Herr Engelhorn den ganzen Tag macht, ist mir nicht bekannt. Wenn wir den Laden aufmachen, winkt er uns fröhlich zu, geht durch die Tür und verschwindet für viele Stunden.

»Weißt du, wie dein Vater den Tag verbringt?«, frage ich Wolfgang. Der nickt und lächelt. »Er geht auf den Friedhof zum Grab meiner Mutter, dort gibt es eine Bank, auf der er stundenlang sitzt und mit seiner Frau spricht. Dem wird es nicht langweilig, die beiden haben viel zu besprechen.«

Wolfgang sagt das, als wäre es das Natürlichste, was ein alter Mensch machen kann.

»Hast du nicht Angst, dass er sich verirrt? Der Friedhof ist doch mindestens zwei Kilometer entfernt.«

»Überhaupt nicht. Meinem Vater geht es wie einem Hund, er schnuppert, er kennt jede Ecke und jeden Baum. Er hat sich noch nie verirrt.«

Zwei Monate leben wir nun schon zusammen. Inzwischen ist es Frühjahr, die dickstämmigen Kastanien vor dem Haus sind mit großen weißen Kerzen geschmückt, die süß duften. Wolfgang und ich sind an diesem Abend zu Hause. Die untergehende Sonne beleuchtet sein Gesicht, sein Blick ist warmherzig, er legt den Kopf auf die Arme und schaut mich von unten an. Die halb geschlossenen Augen scheinen zu lächeln, ich sehe die Krähenfüßchen und die langen schwarzen Wimpern. Meine Augen wandern zu seinem Mund. Ich strecke den Arm aus, lege eine Hand auf seinen Kopf, und ein fiebriges Gefühl steigt in mir hoch.

Wolfgang steht auf, tritt hinter mich, umschlingt mich sanft, küsst meinen Nacken. Ich wünsche mir mehr Nähe, will umarmt werden, will ihn fühlen.

Er nimmt mich an der Hand und wir stolpern durch das dunkle Wohnzimmer, ich folge ihm ins Bett. Dort lassen wir uns fallen, zwei glühende Körper, die sich nach Liebe sehnen und nach Zuversicht. Doch ist unsere Gier, die Lust, die mich umhüllt wie eine Dunstglocke, auch Liebe?

Am nächsten Morgen liegen wir eng beieinander in Wolfgangs Bett. »Willst du mitfahren zu meinem Bruder?«

»Zum Säckeabholen? Muss ich da mit?«

»Es wäre nicht schlecht, wenn du meine restliche Familie kennenlernen würdest.«

Ich sage nichts mehr, sondern ziehe mich schnell an. Wolfgangs Bruder hat ein großes Gestüt auf dem Land. Früher kamen die Menschen scharenweise, doch im Augenblick denkt keiner mehr ans Reiten. Bei seinem Bruder kann Wolfgang Korn, Kartoffeln und im Sommer Früchte abholen. Auch Milch gibt es da, denn statt Pferden stehen jetzt Kühe im Stall.

Wolfgang zieht Arbeitskleidung an. Die einfache, angedreckte Hose und der Kittel stehen ihm gut. Am frühen Mittag kommen wir an. Das prächtige Wohnhaus wirkt verfallen. Daneben rascheln Buchen im Wind. Die große Weide, unter der die Kühe grasen, finde ich romantisch. Ich war noch nie auf dem Land bei einem Bauern und hätte nicht gedacht, einmal mit Rindern und Schweinen zu tun zu haben.

Die Brüder sehen sich ähnlich, Fritz ist ein bisschen älter als Wolfgang und seine Frau Ingrid ist älter als ich.

»Ich freue mich, Sie endlich kennenzulernen, der Wolfgang ist schon ein Schlingel«, begrüßt mich Fritz und drückt mir einen Kuss auf die Wange. Auf dem Land scheint das üblich zu sein.

»Jetzt gehen wir erst mal frühstücken, nachher beladen wir das Auto.«

Auf dem Tisch fehlt nichts – es gibt Wurst, Butter, Marmelade und echten Kaffee. Ingrid erkennt meine Schüchternheit, sie schaufelt meinen Teller voll und ermuntert mich: »Jetzt greif doch zu, Hilde, lass es dir schmecken.«

Ingrid räumt den Tisch ab und macht Kaffee. Während die Brüder politisieren, erzählt mir Ingrid von ihren Kindern, Theo und Liesel, und von der Landschule, von der sie die beiden gleich mit dem Pferdewagen abholen will. »Magst du nicht mitfahren? Das ist eine schöne Strecke, erst durch die Wiesen, dann durch den Wald.«

Ich schüttle den Kopf, denn ich will unbedingt dem Gespräch der Männer zuhören.

Sie reden über die Regierung Brüning, der die äußerst unpopulären Sparmaßnahmen zu verdanken sind. Dann haut Fritz auf den Tisch. »Es ist nicht zu fassen, wie viele Stimmen die NSDAP bei den letzten Wahlen bekommen hat.« Wolfgang ist genauso entrüstet wie sein Bruder. »Die Mandate der NSDAP haben sich im Vergleich zum vorigen Reichstag um fast neunhundert Prozent gesteigert – von zwölf auf hundertsieben Mandate. Wenn das mal gut geht!«

»Willst du ein Glas Wein, Bruder?«

Wolfgang schüttelt den Kopf. »Ich muss Auto fahren.«

Nach einiger Zeit kommen die Kinder nach Hause, sie wollen mir die neugeborenen Tiere zeigen. Ich setze mich zu den beiden auf die Wiese, am liebsten würde ich mich neben die Kälber und Ferkel legen und sie beobachten. Zwei Kühe haben geworfen und drei Schweine haben zusammen sechsundzwanzig Junge bekommen. Ich schaue den Kleinen zu, dann lasse ich den Blick zum Hang schweifen, wo Schafe grasen. Für mich ist das hier der Himmel auf Erden.

»Willst du was Neues sehen?« Ingrid nimmt mich an der Hand und zieht mich ums Haus herum. Und da bin ich erst mal sprachlos, denn ich stehe vor einem riesigen Loch.

»Hier wird ein Teich entstehen für eine Forellenzucht.« Ingrid zeigt den Hügel hoch. »Wir werden den Bach dort oben umlenken und das Wasser zu uns runterlaufen lassen.«

Ich bin neidisch, diese Leute müssen glücklich sein; sie verschenken gern, sind gastfreundlich und bemühen sich, einigen Menschen aus dem Elend zu helfen. Die Brüder holen jetzt auf Rollkarren dicke Säcke aus den Schobern, sie sind gefüllt mit Kartoffeln, Maiskolben und Getreide. Insgesamt acht passen in unser Auto hinein, beim Fahren achten wir darauf, dass sie uns nicht ins Kreuz fallen.

Zu Hause stapeln wir die Säcke in der Küche, jeden Tag kochen wir davon riesige Kessel, stellen uns vor die Haustür und warten auf Kundschaft. Wir brauchen nicht lange zu warten, täglich wird die Schlange länger.

Klara

Ramadan 1965

Endlich waren meine Schwiegereltern wieder weg und das ständige Besserwissen meiner Schwiegermutter war überstanden. Franz hatte ihnen die Pyramiden gezeigt und den Suq, wo sie sich Berge von Teppichen gekauft hatten. Ich war zu Hause geblieben, weil ich mich ständig übergeben musste – ich erwartete wieder ein Kind.

Wenn wir aufstanden, war es noch dunkel. Franz liebte es, ausgiebig zu duschen. Während das kalte Wasser über seinen Körper lief, zählte er bis hundert – dann hatte er die Müdigkeit der Nacht vertrieben.

Da Ramadan war, fasteten die Muslime von Sonnenaufgang bis Sonnenuntergang. Tagsüber waren die Menschen wie gelähmt, doch kaum verschwand der letzte Sonnenstrahl hinterm Horizont, erwachte Kairo zu hektischem Leben; es wurde gegessen und getrunken, die Nacht wurde zu einem Volksfest. Wir passten uns diesem Tagesablauf an.

Franz meinte: »Mit meinen ägyptischen Mitarbeitern kann ich gerade ohnehin nicht viel anfangen, sie sind völlig erledigt von der nächtlichen Völlerei.«

Im Klub bogen sich am Abend die Tische unter Köstlichkeiten vom Roten Meer: Garnelen, Barrakudas, Muränen und Tintenfische. Die Ägypter liebten zudem die üppigen Nachspeisen: Gebäck, gefüllt mit honigsüßen Nüssen, Marzipan und kandierten Früchten. Für meinen Geschmack war das alles viel zu süß.

Samir war Gold wert. Jeden Abend bei Sonnenuntergang gesellte er sich zu uns – er fand uns immer – und seine erste Frage lautete stets: »Was machen wir heute Abend, gehen wir in ein Hotel oder wollt ihr etwas typisch Ägyptisches kennenlernen?«

Typisch ägyptisch waren kleine Imbissstuben, wo wir auf runden Lederpuffs vor niedrigen Tischen saßen, auf denen ein Dutzend Schälchen standen, gefüllt mit klein geschnittener Leber, Lamm, Huhn, Gemüse in aromatischer Soße und Reis mit Rosinen, die durch Rosenwasser verfeinert waren.

Samir flog bei der ägyptischen Luftwaffe einen MiG-Jäger und er besaß ein Privatflugzeug. »Habt ihr Lust, am Wochenende mit mir das Nildelta entlangzufliegen bis Alexandria?«, fragte er. »Dort landen wir und ich zeige euch eines der schönsten Lokale am Mittelmeer. Meine Frau stammt aus Alexandria, aus einer alten Kaufmannsfamilie«, erzählte er weiter. »Wir haben ein Sommerhaus am Meer und verbringen dort die heißen Monate, wenn es in Kairo nicht mehr auszuhalten ist. Wenn ihr wollt, könnt ihr das Haus jederzeit nutzen.«

Wir stimmten zu und Samir führte uns an jenem Wochenende in verschiedene Lokale. Er kannte sich aus und überall wurde er respektvoll begrüßt. Mir ging es mittlerweile trotz meiner Schwangerschaft etwas besser – das träge orientalische Leben, das Sich-gehen-Lassen, das Zerfließen unter der Sonne taten mir gut. Genauso wie Samirs heitere Gegenwart, seine ständig werbenden verführerischen Augen und sein entwaffnendes Lächeln. Ich war leicht zu verzaubern.

Franz hingegen verspürte offenbar nichts von diesem Zauber, er holte mich in die Realität zurück, als er sagte: »So schön es hier auch ist, wir müssen morgen früh um halb sieben aufstehen.«

Lange nach Mitternacht betraten wir leise unsere Wohnung. Ein schwacher Lichtschimmer drang aus dem Kinderzimmer. Franz und ich gingen hinein, um die Kinder zu küssen, und blieben überrascht stehen. Mitten auf dem Boden schlief Ibrahim. Seine Galabija hatte er eng um sich gewickelt, nur seine schwieligen Fußsohlen sahen hervor, sein Kopf ruhte auf den angewinkelten Armen.

Franz und ich legten uns müde in unser großes neues Bett. Ich nahm kaum noch wahr, wie er mich küsste, denn schon versank ich in einen tiefen Schlaf.

Sobald ich hörte, wie Franz im Bad leise vor sich hin zählte, stand ich auf. Mein Magen revoltierte und es drehte sich alles. Franz' Körper fühlte sich frisch und kühl an nach der kalten Dusche, ich drückte mich, noch schlafwarm, an ihn, genoss den Duft seines Rasierwassers.

Dann musste alles schnell gehen. In der Küche hörte ich schon Ibrahim mit dem Geschirr hantieren, ich lief ins Kinderzimmer, um die Kinder zu wecken. Zum Frühstück gab es Aish Baladi, Fladenbrot, und dazu stark gesüßten arabischen Kaffee. Die Kinder löffelten ihre Cornflakes.

Der Morgen war kühl und der Himmel klar, dann stieg die Sonne wie eine feurige Kugel aus der Wüste empor, nie zeigte sich eine Wolke.

Um sieben Uhr verabschiedete sich Franz: »Bis heute Nachmittag im Klub.«

Sein Office lag nur drei Häuser weiter, und so langsam spielte sich sein Team ein. Michael und ich wurden um halb acht vom Schulbus abgeholt, Rebecca wartete mit ihrer Tochter Anne schon auf der Straße. Während unsere Kinder zusammen die Vorschule besuchten, gingen wir in die Abiturklasse. Unsere Kleinen wurden unterdessen von den Kindermädchen umsorgt. Die Fahrt von Heliopolis nach Zamalek zur Deutschen Schule dauerte eine Dreiviertelstunde. Und wie immer war der Verkehr chaotisch. Auf der dreispurigen Schnellstraße fuhren die Autos Kolonne. Ruckweise näherten wir uns also der Metropole. Plötzlich standen wir eingekeilt auf einem Platz, auf den von vier Seiten Straßen einmündeten. Im Zentrum fuchtelte ein Polizist mit den Armen. Alle Autos schienen direkt auf ihn zuzufahren. Der Verkehr kam zum Erliegen, denn an einigen hochrädrigen, von Eseln gezogenen Karren kam keiner vorbei. Die Esel bockten und rührten sich nicht von der Stelle. Die wütenden Besitzer schlugen mit Stöcken auf die ausgemergelten Tiere ein. Als das nichts half, stürzte sich der Polizist auf sie und versetzte den Männern kräftige Ohrfeigen. Letztlich blieben die Esel Sieger, denn sie setzten ihren Weg fort, wann es ihnen beliebte – und das dauerte.

Mittlerweile brannte die Januarsonne schon unbarmherzig aufs Busdach, Lärm drang durch die halb geöffneten Fenster und es roch nach Abgasen, Tierkot und Urin, menschlichem Schweiß und nach süßen, fauligen Früchten. Ich würgte und schon landete mein Frühstück in einer Plastiktüte.

Rebecca sah mich mitfühlend an. »Meinst du, du hältst das mit der Schule durch? Du siehst jetzt schon ganz erledigt aus.«

»Bei den anderen Schwangerschaften war es nach drei Monaten vorbei. Ich hoffe, ich hab's in einem Monat überstanden«, keuchte ich über der Tüte.

Es war seltsam, wieder die Schulbank zu drücken. Von den Mitschülern trennten mich nur fünf Jahre, doch mir kam es vor, als läge eine Generation zwischen uns: Sie waren alle noch Kinder, frei und unbelastet, ich dagegen fühlte mich reif und abgeklärt. Die Eltern der deutschen Schüler waren Botschaftsangestellte, Lehrer, Techniker und andere Experten; einige Väter arbeiteten auch im Handel. Lediglich zwei Mädchen und ein Junge stammten aus wohlhabenden ägyptischen Familien. Die Kinder aus diesen gebildeten Kreisen waren nahezu alle mehrsprachig; schon die ganz Kleinen konnten Englisch oder Französisch, wurden sie doch von einer Gouvernante aus dem Ausland erzogen, und seit einigen Jahren war Deutsch in Mode gekommen. Rebecca und ich waren schnell integriert, man hatte uns neugierig gemustert und uns zugelächelt, und schon nach wenigen Tagen verspeisten wir in der Pause mit den anderen unsere Vesperbrote.

Auch heute gingen wir mit unseren Mitschülern auf den Schulhof.

»Jeden Tag freue ich mich, dass wir dabei sind«, sagte Rebecca.

»Ich hätte nie gedacht, dass mir Schule und Lernen noch einmal Spaß machen würden«, meinte ich und fühlte mich trotz der Morgenübelkeit wohl in meiner Haut.

Müßig sahen wir dem Treiben unserer Mitschüler zu, die in Gruppen zusammenstanden, sich unterhielten oder Ball spielten.

»Geht ihr heute Nachmittag auch gleich in den Klub?«, fragte ich und nahm den letzten Schluck Cola.

Rebecca nickte. »Ich glaube schon, ich habe nämlich wenig Lust auf ein warmes Essen, ich lechze ausschließlich nach dem Schwimmbad.«

»Vergiss nicht, dein Mathe- und Physikbuch mitzubringen – ich muss lernen, ich habe da gewaltige Lücken«, erinnerte ich Rebecca.

Auf dem weichen Gras im Klub standen gut zwanzig Männer Kopf. Unbeweglich streckten sie ihre Beine zum Himmel, die Köpfe schienen mühelos auf ihren verschränkten Armen zu ruhen. Nur manchmal schwankten sie hin und her.

Wir versuchten, das nachzumachen, kamen aber nicht weit. »Du siehst aus wie ein Halm im Wind«, kicherte Rebecca und stieß mich an.

Mit einigen aus der Yogagruppe hatten wir uns angefreundet, es waren Ärzte, Juristen und Beamte, die für die ägyptische Regierung arbeiteten. Einer von ihnen, David, schlenderte jetzt langsam zum Pool. Rebecca und ich beobachteten, wie er sich zu Franz und Jochen hinunterbeugte, ihnen freundschaftlich auf die Schultern schlug und sich zu ihnen auf den Beckenrand setzte. Die drei Männer unterhielten sich lebhaft und lachten. Dann standen Franz und Jochen auf und zogen sich ihre kreisrunden Schwimmbrillen über die Augen. Die beiden konnten zwei bis drei Minuten unter Wasser bleiben, ohne Luft zu holen. Nach einer Minute Atemvorbereitung sprang Franz ins Wasser und schoss los, Jochen folgte ihm keine dreißig Sekunden später. Endlos schien es zu dauern, bis ich Franz' Kopf am anderen Ende des Beckens, im flachen Teil, wo die Kinder spielten, wieder auftauchen sah. Jochen kam viel zu früh wieder an die Wasseroberfläche, er hatte die fünfzig Meter nicht geschafft. Unermüdlich trainierten unsere Männer, sie wollten fit sein für ihre Tauchgänge im Roten Meer, täglich wurde die Distanz länger.

Das Elefantengras, auf das Rebecca und ich uns gelegt hatten, war weich wie ein Polsterkissen und federte, wenn wir uns bewegten. Kindergeschrei und Lachen drangen vom Planschbecken zu uns herüber. Christines kleiner Körper steckte in einem Schwimmreifen, der den Kopf einer Ente hatte. Sie ließ sich genießerisch im zwanzig Zentimeter tiefen Wasser treiben und hielt sich fern von den kreischenden Jungen, die durch das Becken tobten und sich gegenseitig bespritzten.

»Glaubst du, du hältst bis zu den Prüfungen im Juni durch?«, fragte Rebecca.

Ich zögerte. »Einfach wird das sicher nicht. Die Hitze und der Gestank im Bus sind mir jetzt schon zu viel, wie wird das erst im Juni sein!«

Rebecca seufzte. »Apropos übel, ich befürchte, ich bin auch schwanger, meine Regel ist seit drei Wochen überfällig.«

Unwillkürlich musste ich lachen. »Hier liegen wir zwei kleinen Streber also, büffeln Vokabeln und erwarten Kinder. Was sagt denn Jochen dazu?«

»Was soll er schon sagen, er freut sich.«

»Und du?«

»Mir geht's genau wie dir – das ist wirklich der blödeste Moment, um schwanger zu werden.«

Inzwischen spielten Jochen und Franz mit ihren Kindern. Sie standen im brusttiefen Wasser, und die beiden Vierjährigen stürzten sich mit Gebrüll in die Arme ihrer Väter. Bei jedem Sprung wichen Franz und Jochen einen Schritt zurück und ließen die Kinder so das letzte Stück zur rettenden Hand paddeln.

Später legte Franz sich zu mir auf die Decke und fuhr mit seiner kühlen Hand über meinen heißen Rücken. »Hast du dein Mathebuch dabei, ich könnte dir ein bisschen helfen«, schlug er vor. »Übrigens, David hat uns zu einer Party heute Abend eingeladen. Ein paar Freunde aus dem Libanon sind bei ihm zu Besuch. Hast du gewusst, dass er in Beirut geboren wurde? Seine Mutter ist Engländerin und sein Vater Ägypter.«

»Klingt ganz interessant«, antwortete ich. »Wenn diese Partys nur nicht immer so spät anfangen würden, ich kriege einfach zu wenig Schlaf.«

»Ach, du Arme«, meinte Franz ironisch. »Wir können natürlich auch zu Hause bleiben.«

Hilde

Überlebenskampf 1933

Es ist Sonntag, außer zwei Katzen, die in der Sonne vor der Haustür liegen, rührt sich nichts. Ich schlendere durch die stillen Straßen, vorbei an der Ecke, wo früher mal ein Metzgerladen war, jetzt hängen metallene Gitter davor. Den Bäcker gibt es noch, genauso wie den alten Brunnen mit dem nackten Knaben und das Stuckhaus gegenüber mit der verrosteten Blechbadewanne im Hinterhof.

Meine Jugend scheint rasend schnell vergangen zu sein, und dennoch habe ich nichts vergessen.

Frau Bonheim sieht in mir die verwitwete Schwiegertochter. Fast zehn Jahre kennen wir uns inzwischen und ich liebe sie wie meine Mutter. Nach Roberts Tod hat sie mich gebeten, *Mutter* zu ihr zu sagen. Sie hat fünf Kinder geboren und fühlt sich trotzdem einsam. Vincent und Jonathan haben inzwischen das Haus verlassen, Vincent hat sich für den Beruf seines Vaters entschieden, er studiert Jura in England; Jonathan studiert in Hamburg Biologie. In der großen Wohnung leben also neben Herrn und Frau Bonheim nur noch die Zwillinge. Ich erinnere mich daran, wie ich sie einst auf den Topf gesetzt, wie ich sie gefüttert und ihnen Märchen vorgelesen habe.

»Jetzt sind es nur noch zwei Kinder«, jammert meine zweite Mutter. Warum bloß ist sie nicht glücklich?

Ich lebe jetzt schon vier Jahre mit Wolfgang. Ich sollte auch glücklich sein, ich möchte Liebe verschenken, aber immer noch hadere ich mit der Gegenwart, denke viel zu viel an Robert; ich will Wolfgang das nicht spüren lassen, doch ich merke, dass er mich durchschaut. Es ist auch nicht so, dass ich kein Kind von ihm will, es kommt einfach keines, Monat für Monat, Jahr für Jahr sind vergangen. Ich trauere.

Jeden Sonntag gehe ich mit den Zwillingen auf den Friedhof, wir halten uns an den Händen und stehen still vor dem Grab, jeder von uns unterhält sich in Gedanken mit Robert.

Ivan und Tobias ähneln sich nicht im Geringsten. Ich hüte mich zu zeigen, wer mir lieber ist, doch ohne es zu wollen, richten sich meine Augen stets auf Tobias. Mit seinem strammen Körper und den blonden lockigen Haaren gleicht er dem verstorbenen Bruder. Ivan dagegen sieht weder seinem Vater noch seiner Mutter ähnlich, sein Körper ist feingliederig, das Gesicht schmal und seine dunklen Locken fallen ihm fast auf die Schultern; man kann ihn leicht mit einem Mädchen verwechseln.

Auf dem Rückweg nach Hause sind die beiden quirlig, sie erzählen empört von der Schule, denn einige Mitschüler sind über sie hergefallen und haben sie »dreckige Juden« genannt. »Hilde, sag, dürfen sie das?«

»Natürlich dürfen sie das nicht, die sind ungezogen. Schuld sind ihre Eltern, sie erzählen ihnen böse Märchen.« Mir wird fast schlecht, weil ich ihnen verschweige, dass auch Politiker den Hass auf Juden schüren.

Auch wenn es nichts zum Nähen gibt, sitzen meine zweite Mutter und ich im Nähzimmer, meist kommen noch Nachbarinnen dazu. Wir machen uns Sorgen, Sorgen, die sich von Tag zu Tag verschlimmern. Hindenburg hat Hitler am 30. Januar zum Reichskanzler ernannt, Hitler hält also das Zepter in der Hand. Wir reden von den Bettlern und Hausierern, die auf den Bürgersteigen ihre Streichholzschachteln verkaufen oder auf einem alten Schifferklavier musizieren, von ihren hungrigen, bettelnden Augen. Dieses Elend macht Angst. Weiß der Himmel, was noch auf uns zukommt. Seit Hindenburgs Tod hat sich die Lage noch weiter verschlimmert. Es wird noch so weit kommen, dass diejenigen zwangsweise pensioniert werden, die nicht freiwillig aus dem Dienst ausscheiden. Und ganz schlimm wäre es, wenn die Machthaber jede körperliche Nähe zwischen Ariern und Juden untersagen würden mit der Begründung, Juden wären *unsauber*, sodass die Ehe mit ihnen verboten würde, nach dem Motto: *Juden sind eine bösartige Rasse, die eine Gefahr darstellt.*

Weil es keine Arbeit mehr für mich gibt, setze ich mich stundenlang in die Bibliothek der Bonheims und lese. Zweimal in der Woche treffen sich dort Herr Bonheim und seine Kollegen. Wie immer sitze ich in meinem Sessel ganz hinten am Fenster, tue so, als ob ich lesen würde, und spitze die Ohren. Es ist Mai, ein strahlend schöner Tag, und draußen herrscht der Wahnsinn. Die Bibliothek füllt sich mit Männern, sie unterhalten sich nicht friedlich wie sonst, nein, sie sind außer sich, sie sind in Rage.

Herr Bonheim steht im Kreis seiner Freunde, spricht laut und wedelt wild mit den Armen. Noch nie habe ich ihn so toben sehen. Keiner setzt sich hin, alle gehen aufgeregt im Raum umher, packen sich an den Schultern und schütteln sich, reden durcheinander. »Keine Richter, keine Geschworenen oder Schöffen dürfen erscheinen, uns jüdischen Anwälten ist es verwehrt, die Gerichte zu betreten … Schlag auf Schlag werden auch die Notare aus den Ämtern entfernt.«

Herr Bonheim seufzt. »Das ist das Ende. Diese Entwicklung wird sich beschleunigen, fürchte ich.«

Es ist unheimlich, den Männern zuzuhören, Angst steigt in mir hoch. Jetzt hebt Herr Bonheim den Arm, bittet um Ruhe. »Dieser Hitler ist gefährlich, ich sehe für uns Juristen und Richter keine Zukunft mehr in Deutschland; wir müssen frühzeitig das Land verlassen, bevor uns der Galgen droht.« Im Raum wird es mäuschenstill, die Männer stehen wie angenagelt voreinander.

Ein Mann, den ich noch nie bei uns in der Bibliothek gesehen habe, fängt an zu sprechen: »Ich bin auch äußerst besorgt um unsere Zukunft. Diesem verrückten Hitler ist alles zuzutrauen. Wenn ich an die schwarzen Listen denke, die Listen des sogenannten schädlichen und unerwünschten Schrifttums, überkommt mich Angst. Schriftsteller schreiben Bücher, damit andere ihre Meinungen, Geschichten und Ideen lesen können. Manche schrieben, was den Nazis nicht gefällt, und die erfanden dafür das schlimme Wort *undeutsch*. Abertausende Bücher haben sie verbrannt, wunderschöne Literatur von Lion Feuchtwanger, Erich Kästner, Heinrich Mann, Erich Maria Remarque und vielen anderen, Bücher von Rosa Luxemburg und Leo Trotzki. Die Bücher von weiteren jüdischen Autoren und alles, was demokratisch, kommunistisch und marxistisch war. Mit einem Fackelzug brachten sie die Bücher zum Scheiterhaufen. Marschkapellen brüllten durch die Nacht, die größte Verbrennung fand auf dem Opernplatz in Berlin statt, das Feuer verschlang zigtausend Bände.«

Der Fremde holt tief Luft, streicht sich die Haare aus der Stirn und zieht einen jungen Mann an sich. »Kurt ist mein Ältester«, sagt er leise, »ich habe noch vier jüngere Kinder. Ich bin Juwelier, meinem Geschäft geht es gut, aber wo kann ich hingehen, welches Land ist bereit, uns Juden aufzunehmen?« Er schweigt, wirft die Arme in die Luft und stampft hilflos auf den Boden.

Alle halten die Luft an, im Raum ist es still. »Welches Land will uns aufnehmen?«, wiederholt er. »Auf der ganzen Welt sind wir unbeliebt!« Er sieht sich um, bekommt aber keine Antwort.

Dann macht sein Sohn Kurt plötzlich den Mund auf. »Wir müssen abwarten. Dieser Hitler kann doch nicht ganz so dumm sein; wir Juden sind gute Kaufleute, wir sind fleißig, wir sind doch keine Gefahr für sie.«

Der Vater legt seinem Sohn eine Hand auf die Schulter. »Kurt, du kennst diese Menschen nicht, sie sind unberechenbar und außer Rand und Band, für sie sind wir schmutzig, eine fremde, bösartige Rasse.«

Mir wird schwindlig, mein Sessel wird mir zu eng, ich dränge mich zur Tür durch und will sie aufmachen, aber der junge Mann kommt mir zuvor, er hält mich auf und sagt: »Ich kann mir das nicht länger anhören, ich muss an die Luft, ich ersticke fast. Kommen Sie mit«?

Klara

Der Brotkauf in Heluan 1965

Im Juni bestand ich tatsächlich die Prüfungen und war überglücklich, das Abitur in der Tasche zu haben. Die ersten zwei Wochen unseres Sommerurlaubs in Deutschland verbrachten wir in der Wohnung meiner Eltern, was eine schlechte Idee war. Die Kinder tobten in der Wohnung herum, wir teilten uns alle ein Zimmer, und ich schlief schlecht. Den vorwurfsvollen Blicken meiner Eltern entnahm ich, dass sie genug von uns hatten.

Franz mietete ein Auto und wir zogen in die Berge. Eine hochschwangere Frau und zwei Kleinkinder waren aber alles andere als ideale Partner für Bergtouren. Mit meinem dicken Bauch keuchte ich die Wanderwege hoch und war froh, wenn ich wieder im Gasthof die Beine hochlegen konnte.

Wie hatten wir uns auf den Regen gefreut! Aber dann regnete es drei Tage ohne Unterlass. Ich stand am Fenster und sah nichts als weißen Nebel, dick wie Watte. Als dunkler Umriss tauchte hin und wieder die Scheune gegenüber auf – von den Bergen keine Spur. Unsere zwei Zimmer waren klein, die Betten mit den karierten Bezügen nahmen fast den gesamten Platz ein.

Nur in der Gaststube, in der der Wirt den Kachelofen angeheizt hatte, war es gemütlich. Aber auch hier saßen wir im August fröstelnd und in warmer Kleidung auf der Eckbank und spielten mit den Kindern »Mensch ärgere dich nicht«.

Mit solchen Temperaturen hatten wir nicht gerechnet; die Kinder quengelten, sie waren genauso unlustig wie wir.

»Franz«, sagte ich sorgenvoll und mit einem Blick auf die Kleinen, »hast du dir eigentlich schon überlegt, wo wir wohnen werden, wenn ich das Kind in Deutschland bekomme?«

Franz wusste gleich eine Antwort: »Nächste Woche fahren wir zu meinen Eltern, dann suchen wir in Ulm eine Klinik, und sobald unser Baby da ist, kommst du mit den Kindern wieder nach Kairo.«

»Franz, das wird nicht gehen«, protestierte ich, »du fängst in drei Wochen wieder an zu arbeiten, das würde also bedeuten, dass ich die ganze Zeit bis zur Geburt bei deinen Eltern bleiben müsste. Das kann ich nicht. Auch den Flug schaffe ich nicht alleine, vor allem nicht mit einem Neugeborenen. Franz, ich möchte wieder nach Hause.«

Und so geschah es dann auch. Zu meiner großen Erleichterung ohne Diskussion.

Die Hitze war mörderisch, als wir Anfang September nach Kairo zurückkehrten. Silvie wurde genau am Tag des errechneten Termins geboren.

In fünf Jahren hatte ich drei Kinder bekommen und Abitur gemacht, nun war ich zu Tode erschöpft. Mein Baby lag entspannt und friedlich auf meiner Brust. Ich sah die beiden Wunden von der Zange an seinem Kopf und streichelte es zärtlich. Mein ganzer Unterleib schmerzte, er war zerrissen und mit vierzig Stichen genäht worden.

»Geh ja nicht das Risiko ein, dein Kind in Ägypten zu kriegen«, hatte mich Rebecca gewarnt. Wie recht sie gehabt hatte!

Sie kam erst Ende Oktober mit einem Jungen zurück. Während die Männer darüber jammerten, dass ihnen kaum mehr Zeit für Ausflüge ans Rote Meer blieb, stillten wir unsere Säuglinge.

Bereits im September hatte sich unsere Gruppe vergrößert. Ein Elektroingenieur, Julius, seine Frau Regine und die drei Kinder waren dazugestoßen und brachten mein Leben gewaltig in Aufruhr. Die Frau war schön und geheimnisvoll, Sinnlichkeit umgab sie und sie strahlte eine ungeheure Selbstsicherheit aus. Ihrer Wirkung auf Männer war sie sich bewusst. Neben dieser reifen Frau kam ich mir vor wie ein Mädchen. Ich bewunderte sie hemmungslos.

Regine und Julius wurden unsere Freunde, und zusammen mit Jochen und Rebecca verbrachten wir jede freie Minute miteinander. Wenn wir nach Einbruch der Dunkelheit aus dem Klub nach Hause zurückkehrten, setzten wir uns auf eine unserer Terrassen. Regine und Julius verstanden sich prächtig, sahen sich häufig verliebt an und berührten sich zärtlich. Doch Julius schien auch andere Frauen gerne zu berühren. Immer öfter stand er plötzlich hinter mir. Ich spürte den leichten Druck seines Körpers und dann seine Hand, die flüchtig über meine Brüste strich. Julius war ein legerer Typ, längst nicht so sportlich wie Jochen und Franz, meistens trug er einen Dreitagebart und eine wild zerzauste Frisur. Ein Draufgänger.

Die Abende auf unseren Terrassen waren heiß. Um die Fliesen abzukühlen, schütteten die Männer kübelweise Wasser darüber. Das verdampfte sofort und erfüllte die Luft mit Feuchtigkeit, wodurch die Hitze noch unerträglicher wurde. Erst als es auf Mitternacht zuging, wurde die Luft lind. Von der nahen Wüste wehte kühle Luft zu uns herüber.

Wir lagen in unseren Korbsesseln und Regine erzählte: »Ich bin in Rom aufgewachsen, meine Eltern leben heute noch dort. Wer diese Stadt kennt, kann keine andere mehr lieben.«

Julius kam mit einem Tablett voller Gläser aus der Küche. »Und mich hast du dort lieben gelernt, obwohl ich nur aus Wiesbaden bin!«

»Wie habt ihr euch kennengelernt?«, fragte ich. »Ja, genau. Erzählt mal!«, fielen die anderen ein.

»Regine hat sich als Fremdenführerin in Rom ein bisschen Geld verdient für ihr Medizinstudium«, berichtete Julius und lächelte träumerisch.

»Und eines Sonntags, bei einer Führung durch die Sixtinische Kapelle, stand plötzlich Julius dicht neben mir«, fuhr Regine fort mit demselben Lächeln im Gesicht. »So fing das an … Und meine Wahl war nicht schlecht, immerhin entführte er mich in den Orient, in diese zauberhafte Stadt.«

»Wenn du nur das Schöne siehst, dann bist du bis jetzt mit geschlossenen Augen hier rumgelaufen«, meinte Franz. »Armut und Elend begegnen einem hier auf Schritt und Tritt.«

Regine hatte die Gabe, über vieles hinwegzusehen.

An manchen Abenden gingen wir aus. Meistens zog es uns in die schummrigen Bars der großen Hotels. Die Männer und Regine tranken viel Alkohol, Rebecca und ich, die stillenden Mütter, blieben abstinent. Die Musik war heiß. Regine sah hinreißend aus. Immer. An einem Abend jedoch ganz besonders: Ihr hautenges, schwarzes, knielanges Kleid mit dem tiefen Dekolleté betonte ihre Kurven und ihre langen, zarten, elfenbeinfarbenen Arme, die sie Franz um den Hals gelegt hatte. Ihren Unterleib hielt sie fest an ihn gepresst, den Oberkörper lehnte sie zurück, um ihn anlächeln zu können – leicht wiegte sie ihre schwarze Mähne im Takt.

Ich konnte meine Augen nicht von den beiden abwenden.

Hin und wieder schob sie eine Hand in seinen Nacken und ließ sie kreisen. Franz schaute sie ununterbrochen an, seine Umgebung schien er nicht mehr wahrzunehmen.

Auch Julius suchte Abwechslung. Seine Arme hielten mich fest umschlungen und wir wiegten uns im Takt eines Slowfox. Ich fühlte seine Erregung, seine Hände berührten meinen halb nackten Rücken. Doch außer einer rasenden Eifersucht spürte ich nichts. Julius drückte seine Wange an meine und flüsterte: »Entspann dich, schau mich an, genieße es.«

»Ich kann das nicht, das ist mir zu dekadent.«

»Glaub mir, es wird dir Spaß machen – wir sind jung, neugierig und lebendig!«

»Macht ihr das schon länger?« Das Wort Partnertausch kam mir nicht über die Lippen.

Julius lächelte. »Nur hin und wieder.«

»Und empfindet ihr beide nie Eifersucht?«, fragte ich fassungslos.

»Selten, denn was ich Regine gewähre, gewährt sie natürlich auch mir!«, prahlte Julius und zog mich enger an sich.

Auch Franz schien nicht eifersüchtig zu sein, er hatte nur Augen für diese Frau – wahrscheinlich hätte ich nackt tanzen müssen, damit er mich bemerkte. Dumpfer Groll und Trauer erfassten mich.

An einem relativ kühlen Herbstabend fuhren Julius und ich quer durch Kairo zu einem deutschen Bäcker nach Heluan. Irgendjemand aus unserer Gruppe hatte ihn entdeckt, und wir waren scharf auf festes, körniges Vollkornbrot statt des üblichen Fladenbrots. Diese Woche wären Franz und ich dran gewesen, die vierzig Brotlaibe zu besorgen, aber Franz hatte keine Lust, und Julius bot sich an, die Fahrt mit mir zusammen zu übernehmen.

Auf dem Rückweg schweiften seine Blicke häufig vom Lenkrad zu mir hinüber, er lächelte, streichelte über meine Hand, berührte meine Brüste und meinen Oberschenkel.

»Du weißt doch sicher, dass Franz und Regine schon längst miteinander geschlafen haben – warum tun wir's nicht auch?«, fragte er.

»Weil ich Franz treu bin«, entgegnete ich heftig. »Weil ich mir dann schmutzig vorkäme – und im Übrigen habe ich keine Lust dazu!«

»Stell dir vor, was Regine und Franz jetzt machen, während wir unterwegs sind«, murmelte Julius und sah mich an.

Dann stoppte er. Wir standen am Rande der Wüste, die Straße endete hier. Julius ging behutsam vor, während ich mit schrecklichen Vorstellungen von Franz' und Regines nackten Körpern kämpfte. Er ließ mir unendlich viel Zeit – und langsam nahm ich wahr, wie mein Körper sich erregte. Seine Hand war ausdauernd und sacht wie das Schlagen eines Schmetterlingsflügels, ich entspannte mich, niemand drängte mich, und ganz plötzlich überflutete mich das großartige und jahrelang vermisste Gefühl: Innerlich wirbelte und flog ich mit einer wunderbaren Leichtigkeit.

Der anschließende Akt war kurz und heftig, das Auto war zu eng, die Luft heiß und stickig, aber ich bereute nichts.

Ich öffnete die Tür, stieg aus, lehnte mich an die kühle Karosserie und starrte in die inzwischen stockdunkle Wüste. Dann hob ich den Blick zum Himmel und suchte den Mond. Er war noch nicht da, aber die Sterne blinkten. Sollte ich jetzt romantische Gefühle oder Zärtlichkeit für Julius empfinden? Ich spürte nichts davon. Trauer überfiel mich, mein Handeln erschien mir unrecht und falsch. Die Wüstenluft war kühl und ich fing an zu frösteln.

Julius hatte sich neben mich gelehnt und legte einen Arm um meine Schultern, er schien meine Stimmung wahrzunehmen. »Komm, fahren wir nach Hause«, sagte er leise.

Ich schlief nie wieder mit ihm.

Vier Monate war Silvie jetzt alt, und ich stillte noch immer. Dass Frauen während der Stillzeit nicht abnahmen, war normal, aber die Veränderungen, die ich an mir wahrnahm, wurden auffällig. Übelkeit überfiel mich am Morgen und mein Bauch, noch schlaff von der letzten Schwangerschaft, rundete sich erneut.

Mein Verdacht bestätigte sich. Der Arzt untersuchte mich gründlich, machte einen Schwangerschaftstest und meinte dann: »Genau kann ich Ihnen nicht sagen, wie weit Ihre Schwangerschaft fortgeschritten ist, Sie hatten ja noch keine Regelblutung. Aber nach der Größe der Gebärmutter zu urteilen, sind Sie Ende des zweiten Monats.«

Wie betäubt lag ich da, die Mitteilung war ein Schock. Ich überlegte, ob Julius der Vater sein könnte, verwarf den Gedanken aber gleich wieder. Wie auch immer es war, dieses Kind sollte nicht geboren werden. Ich wollte einen Abbruch. Zwei Tage später lag ich nur mit einem Tuch bedeckt auf dem Operationstisch. Franz stand neben mir und hielt meine Hand.

»Küssen Sie Ihre Frau!«, sagte der Arzt leichthin. »In einer Stunde ist alles vorbei. Reine Routine.«

Aber es gab Komplikationen. Der Arzt hatte mir die doppelte Dosis des Narkosemittels verpasst. Bei der ersten Spritze hatte er die Vene nicht getroffen, und nach der zweiten wollte ich einfach nicht mehr aufwachen. Erst gegen Abend schlug ich die Augen auf und sah verschwommen, wie zwei Männer, Franz und der Arzt, mich besorgt anstarrten.

»Ich denke, Sie können sie jetzt mitnehmen«, ich erkannte die Stimme des Arztes, »ihr Kreislauf ist gut.«

Franz zog mich an, brachte mich nach Hause und legte mich ins Bett. Von nun an kam täglich Regine vorbei und verpasste mir eine Spritze mit Antibiotika. Ich redete nicht mit ihr, meine Haltung ihr gegenüber wurde feindselig. Eine tiefe Niedergeschlagenheit hatte mich erfasst, mir fehlte der Schwung und die Freude an allem. Ich trauerte nicht wegen des Kindes, sondern eher wegen meiner vergeblichen Suche nach Glück und Geborgenheit. Alles schien mir so vage und unerreichbar. Kaum berührst du das Glück, weicht es zurück, dachte ich verzweifelt.

Auch Rebecca besuchte mich täglich. Mit den Säuglingen setzten wir uns an unseren großen Tisch und tranken Tee. Es war still in der Wohnung, denn unsere Sprösslinge spielten im Park. Wir brauchten uns keine Sorgen um sie zu machen, denn Ibrahim und Leila bewachten sie wie zwei Luchse.

»Du wirst sehen, in ein paar Tagen hast du die Depression überwunden«, meinte Rebecca. »Es soll allen Frauen nach einer Abtreibung so gehen – egal aus welchen Gründen sie die Schwangerschaft abgebrochen haben.«

»Nein, Rebecca, das ist es nicht«, sagte ich düster. »Meine Gedanken kreisen ständig um Franz. Ich würde brennend gerne wissen, was ich ihm eigentlich bedeute – ich komme mir immer mehr vor wie ein Mittel zum Zweck. Und der Zweck ist Sex. Doch quantitativ wie qualitativ versorgt ihn Regine sicher damit besser als ich.«

»Ich habe mir darüber auch schon Gedanken gemacht«, sagte Rebecca leise und fixierte mich mit gerunzelter Stirn. »Bist du sicher, dass sie miteinander schlafen?«

»Hast du nicht die Blicke gesehen, die sie sich zuwerfen?«, schnaubte ich.

»Warum redet ihr nicht darüber? Warum lässt du das zu?«

»Weil Franz und ich noch nie über Probleme reden konnten. Diskussionen heißen bei uns Streit«, seufzte ich und kämpfte mit den Tränen.

»Regine ist die einzige Frau, die von den Männern in ihrer Runde akzeptiert wird. Ist dir das auch schon aufgefallen?«, fragte Rebecca.

»Ja, sicher – wir werden auf die Mütter-Kinder-Gespräche reduziert. Sobald sie über Politik und die Firma reden wollen, möchten sie unter sich sein.«

»Nun, im Moment dreht sich bei uns aber auch alles um die lieben Kleinen.« Rebecca strich mit der Hand über ihre Brüste und verzog das Gesicht. »Die Milch schießt ein, ich muss stillen. Nimmst du eigentlich jetzt die Pille?«

»Ich warte, bis ich abgestillt habe, dann fange ich an.« Ich begann zu rechnen. »Weißt du, dass ich in den bald sechs Jahren, die ich mit Franz verheiratet bin, fast zweieinhalb Jahre schwanger war und anderthalb Jahre gestillt habe? In der Schonzeit dazwischen blieb mir also genügend Zeit, die Windeln zu waschen, die Kleinen aufwachsen zu sehen und die Schwiegereltern glücklich zu machen. Und jetzt bin ich krank vor Eifersucht.«

Rebecca legte ihr Kind an die Brust. »Bei mir war das auch nicht viel anders, aber ich habe mir vorgenommen, jetzt endlich mehr für mich zu tun. Hier haben wir alle Chancen auf ein schönes Leben – und die sollten wir nutzen. Wenn's dir wieder besser geht, könnten wir doch anfangen, Tennis zu spielen.«

Vier Wochen später musste ich Rebecca trösten. Sie hatte auch einen Schwangerschaftsabbruch hinter sich und war in Tränen aufgelöst.

Hilde

Glück im Jahre 1933

Der junge Mann und ich stehen im Flur der Bonheim-Wohnung und lassen die Arme hängen. Ich trete einen Schritt zurück, lege den Kopf in den Nacken und sehe ihm ins Gesicht. Seine Augen schauen mich fragend an. Können Augen fragen, überlege ich und muss lächeln.

»Ich habe Sie noch nie hier gesehen«, sagt er jetzt.

In meinem Hals spüre ich einen Kloß.

Wir schweigen verlegen. Ganz plötzlich nimmt er meine Hand und zieht mich zur Wohnungstür. »Kommen Sie, gehen wir doch an die Luft, draußen ist ein wunderbarer Maitag. Haben Sie ein bisschen Zeit? Vorhin bin ich mit meinem Vater durch den Rosenpark spaziert, die Rosen haben angefangen zu blühen, das müssen Sie unbedingt sehen.«

»Wie heißen Sie?«

»Oh, verdammt, was bin ich für ein ungezogener Lümmel. Ich heiße Kurt Kirchheimer. Wie Sie ja von meinem Vater gehört haben, besitzen wir ein Juweliergeschäft.«

Ich warte, dass er noch mehr erzählt, ich bin neugierig. »Und was machen Sie?«

»Ich will Architekt werden, ich bin jetzt im siebten Semester. Wenn ich mich beeile, kann ich in einem Jahr fertig sein.«

Er sieht mich interessiert an, dann fangen seine Augen an zu lächeln, sein ganzes Gesicht strahlt. Diese Freude macht mich traurig, durchlässig. Plötzlich wird mir ganz heiß, mein Körper spannt sich an und Erinnerungen prasseln auf mich ein.

Wenig später sitze ich mit Kurt auf einer Bank zwischen den blühenden Rosen, vielleicht sind es dieselben wie damals, als ich mit Robert hier war. Wie lange war ich blind … die Jahre mit Wolfgang rücken in weite Ferne. Die unterdrückten Wünsche und die Trauer lösen sich plötzlich, mein Körper ist wieder erwacht, will wieder träumen, lebendig sein und lieben.

Kurt schaut mich staunend an, steht auf, ergreift meine Hand, fängt an zu springen und zieht mich hinter sich her. »Komm, tanz mit mir, ich möchte dich kennenlernen; als ich dich bei den Bonheims in der Ecke sah, wusste ich gleich, dass ich mich in dich verlieben werde. Sind die Bonheims deine Eltern?«

Meine Hand zuckt in seiner, ich muss lachen, bleibe stehen, stelle mich auf die Zehenspitzen und sehe ihm in die Augen. »Du liegst weit daneben, ich bin ein armes Arbeitermädchen, eine Schneiderin, die Kleider für reiche Frauen näht. Im Laufe der Jahre bin ich ein Mitglied der Familie geworden, schon weil ich mit ihrem Sohn …« Ich stocke, das Wort *Verhältnis* klingt mir zu billig.

»Warum sprichst du nicht weiter, ist irgendwas passiert?« Kurt streicht über meine Wange. »Komm, erzähl es mir.«

Ich kann nicht in seine brennenden Augen schauen, also lege ich den Kopf an seine Brust und erzähle ihm meine lange Geschichte. Noch niemandem habe ich sie erzählt, bis jetzt gehörte sie allein mir wie ein Schatz. Ich höre, wie schnell sein Herz klopft.

»Wie lange ist das her?«

»Vier Jahre. Robert war gerade mit dem Studium fertig, wir wollten heiraten …« Ich schweige, zaudere, ob ich ihm jetzt meinen weiteren Lebensweg schildern soll, und entscheide, es nicht zu tun. »Erzähl mir doch von deiner Familie.«

Kurt hat drei Brüder und eine kleine Schwester. »Ich bin der Zweitälteste, mein Bruder Georg ist Kaufmann, der Frieder ist wie mein Vater Juwelier, der Julius geht noch aufs Gymnasium und unser Schätzlein Silvia ist sieben Jahre alt.«

Kurt streicht mir über die Haare.

Ich möchte meine Hand auf seine legen, Kurts Hand kommt mir nicht entgegen, sie wartet. Als ich sie berühre, umschlingt er mich.

»Wann können wir uns wiedersehen?«

Diese Frage macht mir zu schaffen. Ich will ihn nicht belügen, jetzt oder nie muss ich ihm klarmachen, dass ich seit vier Jahren liiert bin. Wie soll ich ihm sagen, dass dieser Mann mich gerettet hat, dass ich ihm dankbar bin und dass ich ihm nicht einfach holterdiepolter den Laufpass geben kann. Statt zu antworten, fange ich an zu weinen, erst leise, dann heftig, ich drehe Kurt den Rücken zu; er soll meine Tränen nicht sehen, aber ich schniefe, meine Schultern zucken und mein Kopf ist gebeugt. Kurt zieht sein Taschentuch aus der Hose, nimmt mich in den Arm, streicht vorsichtig über mein Gesicht, tupft mir die Tränen ab.

»Du kannst mir alles sagen, ich werde alles verstehen. Ich kann dich trösten, ich will dich wieder froh machen, sag mir, was dich quält.«

Ich schüttle den Kopf und drücke ihn an seine Brust. »Ich habe dir nur einen Teil meines Lebens erzählt, es geht noch weiter; und wenn du nicht gekommen wärst, wäre es ebenso weitergegangen.«

Kurt zieht mich auf eine Bank, nimmt mich in den Arm, trocknet meine Tränen. Stockend beginne ich zu sprechen.

»Wenn ich dir jetzt von den vergangenen Jahren erzähle, stehst du auf und lässt mich sitzen, und ich werde ewig bereuen, was ich alles falsch gemacht und verloren habe.«

»Ich will es hören, ich muss es hören, ich bitte dich, quäle mich nicht länger.«

Kurt nimmt meine Hand, mein Herz klopft wild, am liebsten würde ich mir Scheuklappen anlegen und alles verdrängen. Aber das geht nicht, also beginne ich zu sprechen.

»Ich lebe nicht allein, ich lebe mit einem Mann, der mich liebt, dem ich Liebe zeige, die ich nicht fühle. Ich bin ihm dankbar, er hat mich sozusagen gerettet, er kümmerte sich um mich. Als es mir schlecht ging, hat er mir Arbeit gegeben und um meine Liebe gekämpft. Der Mann ist reich, er ist Besitzer eines Modehauses, es geht mir gut, aber …« Meine Stimme versagt. Jetzt ist alles aus. Ich balle meine Hände zu Fäusten und lasse den Kopf auf die Brust fallen. In der Stille höre ich meinen Herzschlag. Ich warte darauf, dass er seine Hand von meiner nimmt, aber das tut er nicht. Wir schweigen, mein Herz klopft immer heftiger, jede Minute zieht sich unendlich in die Länge.

»Was hat dieser Mann für dich getan? Wovor hat er dich gerettet? Was hast du falsch gemacht? Du musst mir mehr erzählen!«

Klara

Tod am Nil 1966

Die Februarabende in Kairo wurden manchmal kühl, die Nächte kalt. Heftige Stürme wirbelten den Wüstensand empor und jagten ihn als schwefelgelbe Fahne vor sich her. Es würde dauern, bis wir die Nachmittage wieder auf der grünen Wiese des Klubs verbringen konnten. Franz und ich begannen, Tennisunterricht zu nehmen. Unsere Klubtrainer hatten Weltklasse. Ihr Ruhm als Amateurspieler hatte sie aber nicht reich gemacht, deshalb mussten sie ihr tägliches Brot mühselig erarbeiten, indem sie Anfänger unterrichteten. Franz und ich profitierten gewaltig von diesem Können. Schon nach kurzer Zeit hatten wir das Gefühl, spitzenmäßig zu spielen. Tennis mit den Trainern war kinderleicht. Sobald aber Franz und ich miteinander spielten, sah das anders aus. Franz hatte einen mächtigen Aufschlag, der Ball zischte nur so zu mir rüber, und ich erwischte ihn selten. Ich hingegen schlug so sanft zu, dass der Ball gerade noch übers Netz tropfte. Selten gelangen uns zwei aufeinanderfolgende Ballwechsel, oft fluchte Franz: »Hau doch ein bisschen stärker drauf!«

Rebecca und Jochen ging das ähnlich. Rebecca sagte nach einem verlorenen Match mürrisch zu mir: »Eigentlich sollten Ehepaare nicht zusammen spielen, das bringt nur Frust.«

Aber unser Doppel wurde lustig. Es gab viel Rennerei und Konfusion. Letztlich siegten Jochen und ich, weil Jochen mit mir viel nachsichtiger umging als mit Rebecca; höflich und galant überließ er mir auch mal einen Ball, und ich gab mir mehr Mühe als beim Spiel mit Franz. Nach einer Stunde überließen wir den Platz den Männern und sammelten unsere Kinder ein. Das gemeinsame Tennisspiel brachte uns vier sehr nah. Wir genossen unsere Freundschaft in vollen Zügen.

Regine und Julius hingegen hielten nicht viel von Sport. Meistens verbrachten sie die Nachmittage in ihrem Fotolabor, wo sie Negative selbst entwickelten und abzogen. Wenn wir uns abends trafen, trockneten die neuesten Abzüge noch auf der Leine. Während wir die Bilder betrachteten, hing Franz' Blick an Regine.

Regines schwarze Kleidung gab ihr etwas Verruchtes. Über den hautengen Hosen trug sie weite Rollkragenpullover. Ihr seidig glänzendes, in der Mitte gescheiteltes pechschwarzes Haar floss ihr den Rücken hinab; wenn sie sich nach vorne beugte, fielen einzelne Strähnen über ihr orientalisch geschnittenes, blasses Gesicht mit den ernsten dunklen Augen. Ihr voller Mund schien stets zu lächeln, und häufig galt das Lächeln Franz. Franz konnte sich nicht sattsehen an ihr, und immer wieder griff er nach ihrer Hand. Wenn beide gemeinsam das Zimmer verließen, wusste ich, dass sie sich draußen küssten. Das veranlasste mich, es Franz heimzuzahlen.

Obwohl ich mir geschworen hatte, Julius nie wieder körperlich nahe zu kommen, trieb mich meine Eifersucht dazu, Julius in Gegenwart von Franz mein Kleid öffnen zu lassen. Er zog den Reißverschluss auf und das Oberteil fiel auf meine Hüften. Dann öffnete Julius den Büstenhalter und saugte an meinen Brüsten. Außer einem Kopfschütteln kam von Franz aber keine Reaktion.

Samir versuchte weiterhin unermüdlich, meine Gunst zu erringen, er erschien täglich bei uns, war immer präsent. Als Franz gerade einige Wochen in England war, kam er eines Morgens vorbei und verkündete: »Du bist viel zu viel allein und zu wenig mobil, du kannst doch nicht warten, bis Franz wieder da ist. Ich werde dir das Autofahren beibringen, und zwar im Mokattam-Gebirge, da gibt es leere Straßen.«

»Ja«, stimmte ich begeistert zu. »Ich muss wirklich selbst fahren lernen, dann kann ich auf den Markt, Christine vom Kindergarten abholen, weg, wann ich will. Mein Gott, das ist eine tolle Idee, wann können wir anfangen!?«

»Von mir aus gleich«, antwortete Samir, und schon saß ich begeistert bei ihm im Auto.

Samir war ein sehr geduldiger Fahrlehrer: Er ließ mich kuppeln, schalten und Gas geben, einparken und wenden. Nie verlor er die Ruhe, wenn sein Auto überraschend einen Satz nach vorne machte oder abrupt zum Stillstand kam. Seine Gegenwart beruhigte mich, ich nahm die Blicke wahr, die er mir zuwarf, ebenso wie das warme Lächeln. Hin und wieder legte er seine Hand auf meine oder griff nach dem Lenkrad, wenn ich zu ungeschickt herumkurvte.

»Ich glaube, das lerne ich nie«, stöhnte ich nach zwei Stunden, »stelle ich mich wirklich so blöd an?«

Samir lächelte. »Du bist viel zu ungeduldig. Kein Mensch lernt in einem Tag Autofahren. Machen wir Schluss für heute. Hast du Lust, noch irgendwohin zu fahren, vielleicht an den Nil? Die Gegend hier ist wirklich trostlos.« Samir hatte sich zurückgelehnt und sah mich erwartungsvoll an.

»Ich kann nicht, Leila ist überfordert, wenn sie die Kinder mehr als drei Stunden allein hat«, seufzte ich und wünschte mir in diesem Augenblick nichts sehnlicher als Freiheit. Freiheit, um irgendwo hinzufahren, egal wohin.

Im Auto war es warm. Meine Hände lagen immer noch auf dem Lenkrad. Samir nahm meine rechte Hand und zog sie an die Lippen. Seine Berührung war hauchzart und mir wurde heiß.

»Und am Abend?«, flüsterte er. »Fühlst du dich nicht einsam, wenn Franz so lange weg ist?«

»Ich weiß nicht, ob ich ihn vermisse; ich bin eher beruhigt, weil ich ihn außerhalb der Reichweite von Regine weiß«, wich ich aus.

»Ich kenne dich eigentlich nur traurig. Für deine fünfundzwanzig Jahre bist du viel zu ernst.« Samir blickte mir tief in die Augen.

»Was seid ihr Männer doch seltsam! Ihr macht uns doch zu dem, was wir sind! Glaubst du, deiner Frau geht es anders als mir?«, fragte ich und funkelte ihn an. Er hatte mit seiner Bemerkung ins Schwarze getroffen. Und das beunruhigte mich noch mehr.

»Meine Frau hat es gut, sie ist reich, sie lebt im Luxus, sie hat ihre Freundinnen und die Kinder …«

»… und einen Mann, der fremdgeht«, fiel ich ihm ins Wort. »Ihr Männer könnt euer Leben lenken, jede Richtung steht euch offen, ihr habt jede Menge Chancen und Freiheiten, ihr habt keine Ahnung von den Zwängen, denen Frauen in der Ehe unterworfen sind. Einzig über die Erziehung der Kinder können wir entscheiden.«

»Aber ihr Frauen wisst das doch, wenn ihr heiratet: Der Mann sorgt für die wirtschaftliche Sicherheit, beschützt euch, sorgt für ein angenehmes Leben.«

»Da bin ich nicht deiner Meinung!«, sagte ich. »Man bringt als junge Frau so viele Illusionen in die Ehe mit, man träumt von Liebe und Hingabe, einem Leben voller Harmonie in einer glücklichen Partnerschaft. Der Begriff *wirtschaftliche Sicherheit* ist, wenn die Weichen für das gemeinsame Zusammenleben gestellt werden, nicht der entscheidende Faktor. Liebe heißt das magische Wort.«

»Möglicherweise liegt es an unseren verschiedenen Traditionen und Kulturen«, meinte Samir. »In der arabischen Welt herrschten immer die Männer, Frauen spielten eine untergeordnete Rolle und sie akzeptierten sie.«

»Glaubst du, dass deine Frau glücklich ist?«, fragte ich und sah ihm direkt ins Gesicht.

»Ich nehme es an«, antwortete Samir, ohne zu zögern.

»Bist du glücklich?«, bohrte ich weiter.

»Ich glaube schon – ich bin glücklich, weil ich neben dir sitze, auch wenn du mir nicht deine Gunst gewährst«, flüsterte er und neigte sein Gesicht zu meinem. »Ich möchte nur einmal mit dir schlafen!« Er beugte sich zu mir hinüber, nahm meinen Kopf zwischen die Hände und ich spürte seinen Mund und seinen stoßweisen Atem.

Atemlos erwiderte ich seinen Kuss.

»Samir, ich kann das nicht!«, keuchte ich dann und rückte von ihm ab. »Wir würden beide unglücklich werden. Wir haben Familien, wir würden einen Skandal riskieren; die Leute zerreißen sich wahrscheinlich jetzt schon die Mäuler, weil sie uns so häufig zusammen sehen.«

Samir seufzte und schwieg. Dann kramte er in seiner Hosentasche und zog ein kleines Plastikkärtchen heraus. »Das ist für dich«, sagte er und sah mich erwartungsvoll an. Auf der Karte stand neben meinem Foto und einem Stempel etwas auf Arabisch.

»Was steht da?«, fragte ich neugierig.

»Es ist dein Führerschein, du musst ihn von deinem Konsulat übersetzen und beglaubigen lassen.« Dann sagte er ganz langsam: »*Winti min ahlil cher* – du gehörst zu den Guten.«

Ich war gerührt und fiel ihm vor Freude um den Hals. Zu meiner Verwunderung reagierte er nicht.

»Nächste Woche werde ich wahrscheinlich nicht bei euch in Oberägypten sein. Ich werde euch auch nicht begrüßen können, wenn ihr zurückkommt. Aber ich wünsche euch eine schöne Woche und dir viel Glück ... *inschallah* – so Gott will!«

Samir wirkte plötzlich ernst, fast düster.

Aus seiner anderen Hosentasche zog er ein Etui heraus. Ich öffnete es langsam; ein kleiner grüner Skarabäus lag darin.

»Der Stein ist schon viele Tausend Jahre alt, er stammt aus der Pharaonenzeit und gilt als Glücksbringer«, sagte Samir und schloss meine Hand über ihm. Sanft fügte er hinzu: »*Ana bahibik* – ich liebe dich«; dann startete er den Motor.

Ich sah Samir nie wieder. Eines Tages kam Franz aufgeregt nach Hause. Die Nachricht, die er mir brachte, zog mir den Boden unter den Füßen weg.

»Stell dir vor, Samir ist tot!«

Ich war wie betäubt. »Wie ist das passiert? Wie ist er gestorben?«, fragte ich tonlos und mit weichen Knien.

»Ich glaube kein Wort von dem, was erzählt wird«, antwortete Franz. »Die Version des Office lautet, dass er beim Wasserskifahren ertrunken ist.«

»Nie im Leben«, rief ich. »Samir war doch erst einunddreißig Jahre alt und so sportlich!«

Meinen besten Freund gab es nicht mehr. Alles in mir sträubte sich dagegen, an seinen Tod zu denken; mein Leben würde ärmer sein ohne ihn. Ich dachte an unseren letzten Tag und an das, was er zum Abschied gesagt hatte. Ich erinnerte mich, wie ernst und düster sein Gesicht beim Abschied geworden war. Dann legte ich den Kopf auf meine Arme und fing an zu schluchzen.

Nach einigen Tagen erzählte uns David eine erstaunliche Geschichte.

»Samir hat Selbstmord begangen«, sagte er und blickte in unsere ratlosen Gesichter. »Er gehörte zu einer Extremistengruppe, die sich die Ermordung des Präsidenten auf die Fahnen geschrieben hat. Samirs Auftrag war es gewesen, den Präsidentenpalast zu bombardieren, aber der geplante Putsch wurde aufgedeckt. Samir war wohl darüber unterrichtet worden, denn er floh nach Alexandria. Die Aussichtslosigkeit seiner Situation muss ihm klar gewesen sein: Als ihn die Polizei verhaften wollte, stürzte er sich aus dem zehnten Stock in die Tiefe.«

Der tragische Tod dieses lebenshungrigen jungen Mannes berührte mich tief.

Auch die Beziehung zwischen Regine, Julius, Franz und mir fand ein Ende, kein tragisches, aber doch ein spektakuläres.

Es war der dritte heiße Sommer, den wir in Ägypten verbrachten, und unser Heimaturlaub stand kurz bevor.

»Wollen wir vor der Abreise nicht noch mal nach Alexandria ans Meer fahren?«, schlug Regine vor. Wir lagen träge unter den Palmen im Klub, die Palmenblätter bewegten sich sacht im Wind, brachten aber keine Kühlung. »Warum nicht gleich nächsten Freitag?«, beeilte sich Franz zu sagen und lächelte Regine an. Julius hielt meinen Fuß in der Hand und begann, ihn sanft zu streicheln. Heftig zog ich ihn zurück.

In Alexandria bauten wir unsere Viermannzelte auf, eines für die Kinder, eines für uns. Der Tag verging mit spielen, essen, trinken und beobachten – wie meine Kinder im Meer planschten, wie Franz und Regine sich im Meer balgten und küssten. Die Dunkelheit kam, wir machten ein kleines Feuer, brieten die Fische, die Franz gefangen hatte, und tranken sehr viel Wein. Mein Kopf war benebelt, und dennoch sah ich alles mit großer Klarheit: Regines schönen nackten Leib und Franz, der sich an ihn drängte. Daneben Julius, der verträumt in die Flammen blickte. Mein Körper lag im warmen Sand, meine Augen starrten in den tiefdunklen, sternenübersäten Himmel. Eine

Sternschnuppe fiel herunter und verglühte. Ich wünschte mir nichts, ich war wunschlos unglücklich, ich hatte den Glauben an tausendundeinen Wunsch, die sich erfüllten, verloren. Meine Flasche Wein war leer, ich war müde, stand auf, sagte kurz »Gute Nacht« und kroch ins Zelt. Nach kurzer Zeit spürte ich, dass die Plätze rechts und links von mir besetzt wurden. Ich erkannte am Geruch, wer neben mir lag. Eine Stunde verging, vielleicht auch zwei, ich konnte nicht schlafen, die Stille im Zelt war unheimlich. Jeder schien den Atem anzuhalten, die Spannung wahrzunehmen. Dann spürte ich, wie sich von beiden Seiten vorsichtig Finger näherten – von links die von Franz, von rechts die von Julius. Langsam krochen sie über meinen Bauch, streichelten und tasteten. Ich blieb regungslos und wartete darauf, dass sich die beiden Hände berühren würden. Als das geschah, kam es zu einem lodernden Kurzschluss. Die Männer fuhren auf, Franz fluchte, und ich stürzte weinend aus dem Zelt. Die ganze Nacht blieb ich wie erstarrt davor sitzen und fror, doch keiner tröstete mich. Ich dachte an unseren Aufbruch ins Morgenland, an meine Erwartungen und Sehnsüchte und an Scheherazades Erzählungen von »Tausendundeiner Nacht«. Sicher hätte ihr Prinz sie hinrichten lassen, hätte sie ihm eine unserer Geschichten erzählt.

Als Silvie anderthalb Jahre alt war, siedelten wir wieder nach Deutschland über. Der Firmenchef des großen Konzerns, in dem Franz früher gearbeitet hatte, lud Franz nach Sylt ein und machte ihm ein interessantes Angebot, das Franz annahm. Wir hatten genug von Exotik und Abenteuern, gleich welcher Art, lediglich dem Luxus trauerten wir nach.

Hilde

Der Wechsel 1933

Mir ist, als hätte ich diesen Mann erwartet; ich habe ihm erzählt, dass ich mit einem anderen zusammen bin, und dennoch ist er nicht aufgestanden und gegangen, sondern hat mich umarmt und geküsst.

Als es kalt wird und die Sonne untergeht, verlassen wir unsere Bank, er nimmt meine Hände, zieht sie vor seinen Mund und wärmt sie. Wir wissen, dass wir zusammengehören. Aber wie lässt es sich einem Mann, der eine Frau liebt, am besten erklären, dass jetzt Schluss ist mit dieser Liebe?

Schlaflos liege ich in meinem Bett, erinnere mich an Kurts zarte Liebkosungen und weiß, dass ich keinen anderen Mann in meinem Leben brauche. Schon die Berührungen seiner Finger vermitteln Wärme, Glück und Erfüllung. Lange habe ich das nicht mehr erlebt, ich spüre, dass ich in diesem neuen Körper die Karte eines neuen Lebens finden werde.

Eine Woche lang lässt Kurt mich warten. Dann, an einem Freitag, ist es so weit. Unser Laden ist an diesem Tag gut besucht, Wolfgang bedient ein junges Ehepaar, ich einen älteren eleganten Mann. Plötzlich kommt Kurt herein, hinter ihm schwingt die Tür, während er den Blick über die Kleiderständer wandern lässt; fast hätte ich ihm zugewinkt. Dann erblickt er mich und ein leichtes Lächeln huscht über sein Gesicht. Was hat er vor, was erwartet er von mir?

Wolfgang begleitet seine Kunden zur Tür, öffnet sie und bedankt sich. In Kurt sieht er einen neuen Kunden, lächelnd kommt er auf ihn zu, verbeugt sich leicht und fragt: »Kann ich Ihnen behilflich sein?«

Am liebsten würde ich im Boden versinken oder unsichtbar werden. Kurt blickt aufmerksam in Wolfgangs Gesicht. Die Sekunden kommen mir vor wie Stunden.

»Ich möchte nichts bei Ihnen kaufen, ich möchte mich nur mit Ihnen unterhalten.«

»Was wollen Sie mir denn erzählen?«, fragt Wolfgang und verzieht belustigt das Gesicht.

»Ich habe mich in Hilde verliebt, und Hilde liebt mich. Wir kennen uns erst kurz, aber wir wissen, dass unsere Liebe ewig sein wird.«

In meinem Kopf summt es, ein Schwindel erfasst mich, mein Körper gehorcht mir nicht mehr. Als ich wieder erwache, knien zwei Männer neben mir, vier Augen schauen mich besorgt an.

Wolfgang holt einen Stuhl, hebt mich hoch, ich liege an seiner Brust, dann setze ich mich. Die zwei Männer stehen sich mit finsteren Gesichtern gegenüber, ihre Augen glühen. Ich kenne Wolfgang nur als gutmütigen Mann, nie habe ich ihn brüllen hören. Nun blicke ich in ein wutverzerrtes Gesicht, sehe seine geballten Fäuste, höre die Flüche; dann, ganz plötzlich, dreht er sich um und lässt uns stehen.

»Komm, Hilde, wir gehen«, sagt Kurt und zieht mich hinter sich her. Ich will ihn bremsen, winde mich aus seinem Griff, wir stehen uns gegenüber, ich sehe die Angst, etwas falsch gemacht zu haben, in seinen Augen. Er hat mir die Möglichkeit genommen, mich sanft und liebevoll von Wolfgang zu verabschieden.

Jetzt ist es zu spät, Wolfgang wird mich hassen, mich verfluchen, er wird leiden.

Draußen steht ein großes Auto, Kurt zieht mich hinein, er will meine Hand nehmen, doch ich stoße sie zurück. Schweigsam lehnen wir uns in die Sitze und schließen die Augen. Zaghaft kommt seine Hand erneut zu mir herüber, und diesmal lasse ich sie liegen, ein Zittern geht durch meinen Körper.

Kurt drückt meine Hand. »Ich habe mich wie ein Ochse verhalten, ich hätte mir einen Plan machen müssen, ihm vielleicht besser einen Brief geschrieben.« Er schlägt die Hände vor das Gesicht. »Kannst du mich noch lieben, willst du zu mir kommen?«

Das Summen in meinem Kopf wird schwächer, aber meine Arme und Beine fühlen sich an, als wären sie mit Stroh gefüllt.

Ich brauche Nähe, will seinem Atem lauschen, seine Wärme spüren, aber noch heftiger ist mein Zorn. Ich beginne zu reden wie ein Sturzbach, wie ein verzweifelter Mensch. »Weißt du, was du aus mir gemacht hast? Ein Nichts. Jetzt stehe ich da ohne eine Arbeit, ich weiß nicht mal, wo ich unterkommen kann. Du fragst mich, ob ich zu dir kommen will, aber ich weiß noch nicht einmal, wo du wohnst.« Ich fange an zu weinen.

»Du brauchst keine Angst zu haben, ich werde alles für dich tun, du kannst sicher sein, das verspreche ich dir. Ich werde dir eine Menge Kunden bringen, unser Freundeskreis ist riesig, bitte, komm, hör auf zu weinen.« Kurt zieht ein Taschentuch aus der Jacke und trocknet meine Tränen.

Familie Kirchheimer wohnt in einem reich mit Stuck verzierten Patrizierhaus in der Nähe vom Schillerplatz. Kurt parkt das Auto im Hinterhof und nimmt meine Hand. Nicht einmal eine Tasche habe ich bei mir, mein Kleid ist zerknittert, die Haare sind ungekämmt und jeder Blinde kann sehen, dass ich geweint habe. Die Holztreppen glänzen, ich klammere mich an den Handlauf, ziehe mich mühsam Stufe für Stufe hinauf.

Vor der Wohnung der Familie holt Kurt einen Schlüssel aus der Hosentasche. »Wissen deine Eltern eigentlich, dass du mich mitbringst?«

»Was hast du denn gedacht? Ich rede die ganze Woche schon von dir, meine Eltern wissen alles über dich, also alles, was ich von dir weiß. Sie sind sehr neugierig, was mich nicht wundert. Ich habe dich in den Himmel gelobt.« Bevor er die Tür öffnet, zieht er mich heftig an sich und küsst mich. In der Wohnung ist es mäuschenstill, der Garderobenraum ist vollgehängt. »Mama«, ruft Kurt, aber es rührt sich nichts. Nach dem zweiten Rufen höre ich Schuhe klappern. Die Frau, die mir entgegenkommt, ist fast so groß wie ihr Sohn, sie hat ihr dunkles Haar zu einem Zopf geflochten, der ihr über die Schultern fällt. Sie strahlt mich an und umarmt mich wie ein verlorenes Kind.

»Wie schön, dass du jetzt zu uns gehörst.«

Mit diesen Worten nimmt sie mich an der Hand, wir gehen einen langen Flur entlang, sie öffnet eine der Türen und lässt mich hineinschauen. »Das war das Zimmer meines ältesten Sohnes Frieder, er ist vor Kurzem ausgezogen, weil er geheiratet hat. Wir haben es so gelassen, wie es war, aber du kannst es verändern, wie du willst.«

Mein Gott, was soll ich da verändern? Ein bunter Teppich liegt auf dem glänzend gebohnerten Boden, zwei mächtige Schränke lehnen an der Wand, in der Ecke steht ein Bett mit hohen Beinen und vor dem Fenster ein Schreibtisch. Ich blicke hinaus. Zwischen den vielen Bäumen spielen Kinder und alte Leute sitzen auf Bänken.

»Gefällt es dir?« Frau Kirchheimer legt behutsam ihren Arm um mich.

Ich kann nur nicken.

»Ich zeige dir nun den Rest der Wohnung. Wir brauchen dafür ein wenig Zeit, wir sind immerhin sechs Leute.« Sie geht voran durch den langen Flur, öffnet drei weitere Zimmer, in denen die Brüder und das Schwesterchen schlafen. »Hier ist das Reich unserer kleinen Prinzessin«, sagt Frau Kirchheimer stolz. Das Zimmer ist prunkvoll, ein Himmelbett steht mittendrin, die Tapeten sind mit Blumen geschmückt, rosafarbene Batistvorhänge bauschen sich vor den Fenstern.

Ganz plötzlich bekomme ich Angst, ich atme schnell; diese Wohnung erinnert mich an die Jahre, die ich bei den Bonheims verbracht habe. Vor meinem inneren Auge sehe ich die Kinderschar, die Eltern, Bilder aus meiner Vergangenheit, meiner Jugend.

Kurts Zimmer übergeht sie, gewiss weiß sie jetzt schon, dass ich dieses Zimmer häufig besuchen werde.

»Jetzt zeige ich dir die Bibliothek. Da lesen und unterhalten wir uns abends. Du wirst staunen, wie viele Bücher wir haben. Du kannst dir so viele herausnehmen, wie du willst.«

Die Ähnlichkeit zu der Bibliothek der Bonheims ist frappant. Das Bücherregal, das zwei Seiten des Raumes einnimmt, zieht mich magisch an. Mit Freude entdecke ich Bekanntes, aber auch Bücher, die ich noch nicht gelesen habe, was mein Herz schneller schlagen lässt. »Können Sie mir etwas empfehlen?«, frage ich schüchtern.

»Oh, da gibt es im Augenblick wunderbare Schriftsteller. Welche gefallen dir besonders?«

»Die Bücher von Franz Kafka habe ich verschlungen. Und die Geschichte ›Der Bewohner und seine Hoffnung‹ von Pablo Neruda hat mich sehr bewegt, ›Die wunderbare Reise des kleinen Nils Holgersson‹ von Selma Lagerlöf war wunderschön, gerade lese ich ›Verrückte Lust‹ von Henry Miller, das ist ziemlich erotisch. Marcel Prousts ›Auf der Suche nach der verlorenen Zeit‹ habe ich angefangen, aber dafür bin ich wohl einfach noch zu jung. Am liebsten lese ich Hermann Hesse; der hat es richtig gemacht, nach seiner turbulenten Jugend und vor dem Ersten Weltkrieg ist er in die Schweiz gezogen. Besonders gefallen hat mir ›Siddhartha‹, aber auch ›Narziss und Goldmund‹ liebe ich sehr.«

Kurts Mutter sieht mich seltsam an, dann lächelt sie, drückt mich kurz an ihre Brust und sagt: »Ich muss dich jetzt verlassen, in zwei Stunden wollen wir Mittag essen, frag mich jederzeit, wenn du nicht zurechtkommst.«

Ich komme nicht zurecht, alles ist mir peinlich. Was denken bloß Kurts Eltern von mir, der Geliebten ihres Sohnes? Was hat er seinen Eltern erzählt? Ich ringe die Hände, erst steigt Scham in mir hoch, dann heftiger Zorn. Was habe ich hier zu suchen?! Ich will nicht wie das arme Aschenputtel gütig aufgenommen werden. Ich stürme hinaus, laufe durch den langen Flur und reiße die Eingangstür auf. Mein Zorn verleiht mir Kraft, und mit dieser Kraft renne ich die Treppe hinunter, öffne die schwere Haustür, gehe ein paar Schritte auf den Platz und weiß nicht, was ich tun soll. Ich komme mir vor wie Gretel aus dem Märchen, habe das Gefühl, mich verlaufen zu haben. Doch ganz plötzlich weiß ich, was ich machen muss. Es zieht mich nach Hause, ich muss noch einmal zu Wolfgang gehen, mit ihm reden und ihn trösten, sicherlich wusste auch er, dass meine Liebe zu ihm vergänglich war.

Meine Schritte werden immer schneller, mein Zorn treibt mich durch die Straßen. Bald ist es zwei Uhr, Wolfgang wird sich sein Essen bereiten und ich will neben ihm sitzen.

Er will gerade die Türen schließen, als ich am Geschäft ankomme. Bei meinem Anblick weiten sich seine Augen, als wäre ich ein Gespenst. Seinem Gesicht ist anzusehen, dass er überlegt, ob er zu- oder aufmachen soll. Er macht auf, tritt aber keinen Schritt zurück. Wir stehen uns gegenüber und ohne nachzudenken, schlinge ich meine Arme um seine Taille, drücke mein Gesicht an seine Brust. Er steht da wie eine Salzsäule. Dann, ganz plötzlich, spüre ich, wie sein Kopf auf meinen sinkt, wie er meine Hand nimmt und mich hereinzieht. »Gehen wir rauf, Hilde.«

Wir setzen uns an den Küchentisch und sehen uns an. »Warum bist du zurückgekommen, hast du dir's anders überlegt? Warum hat dein neuer Freund so einen Wirbel gemacht?« Sein Gesicht verzieht sich zu einem zynischen Grinsen.

Ich schüttle den Kopf, schiebe meine Hände auf dem Tisch zu ihm hinüber. Er nimmt sie nicht. Ich muss reden, muss ihm wehtun, ich suche nach den richtigen Worten. Ich hab's mir nicht so vorgestellt, es ist nicht so einfach zu beschreiben, wie ich mir mein Leben ausgemalt habe. »Mein ganzes Leben lang habe ich mir gewünscht, eine eigene Familie mit Kindern zu haben«, beginne ich. »Das sollte nicht sein, Robert ist gestorben, du hast mich geliebt und hast mir geholfen, wieder fröhlich zu sein. Die Jahre mit dir haben mich gestärkt, mir neuen Mut gegeben. Aber etwas fehlte mir …« Tränen laufen mir übers Gesicht, ich bringe es nicht fertig, ihm zu sagen, dass ich in ihm nur den guten Freund gesehen habe, nicht den Geliebten.

Aber Wolfgang hat auch so verstanden, was ich meine, jetzt nimmt er meine Hände, streichelt sanft darüber und sagt: »Ich will dir nicht im Wege stehen. Was hast du nun vor?«

»Ich will auf keinen Fall bei der Familie Kirchheimer wohnen, ich habe mir immer gewünscht, selbstständig zu sein, nicht von Haus zu Haus geschoben zu werden. Ich wünsche mir eine Wohnung über einem kleinen Laden, in dem ich meine Kleider nähen kann. Kundinnen habe ich wirklich genügend. Kannst du mir vielleicht helfen beim Suchen?«

Kaum habe ich das gesagt, tut es mir leid. Was soll ihm das bringen, wenn er mir hilft?

Wolfgang geht zum Herd, stellt die Pfanne darauf und schneidet Kartoffeln hinein. Wie üblich putze ich den Salat und mache ihn an.

»Das wird nicht schwierig sein«, bricht Wolfgang schließlich die Stille. »Ich werde mich umsehen, ich werde einige Kunden fragen, ob sie einen Laden zu vermieten haben.« Dann schaut er mich an. »Wo willst du denn wohnen?«

Es ist schwierig, diese Frage zu beantworten, ich bin verlegen, blicke in Wolfgangs Gesicht. Es muss ihm doch wehtun, seiner Geliebten behilflich zu sein, ein Liebesnest zu besorgen. Doch sein Gesicht verrät nichts.

»Am besten wäre es halt, wenn ich ein Geschäft im Stadtzentrum finden würde.«

»Ich werde mich umschauen.« Er steht auf und dreht mir den Rücken zu. »Du kannst das Zimmer unterm Dach haben, du weißt ja, wo die Wäsche ist.«

Ich liege schlaflos im Bett, in meinem Kopf brodelt ein Wirrwarr von Bildern, ich komme nicht zur Ruhe. Ich muss aufstehen und mich bewegen, im Bad lasse ich kaltes Wasser über meinen Kopf laufen, das hilft ein bisschen. Dann lege ich mich auf die kalten Fliesen, und erst als ich zu schlottern beginne, gehe ich wieder ins Bett.

Als ich aufwache, scheint die Sonne ins Zimmer. Es muss schon spät sein, die Sonne steht hoch, ich nehme meine verknitterte Kleidung und gehe ins Bad. Das Gesicht, das mir im Spiegel entgegenschaut, kann nicht meines sein, es sieht aus wie das meiner Mutter.

In der Küche liegt nur ein Besteck. Ein Teller, eine Tasse; auf dem Teller ein Zettel.

> Ich habe Dich ausschlafen lassen. In der Mittagspause können wir uns etwas anschauen, ich habe vielleicht schon was für Dich gefunden.
>
> Wolfgang.

Klara

Der Schatten einer Frau 1967

Fürs Erste lebten wir auf dem Land, weil es schwierig war, in München eine Wohnung zu bekommen. Wir zogen in das Eichendorff-Haus, ein altes Landhaus. Es war um die Jahrhundertwende gebaut worden, gut erhalten, geschmackvoll eingerichtet und lag in einer herrlichen Gegend im Voralpengebiet. Der Besitzer des Hauses, Franz' Cousin Martin, hatte als Kapellmeister vor Kurzem an einem Theater im Norden eine Stelle bekommen.

In dem wilden Garten rund um das Haus blühten die verschiedensten Blumen. Im Rosengarten wucherten und dufteten die Rosen. Doch trotz all der Schönheit war ich nicht glücklich. Jahrelang hatten wir mit vielen Freunden und Bekannten um uns in der pulsierenden multikulturellen Metropole Kairo gelebt. Unser gesellschaftliches Leben war mehr als abwechslungsreich gewesen. Und jetzt? Mit meinen drei kleinen Kindern zwischen bald zwei und sechs Jahren war ich quasi über Nacht in einem Bauerndorf gelandet und die ganze Woche über allein, denn Franz hatte sich ein Zimmer in München genommen. Nach zwei Monaten war ihm, wie ich bereits befürchtet hatte, die

Fahrerei zu viel geworden. Er hatte in seiner alten Firma schnell wieder Fuß gefasst und wurde mit Aufgaben überhäuft.

Der Job fraß ihn vollständig auf, unaufhörlich stieg er auf der Karriereleiter nach oben. Franz war noch jung, erst Mitte dreißig, sein Chef setzte hohe Erwartungen in ihn. Die Firma kooperierte mit England, Frankreich und Italien – Franz war mehrmals in der Woche unterwegs zu Verhandlungen und Gesprächen.

Für die Kinder war er nurmehr ein Phantom. Wenn am Wochenende die Sonne schien, machte er sich auf in die Berge. Unter seinen Kollegen hatte er eine Schar von begeisterten Anhängern gefunden. Im Juli und im August bestiegen sie die höchsten Berge im Zillertal, Ötztal und dem Ortlergebiet. Sie unternahmen riskante Touren, waren ausgerüstet mit Bergseil, Eispickel, Steigeisen und Gletscherbrille. Übernachtet wurde in Berghütten. Dort genossen sie das Bier und das Bergsteigeressen. Um acht wurde dann das Licht ausgemacht, denn um fünf Uhr morgens war die Nacht zu Ende, bei Sonnenaufgang stiegen die ersten Bergbezwinger bereits dem Gipfelglück entgegen.

Michael war jetzt in der zweiten Klasse, er kam in eine Dorfschule, Christine wollte nicht in den Kindergarten, sie verbrachte die Tage lieber bei den Kühen, Schweinen und Pferden, klaute jeden Tag ein paar frisch gelegte Eier und war stolz darauf. Ich verbot ihr das, drohte ihr, sie ins Haus zu sperren, doch ohne Erfolg. Sie wusste, dass ich viel zu gutmütig war.

Michael wurde in der Dorfschule gehänselt, weil er hochdeutsch sprach, besser aufpasste und schöner schrieb. Wenn ich ihn weinen sah, kamen auch mir die Tränen.

Meine kleine Silvie saß stundenlang im Sandkasten, buk Kuchen, einen nach dem anderen.

Ich fühlte mich einsam. Abends legte ich mich auf die Couch und schaltete das Radio ein, die Literatursendung mit Marcel Reich-Ranicki liebte ich besonders. Ich trank viel zu viel Rotwein, er machte müde. Trotzdem schlief ich schlecht. Bücher konnten mich trösten, ich kaufte mir die Titel von Christa Wolf, Peter Handke, Thomas Bernhard und Barbara Frischmuth, die Marcel Reich-Ranicki empfohlen hatte. Wenn ich morgens erwachte, lag ein Buch auf meiner Brust.

Franz bemühte sich nicht besonders, für uns eine Wohnung in München zu finden, was mich antrieb, selbst zu suchen.

Wir fanden ein Einfamilienhaus an einer stark befahrenen Straße. Der Garten war winzig, vor dem Wohnzimmer lag eine kleine Rabatte mit Blumen, auf die Wiese stellten wir einen Sandkasten, in dem Silvie Türme baute.

Das Geld, das wir aus Ägypten mitgebracht hatten, reichte längst nicht, um ein Haus zu bauen. Wir rechneten und rechneten und beschlossen, einen Bausparvertrag abzuschließen, um dann einen günstigen Kredit zu bekommen.

Von Franz sah ich weiterhin wenig, unser gemeinsames Leben beschränkte sich auf eine halbe Stunde beim Frühstück, wo ihm die Zeitung lieber war als eine Unterhaltung, und auf die späten Abende ab neun Uhr, die er vor dem Fernseher verbrachte, zu erschöpft, um zu reden. Und es gab die gemeinsamen Nächte, in denen wir hin und wieder miteinander schliefen.

Nach vier Jahren sparen kauften wir ein eintausendfünfhundert Quadratmeter großes Grundstück für ein Einfamilienhaus. Franz überließ mir den Hausbau. Nach vielen Ausschreibungen entschied ich mich für eine Baufirma aus Jugoslawien, was ich bald bereute. Der Chef war clever, seine Mitarbeiter nicht. Mein Tag war von nun an von Hektik bestimmt: Von acht bis ein Uhr arbeitete ich als Sekretärin im Büro eines Architekten, dann sauste ich heim, kochte das Mittagessen und machte den Haushalt, danach verbrachte ich Stunden auf der Baustelle. Wenn Franz spätabends völlig erledigt von der Arbeit nach

Hause kam, konnte ich mich vor Müdigkeit kaum noch auf den Beinen halten. Dennoch versuchte ich, möglichst heiter und ausgeglichen zu sein. Unser Traumhaus wuchs, und mit jedem Stein wuchsen auch meine Illusionen. Ich baute hier meine Welt auf, meine Welt mit Mann und Kindern. Eines Tages wunderte ich mich, dass Franz stets erst um neun Uhr abends nach Hause kam. Und ich fragte mich plötzlich, warum er eigentlich kein Telefon im Haus haben wollte. Kurzerhand ging ich zu den Nachbarn und bat sie, mich telefonieren zu lassen. Ein Kollege nahm ab. Ich bat ihn, mir Franz ans Telefon zu holen, da lachte er leise und sagte: »Da müssen Sie bei Fräulein Sonja anrufen, bestimmt ist er da.«

Ich ließ den Hörer fallen, meine Knie wurden weich, Scham stieg in mir hoch, weil mir ein Kollege die Augen geöffnet hatte. Warum tobte und weinte ich nicht, drohte nicht, ihn zu verlassen? Weil ich wusste, dass ich das niemals fertigbringen würde.

Hilde

Hakenkreuzfahnen 1933

Ich lese den Zettel von Wolfgang fünfmal, kann mich aber nicht freuen. All meine Gedanken kreisen um Kurt. Was er wohl von mir denkt? Ob er mich jetzt fallen lässt? Ob er heute Nacht traurig im Bett gelegen oder mich verflucht hat? Langsam steige ich die Treppe hinunter, mache immer wieder Halt, weil mir die Tränen kommen.

Im Verkaufsraum sind an diesem Samstag viele Kunden. Meine Augen wandern zu Wolfgang. Er winkt mir zu und lächelt mich an, ich weiß, was ich zu tun habe, und widme mich einem Herrn, der vor einem Anzug steht.

Um zwei Uhr machen wir uns auf den Weg in die Innenstadt. Wolfgang berichtet mir von den vielen Anrufen, die er getätigt hat. »Wenn wir Glück haben, kriegst du heute einen kleinen Laden.« Er sagt *wir*, das rührt mich, und mein schlechtes Gewissen macht mir zu schaffen. Wir kommen zum Friedrichsplatz, umkreisen den Wasserturm und setzen uns kurz auf eine Bank.

»Frau Reinert hat mir erzählt, dass sie noch in diesem Jahr Deutschland verlassen werden.«

»Warum wollen sie weg?«

»Sie sind Juden und sehen in diesem Adolf Hitler einen gefährlichen Mann.«

»Was hältst du von ihm?«

»Er bringt die Bevölkerung auf seine Seite, indem er die Arbeitslosigkeit reduziert und junge Paare mit Ehestandsdarlehen ködert.«

Wolfgang holt Luft, hebt den Arm und zeigt auf ein schönes Haus. »Wir sind gleich da, das Geschäft von Frau Reinert liegt günstig, man schlendert vorbei, schaut sich die hübsche Dekoration an, sieht die guten Preise.«

Vor dem Schaufenster stehen einige Frauen und betrachten das schräg gestellte Bett, auf dem ein kunstvoll dekoriertes besticktes Kissen und eine Bettdecke liegen. Daneben steht ein Stuhl, auf dem reizende Unterwäsche wie zufällig dekoriert ist. Wolfgang öffnet die Tür. »Gehen wir rein, Frau Reinert wartet sicher schon auf dich.«

So etwas habe ich mir nicht vorgestellt, nie wäre ich auf den Gedanken gekommen, Unterwäsche zu verkaufen. »Meinst du, dass das der richtige Laden ist?«

»Er ist's! Schau doch nicht so entrüstet. Wenn du das Geschäft mal hast, kannst du machen, was du willst.«

Eine elegante Frau begrüßt uns, Wolfgang stellt mich vor. Die Frau ist vielleicht so alt wie meine Mutter, um die fünfzig; während Mutter aber schon lange weiße Haare hat, glänzen die Haare dieser Frau golden. Fast hätte ich einen Knicks gemacht. Sie ist mir sympathisch, ich lächle sie an. »Wolfgang hat mir schon erzählt, dass Sie und Ihre Familie auswandern wollen …«

»Wollen ist nicht das richtige Wort, wir müssen, ich habe vier Kinder. Wir sind sehr beunruhigt. Wir trauen diesem neuen Kanzler nicht.« Frau Reinerts Stimme ist kühl und schwingt beim Reden, als würde sie singen.

Ich warte darauf, dass sie weiterspricht, doch sie sieht mich nur an. »Ich bin Schneiderin und brauche dringend eine kleine Wohnung und einen Raum für meine Schneiderei«, erkläre ich also. »Ich habe sieben Jahre in Wolfgangs Geschäft gearbeitet, jetzt möchte ich mich selbstständig machen und wieder Bekleidung für Frauen herstellen.«

»Das kann ich verstehen.« Frau Reinert lächelt. »Es tut mir sehr weh, dass ich alles, was ich erarbeitet habe, zurücklassen muss, doch wenn ich Sie so ansehe, so jung und begeistert, dann fällt es mir etwas weniger schwer.«

Mir fällt ein Stein vom Herzen, ich umarme sie. »Wohin werden Sie ziehen?«

»Ziehen ist das richtige Wort, mich zieht es fort von diesem schönen Land, ich werde es vermissen; wir haben Verwandte in Amerika. Mein Bruder lebt in New York, seit Wochen warten wir auf das Affidavit, nur mit einer beglaubigten Bürgschaftserklärung können wir auswandern.« Frau Reinert scheint plötzlich dem Weinen nah. »Ich kann also nicht versprechen, wann Sie hier bei uns einziehen können, vielleicht schon nächste Woche, vielleicht erst in einigen Monaten. Kommen Sie, ich zeige Ihnen Ihr künftiges Heim.«

Der Verkaufsraum ist klein, in der Mitte steht ein hölzerner Tisch, gedeckt mit kostbarem Porzellan und silbernem Besteck, die Regale an den Wänden sind gefüllt mit bestickten Tischtüchern und Bettwäsche, in einem entdecke ich Nachthemden, Unterwäsche und Seidenstrümpfe.

Was will Frau Reinert bloß mit diesen vielen wertvollen Dingen machen? Ich kann mir sie leider nicht leisten. Das nächste Zimmer ist vollgestellt mit Kartons. Das könnte mein Schlafzimmer werden. Durch die Fenster sehe ich in einen Hof, in dem zwei Mülleimer an einer Wand lehnen. In der Mitte wächst ein kleiner Baum. Wir gehen weiter in die Küche, in der man sich gerade einmal umdrehen kann, im Klosett geht nicht mal das. Im Bad steht eine große eiserne Wanne, an der Wand hängt ein Wasserbehälter. Trotz der Enge gefällt mir die Wohnung sehr gut.

Ich strahle nicht zu sehr, als ich Frau Reinert frage, was ich bezahlen muss, um die Wohnung zu übernehmen, und was mit den teuren Waren passieren soll.

»Ich kann nicht alle meine Schätze mitnehmen, das tut mir sehr weh. Ich kann Ihnen aber auch nicht zumuten, die teure Ware ebenfalls zu kaufen. Seit Wochen überlege ich, was ich machen soll. Was halten Sie also von diesem Vorschlag: Ich habe eine gute Kundschaft, man wird mich vermissen. Möchten Sie die Ware weiterverkaufen und mir den Gewinn nach Amerika schicken?«

Das klingt gut, sogar sehr gut, die Kundinnen würden sicher bleiben und kaufen. Ich könnte mich ihnen dann als Schneiderin vorstellen und gewiss würden sie neugierig sein auf meine selbst genähten Modelle. Ich lächle sie an. »Was macht eigentlich Ihr Mann?«

Frau Reinert seufzt. »Mein Mann ist Lehrer, vorige Woche stürzten fünf SS-Männer ins Klassenzimmer, packten ihn, schleppten ihn ins Treppenhaus und stießen ihn einfach die Treppen hinunter. Er hinkte nach Hause und sagte kein Wort, aber ich ahnte, was passiert war. Sein ganzer Körper war blau geschlagen. Jetzt liegt er im Bett, redet nicht mehr und kann nicht schlafen.«

Ich schlucke. »Das ist schrecklich«, murmle ich. Dann wünsche ich ihrem Mann gute Besserung und ihnen viel Glück und schäme mich, weil das alles so oberflächlich klingt. Die Gewalt ängstigt mich.

In den nächsten Nächten schlafe ich schlecht, meine Träume sind wirr und grausam.

Kurt hat sich noch immer nicht gerührt, wie geht es ihm wohl und seiner Familie? Gegrüßt wird inzwischen mit den Worten »Heil Hitler!«, und es sind nur wenige, die den Gruß verweigern.

Ob Kurt mich aufgegeben hat? Ich bin kurz davor, zu ihm zu gehen.

Als ich am neunten Tag die Tür von Engelhorn & Sturm öffne, steht Kurt davor. Wie gelähmt verharre ich. Kurt rührt sich ebenfalls nicht. Doch dann breitet er die Arme aus und ich stürze mich hinein.

Klara

Die Jahre ab 1975

Im Jahr 1975 starb die Mutter von Franz. Im April fuhren wir zu ihrer Beerdigung. Sie lag in einem offenen Sarg in der Einsegnungshalle. Ich betrachtete das graue faltige Gesicht mit den groben Zügen und empfand keine Trauer. Über die Jahre war sie mir gleichgültig geworden. Meine Eltern kamen auch zur Beerdigung. Mein Vater war bereits von seiner schweren Krankheit gezeichnet. Trotz seines dicken Bauches sah er abgemagert aus. Als der Sarg hinuntergelassen wurde, seufzte er: »Der Nächste werde ich sein.«

Unser wunderschönes Haus war im Jahre 1973 beendet worden. Beim Einzug hatte ich ausgesehen wie eine verhungerte Frau. Zwei Jahre lang hatte ich täglich auf der Baustelle gestanden, in den Zimmern tapeziert, gestrichen, genagelt.

Ich war eifersüchtig auf Franz' neue Geliebte und konnte nicht schlafen, mein Schlafmittelkonsum erreichte lebensgefährliche Ausmaße. Ich versuchte, nicht zu denken, wurde aber immer depressiver. Morgens war ich kaum noch in der Lage, das Frühstück für die Kinder zu bereiten. Den Haushalt zu führen kostete mich eine riesige Überwindung und Kraft. Die Nachmittage verbrachte ich halb dösend vor dem Fernsehapparat im Haus einer siebzigjährigen Nachbarin. Von Franz kam keine Hilfe, er schien meinen Zustand überhaupt nicht wahrzunehmen. Er lebte sein eigenes Leben, verließ morgens um halb acht das Haus und kam selten vor acht Uhr abends zurück. Da lagen die Kinder längst wieder in ihren Betten; von ihrer Entwicklung bekam er praktisch nichts mit.

In dieser Zeit lernte ich Heike und Bruno kennen. Bruno war einer der zehn neuen Mitarbeiter in Franz' Abteilung. Auch Heike, seine Frau, arbeitete in der Firma. Franz kam eines Abends nach Hause und sagte: »Ich habe für Samstag ein Ehepaar zum Essen eingeladen, vielleicht kannst du was Gutes kochen.« Die Einladung überforderte mich fast, riss mich aber aus meiner Lethargie. Seit einem halben Jahr hatten wir keine Gäste mehr gehabt. Heike und Bruno waren mir sofort sympathisch. Sie waren schöne, zierliche Menschen, beide einen Kopf kleiner als Franz und ich. Bruno war lebhaft, redete viel und lachte laut. Wie es oft bei kleinen Menschen war, kompensierte er seine fehlende Größe mit einem gewaltigen Mundwerk. Wenn er neben Franz stand, wirkten sie wie David und Goliath. Aber er war sportlich, hatte eine athletische Figur mit kräftigen Waden und spielte Fußball. Heike, seine Frau, hatte tizianrote Haare und sah mit ihrem blassen Teint aus wie aus Porzellan. Sie war schüchtern, schreckhaft und schwieg meist, wenn sich andere unterhielten. Nur wenn sie Kinder sah, taute sie auf und ihr Innerstes schien aufzublitzen. Es war schwierig, mit Heike warm zu werden, denn alles an ihr war zögerlich: von ihren Bewegungen bis zu ihrem Lachen. Sobald wir allein waren, wussten wir nicht, worüber wir sprechen sollten, und sahen uns verlegen an. Heike verhielt sich häufig eigenartig. Wenn wir nach dem Essen auf der Couch beisammensaßen, konnte es zum Beispiel geschehen, dass sie plötzlich in ihrem Sessel zusammensackte, der Kopf auf ihre Brust sank und sie anfing, leise zu schnarchen. Bruno übersah das, es war ihm wohl peinlich, und wir taten auch so, als ob wir es nicht sähen und hörten. Nach einer Viertelstunde öffnete Heike dann wieder die Augen, sah sich erstaunt um und lächelte verlegen.

Wir begannen, regelmäßig unsere Wochenenden miteinander zu verbringen; wir trafen uns in Schwabing zum Essen beim Chinesen, und hin und wieder gingen wir in einen Nachtklub, um zu tanzen. Heike war eine ausgezeichnete Tänzerin, sie bewegte sich graziös und rhythmisch, hier vergaß sie ihre Müdigkeit, und mir ging es ähnlich, die Musik löste meine Erstarrung.

Die dumpfe Tristesse meiner Nachmittage ging jetzt zu Ende, denn Bruno fing an, täglich pünktlich um halb sechs an unserer Haustür zu klingeln. Er strahlte mich an und sagte: »Klara, ich würde gerne ein bisschen mit deinen Kindern spielen.« Und das tat er dann auch. Nach Arbeitsschluss kam er also zu uns statt zu seiner Frau nach Hause. Dadurch dachte ich nicht mehr fortwährend an Franz, der zu dieser Zeit vermutlich in den Armen seiner Geliebten lag und leidenschaftlich mit ihr schlief. Brunos Anwesenheit tröstete mich, aber ich wurde auch den Verdacht nicht los, dass er mit Franz unter einer Decke steckte. Die Kinder begrüßten ihn bald jubelnd, für sie war er ein Vaterersatz. Im Grunde war Heike in der gleichen Situation wie ich; ich stellte mir ihre Einsamkeit vor, sie musste annehmen, dass ich die Geliebte ihres Mannes war. Ich fühlte mich schuldig, änderte aber nichts.

Bruno legte mir sein Herz zu Füßen, doch ich wollte es nicht. Er tat alles, um mich aufzuheitern, er kochte unser Abendessen und machte Hausaufgaben mit Michael, der sich eng an ihn anschloss. Wenn ich zum Turnen oder ins Theater ging, passte er auf die Kinder auf, und wenn ich geschminkt und im Abendkleid das Haus verließ, bewunderte er mich und sagte: »Wie ungerecht ist das Schicksal, dass man das, was man hat, nicht schätzt, und das, was man nicht bekommen kann, für das höchste Gut hält – wie beneide ich Franz um seine schöne Frau und die Kinder!«

Die Idee, Franz Gleiches mit Gleichem zu vergelten, kam mir nicht in den Sinn; ich brachte Bruno einfach keine romantischen Gefühle entgegen und empfand mich nahezu als geschlechtsloses Wesen. Noch seltsamer war jedoch, dass Franz nie Eifersucht oder Misstrauen zeigte, obwohl er täglich einen Mann bei seiner Familie antraf, der sich dort offenbar zu Hause fühlte und mit dem selbst seine Kinder vertrauter umgingen als mit ihm. Traute er mir nicht zu, dass ich ihn betrügen würde? War es ihm egal? War er erleichtert, oder nahm er es nicht wahr, weil er so sehr mit sich selbst beschäftigt war?

Auch Bruno zeigte sich nicht sonderlich sensibel, schien er doch weit davon entfernt zu sein, den Verrat an seiner Frau zu erkennen.

Heike reagierte anders als ich. Bruno überraschte mich eines Abends mit der Mitteilung: »Heikes Chef hat uns am kommenden Wochenende alle zusammen auf seine Hütte eingeladen – schau mal, dass das klappt!« Er lächelte so gewinnend, dass meine Bedenken nur noch theoretisch waren. »Und was mache ich mit den Kindern?«

»Die kommen natürlich mit, das ist doch klar.«

Franz freute sich über die Einladung, und am folgenden Samstag zogen wir in einer kleinen Kolonne los. Die Kinder stiegen mit Rucksäcken beladen begeistert den Berg hinauf, für sie war der Ausflug ein Abenteuer. Für uns Erwachsene wurde es auch eines.

Der Hüttenabend begann romantisch. Unser Gastgeber Gerald, ein dreißigjähriger gut aussehender Junggeselle, entzündete die Gaslampen, die Männer heizten den Küchenherd an, bis die Platten glühten, und wir Frauen bereiteten das Abendessen vor, kochten Spaghetti und putzten Salat, während die Kinder ihre Schlafsäcke ausrollten. Es gab nur einen Schlafraum. Darin standen teils eng nebeneinander zehn Stockbetten. Zum Essen tranken wir Wein, sehr viel Wein. Und später beim Kartenspielen noch mehr. Heike war fröhlich, ausgelassen und zeigte keine Spur von Müdigkeit. Ich dagegen gähnte und verabschiedete mich schließlich als Erste. Im Halbschlaf spürte ich, wie Franz neben mich kroch. Kurz darauf wurde die Matratze auf meiner anderen Seite belegt. Ich öffnete die Augen und sah, wie Bruno in seinen Schlafsack schlüpfte. Und auf einmal stand Heike im flackernden Licht der Gaslampe vor meinem Bett und blickte zu mir hinunter, als wollte sie sagen: »Schlaf gut mit deinen beiden Männern, Klara!« Dann stieg sie behände die Leiter hoch. Ganz plötzlich wurde es finster, ich hielt den Atem an und spitzte die Ohren. Aber das war gar nicht nötig, denn die zwei über uns zeigten keine Hemmungen. Unbeweglich lag ich zwischen Franz und Bruno, vernahm ihre gepressten Atemzüge, wusste, dass sie nicht schliefen. Ich schämte mich für das, was Heike tat, und gleichzeitig verstand ich den Grund. Es war ihr Versuch herauszufinden, ob Bruno sie liebte. Am nächsten Morgen zeigte sich Bruno indifferent, sein Verhalten ihr gegenüber hatte sich nicht im Geringsten verändert.

Nur einmal gestand mir Bruno seine Liebe. Es war an einem regnerischen Abend, wir saßen in der Dämmerung auf der Couch, die Kinder lagen schon im Bett und Franz war offenbar bei seiner Geliebten. Ich hatte ein Klavierkonzert von Mozart aufgelegt. Bruno legte seinen Arm um mich und sah mich ernst an.

»Ich würde am liebsten nicht fahren«, flüsterte er und schluckte. Als ich nichts entgegnete, fuhr er fort: »Ich werde dich und die Kinder vermissen, Klara. Ach, könnten wir doch irgendwo hinfahren, ganz weit weg, ohne Ziel!« Das war zwei Wochen, bevor Bruno und Heike nach England übersiedelten.

Drei Jahre später kehrten sie wieder nach Deutschland zurück. Heike war schwanger, kurz darauf kam ihre Tochter Sandra zur Welt. Doch das rettete die Ehe nicht. Unsere Beziehung hatte sich gelockert, wir sahen uns nur noch sporadisch. Doch eines Abends rief Bruno an und sagte: »Ich muss unbedingt mit dir sprechen.«

Wir trafen uns in einem Restaurant. Als ich ihn sah, erschrak ich. Er sah verhärmt aus, war abgemagert und hatte Ringe unter den Augen.

»Was ist passiert?«

»Heike liegt im Krankenhaus. Sie hat gestern einen Liter Schnaps getrunken. Als ich nach Hause kam, lag sie ohnmächtig am Boden. Man konnte ihr gerade noch das Leben retten.«

»Hast du gewusst, dass sie trinkt?«, fragte ich.

Er schüttelte den Kopf. »Ich hatte keine Ahnung.«

»Und was passiert jetzt – wo ist Sandra?«

Eine Träne floss an seinem Nasenrücken entlang. »Sandra habe ich zu meiner Mutter gebracht, denn Heike muss mindestens zwei Monate zum Entzug in der Klinik bleiben, und anschließend kommt sie in psychologische Behandlung.«

»Und wie geht es ihr?«

»Sie redet nicht mit mir.« Mehr sagte Bruno nicht.

»Und wie geht es dir?«

»Schrecklich«, stöhnte er. »Ich weiß, dass Heike und ich nie zueinandergepasst haben, wir sind viel zu lange zusammengeblieben.«

Zwei Jahre später ließen Bruno und Heike sich scheiden. Heike heiratete wieder, aber Bruno blieb allein. Bei uns schaute er nicht mehr vorbei.

Hilde

Im siebten Himmel 1933

Wir küssen uns. Ich rieche seinen Schweiß, ich höre das kräftige Klopfen seines Herzens, er streicht mir zart über das Gesicht. »Komm, gehen wir weiter«, flüstert Kurt, »ich will deinem Freund Wolfgang nicht wehtun.«

»Wohin sollen wir gehen? In die Wohnung deiner Eltern kann ich nicht, und dich meinen Eltern vorzustellen ist zu früh«, sage ich, und plötzlich kommt mir eine Idee. Ich muss laut lachen. »Ich will mit dir in den Luisenpark gehen und dann ins Kino.«

»Warum lachst du so?«

»Kannst du dir das nicht vorstellen?«

Kurt schüttelt den Kopf und küsst mich.

»Na, weil uns auf den Pfaden im Park niemand sieht. Wir können uns berühren, küssen und halb nackt auf die Wiese legen, und im Kino sitzen wir ganz nahe nebeneinander und machen weiter.«

Kurt findet das nicht so spaßig, sein Gesicht ist ernst, er runzelt die Stirn. »Das kann ja heute ganz lustig sein, aber was machen wir morgen oder übermorgen oder in den nächsten Tagen und Monaten? Ich brauche noch ein Jahr, bis ich mein

Studium hinter mir habe, was nicht bedeutet, dass ich gleich eine eigene Wohnung bekomme. Und wie sieht's bei dir aus?«

»Ziemlich ähnlich. Vorige Woche war ich mit Wolfgang bei einer Frau, die ihren Modeladen aufgibt. Sie wartet darauf, dass sie mit ihrer Familie nach Amerika auswandern kann. Ich war schockiert, was die SS-Männer mit ihrem Mann gemacht haben.«

»Was haben sie mit ihm gemacht?«

Als ich berichte, wie schrecklich der Lehrer verletzt wurde, schaudert es mich wieder. »Glaubst du, das könnte uns auch geschehen?«

»Komm, Hilde, lass uns von was Fröhlicherem reden, ich will mich ewig nur an unser Glück erinnern.«

Die Gesichter der Leute, die uns entgegenkommen, strahlen. Wir schlendern eng aneinandergeschmiegt die Breite Straße hinunter. Die Geschichte von Familie Reinert spukt mir immer noch im Kopf herum. »Glaubst du, dass deine Familie auch gefährdet ist?« Kurt sieht mich an, als wäre ich nicht ganz bei Verstand.

»Wieso, was sollten sie gegen uns haben? Endlich sinkt die Zahl der Arbeitslosen, die Leute wollen das Leben genießen, endlich wieder einfach nur auf der Straße spazieren gehen, ohne auf der Suche nach Arbeit oder Essen zu sein.«

Ich falle ihm empört ins Wort. »Hast du vergessen, was dein Vater bei den Bonheims für eine aufrüttelnde Rede gehalten hat? Wie außer Rand und Band die Männer waren, für wie gefährlich sie diesen Hitler hielten?«

»Nein, das habe ich nicht vergessen, lass mich ein bisschen optimistisch sein, lass mich hoffen.«

Wir halten uns an der Hand und schlendern weiter.

»Komm, kaufen wir uns eine Tüte Äpfel und einen Laib Brot«, schlägt er vor. »Die brauchen wir, der Luisenpark ist riesig.«

Von der Natur sehen wir nicht viel, wir gehen eng umschlungen die schmalsten Wege entlang, suchen das dichteste Dickicht. Das finden wir schon nach einer halben Stunde. Auf dem winzigen Stückchen Wiese können wir unsere Körper gerade ausstrecken. Gierig ziehen wir unsere Kleidung aus, stehen nackt voreinander, bestaunen unsere Körper, berühren uns behutsam, bevor wir uns immer intensiver streicheln, uns auf das weiche Gras fallen lassen, die Arme umeinander schlingen.

Kurt legt seinen Kopf an meine Brust. Mein Körper glüht, hebt sich ihm entgegen, damit er in mich eindringt. Er verschlingt mich, hüllt mich ein, so intensiv, so begehrend. Ich erlebe einen Höhenflug, Flammen lodern in mir, am Ende weiß ich nicht, wie oft ich gekommen bin. »Geh nicht, mein Geliebter«, murmle ich. »Bleib in mir, bis ich nicht mehr kann.« Dann kommen die Tränen.

Zwischen den hohen Bäumen schimmert hellblau der Himmel, die Sonne erreicht uns nicht, ganz langsam wird aus dem Hellblau ein Grau, und unsere Körper kühlen ab.

»Hast du eine Uhr bei dir?« Ich stehe auf und strecke meinen nackten Körper. Kurt sieht mich ernst an, nickt und holt eine Uhr aus der Hosentasche. »Es ist schon fast sechs, wir müssen uns ein bisschen beeilen, um sieben ist es dunkel, und ich weiß nicht, wann die den Park zumachen.« Mit einem Satz springt er auf und umschlingt mich, ich merke, dass er schon wieder erregt ist, und lächle. Seine Hände streichen über meine Brüste, ich will mich wieder ins Gras legen, aber er ist vernünftiger als ich, stülpt mir das Kleid über den Kopf, streicht mit den Fingerspitzen durch mein zerzaustes Haar und küsst mich immer wieder, bevor wir losrennen. Wir kommen gerade noch rechtzeitig, ehe der Nachtwächter das Tor abschließt.

»Hast du noch Lust, ins Kino zu gehen?«, frage ich.

»Wenn's möglich wäre, würde ich mit dir die ganze Nacht dortbleiben, wo sonst sind wir uns so nah?« Kurt nimmt mich an der Hand, wir gehen schnell, damit uns wieder warm wird.

»Ich kenne ein gemütliches Kino in der Oststadt, das Odeon. Ist dir auch egal, was die gerade für einen Film zeigen?«, fragt Kurt.

»Oh, der Film ist mir ziemlich egal, ich stelle mir nur die gemütlichen Sessel vor … wie wir uns küssen und anfassen können.« Wir beschleunigen unseren Gang, wir rennen fast.

Vor dem Kino stehen die Leute Schlange, offenbar gibt's einen interessanten Film. In einem Holzkasten mit Glasscheibe hängt ein Plakat des Filmes »Tarzan der Furchtlose«. Buster Crabbe ist der Held, Julie Bishop spielt auch mit, wir schauen uns die Bilder an und vermuten, dass sie seine Geliebte ist. Dann kaufen wir Karten und eine Flasche Wasser. Ganz hinten kuscheln wir uns in unsere Sessel. Wir bekommen nicht viel von dem Film – offenbar wirklich eine Liebesgeschichte – mit. Mir ist sehr warm, ich glühe in meinem dünnen Kleidchen. Nach der Vorstellung laufen wir Hand in Hand durch die frische Nacht.

»Wie können wir uns wieder treffen?«, fragt Kurt. »Ich komme am Samstagabend mit dem Zug von Heidelberg, meine Eltern erwarten mich, es bleibt uns also nur der Sonntag.«

Bei Heidelberg denke ich an Robert. Einer wollte Arzt werden, der andere wird Architekt.

Wir stehen vor Engelhorn & Sturm, drücken uns aneinander. Er fragt: »Sag mal, habt ihr kein Telefon?«

»Natürlich haben wir ein Telefon, doch das bimmelt ständig. Am besten rufst du um halb neun an, bevor wir aufmachen.«

Ganz plötzlich denke ich an das Gartenhäuschen, mein Liebesnest mit Robert. Nie mehr bin ich nach seinem Tod dort hingegangen, doch jetzt empfinde ich die gleiche Sehnsucht wie damals bei ihm, mein Körper giert nach Liebe. »Meine Eltern haben ein Gartenhäuschen in der Nähe vom Neckar, sie gehen nur im Sommer hin, wenn das Obst reif ist. Dort können wir uns den ganzen Tag lieben, sogar wenn es regnet, und kein Mensch stört uns.«

»Das wird schön werden«, flüstert mir Kurt ins Ohr.

Klara

Die Insel 1978

1975 hatte sich unsere Beziehung verbessert. Wir hatten ein viertes Kind bekommen, mein Wunschkind, und waren beide begeistert von der Kanareninsel La Palma, die wir durch einen Freund kennengelernt hatten.

Mit dem inzwischen gut eineinhalbjährigen Philipp waren wir im Vorjahr dort im Urlaub gewesen. Schwere Stürme hatten getobt. Der Wind hatte graue Regenfahnen und Wellen mit Häuptern aus Gischt gebracht. Er verwandelte das Meer in einen Hexenkessel, Wellen donnerten gegen die schwarz aufragende Steilküste.

Franz und ich hatten auf einer Klippe gestanden, die Kapuzen unserer Anoraks tief in die Gesichter gezogen, und hingerissen das Schauspiel betrachtet. Unser Sohn streckte neugierig den blonden Kopf aus Franz' Anorak.

»Ist das nicht fantastisch?«, brüllte Franz gegen den Wind an und sprang zurück, um sich vor der Gischt in Sicherheit zu bringen. Philipp krähte vergnügt und zeigte seine ersten Milchzähne. Unser Lachen wurde vom Herandonnern der nächsten Welle übertönt. Eine weiße Fontäne spritzte hoch wie aus einem Geysir und verwandelte sich über unseren Köpfen in einen Vorhang aus Tropfen. Wir ließen das Wasser auf uns rieseln und fast ehrfürchtig betrachtete ich das tosende Meer.

Eine gewaltige Hand schien ein Höllenorchester zu dirigieren: Aus dem Pfeifen des Windes, dem Donnern der Brandung und dem Kreischen der Möwen wurde eine apokalyptische Sinfonie. Durch zerfetzte Wolken stach Sonnenlicht.

»So stelle ich mir den Weltuntergang vor«, sagte ich.

»Sieht eher nach Schöpfung aus«, meinte Franz. »Komm, gehen wir nach Hause und machen es uns gemütlich, bevor wir hier völlig durchnässt werden.«

Jetzt glühte der schwarze Sand in der Mittagshitze. Die Blätter der großen Palme, unter der wir lagen, bewegten sich sachte, Sonnenlicht malte zittrige Muster auf unsere blassen Körper. Eingerollt wie ein junger Hund schlief Philipp neben mir. Seine Hände waren zu Fäusten geballt, seine Augenlider zuckten. Wir waren seit dem frühen Morgen hier, planschten in der leichten Brandung und schauten anderen Kindern und ihren Müttern zu, wie sie Sandburgen bauten. Franz war schon dreimal im Meer gewesen. Jedes Mal schwamm er mit Flossen, Brille und Harpune weit hinaus. Er hatte sogar Beute mitgebracht. Noch längst nicht tot, hatte ein kräftiger Kraken seine Fangarme um den Speer geringelt. Der Anblick war schaurig, er zog eine Schar von Kindern an, die gespannt verfolgten, was Franz nun tat. Er befreite den Pulpo vom Speer, nahm sein Messer und stieß es dem Tier zwischen die Augen. Als sich die Fangarme nicht mehr bewegten, griff er in den Schwimmsack und holte das Innere mit einer schnellen Bewegung heraus. Philipp blickte stolz zu seinem Vater auf und Franz lächelte. Dann packte er den glitschigen Kraken und klatschte ihn einige Male heftig gegen den Felsen, damit das Fleisch weich wurde, Voraussetzung für eine gute Mahlzeit. Wie man das machte, hatte er Fischern abgeschaut.

Nun lag der Pulpo neben mir in einem mit Salzwasser gefüllten Eimer. Aber ich wollte das Vieh nicht anrühren, geschweige denn kochen. Stattdessen blätterte ich in meinem Buch, um mein Desinteresse zu demonstrieren. Dann wanderten meine Augen zu Franz, der einige Meter von mir entfernt auf einer Strohmatte lag. Verstohlen betrachtete ich ihn. Auf andere mochte er entspannt wirken, auf mich nicht. Er hatte die Knie angezogen, sein Kriminalroman lag aufgeschlagen auf dem flachen Bauch, die Hände ruhten auf seiner Brust. Nein, sie ruhten nicht. Nur die Daumen waren ruhig, die er abgespreizt unter die Achseln gesteckt hatte, mit den anderen Fingern trommelte er auf seinen Brustkorb.

Sein schmales Gesicht mit der großen, gebogenen Nase wirkte verschlossen, abweisend, fast hochmütig. Die dunkelblauen Augen starrten ins Nirgendwo und an der Zornesfalte zwischen den Augenbrauen erkannte ich, dass seine Gedanken um wenig Angenehmes kreisten. Wie gern hätte ich gewusst, was hinter seiner Stirn vor sich ging, was er dachte, was er fühlte, aber davon verriet er mir schon lange nichts mehr. Die Phase der Besserung war vorüber. Wir waren kein glücklich verheiratetes Paar, sondern nur noch verheiratet.

Franz bemerkte, dass ich ihn beobachtete. Er drehte den Kopf zur Seite, schaute aber durch mich hindurch. Ich versuchte ein Lächeln, aber er erwiderte es nicht. Ich spürte fast körperlich, wie er eine Mauer aus Groll zwischen uns errichtete. Sein Schweigen hatte etwas Verletzendes, es grenzte an Verachtung. Ich wollte es gerne brechen, doch ich wusste nicht, wie. Ich hatte Angst davor, etwas Falsches zu sagen, wälzte die Worte zu lange in meinem Kopf, andererseits hätte Spontaneität wohl zu einem Streit geführt. Die Auseinandersetzungen hatten sich in letzter Zeit gehäuft. Ich hatte das Gefühl, dass Franz mich provozieren wollte, um sich zu beweisen, dass bei uns so gar nichts mehr stimmte. Also schwieg ich lieber.

»Ich gehe noch mal ins Wasser«, sagte er kurz. Ich nickte und beobachtete, wie er sich mit der Eleganz eines selbstbewussten Mannes bewegte, der sich seines schönen Körpers bewusst war. Man sah ihm seine fünfundvierzig Jahre nicht an. Plötzlich begann er zu hüpfen, der glühend heiße schwarze Sand verbrannte ihm die Fußsohlen. In Sekundenbruchteilen war die Eleganz dahin – mit großen Sätzen und wild schwingenden Armen sprang er über den Strand und stürzte sich ins Wasser. Mit kräftigen Kraulzügen schwamm er ins offene Meer hinaus. Erst als von seinem Kopf nur noch ein Punkt zu sehen war, wandte ich den Blick ab.

Der Himmel leuchtete in einem monochromen Stahlblau, brütende Hitze lag über der Bucht, am Strand herrschte Stille. Ich probierte es noch einmal mit meinem Buch und diesmal klappte es.

Ich las so konzentriert, dass ich erschrak, als plötzlich Wasser auf meinen Rücken tropfte. Franz hielt seine Hände über mich und sagte: »Kannst du mir bitte ein Handtuch geben?«

Seit Stunden waren das die ersten Worte. »Es ist in der Tasche«, antwortete ich enttäuscht, stand auf, lief zum Meer, sprang durch die leichte Brandung und schwamm in langen Schwimmzügen hinaus. Irgendwann drehte ich mich auf den Rücken, breitete die Arme aus, ließ mich von der leichten Dünung schaukeln und betrachtete die Insel. Wie eine Kulisse lag sie vor mir. Die aus Lava geformte Steilküste ragte majestätisch aus dem Meer: Leuchtend grün saßen Bananenplantagen auf den bizarren Steinformationen und konkurrierten mit dem Blau des Himmels. Mein Blick wanderte höher über graue Felder, die sich während der Regenzeit grün färben würden, bis zu dem hellbraunen mächtigen Vulkankegel, an dessen Flanken undurchdringlicher Lorbeer und Macchia wucherten. Der Anblick beruhigte und erheiterte mich.

Als ich zurückkam, war der Strand abgekühlt und fast menschenleer. Philipp rannte mir entgegen und rief: »Mama, Philipp Hunger hat.« Wir warteten, bis die Sonne rot glühend im Meer versank. Ein paar Wölkchen dicht über dem Horizont waren zuerst leuchtend rot, dann violett und verblassten schließlich langsam wieder. Eine leichte Brise wehte vom Meer. Franz nahm Philipp auf den Arm und den Eimer mit dem Pulpo, ich griff nach der Strohtasche, und wir gingen ins nächste Restaurant. Auf dem Weg verschenkte Franz den Pulpo an einen Jungen, der am Mittag Obst am Strand verkauft hatte.

Franz bestellte eine Flasche Rotwein und Tapas. Dann fragte er mich, als ob es unser Schweigen nie gegeben hätte: »Hast du einen Vorschlag, was wir morgen machen könnten?« Ich zuckte ratlos mit den Schultern, entschloss mich dann jedoch, unbedingt etwas zu sagen, einfach damit wir weiter miteinander sprachen. »Wir wollten doch schon beim letzten Mal diese Inselumrundung machen. Weißt du noch? Wir haben es dann aber bleiben lassen, weil Philipp noch zu klein war – ich hätte richtig Lust darauf. In unserem Führer ist die Fahrt toll beschrieben, die Landschaft soll atemberaubend schön sein, es geht bergauf, bergab, durch viele Schluchten, aber die Strecke ist nur teilweise asphaltiert. Wir brauchen dafür sicher einen ganzen Tag.« Ich plapperte ohne Punkt und Komma, wartete dann vergebens auf eine Antwort und ärgerte mich über meine naive Dankbarkeit, wegen der mir all die Worte von den Lippen gefallen waren.

Es dunkelte, wir schauten in die Nacht, jeder in seine Gedanken versunken. Ich wollte Franz' Hand berühren, fürchtete aber, von ihm zurückgewiesen zu werden. Das Schweigen machte uns zu Fremden. Wir nickten dem Kellner stumm zu, aßen stumm, lächelten Philipp wortlos an und schwiegen den Rest des Abends. Zu meinem Vorschlag äußerte sich Franz nicht.

Barfuß stand ich auf der kleinen Terrasse unseres Bungalows und sah, wie der Morgen heraufdämmerte, ein grauer Schleier lag über der Bucht, langsam hob er sich, schwebte höher und höher und verblasste endlich. Wie entblößt lag jetzt der Ozean vor meinen Augen.

Franz und Philipp schliefen noch. Bevor ich duschte, deckte ich den Tisch und kochte Kaffee. Im Bad betrachtete ich mein Gesicht im Spiegel – die helle Haut, die grünen Augen, die schmale Nase und den vollen Mund. Ich versuchte ein Lächeln, doch es misslang. In den Augenwinkeln entdeckte ich kleine Fältchen, an der Stirn waren sie schon tiefer und in den Mundwinkeln glichen sie Klammern, die dem Mund etwas Bitteres gaben. Die dunkelblonden Haare fielen mir auf die Schultern.

Beim Frühstück nickte mir Franz zu, woraus ich entnahm, dass wir heute die Inselumrundung machen würden. Philipp war aufgeregt, plapperte unentwegt und schleppte Dinge an, die er auf die Reise mitnehmen wollte: Bilderbücher, seine Puppe und das neue Flugzeug, das Franz ihm aus einem Stück Treibholz geschnitzt hatte. Franz stand auf und spülte das Geschirr, während ich unseren Rucksack packte. »Franz«, sagte ich, »wir haben nicht genügend Proviant, wir müssen noch kurz einkaufen, bevor wir losfahren.« Er nickte nur und ergriff die Autoschlüssel. Sein zweites Nicken in Richtung Tür mahnte uns zum Aufbruch.

Wir parkten vor dem erstbesten Krämerladen in dem nahe gelegenen Ort. Es roch nach Knoblauch, heißem Öl, gegrillten Hühnern, Kaffee, Gewürzen und schwitzenden Menschen. Schon jetzt am frühen Morgen herrschte reger Betrieb. Franz nahm Philipp auf den Arm und murmelte: »Ich schau mal, ob ich eine Zeitung bekomme.« Dann war er weg. Schon stiegen Schuldgefühle in mir hoch. Was hatte ich nun schon wieder falsch gemacht? War es vielleicht allein meine Schuld, dass der

Kühlschrank leer war? Warf er mir vor, dass ich die Einkäufe besser gestern hätte erledigen sollen? Fühlte er sich gestört? In seiner Freiheit eingeschränkt? Was legte er mir zur Last mit seinem aggressiven Schweigen? Rasch und wütend erledigte ich meinen Einkauf und eilte zurück zum Auto, aber er war noch nicht da. Suchend blickte ich die Straße hinauf und hinunter, bis ich ihn in einer kleinen Telefonzelle entdeckte. Er lächelte und redete lebhaft. Mit wem sprach er da? Schnell überquerte ich die Straße. Als Franz mich kommen sah, erschrak er und legte auf. Ich öffnete die Tür und fragte ihn, mit wem er gesprochen hatte. Seine gute Laune machte mich misstrauisch.

»Mit den Kindern«, blaffte er, und ich wusste sofort, dass er nicht unsere drei Großen angerufen hatte. Das tat er nie, und außerdem kannte er keine Telefonnummer auswendig. Nicht mal unsere eigene. Wie auch? Er rief mich ja nie an.

»Und warum hast du dann aufgelegt?«, hakte ich nach.

»Die Verbindung wurde unterbrochen.«

»Dann werden wir es halt noch einmal probieren.« Ich suchte nach Münzen in meinem Geldbeutel.

»Es waren nicht die Kinder«, meinte Franz da, »ich habe mit Wieland gesprochen, um zu sehen, ob in der Firma alles glattgeht.« Wieland war Franz' Assistent, ein ganz Genauer, auf den man sich hundertprozentig verlassen konnte. Die Telefonnummer der Firma hatte Franz außerdem noch viel weniger im Kopf als die der Kinder, und sein Notizbuch lag zu Hause. Schlagartig wurde mir klar, dass er mit einer Frau gesprochen hatte. Und dass er sie gut kennen musste, da er ihre Nummer auswendig kannte. Eine eiskalte Hand schien mein Herz zu umklammern und schnürte mir die Luft ab. Mit zitternden Händen suchte ich in meiner Tasche nach der Sonnenbrille und stolperte blind vor Tränen zum Auto. Franz kam hinterher, setzte sich ans Steuer, gab Gas, und ich konnte mich nicht länger beherrschen. Mit tränenerstickter Stimme schrie ich: »Ich glaube dir nicht! Du hast eine Frau angerufen!« Franz schrie noch lauter: »Red keinen Mist, ich habe gar keine Zeit, mir eine Geliebte zu halten.«

Unsere Fahrt begann. Wir schwiegen. Philipp saß verstört in seinem Kindersitz und weinte, doch keiner wollte ihn trösten. Wir waren viel zu sehr mit uns beschäftigt. Nur kurz hielten wir an und aßen unseren Proviant. Dieses ewige Schweigen machte mich verrückt. Woran Franz wohl dachte?

Ich starrte aus dem Fenster – Felder mit Mandelbäumen wechselten sich ab mit steilen Hängen, auf denen Wein wuchs, die Straße schien nur aus Kurven zu bestehen und führte durch grandiose Schluchten. Meine Gedanken verwirrten sich; mein Leben schien mir eine einzige Lüge. Ich fühlte einen tiefen Hass. Franz' seltsam verschlossenes Verhalten in diesem Sommer ergab nun Sinn. Wie dumm war ich gewesen, dass ich erst jetzt eins und eins zusammenzählte und erkannte, warum er in letzter Zeit wieder häufig so spät nach Hause gekommen war, warum er meine Zärtlichkeiten zurückgewiesen, mich so oft voller Abneigung oder abwesend betrachtet und aggressiv reagiert hatte.

Wir erreichten den höchsten Punkt der Insel, einen fast zweitausendfünfhundert Meter hohen Vulkan mit einem riesigen Senkkrater. Weit unten am Fuß der Steilwände sah ich Wälder und ein Bachbett. Mir schwindelte, alles drehte sich, mit schwerem Herzen dachte ich an meine Kinder, der Abgrund fast eine Verlockung, die Tiefe zog mich an. Ich ging zwei Schritte, strauchelte, fiel und spürte einen stechenden Schmerz. Mein rechter Zeigefinger schwoll augenblicklich an. Ich setzte mich, hielt die Hände vors Gesicht und fing an zu weinen.

Franz stürzte auf mich zu, zerrte mich am Arm hoch und schrie: »Was machst du für einen Quatsch!«

Ein heftiger Wind wehte, stumm kehrten wir zum Auto zurück. Wie ein Häuflein Elend saß Philipp da. Wir hatten ihn im Kindersitz zurückgelassen, ihm gesagt, dass wir gleich wiederkämen. Wir versuchten, ihn zu füttern, aber er hatte keinen Appetit – seine Fröhlichkeit war wie weggeblasen –, auch die Tüte mit Kartoffelchips ließ er links liegen.

Die Fahrt schien kein Ende zu nehmen. Am Spätnachmittag erreichten wir endlich wieder den Bungalow, und Franz legte sich sofort ins Bett; ich bevorzugte die Terrasse und beschloss, meine Nächte ab sofort im Bett neben Philipp zu verbringen. Im Geiste überschlug ich die Zeit, bis der Urlaub endlich vorbei war und wir uns wieder aus dem Weg gehen konnten. Eine verdammte Woche blieb uns noch. Eine Galgenfrist von sieben Tagen und acht Nächten, bis wir wieder in Deutschland waren und Franz über seine Lügen stolpern würde. Er würde stolpern, das schwor ich mir. Die Ungewissheit machte mich fast wahnsinnig. Mein Verdrängungsmechanismus, den ich in den vergangenen Jahren so gut trainiert hatte, funktionierte diesmal nicht. Mein Panzer war brüchig geworden.

Wieder eine Nacht ohne Schlaf. Mein kleiner Sohn atmete neben mir im Gitterbettchen, und ich fühlte heiße Zärtlichkeit für ihn. Am liebsten hätte ich ihn zu mir geholt und an mich gedrückt. Unaufhörlich dachte ich an Franz und die fremde Frau, stellte mir zwei nackte Körper vor, voller Lust ineinander verschlungen. Franz, wie er mich betrog; ich wollte vor Schmerz schreien.

Meine Angst vor der kommenden Woche wuchs. Ich brauchte Klarheit, Gewissheit, die Wahrheit und fürchtete mich gleichzeitig davor. Die Zukunft schien mir wie eine hohe Mauer aus lockeren Steinen, die bei der kleinsten Berührung über mir zusammenbrechen würde. Doch dieses Mal würde ich mich aus den Trümmern befreien, schwer verletzt herauskriechen und weglaufen. Ich wusste, was ich zu tun hatte, diesmal würde ich nicht klein beigeben. Doch kaum hatte ich das beschlossen, überkam mich wie immer Furcht: Würde ich es allein schaffen mit den vier Kindern? Und mein schönes Haus, mein paradiesischer Garten – konnte ich all das verlassen? Wie würde mein Umfeld reagieren?

Zermürbend langsam verging die Nacht, es dämmerte und Philipp wachte auf. Er hatte mich noch nicht bemerkt und streckte sich gähnend. Dann kletterte er über das Gitter seines Bettchens; die nasse Windel hing ihm zwischen den Knien. Er tapste zu unserem Schlafzimmer. Ich hörte, wie Franz ihm eine Begrüßung zumurmelte, und schlummerte endlich ein. Allerdings nur für einen Moment, denn kurz darauf kreuzte Philipp mit seinem Treibholzflugzeug um mich herum. »Mama aufwacht!«, brüllte er und ich schleppte mich müde ins Bad.

Der Spiegel zeigte mir ein schreckliches Bild. Meine Augen waren geschwollen, alles an mir schien zu hängen: die Haare, die Schultern und die Augenlider. Die warme Dusche tat mir gut.

Philipp wollte auch duschen; die Windel zog er allein aus, dann bespritzte er mich mit der Brause und fragte: »Mama, heute Meer geht?«

Es fiel mir schwer, aber ich lächelte das Kind an – was konnte er dafür – und streichelte ihm über den nassen Kopf. »Nein, Mama ist müde und geht lieber in den Wald.« Er war zufrieden, ließ sich abtrocknen und rannte in die Küche. Ich ängstigte mich vor dem Zusammentreffen mit Franz, trödelte im Bad, seifte mich zum dritten Mal ein, drehte die Dusche abwechselnd auf heiß und kalt und frottierte mich trocken, bis die Haut brannte. Als ich in die Küche kam, stand Franz am Herd und kochte Eier. Er schaute kurz hoch, sein Gesicht war ernst, leise sagte er: »Du hast offensichtlich auch schlecht geschlafen.« Ich nickte. Er sah müde aus, sein Gesicht war blass und zerknittert, die Haare standen ihm wirr vom Kopf. Als ich auf die Terrasse ging, sah ich, dass er den Frühstückstisch gedeckt hatte.

Bei Nacht schien die Terrasse über der kleinen Bucht und dem Meer zu schweben, doch bei Tag war sie nicht romantisch; alles war zu heiß und zu hell. Philipp saß schon auf seinem Hochstuhl und löffelte seine Cornflakes. Ich lehnte mich an die Brüstung und schaute über das im Morgenlicht dunkelblau glitzernde Meer. Das kleine Nachbardorf lag zum Greifen nahe, das Strandleben hatte schon begonnen. Die Schirme waren aufgestellt, der Sand wurde gekehrt und die ersten Sonnenanbeter ließen sich nieder.

Philipp stieg vom Stuhl und holte sein Bilderbuch. »Mama, liest Buch!«, quakte er. Ich setzte mich in einen Sessel an der Brüstung und er kletterte auf meinen Schoß. Es dauerte wie immer eine Weile, bis er sich irgendwo zwischen meinen Oberschenkeln, Brust und Armbeuge eingenistet hatte. Dann las ich ihm zum hundertsten Mal die Geschichte von dem kleinen Drachen vor, der mit seiner Mutter auf dem Berg lebte. Die Drachenmama saß mit ihm vor der Wohnhöhle und zeigte ihm, wie man Feuer spie. Dann brach der Vulkan aus. Damit Philipp das besser verstand, nahm ich ihn auf den Arm und ging mit ihm hinters Haus. Von hier aus konnten wir unseren Inselvulkan gut sehen.

»Siehst du den Vulkan?«, fragte ich. Philipp nickte. »Und siehst du auch den Drachen?«, murmelte ich zärtlich in sein Ohr und wartete gespannt auf seine Reaktion. Philipp kniff die Augen zusammen und rief begeistert: »Philipp Drachen sieht.«

Und schon wollte er mit mir auf den Vulkan steigen.

Ich setzte mich nicht an den Tisch, Franz' Nähe war mir unerträglich. Nur kurz blickte er auf, als ich ihm das Kind auf den Schoß setzte.

»Kannst du heute mit ihm an den Strand gehen? Ich möchte lieber in den Wald«, sagte ich und drehte mich weg.

»Willst du nicht vorher frühstücken?«

Ich schüttelte den Kopf, packte einen Apfel, eine Flasche Wasser und ein Brötchen in den Rucksack, stieg ins Auto und fuhr durch die Felder zum Wald. Dort begann ich, zum Vulkan hochzusteigen.

Hilde

Die Auswanderung 1934

Um zwei mache ich meinen Laden zu und decke draußen in dem kleinen Hof unter dem Kirschbaum den Tisch. Es ist Hochsommer, die Kirschen sind reif. Von Tag zu Tag verschiebe ich mein Vorhaben, die Früchte zu pflücken und Marmelade aus ihnen zu machen. Ich komme einfach nicht dazu. Das Mittagessen, das ich jetzt raustrage, habe ich gestern Abend gekocht. Kurt kommt pünktlich, umarmt mich, zieht sein Jackett aus und wirft sich auf seinen Stuhl.

»Was war das für ein anstrengender Tag!«, stöhnt er.

»Bei mir ging es heute zu wie in einem Bienenhaus, die Leute kaufen wie die Verrückten, erzähl, was bei dir los war.«

Ich fülle unsere Teller mit Gemüse, Kartoffeln und Sauerbraten. Kurt fängt gierig an zu essen. »Du glaubst nicht, was im Augenblick alles gebaut wird. Die Privathäuser sind eine Kleinigkeit – heute haben wir wieder mehrere große Aufträge bekommen. Wir sollen das Theater restaurieren, das kostet ein Vermögen, zwei Kinos und zwei Kaufhäuser bauen. Die Stadt lässt sich nicht lumpen.«

»Macht es dir Spaß?«

»Natürlich, nie hätte ich gedacht, dass ich so ein Glück haben werde.«

Kurt schiebt den Stuhl zurück, breitet die Arme aus und wartet, dass ich mich auf seinen Schoß setze. Er beginnt, meine Bluse aufzuknöpfen, seine Lippen streichen über meine Brüste, er trägt mich in das winzige Zimmer mit der Couch, wir liegen wie in einem Kokon, eng aneinandergeschmiegt. Ich liebe Kurts Fröhlichkeit, die so ansteckend ist, seine wunderschönen Hände, die meinen Körper berühren, ihn in Ekstase versetzen, sein wildes Lächeln, wenn wir miteinander schlafen, seine Schlagfertigkeit. In der Tat hauen mich sein Witz, sein Humor, seine Gesten, seine Art, sich zu bewegen, um.

Ich setze mich auf ihn, presse meine Schenkel an ihn, wir fangen an zu kämpfen, lachen Tränen, und kurz darauf galoppiere ich, die Stöße werden immer härter und schneller, ich kralle meine Hände in seine Schultern, wir schauen uns ekstatisch an, dann bäumt er sich auf, schreit, ich lege mich auf ihn und drücke mein Gesicht auf seines. Was für eine lustvolle Entdeckungsreise.

Wir haben im Quadrat H 5, nicht weit vom Rathaus, in der Nähe des Schwanenparks eine Dreizimmerwohnung gemietet. Jeden Morgen mache ich mich sehr früh auf den Weg, bummle fünfzehn Minuten durch die Planken ins Geschäft.

Zweimal in der Woche besuche ich meine Eltern, immer in der Mittagszeit, wenn Henny aus der Schule kommt. Oben unterm Dach hat sich einiges verändert. Henny schläft jetzt im Bett von Lene und mir, Lene ist zu ihrem Freund gezogen, dem dritten oder vierten; wir sehen uns selten, ich habe keine große Lust, sie zu besuchen.

Keiner von uns weiß, wo Willi wohnt. Vater macht sich große Sorgen, wir wissen, dass er Drogen verkauft und wahrscheinlich auch nimmt, einmal habe ich ihn in der Stadt gesehen, dünn und verschlampt. Als ich auf ihn zuging, haute er ab. Mutter sieht gesünder aus als früher, sie hat einige Kilo zugenommen, doch ihr Tagesablauf hat sich nicht verändert, stundenlang tritt sie mit ihren geschwollenen Füßen das Pedal der Nähmaschine. Henny überragt mit ihren zwölf Jahren sämtliche Mädchen in ihrer Klasse. Lene hat einmal gewitzelt: »Mama, welcher große Mann ist denn der Vater von Henny?« Über solche Späßchen müssen sogar meine Eltern lachen.

Wir haben uns viel zu erzählen. Vater sitzt breitbeinig in seinem alten Sessel, dann zieht er plötzlich das linke Hosenbein hoch bis zum Knie, strahlt und zeigt mir seine neue Prothese. »Das war höchste Zeit, mit dem alten Ding bin ich immer gestolpert, ich konnte es nicht mehr richtig am Bein befestigen und hatte ziemlich große Schmerzen. Ich fühle mich um fünf Jahre jünger.« Er lacht und zwinkert Mutter zu. »Erzähl uns doch ein bisschen von deinem kleinen Laden. Läuft er gut?«

»Ja, Papa, ich bin sehr glücklich, meine alten Kundinnen haben mich nicht verlassen und es kommen mehr und mehr neue. Neben meiner Schneiderei verkaufe ich auch noch die Sachen, die mir Frau Reinert hinterlassen hat. Das Geld schicke ich ihr allerdings nach New York, bis jetzt ungefähr dreitausend Reichsmark. Inzwischen habe ich neue Ware bestellt, für Damen und Herren, denn auch die Herren kommen gerne zu mir. Es gibt Hemden, Krawatten, Hüte, und außerdem verkaufe ich Zigarren. Die Männer sind großzügig, an ihnen verdiene ich mehr als an den Frauen. Hoffentlich bleibt das so. Es geht mir gut. So viel wie jetzt habe ich noch nie getanzt, jedes Wochenende gehen Kurt und ich aus.«

Vater strahlt. »Geht es deinem Kurt gut?«

»Dem geht es sehr gut, seine Firma floriert. Seit wir den Hitler haben, wird gebaut und gebaut. Ich meine nicht Einfamilienhäuser, Hitler hat im wahrsten Sinne des Wortes Höheres im Sinn.«

Mutter steht auf und macht Kaffee, immer noch Muckefuck, obwohl ich ihr ein Päckchen mit richtigen Kaffeebohnen mitgebracht habe; dazu bringt sie uns Stullen mit Marmelade.

»Mama, warum gönnst du dir nichts? Die Hungerjahre sind vorbei. Was machst du mit dem Kaffee, den ich dir mitgebracht habe?«

»Ich hebe ihn auf für schlechtere Zeiten, ich habe so ein ungutes Gefühl, dass uns da noch einiges bevorsteht.«

Nach einer Stunde verabschiede ich mich, ich will unbedingt noch bei den Bonheims reinschauen, seit Wochen habe ich nichts mehr von ihnen gehört. Nachdem mir vor zwei Jahren einmal der Taschenbügel von der Schulter gerutscht ist, als ich das Treppengeländer runtergesaust bin, lasse ich das lieber bleiben. Irgendwie habe ich damals die schwere Tasche noch aufgefangen und bin nicht ins Treppenhaus gestürzt, sondern zwanzig Stufen hinuntergepoltert. Ich habe geglaubt, mir alle Knochen gebrochen zu haben. Doch es waren zum Glück nur Blutergüsse.

Jetzt steige ich wie eine alte Frau die vier Stockwerke hinunter und klingle bei den Bonheims. Es rührt sich nichts, ich klingle noch einmal und noch einmal.

Ganz plötzlich wird die Tür aufgerissen und Herr Bonheim lächelt mich an. »Entschuldige, dass du so lange warten musstest, wir sind gerade dabei, die Schränke auszuräumen. Komm rein, Hilde, meine Frau wird sich freuen. Es ist so weit – schon seit Wochen reden wir nur noch vom Auszug.«

Der Gang steht voller Kisten, Herr Bonheim geht zum Wohnzimmer, dort sieht es aus, als hätte eine Bombe eingeschlagen. Noch nie habe ich Frau Bonheim so strapaziert gesehen, sie kniet auf dem Boden, um ihre blonden Haare hat sie ein Tuch geschlungen, sie ist nicht geschminkt, ihre Augen leuchten nicht, sie muss sich ein Lächeln abringen, als sie mich sieht.

Ich knie mich neben sie und frage, ob ich ihr helfen kann.

»Mein Mann und ich haben seit Tagen nur darüber gesprochen, wann wir gehen müssen und wohin wir können. Jetzt ist es so weit, Hilde, wir müssen uns beeilen, bevor uns Schlimmes droht.«

Frau Bonheim schlingt die Arme um mich, ihr Körper zittert, ich spüre ihre Tränen. »Was habt ihr vor, wohin wollt ihr?« Und noch bevor ich eine Antwort bekomme, wird mir klar, dass sie nach Imperia gehen werden, dass sie das Haus schon damals als mögliche Zuflucht angesehen haben.

»Wir werden in zwei Tagen losfahren, mitnehmen können wir wenig, unsere liebsten Dinge haben wir in die Kisten gepackt, ein Freund wird uns mit seinem Lastwagen begleiten.«

Herr Bonheim kommt zu uns, wirft sich in einen Sessel und schlägt die Hände vor das Gesicht.

Ich knie mich vor ihn, streichle über seine Hände, spüre, wie er zittert, darum bemüht, nicht in Tränen auszubrechen.

»Wollt ihr alle nach Imperia?«

»Nein, Vincent ist in England in Sicherheit, Jonathan überlegt es sich noch. Wir haben ihn angebettelt mitzukommen. Die Kinder wissen einfach nicht, wie grausam Menschen sein können. Wir müssen uns beeilen, diese Nazis sind Mörder, übergeschnappt und verroht.«

Herr Bonheim steht auf, sieht mich traurig an und drückt meine Arme. »Unseren Robert müssen wir hierlassen, aber er hat ja dich. Sobald wir in Imperia sind, werden wir Kontakt zu dir aufnehmen. Mach's gut, Hilde.« Und dann nimmt er mich zum ersten Mal in die Arme und küsst mich auf die Stirn.

Klara

Der Brief 1980

Dicker Herbstnebel lag über dem Garten. Die Luft war schwer von Feuchtigkeit und die Bäume verloren ihre Blätter. Unser kleines Buchenwäldchen leuchtete in orangeroten Goldtönen. Unser Haus schien als Schiff aus weißem Kalksandstein mit Schieferdach in einem Meer aus Blumen zu schwimmen. Die vielen Fenster ließen Licht hinein. Aus zwei langen, schlanken Schornsteinen kräuselte sich Rauch und vermischte sich mit dem Nebel. Ich hatte mich warm angezogen: Jeans, einen dicken Pullover und Gummistiefel. Systematisch zog ich den Rechen durch das feuchte Gras, türmte Haufen aus Blättern auf, packte sie in die Schubkarre und brachte sie zum Komposthaufen, der schon bald überzuquellen begann. Gartenarbeit tat mir gut.

Das Verhältnis zwischen Franz und mir war schrecklich; er verweigerte jedes Gespräch, jedes persönliche Wort, und der Zustand der Ungewissheit machte mich rasend. Jedes Mal, wenn ich ihn bat: »Sag mir, wer ist die Frau!«, brüllte er, auch vor den Kindern: »Lass mich in Ruhe, es gibt keine Frau!«

Silvie und ich saßen am Tisch. Silvie malte mit Wasserfarben leuchtend bunte Bilder. Das machte sie schon, seit sie drei war. Wir hatten ihr Talent früh erkannt und sie mit vier zu einem Malkurs für Vorschulkinder angemeldet. Sie malte Fantasiefiguren, Tiere und Pflanzen, manchmal akribisch genaue Miniaturen, dann wieder großflächig und wuchernd. Stundenlang konnte ich mir ihre Bilder ansehen; immer wieder entdeckte ich neue winzig kleine Details. Wenn ich sie so konzentriert malen sah, vergaß ich ganz, wie temperamentvoll und lebhaft sie im Allgemeinen war. Ich betrachtete sie von der Seite: Ihr kurzes rotgoldenes Haar fiel ihr beim Malen über das schmale Gesicht. Vorige Woche war sie fünfzehn geworden und erlebte gerade ihre erste Liebe. Er hieß Mario und ging in die Parallelklasse. Mario war klein und sah mit seinen kugelrunden Brillengläsern aus wie ein kurzsichtiger Uhu. Sie behandelten sich scheu, alles war noch so unendlich neu für sie. Mario kam gerne zu uns, setzte sich mit der Familie an den langen Tisch und trank Tee.

»Mama«, sagte Silvie plötzlich. »Wie findest du eigentlich Mario?«

»Nett«, antwortete ich. »Mir gefällt, dass er sportlich und ein ziemlich zuverlässiger Bursche ist.«

»Mario kommt gleich, dürfen wir ein bisschen fernsehen?«

Ich nickte und dachte an Franz. Ich hatte keine Ahnung, wann er nach Hause kommen würde. »Könntet ihr vielleicht ab und zu einen Blick in Philipps Zimmer werfen? Ich würde gerne zum Konditionstraining gehen«, bat ich.

Bevor ich mich auf den Weg machte, schaute ich in Philipps Zimmer. Er schlief; die Puppe lag neben ihm, er schleppte sie auch tagsüber ständig mit sich herum, trennte sich nie von ihr. Als ob er spürte, dass er etwas viel Wichtigeres verlieren könnte.

Die Turnhalle war gleich um die Ecke. Ich freute mich auf die Bewegung. Fünf Runden drehten wir in der Turnhalle, um uns warm zu laufen. Danach kamen die Intervallübungen: zwei Minuten schnell, eine langsam; schon nach kurzer Zeit lief mir der Schweiß über den Rücken. Nach eineinhalb Stunden strebten wir außer Atem unter die Duschen. Danach machten wir uns auf zum Stammtisch. Der Wirt kannte uns gut; wir kamen jeden Mittwoch, und der Tisch war stets für uns reserviert. Heute Abend waren wir zu zehnt, vier Frauen und sechs Männer. Wir Frauen waren Freundinnen und kannten uns schon viele Jahre. Unsere Kinder waren zusammen zur Schule gegangen und hatten miteinander gespielt. Sobald die Schule aus gewesen war, hatten wir damals unser Badezeug eingepackt, die Kinder ins Auto gesetzt und waren an die Isar gefahren. Direkt neben dem schnell fließenden Fluss bauten wir auf dem Uferkies unser Lager, wo wir bis zum Abend kampierten. Decken wurden ausgebreitet und Luftmatratzen aufgepumpt. Die Kinder cremten wir sorgfältig ein, denn Schatten gab es hier nirgends. Wenn es irgendwann im Juli dann zu warm wurde an der Isar, zogen wir an die kleinen Moorseen im Alpenvorland. Dort durchschwammen wir den See, legten uns in den warmen Torfschlamm, während die Kinder sich Schlammschlachten lieferten. Wenn wir Glück hatten, erblickten wir eine Ringelnatter. Michael machte regelmäßig Jagd auf die Schlangen; erwischte er eine, steckte er sie in ein Einmachglas und nahm sie mit nach Hause, was mir gar nicht recht war, denn ich hatte ihn mal erwischt, als er das Einmachglas voller Schlangen über unserem Komposthaufen entleerte. Danach traute ich mich tagelang nicht mehr dorthin. Am Ufer des Sees hatten wir Mütter jedenfalls stundenlang gemütlich in einem Café zusammengesessen und unseren Kindern zugesehen, die im Wasser herumgetollt waren.

Jetzt waren unsere Kleinen erwachsen, und die anderen Frauen arbeiteten wieder in ihren Berufen. Ich hatte stattdessen ein Kleinkind. Sie beneideten und bedauerten mich: »Jetzt hättest du es so schön haben können … Jetzt fängst du wieder von vorne an … Ach, wie gerne hätte ich auch noch mal so was Kleines – in dem Alter sind sie ja so goldig.«

Vier der sechs Männer waren alte Bekannte, Familienväter, die sich einmal pro Woche eine Auszeit nahmen und an unserem Stammtisch so richtig auftauten. Zwei Männer waren neu in der Gruppe, und wir schauten uns neugierig an. Mit dem Jüngeren, er hieß Matthias, unterhielt ich mich. Er war vor Kurzem aus beruflichen Gründen nach München gezogen. Er sah jungenhaft aus, war ein guter Unterhalter und lachte viel. Seine blonden, leicht gewellten Haare waren noch feucht von der Dusche, er strich sie sich ständig aus der Stirn.

Ich bemerkte gar nicht, wie spät es schon war. Um elf Uhr bezahlten wir alle gleichzeitig, und ich ging beflügelt nach Hause.

Im Bad zog ich mich leise aus, merkte, dass ich ein Lied summte, blickte in den Spiegel und lächelte mich an. Danach schlich ich ins Schlafzimmer und legte mich ins Bett. Ich hörte Franz' Atem, er schlief noch nicht. Ungestüm warf er seine Decke zurück und drängte sich an mich. »Willst du mit mir schlafen?«, flüsterte er. Ich sagte nichts und schmiegte mich an ihn.

In den letzten Monaten hatten wir oft miteinander geschlafen. Die Berührungen waren wie eine Explosion gewesen. Wir hatten wild gestöhnt, zueinandergedrängt, ineinander, mein Unterleib hatte einem feurig heißen Kessel geglichen. Auf La Palma hatte ich aus Verzweiflung mit ihm geschlafen und erlebt, dass auch Hass einen Orgasmus zustande bringen kann.

Diesmal war es ein Toben, ein wilder Kampf, erschöpft lag ich jetzt an seiner Schulter und spürte, wie sich sein rasender Puls wieder verlangsamte. Dieses Mal wollte ich ihn zum Sprechen bringen. Ich musste erfahren, wer diese Frau war, die andere, die diese Nähe mit ihm teilte. Die andere. Meine Obsession, die mir Schlaf und Ruhe raubte. Die mein Glück unterlief und meinen Frieden störte. Doch Franz gab sich taub.

Vor zwei Wochen war ich früh vom Einkaufen zurückgekommen und hatte durch den Türspalt gehört, wie er telefonierte. Gehört, wie er mit dieser Frau über das Vögeln sprach und sie fragte, wann sie sich wiedersehen würden. Das machte mich verrückt. Ich ging nicht zu ihm ins Zimmer, sondern legte mich auf mein Bett und weinte. Dann hörte ich ihn nach mir rufen, aber ich blieb stumm. Offenbar hatte er schon im ganzen Haus gesucht, als er ins dunkle Schlafzimmer kam. Er tat überrascht, als er mich dort fand, und setzte sich neben mich auf den Bettrand.

»Warum bist du jetzt schon im Bett?«

Ich blieb stumm, versteckte mein verweintes Gesicht.

Franz' Stimme wurde zornig. »Jetzt sag doch, was mit dir los ist.«

Ganz plötzlich stieg in mir eine heftige Wut auf. Ich fuhr hoch, sah in sein überraschtes Gesicht und fragte ganz langsam: »Wen hast du gerade angerufen?«

Und diesmal antwortete Franz: »Eine Kollegin, die Informationen über die Insel wollte; aber du kannst beruhigt sein, es ist nichts mit dieser Frau.«

Mein Herz begann zu rasen. »Ich glaube dir nicht«, sagte ich mit bebender Stimme und versuchte, ihm in die Augen zu sehen. Doch Franz strich mir nur kurz über die Haare und stand auf.

Ich zitterte vor Wut und Hass. »Was bist du für ein Schuft!«

»Ich glaube, es ist besser, wenn jeder so handelt, wie er es für richtig hält; du hast dich sehr verändert in den letzten Jahren«, sagte er mit fester Managerstimme, als bespräche er einen Tagesordnungspunkt. Sicher, selbstbewusst und allen Gegenargumenten gewappnet. Widerspruch zwecklos.

»Ja, ich habe mich verändert«, flüsterte ich. »Aber du bist immer noch der Egoist, der du immer warst.«

Danach hatte ich stundenlang wach gelegen und gegrübelt, Tausende Gedanken waren mir durch den Kopf geschossen, Bilder an mir vorbeigetrieben.

Jetzt hörte ich den Wecker auf meinem Nachttisch ticken; seine Zeiger leuchteten weißlich-gelb. Franz war längst eingeschlafen. Ich aber grübelte. Es war mir unerklärlich, wie ich einen Mann aus tiefstem Herzen hassen und gleichzeitig heftigst begehren konnte, fieberhaft auf die nächste Nacht wartete, in der mich höchstes Glück und tiefstes Leid erwarten würden. Um vier Uhr morgens stand ich auf, zog meinen Bademantel an und setzte mich an unseren Esstisch. Das Haus war kalt, die Heizung lief nachts auf Sparflamme. Ich fröstelte und begann zu schreiben:

Mittwochnacht

Franz,
wie schon ein paar Mal will ich versuchen, schriftlich zu erklären, was mich bewegt, da es mir mündlich nur sehr schwer gelingt und Probleme übermächtig werden. Seit nun vierzehn Tagen quält mich das Misstrauen, seit Deinem Telefonat von zu Hause. Die erste Woche beschäftigte mich ständig der Gedanke, ob Du lügst, in der zweiten Woche wusste ich, dass Du lügst. Meine Fragen tust Du mit Donnergepolter ab; für mich sind Deine Auskünfte zu karg und keine Lösung, um unsere Beziehung neu zu definieren – was Du mir schuldig bist als mein Mann und als Vater unserer Kinder, Franz. Möglicherweise steckt hinter der Sache nicht allzu viel, aber Dein Verhalten zwingt mich zur Annahme

des Gegenteils. Dabei muss ich immer an die Vergangenheit denken.

Warum belügst Du mich, wenn Du mir erklären könntest, in welcher Beziehung Du zu dieser Frau stehst?!

Du riefst sie schon damals aus unserem Urlaub an, zwischen Dir und der Frau besteht also offenbar eine enge Vertrautheit, was auch erklärt, dass Du ihre Telefonnummer *par coeur* kennst. Auf meine Fragen reagierst Du wütend, eben wie jemand, der beim Lügen ertappt wird.

Du behandelst mich wie ein aufsässiges Kind, beschwichtigst mich und glaubst nun, der Haussegen hinge wieder gerade. Ich zweifle daran, dass Dir etwas an mir und unserer Ehe liegt, wenn Du mich so in der Luft hängen lässt. Und Dir nach den ganzen Lügen Glauben schenken kann ich nicht!

Du meintest, jeder solle so handeln, wie er es für richtig hält; das bedeutet nichts anderes als keine Kommunikation, fehlende Gespräche aber zerstören unsere Beziehung … sie zerstören mich!

Du wirfst mir vor, ich hätte mich geändert. Mag sein; ich frage mich nur, wie es anders sein kann. Du erwartest offenbar, dass ich für Deine Bedürfnisse da bin, immer heiter und fröhlich, wenn Du nach Hause kommst. Dir macht es sicher Spaß, die Karriereleiter immer weiter nach oben zu steigen, Chef zu sein, mit Menschen zu arbeiten; in dieser Funktion hast Du Dich auch besser unter Kontrolle, zu Hause lässt Du Dich gehen.

Wo ist meine Quelle, an der ich mich laben und zu meiner früheren Fröhlichkeit zurückfinden kann? Ich muss mir selbst genügen, kann mich nicht verwirklichen so wie Du Dich. Ich weiß nur eines – ich möchte einen Partner, keinen Boss! Es ist jetzt fünf Uhr morgens, ich fühle mich schlecht, mein Magen revoltiert, ich zittere. Ich möchte, dass Du mich endlich ernst nimmst und mir antwortest.

Ich liebe Dich und meine Kinder und ich denke, auch Du weißt (vielleicht), wie schön unser Zusammensein nach der Geburt von Philipp war – und Du kannst mir glauben, wenn ich Dir versichere, dass es keinen Schmutz vor meiner Tür gibt, den ich wegkehren könnte – eine Formulierung, die Du gestern in Deiner Wut gebraucht hast und die ich nicht zu deuten vermag.

Klara

Hilde

Olympische Spiele und eine Hochzeit 1936

Lene hat endlich den Richtigen gefunden! Ich halte meine Schwester nicht für besonders gescheit, sie zeigt wenig Ehrgeiz und versucht immer, sich vor Aufgaben zu drücken, doch wenn es um Männer geht, ist sie sehr einfallsreich. Vor einiger Zeit hat sie eine Annonce aufgegeben, auch wenn sie dadurch ihre große Liebe nicht kennengelernt hat:

> Schöne dreißigjährige Frau sucht eleganten,
> gebildeten, modernen, wohlhabenden und
> vor allem die Literatur liebenden Mann.

Lene hat ihre Liebe zu Büchern entdeckt, sie kann stundenlang eingerollt in einer Decke auf dem Sofa lesen; dass schmutziges Geschirr sich stapelt, die Betten nicht gemacht sind und dicker Staub auf den Möbeln liegt, bemerkt sie gar nicht. Einen richtigen Beruf hat sie nicht, hin und wieder werkelt sie in einem Schuhgeschäft, in einer Wäscherei oder arbeitet als Platzanweiserin in einem Kino. Sie arbeitet nur für ihre Bücher, ihre Besessenheit; am liebsten geht sie in eine Bücherei und liest dort stundenlang, nur selten ist sie in einem Bücherladen und kauft sich ein Buch. Und ausgerechnet hier fällt ihr das Glück in den Schoß.

Ich kenne das Geschäft, es ist nicht groß und gemütlich. Wie Lene mir berichtet hat, hat sie sich da ein paar Bücher aus den Regalen geholt und sich in einen Sessel gekuschelt. Irgendwann hat sie gemerkt, dass der Besitzer des Buchladens, Richard Elermann, häufig vor ihr stehen blieb und sie ansah. Er gefiel ihr. Ihn kennenzulernen war dann anscheinend ganz einfach, sie brauchte nur verträumt zu gucken, den Mund zu einem Lächeln zu verziehen und leise zu seufzen.

Kaum ein halbes Jahr ist seitdem vergangen, und schon stellt sie den Buchhändler unseren Eltern stolz als Bräutigam vor. »Mama und Papa, wir wollen in Kürze heiraten!«

Meine Eltern sind verlegen, sie starren den schönen Mann an und lächeln schüchtern. Richard Elermann stellt sich vor, er sagt, er freue sich, Lenes Eltern kennenzulernen, dann blickt er mich an und meint: »Da haben aber Ihre Eltern schöne Mädchen bekommen.« Er trägt einen eleganten Anzug, die zwei oberen Knöpfe des Hemdes sind geöffnet, ich sehe schwarze lockige Haare.

»Wann wollt ihr heiraten?«

»Möglichst bald, wir wissen, dass wir uns lieben. Warum sollen wir länger warten?«

Drei Monate später heiraten sie. Der Bräutigam lässt sich nicht lumpen, er mietet einen großen Saal und bestellt ein Orchester; wir sind verrückt nach der amerikanischen Musik, swingen begeistert. Lene hat sich verändert, sie ist häuslich geworden, sie ist verliebt, schmachtet ihren Mann an und gibt sich Mühe, ein gutes Essen zu kochen. Sie lechzt danach, von ihrem Mann bewundert zu werden.

Richard schlägt vor, nach Berlin zu den Olympischen Spielen im August zu fahren. »Ich lade euch ein!«

Kurt und ich sind begeistert, stimmen zu, ohne nachzudenken, doch ganz so einfach ist das nicht. Kurts Firma braucht im August sämtliche Mitarbeiter, er hat Mühe, Urlaub zu bekommen; bei mir ist es ähnlich, ich finde keine Vertretung und schließe den Laden kurzerhand für vierzehn Tage zu, hänge ein Plakat ans Fenster und schreibe darauf: »Bin in Berlin bei den Olympischen Spielen.« Das kann jeder verstehen.

Richard hat an alles gedacht, hat uns am Ku'damm zwei Zimmer in einem stinkteuren Hotel besorgt. Ich fühle mich wie im Paradies, werfe mich auf das große, weiche Bett, betrachte die Bilder an den Wänden, die Spiegel im Bad, lasse Wasser in die riesige Badewanne laufen und meinen Körper darin schaukeln. Kurt steht vor mir und ich sehe Begehren in seinen Augen, verfolge, wie seine Hände langsam das Hemd aufknöpfen, dann immer schneller, und schließlich sehe ich sein Glied genau vor mir.

Später schaut er mir beim Anziehen zu und staunt darüber, wie aus einem einfachen Mädchen ein Vamp wird, denn ich habe Lene und mir Kleider aus bunt bemalter Seide genäht, tief ausgeschnitten, mit kurzen Röcken. Dazu tragen wir seidene Strümpfe und Schuhe mit hohen Absätzen, die Haare haben wir kunstvoll mit Bändern dekoriert.

Richard scheint sich auszukennen im Berliner Nachtleben, wir werfen einen kurzen Blick in das legendäre Horcher, in dem die NS-Größen verkehren. Dann schlägt er vor, in den Delphi-Palast zu gehen, in dem der Swing- und Jazz-König Teddy Stauffer auftreten wird.

Der Delphi-Palast ist rappelvoll, nach einer halben Stunde anstehen kommen wir zum Glück noch rein. Die Musik erfüllt den riesigen Saal, wir schieben uns durch die Menge, suchen Sitzplätze, und weil wir keine finden, beginnen wir zu tanzen. Arme und Beine bewegen sich wild im Rhythmus, unsere

Körper werden leicht, wir strahlen, sind im Rausch. Irgendwann finden wir doch Sitzplätze, wir sind schweißnass, unsere Herzen pumpen, Kurt beugt sich vor und küsst mich wild.

In dieser Nacht bekommen wir keinen Schlaf, Kurt und ich können gar nicht aufhören, uns zu lieben. Unsere Körper sind in Hochform, Kurt macht Sprüche wie: »Heute könnte ich alle besiegen, ich bin stark wie ein Ochse, ich bin ein Tiger, ich möchte dich am liebsten fressen.«

Am nächsten Morgen sitzen wir mit bleichen Gesichtern im Frühstückssaal, ich versuche mir vorzustellen, wie Lene die Nacht verbracht hat, auch sie ist blass, ihr Mann und sie sprechen nicht viel, doch an den Blicken, die sie sich immer wieder zuwerfen, meine ich zu erkennen, dass auch sie eine rauschende Nacht hinter sich haben.

Lene und Richard wollen eine kleine Runde durch die Stadt spazieren, Kurt und ich wollen noch ein bisschen das Hotel genießen und Zeitung lesen. Die Sessel im Leseraum sind tief und gemütlich, ich halte mir die Zeitung vors Gesicht, doch sofort verschwimmen die Zeilen. Ich lehne mich zurück, schließe die Augen und denke an gar nichts.

Heute ist Samstag, der 1. August, das Sportfest beginnt.

Es ist zehn Uhr, wir drängen uns durch die Menschenmenge, unsere Sitze sind in der zwölften Reihe, die Arena ist riesig. Das Wetter macht mit, die Sonne sticht auf uns herunter, es wimmelt von Menschen. Dann werden die Spiele eröffnet, wir sind begeistert.

Am Abend gehen wir aus. Das Varietétheater Scala in der Lutherstraße präsentiert unter dem Titel »Herrliche Welt« eine Revue mit hauptsächlich amerikanischen Artisten und Tänzerinnen. Einige Besucherinnen improvisieren halb nackt

Tänze, und auch wir tanzen wild mit den Amerikanern und kommen in eine ekstatische Stimmung.

Einige Tage später, am 11. August, erleben wir die Siegerehrung des amerikanischen Athleten Jesse Owens, dem Star der Spiele, der vier Goldmedaillen errungen hat. Nach den anstrengenden Tagen und ausschweifenden Nächten steigen wir halb tot in den Zug und schlafen auf der Stelle ein.

Klara

Die Einladung 1980

Nachdem ich den Brief geschrieben hatte, fühlte ich mich leer, wie ausgepumpt. Vorsichtig öffnete ich die Tür unseres Schlafzimmers und legte den Brief auf mein Kopfkissen. Wenn Franz heute früh aufwachte, würde er ihn nicht übersehen können. Bis zum Morgen war es nicht mehr weit; den Rest der Nacht verbrachte ich im Hobbyraum.

Der Wind pfiff ums Haus, ein erster Vorbote der Herbststürme. Die Wipfel der Bäume bogen sich und rauschten, Äste knackten, und ich hörte ein Fenster zuschlagen, aber ich war zu müde, um es zu schließen. Hier, tief unten im Haus, fühlte ich mich geborgen wie im Bauch eines Schiffes. Der Sturm konnte mir hier nichts anhaben.

Mein Körper war müde, doch mein Geist hellwach. Wie konnte ich Franz bloß zum Reden bringen? Ihn aus der Reserve locken? Zwanzig Jahre Ehe hatten uns geprägt, und fruchtbare Diskussionen hatte es nie gegeben, stets endeten sie im Streit. Franz meinen Standpunkt zu erklären war bisher ein zweckloses Unterfangen geblieben, er ging nicht den Bruchteil einer Sekunde darauf ein. Seine stereotype Reaktion war die Frage: »Suchst du Streit? Für mich ist das Thema beendet.« Jedes Mal hatte er mich voll auflaufen lassen, mir nie eine Chance gegeben, mit ihm zu argumentieren, geschweige denn, meinen Geist mit dem seinen zu messen. Das erinnerte mich alles so fatal an meinen Vater, an meine vergeblichen Kämpfe mit ihm, an meine Niederlagen. Und wie früher fraß ich den Frust, meine Wut und Verzweiflung in mich hinein. Gespräche mit Franz vermied ich inzwischen, da sie an der Oberfläche blieben. Um mich zu schützen, hatte ich eine Barrikade aufgebaut und verdrängte meine Gefühle, so gut es ging. Mein Leben kam mir vor wie ein kaputtes Getriebe: Die Rädchen stockten, weil ihre Zähne nicht mehr ineinandergriffen, ein paar waren abgebrochen, sodass alles zum Stillstand kam. Ich hatte versucht, das Getriebe zu reparieren, es zu schmieren, es langsam wieder in Gang zu bringen. Dann holperte und ratterte es eine Weile vor sich hin, bis zum nächsten Defekt. Und jedes Mal wurden die Chancen schlechter, die Maschine wieder instand zu setzen.

Doch in dieser Nacht schienen die Rädchen plötzlich kaum zu bremsen zu sein. Wohin mit all dieser Energie? Meine Gefühle waren stark, ebenso mein Wille, doch ohne eine Strategie würde ich nicht weiterkommen. Immer klarer wurde mir, dass ich nur mithilfe von Sex unsere Ehe retten und herausbekommen konnte, wer diese Frau war. Ich baute auf die wachsende Leidenschaft, die ich spürte und die auch Franz ergriffen hatte, und trauerte um die vielen Jahre, in denen wir sie nicht wahrgenommen hatten.

Bei unserer Begegnung am Morgen beim Frühstück sah Franz mich seltsam an. »Brauchst du das Auto?«, fragte er, als er mich statt im Morgenrock schon in Jeans und Pullover sah.

»Ja, ich muss dringend einkaufen, wir haben fast nichts mehr im Haus«, sagte ich leichthin und griff zu meiner Jacke.

Im Auto schwiegen wir, Franz erwähnte den Brief mit keinem Wort. Kurz bevor wir uns der Schranke zur Firmeneinfahrt näherten, bremste er plötzlich und zeigte auf eine Frau, die über die Straße eilte. »Das ist sie«, sagte er schlicht; aber da war die Unbekannte schon hinter den parkenden Autos verschwunden. Mir verschlug es die Sprache, Franz aber ganz und gar nicht. Da er schon so mitteilsam war, fragte ich, wie sie hieß, aber er hüllte sich in Schweigen und küsste mich auch nicht beim Aussteigen. Ohne sich umzudrehen, forderte er: »Ruf mich an, ich sag dir dann, wann du mich abholen kannst.« Er verschwand dynamisch und elegant in dem mehrstöckigen Gebäude, in dessen oberster Etage er seine Büroräume hatte.

Michael war an der Uni zu einer Philosophievorlesung, Silvie in der Schule und Christine wartete zu Hause auf das Ergebnis der Eignungsprüfung, die sie an der Friedmannschule gemacht hatte. Sie wollte unbedingt Journalismus studieren. Philipp und sie saßen am Frühstückstisch. »Ich werde wahrscheinlich zwei Stunden wegbleiben«, verabschiedete ich mich und machte mich mit wenig Begeisterung auf zum Einkaufszentrum, das zwischen ein paar Cafés und Restaurants an einem Teich lag. So früh am Morgen war nur das Café gut besucht. Hier trafen sich Hausfrauen und Mütter von Kleinkindern.

Routiniert erledigte ich meine Einkäufe, schob den Wagen durch lange Gänge und belud ihn, bis das Gefährt fast überquoll.

Mein Arbeitstag verlief – aus der Sicht meiner Familie – geruhsam, schien ihnen die reinste Erholung. Keiner konnte sich vorstellen, dass mir oft alles zu viel war. Mich stresste es, wenn meine Arbeit nicht anerkannt und als Freizeitbeschäftigung oder generell minderwertig abgetan wurde. Das hörte ich – speziell von Christine und Michael – mindestens einmal wöchentlich. Und auch Franz meinte neulich: »Der Einzige, der hier was tut, bin ich.« Nur dass ich gelegentlich modelte, brachte mir Anerkennung.

Unser Haus war hell erleuchtet, als ich heimkam. Christine öffnete mir vorwurfsvoll die Tür. »Du hast dir aber Zeit gelassen – Philipp war heute unausstehlich, hat ständig vor sich hin gejammert: ›Mama kommt gleich wieder!‹«

Da stürzte der Kleine auch schon heulend auf mich zu und wollte auf den Arm.

»Mama ist wieder da«, beruhigte ich ihn.

Silvie und Michael standen in der Küche und kochten: Reis mit Bratwurst und Tomaten; eines von den zwei Gerichten, das die Kinder zubereiteten, wenn ich nicht da war. »Du sollst gleich Papa abholen, er hat schon zweimal angerufen«, teilte mir Silvie mit, »und dann hat sich dein Fotograf gemeldet, morgen früh um zehn Uhr ist ein Casting.«

Das hatte mir gerade noch gefehlt; Casting bedeutete, dass ich heute Abend noch Haare waschen musste. Ich stieg wieder ins Auto, diesmal mit Philipp im Schlepptau, um Franz abzuholen, der ausnahmsweise schon an der Schranke stand, doch mit finsterem Gesicht.

»Du hast mich ja ganz schön warten lassen!«, brummte er und schlug die Autotür zu.

»Dann weißt du ja jetzt, wie es mir oft geht, wenn ich dich abhole«, fauchte ich. »Manchmal sitze ich eine Stunde vor der Schranke und warte.«

Franz saß auf dem Beifahrersitz und ließ mich chauffieren.

»Warum kommst du heute so früh raus, sonst wird's doch immer neun?«, fragte ich und schielte zu ihm rüber.

»Weil ich einen Termin abgesagt habe.«

Damit war unsere Konversation vorerst beendet.

Das Essen stand auf dem Tisch, als wir nach Hause kamen, die Kinder und Franz hatten einen Riesenhunger und luden sich die Teller voll. Wie lange hatten wir nicht mehr alle gemeinsam gegessen! Christine machte einen resignierten Eindruck. »Wie ist es dir denn ergangen?«, fragte ich sie und mir schwante Böses.

»Ich habe das Ergebnis bekommen«, setzte sie an und atmete schneller. »Meine Reportage war schlecht – ich muss mir jetzt was anderes einfallen lassen.« Ihre Augen glänzten feucht, doch sie blieb tapfer. »Morgen werde ich zur Zentralen Vergabestelle gehen und an der Uni einen Kurs in Theaterwissenschaften belegen, und im Herbst probiere ich es noch einmal an der Journalistenschule in Hamburg.«

Sie wirkte sehr geknickt, was kein Wunder war, hatte sie doch fest darauf gebaut, dass sie die Prüfung bestehen würde. »Du wirst es schon packen«, meinte Franz mit der Sensibilität eines Elefanten im Porzellanladen und klopfte ihr auf die Schulter.

»Ich habe aber heute auch was Tolles erfahren«, sagte Christine und strahlte plötzlich, »stellt euch vor, ich bin von einem Fotografen angerufen worden; der Playboy sucht ein Playmate für die Januarausgabe!«

Ich starrte sie an und haute auf den Tisch. »Da wirst du doch hoffentlich nicht hingehen!« Franz grinste.

»Doch«, sagte Christine nur. »Ich muss mir das mal anschauen.«

Später brachte ich Philipp ins Bett und legte mich neben ihn. »Mama, Geschichte erzählen«, bat er. Und ich fing an: »Hörst du morgens das kleine Vögelchen in seinem Nest singen?« Philipp nickte. »Seine Mama ist weggeflogen und sucht Würmer, denn das Kleine muss viele Würmer fressen, sonst wächst es nicht und lernt nicht fliegen.«

»Philipp will auch Würmer essen und fliegen.«

»Dann mache ich dir morgen Würmer zum Frühstück, und abends schauen wir nach, ob dir schon Flügel wachsen.«

Philipp war begeistert, und schon fielen ihm die Augen zu.

Als ich wieder ins Wohnzimmer kam, spülten die Mädchen in der Küche lautstark das Geschirr. Franz und Michael unterhielten sich leise bei einem Bier. Mir fiel ein, dass meine Einkäufe noch im Auto waren. Zuerst wollte ich Michael und

Franz bitten, mir zu helfen, verkniff mir das aber, denn es passierte so selten, dass Vater und Sohn einträchtig zusammensaßen. Das Verhältnis zwischen den beiden war kühl, denn Franz knüpfte immer Bedingungen an seine Liebe. Michael litt darunter, fühlte sich ungeliebt und oft missverstanden.

Als ich die Lebensmittel ins Haus geschleppt und in den Schränken verstaut hatte, ging ich ins Bad, wusch meine Haare, fing an zu föhnen und ließ den Blick schweifen. Unser Bad war mit runden grünen Mosaiksteinchen gefliest. Blickfang war ein dunkles Rattanregal, das ich mit Dutzenden von großen und kleinen Parfümflaschen aus Kristall vollgestellt hatte – eine Leidenschaft von mir. Ich mochte das Design der Flakons: Manche waren bunt gefärbt, andere hatten eingeschliffene Muster. Die Fläschchen waren nicht leer, die meisten sogar unbenutzt, ihr Inhalt schillerte in allen Farben des Regenbogens, von Blassgrün bis Hellrosa.

Plötzlich stand Franz hinter mir, ich sah im Spiegel seine Augen leuchten, sein Gesicht war ernst – wann hatte er mich zum letzten Mal angelächelt? Er fasste mit beiden Händen in meine frisch geföhnten Haare, zog meinen Kopf nach hinten und fragte leise: »Bleibst du heute Nacht oben?«

Ich lächelte leicht und antwortete: »Ich glaube, es ist besser, wenn ich im Hobbyraum schlafe, damit ich morgen fit bin.«

Das Leuchten in seinen Augen erlosch, er löste die Hände aus meinen Haaren und sah mich enttäuscht an. »Schade«, sagte er kurz angebunden und ging zur Tür. »Aber du kannst es dir ja noch einmal überlegen.«

Im Hobbyraum, auf der alten Couch, kuschelte ich mich unter meine warme Decke, über mir atmete das schlafende Haus, ich hörte den Kühlschrank summen und die Heizung ächzen, wenn sie sich ein- und ausschalteten, und schlief ein.

Hilde

Novemberpogrome 1938

Jeden Samstagabend trifft sich die ganze Familie Kirchheimer, dieses Treffen ist ihnen heilig, ich gehöre inzwischen längst dazu. Unser Kreis ist groß: Frieder hat drei Kinder, Georg zwei, Julius vier. Alle zusammen sind wir fünfzehn. Frau Kirchheimer und ich bereiten das Abendessen, ich schäle die Zwiebeln, meine Augen brennen, mir laufen die Tränen die Wangen hinunter. Frau Kirchheimer – so nenne ich sie immer noch, weil ich ja noch nicht ihre Schwiegertochter bin – und ich sind nicht miteinander warm geworden. Ich vermute, dass sie es mir immer noch nachträgt, damals nicht bei ihnen eingezogen zu sein. Manchmal vergleiche ich sie mit Frau Bonheim und warte auf ein warmes Lächeln, eine kleine Umarmung, aber nichts dergleichen passiert. Jetzt fragt sie mich kühl, als würde sie sich mit einem Nachbarn unterhalten: »Wie geht das Geschäft, Hilde, wie geht es deinen Eltern und Geschwistern, was gibt's Neues?« Sie schneidet ein Stück Fleisch in kleine Stücke, ich schabe die Möhren und schäle die Kartoffeln. Alles kommt in einen Riesentopf, den sie auf den gusseisernen Herd stellt. »So, das wird eine Stunde dauern, ich bringe jetzt die Kleinen ins Bett. Hast du Lust mitzukommen?«

Die Kirchheimers haben neun Enkel, ihr jüngster Sohn Julius ist der kinderreichste, schon während des Studiums wurde er Vater von Zwillingen. Irene, seine achtzehnjährige Freundin, war zuerst verzweifelt, doch mithilfe von Mutter und Schwiegermutter fand sie Spaß an den Kleinen. Und wie das Schicksal es wollte, vergrößerte sich die Familie jedes Jahr um ein weiteres Kind.

Wir sitzen an zwei Tischen, an einem die Männer, an dem anderen die Frauen und Kinder. Die Kinder verschlingen das Essen, sie haben es eilig, sie wollen weiterspielen. Meine Schwägerinnen in spe sind heute nicht gesprächig, wir lauschen den Männern.

Sie diskutieren lautstark. »Für mich sind das Geistesgestörte«, sagt Herr Kirchheimer eindringlich, »die rasten aus, die sind schlimmer als die im Dreißigjährigen Krieg. Es ist irgendwie … na ja … wie das Ende einer Ära.«

Frau Kirchheimer und ihre Schwiegertöchter verziehen sich in die Küche. Ich setze mich zu den Männern in die Sofaecke und höre zu, wie sie Hitler beschimpfen.

Die Kinder spielen in einer Ecke; wenn sie das gerade gebaute Holzklötzchenhaus zum Einsturz bringen, es auf den Boden kracht, lachen sie und klatschen in die Hände, ihre Gesichter strahlen. Das Fluchen ihres Großvaters beunruhigt sie nicht, das kennen sie längst.

»Nachdem Hitler bei den Olympischen Spielen glänzende außenpolitische Triumphe gefeiert hat, steuert der doch jetzt auf einen Krieg zu, einen Weltkrieg«, wütet Herr Kirchheimer. »Warum sonst hat er sich nicht zufrieden zurückgelehnt? Weil er mehr wollte, es auf die Entzweiung von ganz Europa abgesehen hat.« Herr Kirchheimer haut mit der Faust auf den Tisch. »Nächtelang habe ich darüber nachgedacht, ob wir nicht sofort Deutschland verlassen sollen.«

Die Kinder streiten laut, Herr Kirchheimer klatscht in die Hände: »Könnt ihr nicht ein bisschen leiser sein!«

»Ich lass mich nicht ständig rausschmeißen, die bescheißen mich«, jammert Silvie, eine von Julius' Töchtern.

»Dann bescheiß sie halt auch«, donnert der Vater.

Zwei Wochen darauf geht die Welt unter. Herr Kirchheimer und sein Sohn Frieder haben die Gefahr gespürt und einen Tag zuvor das Juweliergeschäft geschlossen, den Schmuck und die Uhren aus dem Laden genommen, das Gitter heruntergelassen. Letzte Nacht haben dann Menschen die Scheiben mit Steinen eingeworfen.

Zwei Tage später, berichtet mir Kurt, donnern Schläge an die Haustür der Familie Kirchheimer. »Herr Kirchheimer, machen Sie auf, ich muss Ihnen etwas Schreckliches mitteilen.«

Herr Kirchheimer öffnet die Tür, der Hausverwalter und ein fremder Mann eilen in die Wohnung.

»Was ist passiert?«

Der Hausverwalter ringt die Hände. »SS-Männer haben Ihren Frieder auf einen Lastwagen geworfen, auf dem sich schon lauter Männer und Frauen gedrängt haben. Wir konnten nur zuschauen, hätten wir uns eingemischt, hätten sie uns auch noch hinterhergeschmissen.«

Herr Kirchheimer wird bleich, er sagt kein Wort, Frau Kirchheimer wird ohnmächtig, Eltern und Kinder umarmen sich, beginnen zu weinen.

Meine Nächte sind schrecklich, ich wälze mich im Bett und habe Angst. Auch Kurt kann nicht schlafen. Stumm drängen wir uns aneinander. »Hilde, es ist höchste Zeit, dass wir aus Deutschland verschwinden«, sagt Kurt. »Jeder Tag hier wird gefährlicher.«

Ich zittere, ich will das alles nicht glauben, ich klammere mich an Kurt, umarme ihn heftig, mein Kopf fühlt sich an, als würde er gleich platzen.

Draußen beginnt es zu dämmern, jetzt friere ich. Ich kann mir nicht vorstellen, meine Heimat zu verlassen, meine Familie, alles, was ich mir aufgebaut habe. Doch wer bleibt, opfert vielleicht sein Leben.

In den nächsten Wochen sitzt Familie Kirchheimer täglich zusammen, spricht über die Flucht aus Europa und wie sie organisiert werden muss.

Nach vielen Gesprächen mit Freunden entscheiden sie sich für Argentinien. Für Kurt und mich steht fest: Ich folge nach, sobald sie eine Bleibe gefunden haben.

Am 31. August 1939 steigen wir in den Zug nach Antwerpen, bis dorthin will ich mitfahren. Das Gepäck der Familie besteht aus zehn Koffern und einigen Rucksäcken. Es ist ein grauer, regnerischer Tag, abgesehen von mir, die nicht mit aufs Schiff kommt, tragen alle warme Kleidung. Unsere Reise dauert zehn Stunden, die Familie hat viel Zeit, über die lange Seereise zu reden und über die Zukunft. Die Kinder sind gut gelaunt, für sie ist es ein Abenteuer, was für die Eltern ein Drama ist. Ich liege auf Kurts Schoß, er streichelt mich, lächelt mich an, wir sprechen fast nichts, alles Wichtige ist gesagt. Frau Kirchheimer liest den Kindern Geschichten aus dem Märchenbuch vor, bis sie einschlafen, dann betastet sie die Säume der wollenen Röcke ihrer Enkelinnen, in die sie sorgsam Diamanten und goldene Münzen eingenäht hat. Mit den zehn Reichsmark, die jeder Erwachsene mitnehmen darf, wird man nicht weit kommen.

In Antwerpen übernachten Kurt und ich in einem schäbigen Hotel, um fünf Uhr morgens müssen wir beim Schiff sein. Wir lieben uns die ganze Nacht.

Das Schiff ist riesig, es sieht etwas mitgenommen und durch die schwarze Farbe auch gruselig aus. Die Familie reiht sich in eine lange Schlange ein. Als sie dann oben an der Reling stehen, kann ich sie kaum noch erkennen. Ich sehe sie winken und schwinge meinen Umhang, damit sie mich sehen – dann sind sie weg.

Klara

Die Zauberflöte 1980

Mein Schlaf im Hobbyraum war unruhig, ich träumte viel, doch als der Wecker klingelte, fühlte ich mich erstaunlich frisch. Ich sprang auf und stellte mich lange unter die heiße Dusche, die zur Sauna gehörte. Über mir hörte ich, wie Silvie leise den Frühstückstisch deckte. Seit sie zehn war, machte sie das; sie ließ keinen Tag aus. Als sie mich die Treppe hochkommen sah, blieb sie erstaunt stehen. »Was machst du denn so früh da unten?« Sie runzelte die Stirn.

»Ich konnte nicht schlafen und wollte Papa nicht stören«, behauptete ich. Silvie antwortete nicht. Vermutlich spürte sie meinen Kummer und die Spannung zwischen Franz und mir.

»Wann musst du beim Casting sein?«, fragte sie.

»Um zehn Uhr, ich muss also die Neun-Uhr-U-Bahn nehmen.«

In Jeans und Lederjacke zog ich los. Ich war kaum geschminkt, die Fotografen wollten das nackte Gesicht sehen, die Schminke kam später. Als ich im Schwabinger Studio ankam, warteten bereits neun andere Frauen auf das Casting. Der Slogan, den sich die Mineralwasserfirma für die Plakatwerbung ausgedacht hatte, lautete: *Während das eine nur so sprudelt, ist das andere eher ein stilles Wasser.* Um das zu illustrieren, brauchte man zwei Frauen unterschiedlichen Temperaments. Nach einer Stunde bekam ich eine Partnerin und es ging los. Der Fotograf bat: »Könnten Sie sich mal ein Lächeln abringen?« Ich versuchte es, mit dem Ergebnis, dass er in mir die Verkörperung des stillen Wassers sah und ich den Job hatte.

Schon am nächsten Morgen wurden die Aufnahmen gemacht. Meine Partnerin und ich saßen an einem Tisch und versuchten, unseren Rollen gerecht zu werden. Meine Modelkollegin sollte sprudeln vor Lachen, ich dagegen nachdenklich oder verträumt in die Kamera schauen. Die Zeit verging, das Gesicht meiner Kollegin zeigte keine Spur von Freude oder Heiterkeit, ihr Lachen wurde zusehends verkrampfter. Der Fotograf rief verzweifelt: »Nun lachen Sie doch mal herzhaft, denken Sie an was Lustiges!« Zur Unterstützung ließ er ein Tonband laufen, auf dem sich zwei Männer ununterbrochen Witze erzählten. Ich war viel zu aufgeregt zum Zuhören, aber mich faszinierten die drei Männer von der Werbeagentur, die sich bogen vor Lachen und sich auf die Schultern und Schenkel klopften. Das sah so dämlich aus, dass ich in schallendes Gelächter ausbrach.

»Weiterlachen, weiterlachen«, hörte ich die aufgeregte Stimme des Fotografen. Ohne Ankündigung wurden die Rollen gewechselt. Ich lachte und lachte, es war ganz einfach, machte sogar richtig Spaß. Wir wurden schnell fertig, der Fotograf strahlte mich an und meinte: »Da habe ich Sie ja völlig verkannt, gestern hätte ich nie vermutet, dass so viel Temperament in Ihnen steckt.«

Ich suchte mir ein Probefoto aus und nahm es mit nach Hause. Darauf lachte ich mit fast geschlossenen Augen und strahlte in die Kamera.

Meine Freundin Gisela besorgte mir zwei Karten für die »Zauberflöte«. Am Freitag überreichte ich Franz meine Einladung, auf die ich geschrieben hatte:

> *Einladung*
> Carpe diem
> Zum Auftakt: Champagner im Foyer des Theaters.
> Danach genießen wir die »Zauberflöte«.
> Zwischenspiel in der Coquille,
> wo ich einen Tisch bestellt habe, und
> Schlussakkord im Holiday Inn, wo wir die Nacht verbringen werden.

Morgen würde ich mit Franz in die »Zauberflöte« gehen. Am Abend legte ich ihm meine Einladung aufs Kopfkissen. Doch es war fast Mitternacht, als er nach einem Geschäftsessen in unserem Käfer nach Hause kam. Grußlos ging er ins Schlafzimmer und dann ins Bad; das Wasser lief, er wusch sich die Hände. Längere Zeit hörte ich nichts mehr; er musste meine Einladung inzwischen gelesen haben. Endlich vernahm ich Schritte auf der Treppe zu mir in den Keller. Er schaltete das Licht nicht ein, sondern setzte sich neben mich auf die Couch, suchte mit den Händen mein Gesicht, küsste mich und flüsterte: »Danke für die Einladung – was hast du nur für eine Fantasie.«

Samstag war normalerweise mein Einkaufstag, der einzige Tag außer Sonntag, an dem die Kinder weder zur Schule, zur Uni, in den Kindergarten noch sonst irgendwohin mussten. Doch heute ließ ich die Einkäufe sausen und auch das Kochen sparte ich mir. Stattdessen bat ich Franz, zum Wienerwald zu fahren und ein Hähnchen zu kaufen. Ich wollte den Abend genießen und nicht völlig erledigt der Oper lauschen.

Wir waren ein elegantes Paar, als wir um sieben Uhr das Haus verließen. Franz sah blendend aus in seinem italienischen Smoking und sein Aftershave umwehte ihn angenehm herb. Lange hatte ich überlegt, was ich anziehen sollte. Meine Kleiderschränke waren gefüllt mit Designerklamotten von Escada und Strenesse, doch meine Wahl fiel auf ein selbst genähtes Modell. Es war aus moosgrünem Samt und hauteng geschnitten – ich konnte es im Augenblick sehr gut tragen, denn durch den ganzen Kummer hatte ich einige Kilo abgenommen. Der Rock reichte mir bis zur Wade, vorne war das Kleid hochgeschlossen, doch auf dem Rücken zog sich der Ausschnitt fast bis zur Taille.

Wir saßen im ersten Rang, Loge Mitte, und beobachteten, wie sich unten im Zuschauerraum die festlich gekleideten Menschen zu ihren Sitzen begaben, sich zurücklehnten und in den Programmheften blätterten.

Dann erloschen langsam die Lichter des riesigen Kristalllüsters, der Dirigent trat vor das Orchester und die Leute fingen an zu klatschen. Mit der ersten Bewegung des Taktstocks begann die herrliche Ouvertüre.

Ich schloss die Augen und ließ mich mit der Musik treiben.

Welch unsichtbare Macht übte dieser Mann doch über mich aus, der jetzt neben mir saß, seine Finger mit meinen verflochten hatte und mir verliebte Blicke zuwarf.

Mozarts wundervolle Liebesgeschichte zog mich in ihren Bann. Als Pamina und Tamino ihr Duett »Tamino mein! O welch ein Glück!« zu singen begannen und sich endlich in die Arme fallen durften, war es um mich geschehen. Tränen liefen mir über die Wangen, Franz reichte mir wortlos sein Taschentuch.

In der Pause schlenderten wir durchs Foyer; Franz stellte sich in die Schlange vor dem Buffet und holte uns zwei Gläser Champagner. Wir suchten uns einen Tisch in einer kleinen Nische, Franz blickte mir tief in die Augen und sagte: »Auf den

Auftakt zu unserem fantastischen Abend und auf deine wunderbare Idee!« Unsere Gläser stießen zusammen, und ich sagte leise: »Fünfzehn Jahre sind seit unserem letzten gemeinsamen Theaterbesuch vergangen, ich habe dich sehr vermisst.« Ich strahlte ihn an.

Franz leerte mit zwei Schlucken sein Glas und fragte ungläubig: »Ist das wirklich so lange her?« Ich nickte nur, und Franz griff nach meiner Hand. »Für mich bist du heute wie eine neue Frau!«, sagte er schlicht, sah mich ernst an und mein Herz zog sich schmerzhaft zusammen. Ob er seinen Eroberungen wohl die gleichen Komplimente machte? Ich konnte die Frauen verstehen, diesem Charme musste man einfach verfallen.

Mein Blick schweifte über die Menge, die Frauen und Männer, die alleine, paarweise und in Gruppen an uns vorbeiflanierten. Es gab viele schöne Frauen in eleganten Roben, perfekt geschminkt und frisiert. Wenn ich ein Mann wäre, die Wahl fiele mir nicht leicht. Bei Männern war ich etwas kritischer. Nur selten fand ich einen attraktiv.

Die Coquille war ein kleines exquisites französisches Restaurant im Herzen Schwabings. Für elf Uhr hatte ich einen Tisch reserviert. Hier bekam man die frischesten Austern und den am besten zubereiteten Fisch in München. Die Tische waren stilvoll gedeckt und der Service war hervorragend. Wir bestellten ein Dutzend Austern. Ich wusste, dass Franz sie leidenschaftlich gerne aß, auf seinen häufigen Geschäftsreisen nach Paris hatte er sie schätzen gelernt. Ich gab mir Mühe, auch Geschmack daran zu finden, doch trotz Zitrone und vielen Schlucken Champagner verspeiste ich das glitschige Zeug nur widerwillig. Nach zwei Austern gab ich auf. Franz meinte: »Zwing dich nicht, ich schaffe sie spielend alleine.« Wir redeten wenig, waren ganz offensichtlich aus der Übung – wussten nicht mehr, wie wir an die verliebten Unterhaltungen von früher anknüpfen konnten.

»Nächste Woche muss ich nach Brüssel, willst du nicht mitfahren?«, fragte Franz unvermittelt und griff nach meiner Hand.

»Ich möchte schon, aber was mache ich mit Philipp?«

»Da müssen halt die Kinder mal einspringen; Michael und Christine haben doch noch Semesterferien«, sagte Franz leichthin und drückte meine Hand.

Das Diner verzehrten wir andächtig: Der Loup de Mer zerging fast auf der Zunge, wir tranken Chablis dazu, und mit einem kleinen Dessert beendeten wir unser nächtliches Mahl.

Es war schon weit nach Mitternacht, als wir das Holiday Inn betraten. Das Hotel hatte ich wegen seiner berühmten Haifischbar ausgesucht. Mittelpunkt der Bar war ein riesiger Glaszylinder. Im graublauen Dämmerlicht zogen dort Haie träge ihre Bahnen. Sie sahen gefährlich aus, mir gruselte, als sie an mir vorbeischwammen.

Ich musste an unsere freitäglichen Ausflüge zum Roten Meer denken und daran, wie Franz stundenlang mit seiner Harpune im Meer verschwunden war.

Nun standen wir im Holiday Inn vor dem Glaszylinder und betrachteten die Könige der Ozeane. Hier stießen sie nach fünf Metern an ihre Grenzen und drückten sich ihre spitzen Nasen an den dicken Glasscheiben platt.

»Wie kann man nur so schöne Tiere auf so engem Raum unterbringen! Die Viecher tun mir leid«, meinte Franz.

Um den Zylinder herum gab es viele gemütliche Sitzgruppen, eine kleine Band spielte – einige Paare waren auf der Tanzfläche. Franz bestellte sich einen Whisky, ich mir einen Cocktail. Mein übliches Alkoholpensum hatte ich längst überschritten, doch ich fühlte mich pudelwohl und hellwach. Franz nahm meine Hand und zog mich hoch: »Komm, lass uns tanzen.«

Auf der kleinen Tanzfläche spielte die Kapelle jetzt »Take That Look Off Your Face«. Franz zog mich eng an sich und wir wiegten uns im Takt.

»Ich könnte dich fressen«, flüsterte er mir zärtlich ins Ohr, »ich würde am liebsten jetzt gleich mit dir ins Bett gehen.«

»Nur noch eine halbe Stunde«, wisperte ich zurück; ich spürte, wie seine Erregung wuchs – auch mein Körper wurde schwer vor Verlangen, womit ich nicht gerechnet hatte.

Intuitiv wusste ich, dass jetzt der richtige Zeitpunkt für meine Frage gekommen war. Ich drückte mich eng an Franz, liebkoste mit meiner Zunge sein Ohr und flüsterte dann: »Was würdest du davon halten, wenn wir solch einen Abend einmal zu dritt verbrächten?« Ich registrierte, wie Franz die Luft anhielt, und redete weiter: »Du scheinst an deiner Geliebten sehr zu hängen, und wie du mir neulich sagtest, befinden wir uns nicht mehr im achtzehnten Jahrhundert – es wäre vielleicht ganz verlockend, mal zu dritt zu vögeln; meinst du, sie würde da mitspielen?«

Mein schauspielerisches Talent kam mir zu Hilfe – ich fühlte mich hundeelend, mein Herz schlug mir bis zum Hals. Ich musste aber überzeugend gespielt haben, denn ich hörte, wie Franz tief durchatmete und den Körper noch fester an mich drückte.

»Glaubst du wirklich, du wärst bereit, das zu tun?«

»Frag sie möglichst bald«, drängte ich. »Aber jetzt könntest du mir eigentlich ihren Namen sagen.«

»Sonja Winter.«

Mein Atem stockte. Sonja Winter, seine langjährige Sekretärin – ging das also schon so lange?

Eng umschlungen beendeten wir unseren letzten Tanz und verließen die Tanzfläche. Franz nahm mich an der Hand, er hatte es eilig, ins Hotelzimmer zu kommen. Die Bettdecke des Kingsizebettes war zurückgeschlagen, ein Stückchen

Schokolade lag auf dem Kopfkissen. Wir nahmen uns in die Arme und wiegten und drehten uns im Takt einer unhörbaren Melodie. Franz' Hände griffen in den tiefen Rückenausschnitt meines Kleides, Schauer liefen mir über den Rücken. Er streifte mir das Kleid über den Kopf, küsste mich gierig auf den Mund, strich über meine Brüste; mir wurde schwindlig vor Lust. Jetzt spielten seine Finger mit meinen Brustwarzen, die hart wurden und sich aufstellten. Er legte mich aufs Bett, zog mir mit einem Ruck das schwarze Höschen aus, öffnete meine Beine und leckte mich. Ich kam fast augenblicklich, mein Körper wurde geschüttelt vor Lust.

Franz war immer noch im Smoking. Jetzt warf er ein Kleidungsstück nach dem anderen durchs Zimmer, kniete sich über mich, ich verschlang ihn förmlich, und wir begannen einen irren Tanz, der die halbe Nacht andauern sollte. Danach lag ich schweißnass und erschöpft auf dem Rücken und bettete meinen Kopf auf seine Schulter.

»Was haben wir doch für ein großes unentdecktes Potenzial«, schwärmte Franz. »Viele Jahre sind unwiederbringlich verloren gegangen – wir müssen die Zeit, die uns bleibt, nutzen und uns lieben. Ach, Klara, ich habe dich immer geliebt.«

»Warum hast du mir das nie gezeigt?«, fragte ich und umschlang ihn.

»Weil wir falsch erzogen wurden«, antwortete er mit gerunzelter Stirn. »In deiner und in meiner Familie, in unseren Familien, wurden keine Gefühle gezeigt, man musste sie verbergen, sie waren Schwächen, die man sich nicht leisten durfte.«

»Du redest von dir und von mir wie von einer Person. Was weißt du denn von meinen Gefühlen? Ich war voller Gefühle, als ich dich kennenlernte, ich habe sie alle auf dich projiziert, habe sie dir gereicht wie eine reife Frucht. Du hast das weiche, saftige Fleisch verschlungen, die Schale übrig gelassen und sie dann weggeworfen.«

Er löste sich aus meiner Umarmung und stützte sich auf, um mich besser ansehen zu können.

»Du warst noch ein Kind, ich konnte nichts mit dir anfangen«, bekannte er mit einem schiefen Lächeln.

»Und deshalb hast du erst gar keinen Versuch unternommen, mir beim Erwachsenwerden behilflich zu sein, sondern hast dir reife Frauen gesucht?«, fragte ich fassungslos und begann mit der Aufzählung seiner Geliebten.

Gegen meinen Willen fing ich an zu weinen, die Tränen machten mich blind. Franz seufzte tief und streichelte meine Wange.

»Ich weiß, ich habe viel falsch gemacht, immer wieder wollte ich damit aufhören, aber es war so leicht, es gab ständig bereitwillige Frauen, ich brauchte mir nicht einmal besonders viel Mühe zu geben – es passierte einfach.«

Ich blieb still, enthielt mich jeden Kommentars, jeder Kritik; erstickte fast an den Worten, die aus mir herauswollten. Ich musste einfach mehr hören, und deshalb durfte ich seinen Redefluss jetzt nicht bremsen.

Franz zögerte, aber dann sagte er: »Ich kenne die Winter nun seit über zehn Jahren und es verbindet mich viel mit ihr.« Er nannte sie beim Nachnamen – wollte er damit verdeutlichen, wie wenig er sie wertschätzte? Dass sie nur eine Person war, mit der er sich amüsierte?

Wollte ich das alles wirklich hören? Ich zitterte, ich fror, ich ahnte, dass sein Geständnis mich zerstören würde.

Franz redete weiter, erleichterte sein Gewissen. Was er mir erzählte, drang nur langsam in mein Bewusstsein. Der Mann, den ich glaubte zu lieben, vertraute darauf, dass ich wie immer verzeihen und dulden würde, er verließ sich auf meine Opferbereitschaft. Jeder Satz riss ein Stück aus dem Berg von Illusionen, den ich in vielen Jahren mühsam aufgehäuft hatte.

Mir wurde schwindlig. Warum hatte ich nie Konsequenzen gezogen? Aus Feigheit? Oder Angst?

»Ein Jahr, nachdem wir unser Haus fertig gebaut hatten, habe ich versucht, Schluss mit ihr zu machen.« Franz sah mich an und schluckte, offenbar fiel es ihm schwer weiterzusprechen. »Ich habe gesehen, wie du geschuftet hast, was du alles geleistet hast, du warst schmal geworden, und ich war mächtig stolz auf dich. Und dann kam auch bald unser kleiner Philipp auf die Welt. Ich liebe dieses Kind und ich liebe dich. Das musst du mir glauben.«

Mein Zittern wurde stärker, die Kälte erreichte mein Herz, und ich spürte förmlich, wie es sich in einen Eisklumpen verwandelte.

Doch Franz bemerkte das nicht, er war wieder stark erregt, sein Penis wuchs mir fordernd entgegen.

»Jetzt weiß ich auch, warum du an meinem vierzigsten Geburtstag nicht mit mir in die Vogesen fahren wolltest«, flüsterte ich heiser. »Es waren nicht der Stress und die Unabkömmlichkeit in der Firma – nein, du wolltest nur mit dieser Frau eine ungestörte Woche verbringen. Deshalb hast du mich auch im Hotel angerufen, als wir gerade angekommen sind und das Wetter sich verschlechtert hat. Du hast mich ermuntert, noch ein paar Tage zu bleiben, du wolltest sichergehen, dass ich nicht zu früh nach Hause komme.« Ich fing an zu stammeln, Worte, die noch aus meinem Mund wollten, erstickten mich fast.

Mein Körper schüttelte sich. Franz hielt das für Lust und drang in mich ein, ich stöhnte. Schmerz und Lust sind nahe Verwandte, auch der Hass gehört dazu.

Das war noch nicht alles, wusste ich. Franz würde mir noch mehr erzählen, seine Generalbeichte war noch nicht zu Ende.

»Und wo habt ihr euch immer getroffen?«

»In der Wohnung ihrer Schwester.«

»Und wie viele Jahre?«

»Sehr viele, bis sie schwanger wurde.«

»Und wann wurde sie schwanger?«

»Vor vier Jahren.«

Eine Ahnung durchzuckte mich, die schlimmste, die ich mir vorzustellen vermochte.

»Dann ist das Kind jetzt fast so alt wie Philipp«, sagte ich mit heiserer Stimme und stellte meine letzte Frage: »Franz, sag mir nur noch eines: Bist du der Vater?« Meine Stimme zitterte kaum merklich.

Franz antwortete nicht mehr, er machte dicht. Einfach so. Ich bat ihn, ich schrie, schwieg, aber es brodelte in mir, und schließlich verlor ich die Beherrschung; ich sprang auf ihn, trommelte mit den Fäusten auf seine Brust, schimpfte, heulte, weinte, tobte: »Sag es mir – sag es mir!« Schweigen.

Ich spürte Übelkeit aufsteigen, Speichel sammelte sich in meinem Mund, mein Magen drehte sich um, ich rannte ins Bad, kniete mich auf den Boden, hängte den Kopf über die Kloschüssel und würgte, bis ich nur noch Galle spucken konnte. Plötzlich standen nackte Beine neben mir, Franz wollte meinen Kopf halten, doch ich schlug seine Hand weg und schrie: »Fass mich nicht an!« Wiederholte es so lange, bis er verstand und ging.

Er setzte sich in einen Sessel und legte die Füße auf die Tischplatte. Ich lag allein in meinem Kingsizebett und fror – keine hundert Decken hätten mich wärmen können.

Zwanzig Jahre war ich mit diesem Mann verheiratet und achtzehn davon hatte er mich betrogen. Wie konnte er so grausam sein, er musste doch wissen, dass er mich tief verwundete, dass ich diese Bürde nicht tragen konnte. Dieses Wissen würde mein Innerstes zerstören, für alle Zeiten mein Fühlen und Denken beeinflussen. Hatte er den Hauch einer Ahnung davon? Der Hass und das Misstrauen waren Ungeheuer, die mich verschlingen würden, um mich dann unverdaut wieder auszuspeien. Im Morgengrauen legte sich Franz neben meinen erstarrten Körper.

Im Spätherbst dauerte es lange, bis die letzten Schatten der Nacht verschwanden und fahlgraues Morgenlicht durch die Vorhänge sickerte. Wir sammelten unsere Kleidungsstücke zusammen und zogen uns an. Die Reisetasche, gefüllt mit Wäsche und Sonntagskleidung, stand ungeöffnet auf einem Stuhl. Was sollte ich tun?

Wie Jean-Paul Sartre sagte: *Jeder ist selbst dafür verantwortlich, was aus ihm wird.*

Hilde

Der Vater meines Kindes 1939

Ich werde aus meiner Trübsal gerissen, ein großer Mann legt die Hände auf den Tisch, die Barriere zwischen mir und den Kunden. Seine Finger mit den gepflegten Nägeln sind lang, sie klopfen immer im gleichen Rhythmus auf die Glasplatte. Es sind nur Sekunden, bevor ich den Kopf hebe. Eine dunkelblonde Haarmähne umschließt ein kantiges Gesicht. Ich werde verlegen, stehe auf und lächle schwach zurück. »Kann ich Ihnen helfen?«

Die Stimme des Mannes ist samtweich und melodisch. »Ja, Sie können mir helfen, ich bin erst seit einer Woche in Mannheim, ich kenne mich noch nicht gut aus, und als ich Ihr kleines Lädchen gesehen habe und die hübschen Hüte und Handschuhe …«, er hält kurz inne, »und Sie sah, wollte ich mir unbedingt etwas kaufen.«

Will er mich anmachen? »Suchen Sie etwas Besonderes?«

»Sie haben sehr schöne Hüte.« Der Mann nimmt einen von der Theke und setzt ihn auf. Doch der Hut ist viel zu klein. Der Mann lacht sich im Spiegel an. »Haben Sie auch was Größeres?«

»Es tut mir leid, was Größeres müsste ich bestellen, ich müsste dann aber den Kopfumfang messen.«

»Tun Sie das, mir gefällt der Hut, haben Sie auch Handschuhe?«

Ich nicke und hole eine Schachtel unter dem Tisch hervor. Ich habe seine Hände gesehen und weiß, dass er eine große Größe braucht. Ich suche mein schönstes, teuerstes Paar und bitte ihn, den Ellbogen auf den Tisch zu stellen. Es macht mir Freude, das schöne Stück über die eleganten Finger zu streifen, und ihm scheint es auch zu gefallen, ich höre ihn leise vor sich hin summen. Der Handschuh passt wie angegossen; als ich meine Finger lösen will, ergreift er meine Hände. »Fräulein, Sie machen das sehr schön, können Sie noch ein bisschen länger streicheln?«

Zuerst erstarre ich vor Ärger, aber der verwandelt sich in Windeseile in Vergnügen, als der Mann fröhlich lacht. Er strahlt Wärme aus und ganz plötzlich finde ich ihn sympathisch – mehr noch, er zieht mich an.

»Wie heißen Sie, darf ich Ihren Vornamen wissen?«, fragt er.

Ganz so leicht will ich es ihm aber nicht machen. »Vielleicht«, sage ich und lächle. Der Mann wartet nicht lange, zart streift er mit einem Finger über meine Hände. »Darf ich jetzt Ihren Namen erfahren?«

Etwas in mir wird weich, einem anderen hätte ich auf die Finger geschlagen, aber ihm entziehe ich meine Hände nicht.

»Ich heiße Hilde.« Die dunkelbraunen Augen des Mannes scheinen zu glühen, seine Nase ist groß und leicht gebogen, die großen Zähne, die er mir beim Lächeln zeigt, glänzen wie die eines Raubtiers.

»Und wie heißen Sie?«

»Ich heiße Karl Fischer. Ich bin Sänger und gehöre seit zwei Tagen zum Ensemble des Nationaltheaters Mannheim.«

Ich schweige, was soll ich auch sagen? Dann entziehe ich ihm meine Hände. In meinem Kopf summt es wie in einem

Bienenstock. Wir stehen uns gegenüber, und ich spüre eine unglaubliche Anziehung.

Abends in meinem Bett glaube ich, alles geträumt zu haben. Aber er will mich wiedersehen, er hat sich in mich verliebt, er will mich morgen ausführen in ein schönes Lokal. Meine Gedanken drehen sich um Kurt und das ungeborene Kind in meinem Leib. Das Kind wächst, ich bin in der vierten Woche, ich habe abgenommen, weil ich mich so oft übergeben musste. In dieser Nacht kann ich nicht einschlafen, stelle mir meine Zukunft vor, eine unverheiratete Frau und ein Kind, und im Morgengrauen entscheide ich mich: Nein, ich werde ihm nichts von meiner Schwangerschaft erzählen. Zu schwer wiegt das Wissen, dass es mir nicht gelingen wird, Kurt nachzureisen, denn ich habe gehört, dass alle Schiffspassagen nach Argentinien ausschließlich Juden vorbehalten sind.

»Waren Sie schon einmal im Theater?« Wir sind zwei Stunden spazieren gegangen und ich habe ihm alle wichtigen Läden und die Schönheit unserer Stadt gezeigt, so langsam fängt es an zu dämmern. Karl ist nicht mehr so aufdringlich, eher schüchtern, seine Blicke sind ernst, er ist schweigsam und berührt mich nicht, doch ich merke, dass er mich besser kennenlernen will. Was sieht er wohl in meinen Augen? Was geht in ihm vor? Leise beginne ich, vor mich hin zu lachen, und mein Lachen steckt Karl an, die Schüchternheit ist verflogen. Er tritt vor mich, umfasst mein Gesicht, streichelt über meine Wangen und sagt: »Ich würde gern wissen, was du jetzt denkst.«

Ich werde nicht verlegen, sondern spüre eine Sehnsucht in mir und merke, wie die Ängste der letzten Wochen langsam verblassen. Ohne nachzudenken, stelle ich mich auf die Schuhspitzen und drücke meine Lippen auf seine.

Er nimmt mich an der Hand und fragt mich, ob ich ein hübsches Restaurant kenne. Ich schüttle den Kopf.

»Gehen wir halt ins nächste, das vorbeikommt.«

In dem kleinen Restaurant, das wir uns aussuchen, leuchtet gedämpftes Licht und die Sessel sind mit Samt bezogen; es ist sehr gemütlich und jetzt, um sieben Uhr, noch leer. Ein Mädchen fragt uns, was wir haben möchten; ich bestelle einen Salat und Karl nimmt eine Suppe. Das Mädchen plaudert mit uns, sie sagt, dass nach der Theatervorstellung ab halb elf die Bude voll sei. Karl bestellt zwei Gläser Wein, er rückt ein bisschen näher und erzählt mir vom Nationaltheater und dass er eine ziemlich schäbige Bude gefunden habe, in der er auf keinen Fall länger als einen Monat wohnen wolle.

Ich könnte ihm behilflich sein, schließlich kenne ich alle von Kurt geplanten und gebauten Häuser, aber ich lasse es sein, ich will ihm nichts von meiner Vergangenheit erzählen. Karl rückt noch ein Stückchen näher an mich heran, legt seine gepflegten Hände auf den Tisch und beginnt, von seiner Karriere zu erzählen, den vielen Jahren, die er gebraucht hat, um Sänger zu werden. Seine Stimme zittert, als er auf seine Mutter zu sprechen kommt, die ihn mit vierzig Jahren nach sechs tot geborenen Kindern auf die Welt gebracht hat.

»Meine Mutter tat alles für mich. Während der Inflation ging sie putzen, legte jeden Groschen auf die Seite, damit ich zur Universität konnte. Nach dem Abitur studierte ich vier Jahre Maschinenbau, nebenher nahm ich Gesangsunterricht, das dauerte weitere vier Jahre, dann nahm ich Einzelunterricht in Gesang und hatte Kurse in Sprachtraining, Tanz und Bühnenfechten.«

Gebannt höre ich zu. Das Auffallendste in seinem Gesicht sind die unglaublich wachen Augen, die mich intensiv ansehen und aufleuchten, wenn ich lächle, sich verdunkeln, wenn ich traurig schaue.

»Als ich dieses Jahr vorsang«, berichtet Karl jetzt begeistert, »habe ich erreicht, was ich immer wollte. Mir gefällt das

Nationaltheater Mannheim, und ich bin glücklich und erleichtert, dass mich eines der größten Opernhäuser angenommen hat; ich werde nicht viel verdienen, man hat mir fünfhundert Reichsmark brutto angeboten, doch das reicht nicht zum Leben. Ich muss versuchen, nebenher Geld zu verdienen.«

»Und was singst du? Ich meine, welche Opern?«

»Ich will nicht weiter wie ein Student leben, ich singe leidenschaftlich gern, möchte unbedingt ein Solist werden. Ich singe in Wagneropern, Mozart, Giuseppe Verdi, Schubert; aus hundertfünfzig Bewerbern haben sie mich genommen. Für mich war das ein Hauptgewinn und trotzdem brauche ich wahrscheinlich Nebenjobs, vom Singen allein werde ich nicht reich. Der Mindestlohn wird von der Bühnengenossenschaft ausgehandelt. Er ist meist nicht nur die untere Grenze, sondern der normale Einstiegslohn. Viel ändert sich an dem Einkommen dann oft auch nach Jahren nicht. Meine Arbeitszeiten werden sehr unterschiedlich sein, weil die Stücke unregelmäßig aufs Jahr verteilt sind. In den Hochphasen muss ich jeden Tag mindestens acht Stunden in der Oper sein, auch am Wochenende: vier Stunden vormittags für Proben und vier Stunden nachmittags für weitere Proben oder eine Vorstellung. Und dann muss man sich auch noch auf den nächsten Probentag vorbereiten, also Texte und neue Noten lernen.«

Karl seufzt und wirft mir ein kleines Lächeln zu. Ich fühle mich erschöpft. Es hat mir nicht gefallen, eine halbe Stunde lang seinem Lebenslauf zu lauschen. Nur widerwillig streiche ich über seine Hand. Ich versuche, mich an Gefühle zu erinnern, und habe zugleich Angst, von Erinnerungen überrollt zu werden. In meinem Kopf läuft ein zusammengestückelter Film aus Erinnerungen, Ängsten, Begierden, ein Film aus Tausenden Bildern.

Karl bringt mich nach Hause, er umarmt mich heftig, will mich küssen, aber ich weiche aus, indem ich den Kopf zur Seite drehe. Als ich dann hellwach in meinem Bett liege, überschlagen sich die Gedanken. Ich muss mir einen Plan machen, was mir nicht gelingt; sobald mir etwas einfällt, streiche ich es gleich wieder. In spätestens zwei Wochen muss ich mir klar sein, was aus meinem Leben werden soll. Mit beiden Händen streiche ich über meinen Bauch.

Jeden Tag um die Mittagszeit erscheint Karl jetzt in meinem Laden. Jedes Mal bringt er einen kleinen Blumenstrauß mit, manchmal auch Pralinen. Solange ich koche, schaut er sich mein kleines Paradies an, berührt vorsichtig die Büstenhalter und Unterröcke, die Schleifen und Tücher. Er will wissen, wie lange ich das schon mache, ob der Laden genügend Geld einbringt, ob mir das Verkaufen Vergnügen bereitet. Ich habe ein Gulasch zubereitet, Karl greift zu, es schmeckt ihm, ich habe ihm eine Flasche Bier danebengestellt.

»Meine Haupteinnahmen sind nicht die Büstenhalter und Unterhemden, ich arbeite schon als Schneiderin, seitdem ich sechzehn bin, und habe einen großen Kundenkreis.«

Karl ist nicht schüchtern, er steht auf, stellt sich hinter meinen Stuhl, umfängt meinen Kopf und beginnt, meine Haare zu streicheln. Ich lehne mich zurück, das Streicheln gefällt mir, seine Finger wandern zart über mein Gesicht. Seine Hände tasten sich tiefer, berühren meine Brüste, ich spüre, wie sich meine Brustwarzen verhärten. Noch reagiere ich nicht, erst als er den Kopf neigt und meine Lippen sucht, spüre ich, wie mich das Verlangen mitreißt.

Mein Schlaf ist tief, ich wache spät auf und stelle das Radio an. Es ist zehn Uhr morgens, ich höre Musik. Kommen Nachrichten, die Kriegspropaganda über die Hörer ausschütten, schalte ich meist aus.

Ich bin jetzt in der fünften Woche, ganz langsam verändert sich mein Körper. Noch ist er gertenschlank, aber ich befürchte, dass sich die Wölbung meines Bauches bald zeigen wird. Karl drängt, er will ständig mit mir schlafen, seine kleinen Geschenke rühren mich, seine Zärtlichkeiten werden intensiver. Auch ich sehne mich danach, mit ihm zu schlafen, ich darf nicht länger warten. Bei seinem nächsten Besuch lege ich mich nackt ins Bett und schaue zu, wie er sich auszieht, er ist stark behaart. Nähe ist ein ambivalenter Begriff – bin ich ihm wirklich nahegekommen? Vielleicht werde ich das wissen, wenn ich mich ihm hingegeben habe.

Drei Wochen später sitzen wir in einem überfüllten Restaurant, wegen der Lautstärke kann man kaum flüstern. Ich möchte ihm aber ins Ohr flüstern, dass er Vater wird, was ihn hoffentlich freut.

Abends im Bett lege ich meinen Kopf an seine Schulter und sage: »Wir bekommen ein Kind, Karl. Meine Regel ist nicht gekommen. Freust du dich?«

Alle möglichen Reaktionen habe ich mir vorgestellt, doch auf das, was jetzt passiert, bin ich nicht vorbereitet. Karl springt auf, zieht mich aus dem Bett, umarmt mich heftig, und nackt, wie wir sind, beginnt er, mit mir zu tanzen, und singt leise: »*Ich tanze mit dir in den Himmel hinein, in den siebenten Himmel der Liebe …*«

Klara

Die Reise nach Brüssel 1980

Am Morgen nach unserem Opernabend herrschte eine Eiseskälte zwischen uns. Zitternd zog ich mich an, nahm ein Taxi und fuhr nach Hause. Es war erst halb sieben, aber ich ging nicht mehr ins Bett, ich wollte nicht mehr über das Schreckliche nachdenken, was er mir erzählt hatte.

Warum hatte Franz mir nicht nur seine Affäre, sondern alles gestanden? Wollte er mir absichtlich wehtun? Seine Geliebte hatte möglicherweise ein Kind von ihm. Wie sollte ich damit fertigwerden?

Fast zwei Wochen waren seitdem vergangen, wir mieden einander, er schlief oben in seinem Bett, ich im Keller auf der Couch.

Heute kam er zum ersten Mal zu mir hinunter, setzte sich auf den Bettrand und griff nach meiner Hand. Ich stieß ihn weg. Er strich über meine Haare und begann zu reden.

»Du weißt, ich muss nach Brüssel, und ich will dich noch einmal fragen, ob du mit möchtest? Wir würden drei Tage dortbleiben. Ich wünsche mir, dass du mit mir reist.« Franz streichelte über meine Hand.

Ich begann zu weinen, Franz streichelte meine Haare.

Ich kämpfte mit mir. Franz war mein Mann. Ich wollte alles daran setzen, ihm zu zeigen, dass ich ihn liebte, wünschte mir, dass er allein mich als begehrenswerte Frau ansah.

Die Nacht war kalt. Als mein Wecker läutete, konnte ich mich nur schwer vom Schlaf trennen. Alles in mir sehnte sich danach weiterzuträumen, die Nacht zu verlängern. Langsam dämmerte es und das erste Morgenlicht drang in mein Zimmer. Ich streckte mich, warf die Decke zurück und stellte die Füße auf den Boden.

Wie immer war Silvie schon am Werk, als ich die Küche betrat. Sie tänzelte vergnügt, machte alles voller Schwung und summte die Melodie des Liedes mit, das gerade im Radio lief.

»Guten Morgen, Mama«, rief sie fröhlich. »Hast du schon zum Fenster rausgeschaut – wir haben den ersten Raureif.«

Ich blickte in den Garten – wie verzaubert lag er da. Die Wiese glich einem Meer aus Perlen, die Sonne brachte jeden kleinsten Eiskristall zum Funkeln. Auch die knorrigen Äste der Obstbäume waren mit Reif bedeckt.

»Soll ich Philipp holen, damit er das auch sieht?«, fragte Silvie begeistert und wollte schon die Treppe hochsteigen.

»Lass ihn schlafen«, winkte ich matt ab. Nach der ominösen Nacht mit Franz samt seiner inständigen Bitte, mit ihm zu reisen, war mir so viel Hektik zu viel. »In einer halben Stunde, wenn die Sonne aufsteigt, ist die Pracht schon wieder vorbei.« Ich öffnete die Tür zur Terrasse und stapfte über die Wiese. Einige Amseln schimpften empört und flogen davon. Auch unser Schieferdach war weiß überpudert und begann zu dampfen, als die ersten Sonnenstrahlen darauffielen.

Ich ging wieder hinein und schnell deckten Silvie und ich den Tisch.

»Mama, machst du heute Dampfnudeln, die hatten wir schon so lange nicht mehr«, bat Silvie. »Und darf ich vielleicht Mario mitbringen? Seine Mutter ist krank und kann heute nicht kochen.«

Marios Mutter war seit drei Jahren Witwe. Ihr Mann war tödlich verunglückt, als er mit zwei Freunden einen gefrorenen Wasserfall hinaufgeklettert war. Er hatte seiner Frau ein Malergeschäft und drei Kinder hinterlassen. Mario mit seinen sechzehn Jahren war der Älteste und musste viele Pflichten übernehmen.

»Sicher, bring ihn mit, aber mag Mario überhaupt Dampfnudeln?«, fragte ich.

»So wie du die machst, sind sie einfach köstlich«, schmeichelte Silvie.

Michael schlurfte die Treppe herunter; er musste jetzt wieder früh aufstehen, denn das dritte Semester Philosophie hatte angefangen. Er rang sich ein »Guten Morgen« ab. Morgens war mit ihm einfach nichts anzufangen, dafür sprach er nachmittags umso mehr. Philosophie war ein hochinteressantes Studium, Michael hatte seine Wahl nicht bereut.

Christine erschien als Letzte. Alles an ihr glänzte, ihr hellblondes Haar hatte sie zu einem Pferdeschwanz zusammengebunden, ihre Augen strahlten, sie hielt Philipp auf dem Arm. Die zwei sahen nicht aus wie Geschwister, eher wie Mutter und Kind, und oft hielt man sie auch dafür. Christine wirkte selbst in sportlicher Kleidung elegant, allein durch ihre Größe. Als Philipp mich sah, streckte er, fast weinend vor Freude, seine Arme nach mir aus; er tat so, als hätte er mich das letzte Mal vor einem Jahr gesehen. Dann begrüßte der Kleine Michael. Der blies wie jeden Morgen die Wangen auf und Philipp klatschte mit beiden Händen dagegen. Von dem lauten »Buh« konnte er gar nicht genug bekommen. Zuletzt schnappte sich Silvie ihren kleinen Bruder. Im Takt der Musik wirbelte sie mit ihm durchs

Zimmer. Doch als Franz das Wohnzimmer betrat, waren wir alle vergessen.

»Papa, Papa«, rief unser Jüngster entzückt und rannte auf ihn zu. Franz nahm ihn hoch und bekam ein Küsschen nach dem anderen. Zu mir beugte Franz sich herunter und küsste mich auf den Nacken. »Na, sind wir alle mal wieder zusammen?«, begrüßte er uns. »Was macht die Uni, was die Schule?«

Zeit für lange Gespräche hatten wir beim Frühstück nicht. Die U-Bahn fuhr pünktlich.

Als die Großen die Tür hinter sich zugeschlagen hatten, blieben Franz und ich alleine am Esstisch zurück. Silvie räumte das Geschirr weg und Philipp spielte auf dem Boden. Franz legte ausnahmsweise einmal seine Tageszeitung auf die Seite. Er schaute mich an und fragte: »Was ist mit meinem Vorschlag, mit mir nach Brüssel zu fahren? Hast du dir überlegt, ob du mitkommen willst? Ich muss das heute noch wissen, damit meine Sekretärin dir ein Ticket bestellt.«

Ausgerechnet seine Sekretärin. Fast schon ein kleiner Triumph für mich. »Wann geht der Flug?«, fragte ich.

»Morgen früh um elf – wir würden drei Tage wegbleiben.«

Mein Herz klopfte wild. Es war die erste Geschäftsreise, auf die Franz mich mitnehmen wollte. Die Freude überwog. »Ich fahre mit, doch die Zeit ist knapp. Ich habe keine Ahnung, wie ich das mit Philipp und den Großen bis morgen arrangieren kann.«

Franz wusste auch keinen Rat.

Da setzte sich Silvie auf meinen Schoß, umarmte mich und flüsterte mir ins Ohr: »Mama, mach dir keine Sorgen; wenn ich aus der Schule komme, hole ich ihn aus dem Kindergarten ab, am Nachmittag ist Michael da und abends Christine.«

Ich lächelte erst sie an und dann Franz und sagte: »Franz, ich freue mich.«

»Ich mich auch, schau, dass es klappt«, verabschiedete sich Franz.

Er stand vor mir und blickte mir in die Augen, ohne mich zu berühren, dann war er weg.

Das Flugzeug war voll besetzt. Franz' Assistent Lorenz und seine Frau Sybille saßen zwei Reihen hinter uns. Wir hatten uns nur kurz begrüßt und einander versichert, wie sehr wir uns auf die Tage freuten, die wir miteinander verbringen würden. Die meisten Passagiere waren Geschäftsreisende. Sie waren gut gekleidet, trugen perfekt sitzende Anzüge und elegante Schuhe. Schuhe waren seit einiger Zeit mein Faible. Wenn ich einen Mann genauer anschaute, fiel mein Blick zuerst auf sein Gesicht, dann auf die Schuhe und schließlich auf die Hände; es gefiel mir, wenn sie gepflegt waren. Der Service in der Businessclass ließ nichts zu wünschen übrig. Wir hielten Gläser mit Champagner in der Hand und blickten uns ernst an.

»Schön, dass du dabei bist!«, flüsterte Franz mir ins Ohr und drückte meine Hand.

Langsam entspannte ich mich und lehnte mich im Sitz zurück. Philipp war versorgt. Abends würden ihn die Großen ins Bett bringen – ich brauchte mir also keine Sorgen zu machen. Jetzt lagen fast drei Tage mit Franz vor mir. Die ersten seit zwanzig Jahren, die ich ohne ein Kind mit ihm verbringen würde. Seit Michaels Geburt war ich eine geliebte Mutter, aber keine Geliebte mehr gewesen.

Ein Taxi brachte uns zum Hilton. Das Hotel lag im Herzen der Stadt in der berühmten Avenue Louise. Viele Sehenswürdigkeiten waren von dort aus zu Fuß zu erreichen. Ich konnte es kaum erwarten, die Stadt zu erkunden. Doch vorher verabredeten wir uns mit Sybille und Lorenz zum Abendessen.

Nachdem Franz und ich durch die Stadt gebummelt waren, zogen wir uns in unser Zimmer zurück. Noch hatten wir Zeit bis zum Abendessen.

Die späte Nachmittagssonne fiel sattgolden durch einen Spalt im Vorhang. Auf dem Fußboden tanzten Tausende Staubpartikel im Licht. Schloss ich die Augen, kamen sie auf mich zugetanzt, wurden größer und größer, verwandelten sich in riesige, durchsichtige Blasen, die sich sanft hin und her bewegten – ich befand mich in einem Zustand zwischen Wachen und Traum. Warme Luft umhüllte mich, es roch nach Sex, Schweiß und Parfüm. Mein Kopf ruhte auf Franz' Schulter, meine Hand auf seinen Hoden; wenn ich sie sacht bewegte, berührte ich seinen Penis, der jetzt entspannt auf seiner Bauchdecke lag.

Franz schlummerte. Tiefe Atemzüge hoben und senkten seine Brust. Manchmal stockten sie und stolperten kurz, doch dann fanden sie ihren Rhythmus wieder. Vorsichtig hob ich meinen Kopf, ich wollte sein Gesicht sehen. Es war entspannt, wirr fielen ihm die Haare in die Stirne, sein Mund war leicht geöffnet, fast schien es, als lächelte er. Zwanzig Jahre war ich jetzt mit ihm verheiratet, und selten hatte ich erfahren, was hinter seiner Stirn vor sich ging, was ihn berührte. Franz war ein Mensch des Handelns, nie schien es bei ihm Momente des Zögerns oder der Unentschlossenheit zu geben, fast nie zeigte er Schwächen, und deshalb hatte er mir auch nie leidgetan.

Meine Seele war wund, gerade weil ich ihn immer noch liebte. Meine Gefühle verwirrten mich. Ich wusste nicht, ob er überlegte, das Verhältnis zu seiner Geliebten aufzugeben, ich misstraute ihm.

Unser Sex war wie eine Obsession – ich konnte an fast nichts anderes denken. Zart berührte ich mit den Lippen seinen Mund. Er erwachte sofort und schaute mich verwundert an.

»Ich bin's, hast du jemand anderen erwartet?«, fragte ich leise und hoffte auf ein protestierendes »Nein!«.

Das blieb er mir jedoch schuldig, er sah etwas verwirrt aus und schüttelte den Kopf. Dann kam seine Hand zu mir hinüber, seine Augen blickten an die Decke. Irgendwann standen wir auf, ich öffnete die Hähne des Whirlpools und sah wie narkotisiert dem wirbelnden Wasser zu, wollte nicht nachdenken. Ich betrachtete mich im mannshohen Spiegel.

Dann stieg ich in das heiße Wasser und ließ mich mit ausgebreiteten Armen und geschlossenen Augen sanft hin und her schaukeln. Plötzlich stieg Franz in die Wanne. Ich protestierte nicht. Franz tauchte und streifte mit den Händen über meine Beine, öffnete sie, dann spürte ich seine Zunge. Ich schrie vor Lust und kam fast augenblicklich. Als ich die Augen öffnete, sah ich in Franz' lachendes Gesicht.

»Weißt du, was wir machen?«, fragte er und umschlang meinen Körper im warmen Wasser. »Ich hänge meinen Job an den Nagel, du verkaufst die Kinder und dann suchen wir uns eine einsame Insel.«

Meine Haare lagen wie ein goldener Teppich auf dem Wasser. »Und was machen wir dann den lieben langen Tag?«

»Vögeln.«

»Ich glaube, du würdest dich da zu Tode vögeln.«

Franz schluckte Wasser vor lauter Lachen.

Plötzlich fiel es mir ein: Um neunzehn Uhr waren wir ja mit Sybille und Lorenz verabredet! »Hast du eine Ahnung, wie spät es ist?«

»Nein, ich bin heute zeitlos!«, sagte Franz und bespritzte mich mit Wasser. Widerwillig stieg ich aus dem Pool, wickelte mir ein Badetuch um, rannte ins Schlafzimmer und schaute auf den Radiowecker.

»Franz, es ist schon fast sieben«, rief ich hektisch. »Wir haben nur noch zehn Minuten, geh du voraus, für meine Haare brauche ich mindestens eine Viertelstunde.«

In Windeseile föhnte ich die Haare, schminkte mich und zog meinen dunkelgrauen Hosenanzug mit dem schwarzen Seidenrolli an. Über die Schultern hängte ich mir die lange Silberfuchsjacke.

Der Boden des Foyers war mit kostbaren Perserteppichen bedeckt, Sesselgruppen waren darauf arrangiert, dort saßen elegant gekleidete Leute, die meisten in Abendroben. Ich blieb kurz stehen und schaute mich nach Franz, Sybille und Lorenz um. Sie standen an der Bar und hielten Cocktails in den Händen. Langsam durchquerte ich den Raum, die Frauen taxierten mich, die Männer warfen mir bewundernde Blicke hinterher. Das kannte ich schon von vielen Empfängen, Bällen und Partys und von meinen Werbeaufträgen.

Sybille hatte ihre Haare im Marilyn-Monroe-Stil frisiert, das Gesicht hell gepudert, ihr Mund leuchtete grellrot. Ihr Kleid aus türkisgrünem Stoff war ein bisschen zu eng. Sie schmachtete Lorenz an.

Lorenz war ein Genießer. Er liebte Luxus, teure Autos, Kunst, Literatur und Frauen, doch vor allem hatten es ihm die Freuden des Gaumens angetan. Ganz sicher hatte er uns für heute Abend das Restaurant mit der besten Küche ausgesucht. Er wirkte entspannt und locker. »Da bist du ja endlich«, rief er und drückte mich an seine weiße Hemdbrust. »Ich sterbe fast vor Hunger.«

»So schlimm wird's wohl nicht sein, du hast doch ein paar Reserven«, spöttelte ich.

Lorenz war ein untersetzter Mann und strahlte zugleich Leichtigkeit und Lebensfreude aus. Sein kräftiges Lachen entblößte ebenmäßige weiße Zähne, die im scharfen Kontrast zu der rötlichen Nase standen, die er wohl zu häufigem Rotweingenuss verdankte.

»Willst du auch noch einen Cocktail oder können wir gleich gehen?«, fragte er und ignorierte meine Bemerkung geflissentlich.

»Gehen wir gleich – ich kann kaum noch stehen –, ich hatte einen anstrengenden Tag«, meinte ich und blickte zweideutig in Franz' Richtung.

Mit einem Taxi ließen wir uns zur Tortue du Zoute bringen, einem kleinen, eleganten Restaurant, das bekannt war für seine kreativen französischen Menüs. Gedämpftes Stimmengewirr empfing uns, die Kellner führten uns zu unseren Plätzen.

Lorenz beschäftigte sich gleich mit der Speisekarte, Sybille fragte mich leise: »Was hast du mit den Kindern gemacht, machst du dir keine Sorgen, dass etwas schiefläuft?«

Ich winkte lässig ab. »Nein, überhaupt nicht, die Großen sind ja nun wirklich alt genug, um alleine zurechtzukommen, und zwei Tage können sie sich auch mal um ihren kleinen Bruder kümmern.«

Sybille hatte keine Kinder und sie beneidete mich um meine Kinderschar. Mir ging's genau umgekehrt – ich beneidete sie oft um ihr freies Leben, die Möglichkeiten, das zu tun, wozu sie gerade Lust hatte. Doch Sybille war träge; ihren Erzählungen zufolge konnte sie stundenlang auf der Couch liegen und in Modejournalen blättern oder Endlosgespräche mit ihren Freundinnen führen. Hin und wieder sahen wir uns im Fitnessstudio, wo sie unlustig Gewichte stemmte, Fahrrad fuhr und ruderte, um ihre Figur einigermaßen in Form zu halten.

»Morgen haben wir einen ganzen Tag für uns, ich habe schon eine lange Liste geschrieben mit allem, was wir unternehmen können«, schwärmte sie und griff zur Speisekarte.

Während wir unsere Consommés löffelten, ließ ich meinen Blick durchs Restaurant schweifen und entdeckte plötzlich zwei Tische weiter ein bekanntes Gesicht. Meine langjährige

Freundin Marlene Spindler, die vor zwei Jahren mit ihrem Mann Roland in die Vereinigten Staaten gezogen war! Neben ihr erkannte ich jetzt auch Roland. Die anderen am Tisch waren wahrscheinlich seine Geschäftspartner. Jahrelang hatten die Spindlers bei uns um die Ecke gewohnt, wir hatten uns damals häufig gesehen. Marlene musste jetzt zweiundvierzig sein, sah aber noch unglaublich jung aus. Ihre Figur und ihr Gesicht waren voller geworden, was ihr sehr gut stand; früher hatte sie immer ein bisschen unterernährt gewirkt. Ihr Haar war immer noch tiefschwarz, sie trug es im Nacken zu einem tief sitzenden Knoten gebunden. An ihren Ohren blitzten Brillantohrringe. Marlene hatte mich noch nicht gesehen, sie schien aufmerksam der Unterhaltung am Tisch zu lauschen, doch an ihren unruhigen Händen erkannte ich, dass sie sich langweilte.

Ich stupste Franz an und nickte mit dem Kopf in die Richtung der Spindlers.

»Schau mal, wer dort drüben sitzt.« Er erkannte sie sofort. »Kannst du mir bitte eine Visitenkarte geben und einen Stift – ich schicke den Ober damit rüber.«

Schnell schrieb ich einen Gruß auf das Kärtchen und winkte dem Ober. Marlene las überrascht und blickte sich suchend um. Als sie uns sah, stand sie so spontan wie eh und je auf und kam an unseren Tisch.

»So eine Überraschung«, begrüßte sie uns. »Seit wann seid ihr hier?«

»Seit heute Nachmittag – komm, gehen wir doch kurz rüber an die Bar.«

»Mein Gott«, sagte sie, »es gibt so wahnsinnig viel zu erzählen, du glaubst gar nicht, was alles passiert ist. Ich gebe dir meine Telefonnummer. Verrate du mir doch den Namen eures Hotels und die Zimmernummer, dann machen wir was für morgen aus. Ich bleibe mit den Kindern noch eine Woche bei

Maman. Aber jetzt muss ich wieder zu den Männern. Geschäft ist Geschäft.« Hastig tauschten wir unsere Kontaktdaten aus und sie ging zurück an den Tisch.

Marlene hatte Kinder gesagt, also musste sie noch ein Kind bekommen haben – ich wusste nur von einer Tochter in Philipps Alter.

Lorenz' Stimmung stieg, sein Gesicht glänzte und rötete sich – die zweite Flasche Saint-Émilion machte die Runde. Das Angenehme an ihm war, dass er selten geschäftliche Themen anschnitt, wenn Damen am Tisch saßen; er war höflich, charmant und galant, und deshalb liebten ihn die Frauen. Das wusste auch Sybille, der traurige Zug um ihren Mund verriet viel.

»Was habt ihr beide denn morgen so vor?«, fragte er liebenswürdig. »Ich könnte euch die Hubertusgalerien oder das Antiquitätenviertel vorschlagen.«

Dann drehte er sich zu mir. »Wer war denn die Frau, mit der du gerade gesprochen hast?«

»Eine alte Freundin von mir, sie will sich morgen mit uns treffen.«

»Weißt du, was sie hier machen?«, fragte Franz. Ich schüttelte den Kopf.

»Nein, aber das wird sie mir sicher morgen erzählen.«

Franz wandte sich an Lorenz und Sybille: »Vor zwei Jahren, kurz bevor sie in die Staaten gingen, haben wir zusammen Urlaub im Club Méditerranée an der Algarve gemacht. Bis auf Philipp, der bei der Oma geblieben war, hatten wir sämtliche Kinder dabei – das war übrigens der letzte Urlaub mit den Großen.«

Es war Mitternacht, als wir zum Hotel zurückkehrten, Lorenz schlug vor, an der Bar noch einen Schlaftrunk zu nehmen. Franz blickte mich fragend an, ich schüttelte den Kopf.

Es war noch nicht acht Uhr, als das Telefon klingelte.

»Ich hoffe, ihr seid schon wach?«, fragte Marlene.

»Jetzt schon«, antwortete ich verschlafen.

»Entschuldige, aber mit den Kleinkindern verliere ich jedes Zeitgefühl, ab sechs ist für mich die Nacht um. Wie wär's, wenn wir uns irgendwo zum Mittagessen treffen? Ich kann Maman die Kinder nicht zu lange zumuten, aber zwei Stunden wird es gehen. Kommt doch ins Antiquitätenviertel, das ist die schönste Ecke in Brüssel, und es gibt dort jede Menge Läden.«

Ich fragte Sybille beim Frühstück, ob sie darauf Lust habe, und sie war gleich Feuer und Flamme; wir trafen uns also in der berühmten Konditorei Wittamer und begannen zu erzählen.

»Seit wann bist du hier?«, fragte ich Marlene.

»Seit vier Tagen. Roland hat geschäftlich hier zu tun, und weil Maman die Reise um die halbe Welt zu lang und beschwerlich ist, bin ich mitgefahren.« Marlene seufzte. »Der Flug mit den Kindern war ein Horror; aber es ist schön, mal wieder daheim zu sein.«

»Wie alt ist denn euer zweites Kind?«, fragte ich neugierig und beugte mich zu ihr.

»Du meinst, unser zweites und drittes – ich habe nämlich zwei Babys, meine Lieben. Und jetzt kommt's: Es sind keine Zwillinge – ich habe in zwei Jahren zwei Kinder bekommen, einen Jungen und ein Mädchen.«

»Unglaublich, und das in deinem Alter«, staunte ich. Marlene lächelte verschmitzt und sagte: »Ich bin selbst völlig fassungslos, ich dachte immer, Marion würde unser einziges Kind bleiben; wir haben nie aufgepasst, und dann wurde ich mit einundvierzig Jahren schwanger. Ich dachte schon, ich wäre in den Wechseljahren, stattdessen kam Francis auf die Welt; und kaum war er da, wurde ich erneut schwanger und wir bekamen Joanne.« Marlene strahlte. »Roland und ich sind hingerissen von ihnen … es ist perfekt.«

Sybille saß schweigend daneben und hörte zu, vermutlich beneidete sie Marlene um ihren Kindersegen.

Marlene erzählte weiter, dass sie vor einem halben Jahr von Boston ins Silicon Valley übergesiedelt waren und Roland den Vorsitz des größten Computerherstellers übernommen hatte.

»Wie geht es denn Roland?«, fragte ich. Marlenes Gesicht nahm einen besorgten Ausdruck an. »Roland ist meistens überarbeitet«, sagte sie leise. »Vor vier Wochen ist etwas Furchtbares passiert: Ich bin nachts aufgewacht und Rolands Bett war leer. In der Küche habe ich ihn dann gefunden.« Sie schluckte und atmete schneller. »Er lag am Boden in einer Blutlache und stöhnte. Ein Magendurchbruch! Die Ärzte haben vermutet, dass wahrscheinlich der Stress die Ursache war. Roland bekam den guten Rat, kürzer zu treten – aber sag das mal einem Manager.« Marlene seufzte. Dann stand sie auf. »Tut mir leid, ich muss heim, Maman ist sonst überfordert. Als ich wegfuhr, schliefen die Kleinen, aber jetzt sind sie sicher hellwach und haben Hunger. Ich werde sie abfüttern und dann geht's in den Park auf den Spielplatz. Ich melde mich bald.« Sie zog ihren dunkelbraunen Nerzmantel an, beugte sich über mich, küsste mich zum Abschied, eilte durch das Lokal, drehte sich an der Tür noch einmal um und winkte.

»Eine beeindruckende und sehr sympathische Frau«, meinte Sybille. »Und ihr strahlte das Glück so richtig aus den Augen. Ich kenne wenige Frauen, von denen ich das sagen kann – von dir vielleicht. Franz und du – ihr wirkt irgendwie verliebt.«

»Verliebt sind wir schon«, antwortete ich. »Aber gleichzeitig stecken wir in der tiefsten Krise, die wir jemals hatten. Alles ist bei uns infrage gestellt. Wie bei dir gibt es auch bei mir nur ein Thema: Seitensprung. Und ich bin es langsam müde …«

»Das hätte ich bei euch nie vermutet«, meinte Sybille. »Ihr habt auf mich immer den Eindruck eines glücklich verheirateten Paares mit vier wohlgeratenen Kindern gemacht – erfolgreich und schön. Franz hat dich immer gelobt, deine Leistungen hervorgehoben – ich kam mir da jedes Mal vor wie ein Nichts.«

Mein Herz schlug plötzlich schmerzhaft.

»Man kann sich auch täuschen«, sagte ich leise. »Bei Franz schlagen zwei Seelen in einer Brust. Nach außen spielt er den verständnisvollen, aufgeschlossenen Ehemann und Chef – alle lieben und verehren ihn –, doch zu Hause lässt er sich gehen. Den Stress, den er den ganzen Tag ansammelt, bekommen dann ich und die Kinder zu spüren. Und dennoch liebe ich ihn.« Sollte Sybille doch alles wissen – ich brauchte jemanden, der mir zuhörte und mich verstand.

»Schon lange zweifle ich an den angeblich intakten Familien und treuen Ehemännern«, murmelte Sybille. »In unserem nächsten Bekanntenkreis sieht's jedenfalls schlecht aus – und jetzt gehört ihr auch dazu, wie schade! Es ist, als würde ein Virus umgehen, der alle infiziert.«

Die Novemberluft war klar und frisch, als wir endlich begannen, Brüssel zu erkunden. Das Antiquitätenviertel mit den engen Gassen hatte Charme. Geschäft reihte sich an Geschäft – in den Auslagen entdeckte ich Jugendstilschmuck, Bilder, Gläser, Silber und wunderschöne Brüsseler Spitze. Angesichts der kostbaren Handarbeiten schlug mein Herz höher. Ich konnte nicht widerstehen und kaufte einige Meter.

Sybille sammelte altes Kristall und brach immer wieder in Begeisterungsrufe aus: »Schau mal, was dieses Gläschen für einen herrlichen Schliff hat!«

Wir schlenderten durch die Galerie Saint-Hubert, die älteste überdachte Einkaufspassage Europas, und betrachteten Auslagen und flanierende Menschen.

Müde vom Schauen und Wandern kehrten wir in der Dämmerung ins Hotel zurück, ich duschte und setzte mich in

Höschen und Büstenhalter vor den Toilettentisch, um mich zu schminken.

»Oh, là, là, das ist aber eine Begrüßung«, sagte Franz, trat hinter mich und umfasste meine Brüste. »Haben wir noch ein bisschen Zeit, um zu vögeln?«

»Nein, mein Schatz«, antwortete ich und stand auf, um ihn zu küssen. »Lorenz hat sicher rasenden Hunger. Wenn wir nicht pünktlich sind, wird er uns fressen.«

»Ich werde jetzt gleich dich fressen«, sagte Franz, umfasste meine Taille, zog mich an sich und küsste mich auf den frisch geschminkten Mund. Ich schob ihn weg.

»Aufgeschoben ist nicht aufgehoben«, meinte er mit einem Lächeln und verschwand im Bad.

Ich schlüpfte in mein rehbraunes Mohairkleid mit der langen Taille und dem weit schwingenden Rock und versuchte, den Reißverschluss zu schließen, aber auf halber Höhe klemmte er. Also ging ich ins Bad, um mir von Franz helfen zu lassen. Dort blieb ich wie gebannt stehen. Franz stand unter der Dusche, Wasser prasselte auf seinen Körper, er hatte den Kopf leicht zurückgeneigt, hielt sein Gesicht dem Wasser entgegen. Seine Augen waren geschlossen, der Mund leicht geöffnet, Wasserdampf umhüllte ihn, die kräftigen Muskeln bewegten sich, als er die Haare zurückstrich. Der Anblick erregte mich – Franz gehörte mir!

Es wurde eine lange Nacht. Lorenz wollte uns eines der populärsten Lokale Brüssels zeigen. Es lag direkt am Grand Place, und eine Menge Leute hatten dieselbe Idee. Wir mussten Schlange stehen vor dem 'T Kelderke, denn Reservierungen wurden nicht entgegengenommen. Aber das Warten lohnte sich. Das Publikum war multikulturell und das Essen hervorragend, ebenso wie unsere Stimmung.

Der runde Tisch, den man uns zuwies, war günstig. Von hier aus hatten wir den riesigen Saal gut im Blick und konnten das Kommen und Gehen der anderen Gäste beobachten. Sybille saß mir gegenüber. Sie sah schön aus: Ihr schwarzes Kleid mit dem tiefen runden Ausschnitt zeigte den Ansatz ihrer Brüste, das Schwarz betonte die Alabasterfarbe ihrer Haut und ließ sie fast zerbrechlich wirken. Lorenz blickte sie bewundernd an. Sybilles Blick hing fast nur an ihrem Mann. Manchmal sah sie plötzlich angespannt und ärgerlich aus, dann brauchte ich nur der Blickrichtung von Lorenz' Augen zu folgen, um festzustellen, dass er gerade eine Blondine damit verschlang.

Beim Essen beobachtete ich die Hände meiner Tischgenossen. Franz' Hände waren groß und kräftig mit sehr langen Fingern und breiten Nägeln. Er hatte sein Besteck wie Handwerkszeug fest im Griff. Die Hände waren braun und schmucklos.

Lorenz dagegen bewegte sein Besteck wie ein Florettfechter. Elegant zerteilte er mit seinen schweren Händen und den manikürten Nägeln das Filet. An seinem rechten Ringfinger trug er den Ehering.

Sybilles Hände waren schön und gepflegt, schmal wie weiße Lilienblätter lagen sie neben ihr, die langen Nägel leuchteten rot. Sie trug zwei Ringe, ihren Ehering und einen herrlichen oval geschliffenen Smaragd in einer antik anmutenden Fassung.

Meine Hände hatten mir noch nie gefallen, sie waren braun gebrannt und sahen aus wie die Hände einer Bäuerin: Die Haut war nicht glatt, die Fingerkuppen rau und meine Nägel schafften es nie, länger als zwei Millimeter darüber hinauszuwachsen. Kein Wunder, denn ich vergaß ständig, Handschuhe anzuziehen, wenn ich im Garten arbeitete, Geschirr abspülte oder Kartoffeln schälte. Ich trug den Ring, den mir Franz bei meiner Ankunft in Ägypten geschenkt hatte: eine dunkelgraue Perle, umgeben von zwölf kleinen Brillanten.

Lange nach Mitternacht kehrten wir ins Hotelzimmer zurück. Franz und ich fielen uns leidenschaftlich in die Arme. Und dennoch ging mir die Frage nicht aus dem Kopf, ob er der Vater des Kindes seiner Geliebten war.

Dann saßen wir wieder im Flugzeug nach München. Zwischen uns fiel kein Wort.

Hilde

Schwanger im Krieg 1939

Karl verwöhnt mich mit kleinen Geschenken, obwohl er sehr wenig Geld verdient: mit Pralinen, einem seidenen Schal, meinem Lieblingsparfüm und Seidenstrümpfen; er ist einfallsreich. Wenn wir spät nachts ins Bett kommen, bedeckt er meinen nackten Körper mit Küssen. So langsam beginnt sich mein Bauch zu wölben. Ich muss an Kurt denken, die Erinnerungen an ihn schmerzen, und ich kann ihnen nicht entfliehen. Karl ist ein Nachtmensch, er weckt mich, wenn er nach der Oper nach Hause kommt, und würde mich am liebsten bis in die Morgenstunden lieben. Mein Schlaf ist kurz, todmüde stehe ich um sieben Uhr auf, nach einer Katzenwäsche mummle ich mich in den warmen Pelzmantel ein, das letzte Geschenk von Kurt, und mache mich auf den Weg.

Jetzt, kurz vor Weihnachten, füllt sich mein Laden, Frauen kaufen Schlafanzüge, Krawatten, Hemden und Firlefanz für ihre Männer, der Ofen glüht, ein Punsch köchelt vor sich hin. Am Mittag kehrt keine Ruhe ein, denn das ist die Zeit der Männer, die Geschenke für ihre Frauen suchen. Sie sind bedeutend kritischer, ich breite für sie die Nachthemden auf dem Tisch aus, manche scherzen, es wäre doch reizend, wenn ich ihnen das Hemdchen vorführte.

Bis jetzt habe ich meinen Eltern und Geschwistern meinen neuen Bräutigam noch nicht vorgestellt, um mir keine Vorwürfe anhören zu müssen wie: Kaum ist Kurt fort, schon hast du einen Neuen. Oder aber: Hast du kein schlechtes Gewissen? Und jetzt auch noch ein Kind!

Heiligabend verbringen wir bei Lene. Mich wundert, dass sie so viel Arbeit auf sich nehmen will. Es ist die erste Einladung, ich war noch nie bei ihr; immer wenn ich anrief, hieß es: »Hilde, ich muss Schluss machen, ich muss stillen« oder »ich muss zum Kinderarzt« oder »ich bin todmüde, Kinder machen einen total kaputt«. Sie hat zwei kurz hintereinander bekommen und jetzt erwartet sie das dritte. Nachdem sie mir die Wohnung gezeigt hat, die ich mit den fünf großen Zimmern, einem Wohnzimmer, einer Bibliothek, drei Schlafzimmern und einem Zimmer für das Mädchen ziemlich protzig finde, stehen wir nun beide mit dicken Bäuchen in der Küche. Im Ofen brutzelt die Gans, Lene putzt den grünen Salat, ich schnipple den Obstsalat.

»Um wie viel Uhr kommt denn dein neuer Mann?«, fragt Lene. »Ich bin gespannt, wen du da aufgelesen hast.« Der Straßenjargon passt zu ihr.

»Karl kommt meistens kurz vor Mitternacht, heute wird ›Hänsel und Gretel‹ aufgeführt, nächstes Jahr kannst du ja schon mit Gerhard hingehen, mit drei Jahren ist er alt genug.«

Lene gibt mir einen Löffel. »Mit dem kannst du die Sahne schlagen. Wann soll denn dein Kleines kommen?«

Zum Glück fällt es mir gerade noch rechtzeitig ein, den Geburtstermin zu verschieben, und ich sage Juni statt Mai. Beinahe hätte ich mich verplappert.

»Na, für den dritten Monat bist du aber schon ziemlich rund.«

Statt nachzurechnen, fährt Lene mir zart über den Bauch und meint: »So gut wie du mit deinem Laden möcht ich's auch haben. Sag mal, warum hast du dir so schnell wieder einen Mann gesucht? Ich könnte das nicht! Kaum war dein Kurt weg, schon war er vergessen. Hast du immer noch keine Nachricht bekommen, ob sie in Argentinien angekommen sind? Es ist doch seltsam, dass die Kirchheimers sich nicht rühren.«

»Du kannst mir glauben, dass ich ständig an sie denke. Ich habe überall nachgefragt, ob das Schiff angekommen ist, aber keiner kann mir Auskunft geben.«

»Trotzdem ... wie kannst du ihn so schnell vergessen, so was könnte ich nicht.« Lene schüttelt heftig den Kopf.

Ich weiß, dass Lene nicht die Einzige ist, die sich über mich wundert, doch ich kann ihr nicht die Wahrheit erzählen, meine Lüge muss geheim bleiben. Ich bin jetzt dreiunddreißig und glücklich, dass mir von Kurt zumindest ein Kind bleiben wird.

Bin ich wirklich glücklich? Erklärt das meinen schnellen Entschluss, mir einen neuen Mann zu angeln? Eines ist sicher, mit einem Kind von einem anderen Mann hätte mich Karl nie genommen. Schon die wenigen Monate mit ihm waren nicht einfach; er tut zwar so, als trüge er mich auf Händen, doch das Zepter hat er in der Hand. Er ignoriert meine Müdigkeit, wenn er von der Oper kommt, und fällt gierig über mich her. Aber das erzähle ich Lene nicht.

Lene hüpft um den Tisch herum, putzt ihn ab und zieht dann die Gans aus dem Ofen. »Hilde, Hilde, gib mir schnell die Topflappen, gleich lass ich die Gans fallen.«

Der Vogel ist groß, Lene versucht, das Tier mit der Schere zu zerteilen und zerfetzt die Schenkel. Ich nehme ihr die Schere ab und schneide weiter. Mit Gänsen habe ich Routine, bei Robert, Wolfgang und Kurt habe ich gut zugeschaut, wie es gemacht wird.

Der Weihnachtstisch ist gedeckt, die junge Hilfe setzt die Kinder in ihre Hochstühle, die zwei Buben klatschen begeistert in die Hände. Meine Mutter füttert sie, putzt ihnen die Mäulchen ab, packt sie an den Armen, wenn sie ins Essen hauen wollen. Es sieht lustig aus, doch ich frage mich, wie ich mein Kind erziehen werde, stelle mir vor, wie selten am Tag ich mit ihm spielen kann, wie ich abends todmüde heimkomme und dann spät in der Nacht bereit sein muss für einen temperamentvollen Mann.

Lene hat dagegen das große Los gezogen, Richard ist die Ruhe selbst, er ist besorgt um seine Frau und die Kinder, er greift zu, ohne dass man ihn bitten muss.

Vater fragt mich, ob ich Willi gesehen hätte; er macht sich Sorgen, seit drei Monaten hat er sich nicht mehr gerührt. Ich will Vater nicht erzählen, dass Willi vor Kurzem in den Laden gekommen ist, klapperdürr und völlig runtergekommen; er hat zwei Tage im Hinterzimmer geschlafen und war wieder verschwunden, bevor ich mit ihm reden konnte. Also schüttle ich den Kopf. Wir schweigen. Richard zündet die Kerzen an, macht das Licht aus und wir singen: »Ihr Kinderlein kommet, o kommet doch all …« Und schon geht die Tür auf und unser Bruder steht da, wie immer zerlumpt und hungrig.

Mutter springt auf, umschlingt ihren Sohn, der schlaff dasteht, sich nicht rührt und uns nicht ansieht, er ist nur da.

Nun sind wir fast vollzählig. Henny hatte versprochen, auch zu kommen. Meine achtzehnjährige Schwester überragt uns alle und lässt sich nichts mehr von ihren Eltern sagen. Sie wirft sich ins wilde Leben.

Nach dem Abendessen setzen wir uns um den Weihnachtsbaum, beginnen »Stille Nacht, heilige Nacht« zu singen, als plötzlich Henny und ihr Bräutigam vor uns stehen. Der junge Mann in Uniform, mit den Rangabzeichen der SS auf den Schultern, lächelt stolz.

Meine Mutter springt auf. »Mein Gott, mein Gott, wie schön!« Ich schätze den SS-Mann auf fünfundzwanzig, er ist ein fescher Kerl, lächelt schüchtern und bemüht sich, bei uns willkommen zu sein. Henny ist stolz auf ihren Freund, sie strahlt, ihre Augen blicken ihn verliebt an, ständig greift sie nach seiner Hand.

Kurz vor Mitternacht erscheint Karl. Er lacht, küsst mich und wirbelt mich herum. »Jetzt geht's los«, ruft er. »Kommt, lasst uns was singen.« Das überlassen wir ihm, der lange Abend hat uns müde gemacht, aber das fällt ihm nicht auf. Er erzählt, wie toll die Aufführung von »Hänsel und Gretel« war.

»Nächstes Jahr ist unser Kind dabei, ich kann's noch kaum glauben, dass ich Vater werde.«

Wie üblich setzen sich nach dem Essen die Männer zusammen. Versunken in einem tiefen Sessel raucht Karl eine dicke Zigarre, der SS-Mann und Richard bevorzugen Zigaretten. Lene bringt ihre Kinder ins Bett, ich schleiche mich ins Kinderzimmer und höre zu, wie sie den Buben ein Schlaflied vorsingt. Wie selbstlos sie geworden ist, ihr Egoismus hat sich in Mutterglück verwandelt.

Henny und Mutter helfen dem Mädchen in der Küche, ich hole mir einen Stuhl und stelle ihn hinter die tiefen Sessel der Männer. Natürlich ist der Krieg das Hauptthema.

»Wenn das so weitergeht, werden wir nächstes Weihnachten irgendwo im Schützengraben verbringen«, sagt Richard.

Die ständigen Gespräche über den Krieg machen mich krank. Heute, an Heiligabend, möchte ich mir keine Gräueltaten anhören. Ich stehe auf und suche Willi. Aus der Küche kommen Stimmen, ich schaue hinein, aber da sind nur Lene, Henny und Mutter, sie haben Schürzen an und spülen das schmutzige Geschirr.

»Kann ich euch helfen?«, frage ich und Lene nickt. »Könntest du mal ins Kinderzimmer gehen und nachschauen, ob die Kleinen schon schlafen?«

Ganz leise öffne ich kurz darauf die Tür zum Kinderzimmer und bemerke einen seltsamen Geruch. Als meine Augen sich an das schwache Licht gewöhnt haben, sehe ich Willi zwischen den beiden kleinen Bettchen auf dem Boden liegen. Ich gehe in die Knie, beuge mich über seinen schmalen Körper, rieche die verdreckte Kleidung und horche auf sein schweres Atmen. Ich will ihn nicht wecken, möchte aber auch nicht das Zimmer verlassen; ich nehme mir zwei Kissen und lege mich neben Willi. Erst kocht Wut in mir hoch, dann bekomme ich Angst, dann breitet sich Mitleid in mir aus. Ich möchte Willi streicheln, mit ihm reden, und vor allem will ich ihm helfen. Willi hat eine große Familie, doch keiner hat sich jemals Gedanken gemacht, wie man ihm helfen könnte.

Ich muss eingeschlafen sein. Als ich wieder aufwache, hat sich Willi im Schlaf auf die Seite gedreht und ich schaue direkt in sein Gesicht; er ist erst sechsundzwanzig Jahre alt, sieht aber aus wie ein Greis, faltig und zerfurcht. Ich umfasse seine Hand, sie ist leicht und kalt. Ganz plötzlich erwacht Willi, zuckt zusammen, und ehe ich etwas sagen kann, springt er hoch und will zur Tür rennen. Dann aber merkt er, dass er nicht auf der Straße ist.

»Willi, hab keine Angst, du bist zu Hause. Komm, leg dich wieder hin.« Schon lange habe ich Willis Stimme nicht mehr gehört. Als er jetzt zu sprechen beginnt, klingt sie rau, dann muss er husten. Sein Körper krümmt sich, mit den Händen umfängt er seinen Kopf und schüttelt sich wie ein nasser Hund. Dann sitzen wir schweigend nebeneinander. Ich warte, bis er anfängt zu sprechen.

»Hilde«, krächzt er nach einigen Minuten, »kann ich zu dir in die Wohnung kommen? Ich bin krank, ich bleib nicht lange bei euch, doch wenn sie mich auf der Straße finden, bringen sie mich um. Bitte.«

Ich streichle ihn, er zuckt zurück, ich beruhige ihn und versichere, dass er zu mir kommen kann; kurz überlege ich, was Karl wohl dazu sagen wird. Vermutlich wird er mich anbrüllen, mich für verrückt halten, doch dies ängstigt mich nicht, es ist meine Wohnung.

»Bleib hier im Zimmer, ich weiß gar nicht, wie viel Uhr es ist.«

Im Wohnzimmer ist es ruhig geworden, die Männer sitzen immer noch in den Sesseln, sie haben sich volllaufen lassen. Ich suche meine Schwestern und Mutter. Henny steht vor dem Küchenfenster und raucht, Mutter und Lene schlafen mit den Köpfen auf den Armen am Küchentisch. Zeit zu gehen. Ich rüttle Karl an der Schulter, bitte ihn aufzustehen und führe ihn zum Kinderzimmer. »Wir nehmen heute Willi mit, er ist krank, kannst du ihm helfen, die Treppe runterzusteigen?« Als ich in sein Gesicht sehe, muss ich schlucken. Es ist verzerrt vor Wut.

Die Straße ist wie leer gefegt, jeder Schritt dauert, Willi klammert sich an mich. Wir brauchen eine halbe Stunde, bis wir zu Hause sind und es hinauf in den vierten Stock geschafft haben. Bevor ich Willi im Kinderzimmer auf die Couch bette, ziehe ich ihn aus, sein Körper ist ein glühendes Skelett; ich wickle ihn in eine Decke, gebe ihm zu trinken und stelle ihm einen Topf zum Urinieren hin. Bevor ich gehe, streichle ich ihm über den Kopf, sehe in seine dankbaren Augen.

Karl schläft tief, als ich unser Schlafzimmer betrete, er liegt mit offenem Mund auf dem Rücken und schnarcht. Wut steigt in mir hoch, vergeblich versuche ich, ihn auf die Seite zu drehen. Schließlich knie ich mich neben ihn und schaffe es endlich mit aller Kraft, ihn wegzuschieben. Dann lege ich mich auf den Rücken, mit den Händen auf dem Bauch, und versuche einzuschlafen. Aber der Schlaf will nicht kommen, denn ich mache mir Sorgen. Willi braucht unbedingt einen Arzt, wahrscheinlich hat er eine Lungenentzündung. Ärzte gibt es viele, doch zu denen möchte ich nicht gehen, denn ich will nicht, dass sie Willis Drogensucht feststellen. Und unser alter jüdischer Hausarzt hat das Land verlassen.

Lange kann ich nicht geschlafen haben, als Karl mich aufweckt; er streicht über meinen Körper, greift mir zwischen die Beine, streichelt meine Brüste. Ich drehe mich weg, was ihm noch mehr gefällt.

»Karl, lass mich in Ruhe, ich bin gerade erst eingeschlafen«, bitte ich.

»Warum hast du dich auch die halbe Nacht um deinen dreckigen Bruder gekümmert?«, schnauzt er mich an. »Ich habe keine Lust, ihn bei uns zu haben. Schau also, dass wir ihn wieder loswerden.« Schmerzlich wird mir bewusst, dass ich ihn nur durch meine Hingabe dazu bringen kann, Willi hierzubehalten. Nachdem ich mit ihm geschlafen habe, schläft Karl lächelnd wieder ein, ich dagegen fühle mich wie gerädert. Leise drücke ich die Tür auf und gehe ins Kinderzimmer. Willi liegt unbeweglich auf der Couch. Ich streiche vorsichtig über seine Wangen, sie glühen. Ich erinnere mich, wie Mutter uns behandelt hat, wenn wir krank waren, fülle eine Schüssel mit kaltem Wasser, tunke einen Waschlappen hinein und drücke ihn auf seine Stirn, immer wieder, bis die Temperatur sinkt. Als es draußen zu dämmern beginnt, schlägt er die Augen auf, sogar lächeln kann er, als er mich sieht. »Ich mache dir jetzt einen Tee, du musst viel trinken, und ich hol dir eine Aspirin, die hilft immer.«

Die zwei Tage, die ich zu Hause bleibe und Willi pflege, retten ihm das Leben. Ich gebe ihm Grießbrei wie einem Kleinkind, klopfe ihm die Brust und reibe sie mit warmem Schmalz ein. Ich rede viel mit ihm und verspreche, dass er bei uns bleiben darf.

Karl tobt und tut so, als gäbe es Willi nicht, doch solange ich seine wilden Wünsche erfülle, geht alles gut.

Nach drei Wochen Pflege kommt Willi wieder auf die Beine. Karl beschimpft ihn: »Du willst dich vor allem drücken, glaub ja nicht, dass ich dich länger hier verstecke, du Memme.«

Mein Bruder will aber um keinen Preis in den Krieg, es bleibt ihm also nichts anderes übrig, als nun bei den Eltern Unterschlupf zu suchen.

Das Kind in meinem Leib tritt mich, es dreht sich, scheint aufgebracht zu sein wie ich. Ich habe Angst, es zu verlieren. Am nächsten Tag, als ich wieder im Laden bin, geht um die Mittagszeit die Tür auf und Karl hält mir einen riesigen Blumenstrauß vor die Nase. Er umarmt mich, legt seine Hände auf meine Hüften und beginnt zu summen und zu tanzen. »Hildelein, wir müssen uns jetzt jeden Tag, jede Stunde lieben, denn wer weiß, wie lange wir uns noch haben. Ich muss jeden Tag damit rechnen, dass ich eingezogen werde.«

Mein Leib wölbt sich, das Kind strampelt, mein Schlaf ist leicht. Wenn Karl gegen Mitternacht nach Hause kommt, legt er sich vorsichtig neben mich, streichelt zart meinen Bauch. Ich tue so, als schliefe ich. In einer Woche wird er weg sein, er muss sich in Karlsruhe melden. Bin ich froh? Oder trauere ich?

Klara

Das Abenteuer 1980

Kurz vor Weihnachten war ein Tag grauer als der andere, unaufhörlich trommelte Regen gegen die Scheiben und unser Buchenwäldchen wirkte kalt und abweisend. Einzelne Amseln saßen mit eingezogenen Köpfen auf den kahlen Ästen und schüttelten hin und wieder ihr nasses Gefieder. Doch im Haus war es gemütlich, das Wohnzimmer war hell erleuchtet, Feuer knisterte im Kamin. Michael war noch unterwegs, doch mit Christine, Silvie und Philipp in seinem Hochstuhl bastelte ich Christbaumschmuck. Auf unserem großen Tisch herrschte Chaos. Wir walzten Fimo mit dem Nudelroller platt und drückten Holzmodelle hinein. Heraus kamen kleine Nikoläuse, Tiere und Blumen. Nach dem Backen bemalten Christine und Silvie sie mit Wasserfarben. Die Mädchen flüsterten und kicherten ununterbrochen.

»Mama, ich habe dir doch erzählt, dass ich einen Termin für Playboy-Aufnahmen hatte«, rückte Christine endlich mit der Sprache heraus.

»Bist du da wirklich hingegangen?«, fragte ich. »Und haben sie dich genommen?«

»Gott sei Dank nicht«, antwortete Christine und lachte. »Ich war dem Fotografen zu dünn, oder besser gesagt, ich hatte zu wenig Busen für ein Playmate.«

Christine litt heimlich unter ihrem kleinen Busen und beneidete ihre Schwester um deren prallen Brüste.

»Aber ansonsten gefalle ich ihm, und ich habe mich in ihn verliebt«, berichtete Christine weiter und tat so, als sei dies das Normalste auf der Welt.

»Was ist er für ein Typ?«, fragte ich und verbarg meine Besorgnis.

Christine zögerte. »Er ist nicht mehr jung, Mama«, meinte sie dann, »genau fünf Jahre älter als du.«

»Das darf doch nicht wahr sein, Christine! Du bist noch keine zwanzig, er ist mehr als doppelt so alt wie du, hast du dir das schon mal überlegt? Er könnte dein Vater sein; du glaubst doch nicht, dass du mit ihm eine Zukunft haben wirst!«

Christine winkte ab. »Ich finde ihn toll und interessant, und an die Zukunft denke ich jetzt nicht. Er ist ein bekannter Fotograf, Mama, er hat sogar schon in Amerika gearbeitet und kennt wahnsinnig viele Leute; ihr glaubt gar nicht, wo er mich schon überall mit hingeschleppt hat: auf Partys, auf Vernissagen, in Bars und gute Restaurants.«

»Vergiss vor lauter Spaß nur nicht dein Studium, du kommst ja überhaupt nicht mehr ins Bett.«

»Gelegentlich schon«, meinte Christine und grinste.

Die Holzscheite knisterten im Kamin. Philipp war todmüde ins Bett gefallen, von meinem Gutenachtlied hatte er wahrscheinlich nichts mehr mitbekommen. Michael kam müde von der Uni, lud sich ein Tablett mit Wurstbroten voll und verschwand in sein Zimmer; er war längst nicht so gesellig wie seine Schwestern. Aus dem Zimmer der Mädchen kam leise Musik; zum Glück hatten die beiden in dieser Beziehung den gleichen

Geschmack. Wie neuerdings nahezu jeden Abend, wenn die Kinder sich zurückgezogen hatten, setzte ich mich mit einer Flasche Rotwein in meine Lieblingsecke vor dem Kamin und hörte Musik, heute war es das 5. Klavierkonzert von Beethoven. Zwei Kerzen brannten auf dem Glastisch, ich war müde nach dem langen Tag und wartete auf Franz. Wie viele Abende in meinem zwanzigjährigen Eheleben hatte ich schon mit Warten verbracht, die vage Illusion gehegt, dass sich mein Leben ändern würde, dass ich nicht mehr allein wäre. Ich mochte nicht darüber nachdenken, doch die Erinnerungen kamen trotzdem. Für Franz war ich immer da gewesen, immer zuverlässig, sein verlängerter Arm, wenn es darum ging, die vier Kinder zu erziehen, sein Geld zu verwalten oder die Schwiegereltern am Wochenende glücklich zu machen. Am Abend kehrte er dann nach einem langen Arbeitstag in unsere kleine Welt zurück. Doch in all den Jahren hatte er nie versucht, mich wirklich kennenzulernen. Nie hatte er mich nach meiner Kindheit gefragt, nie über unser Liebesleben gesprochen. Langsam wurde ich des Wartens müde. Immer deutlicher verspürte ich den Drang auszubrechen, um herauszufinden, welche Wünsche, Sehnsüchte und Vorstellungen noch in mir schlummerten, ob ein Hausfrauendasein wirklich der einzige oder zumindest sinnvollste Weg für mich war. Nur im Beisein von vielen Menschen gelang es mir noch, diesen bohrenden Gedanken zu entfliehen. Wenn ich alleine war – und das waren viele Stunden täglich –, verfolgten sie mich wie eine Obsession.

Die Weinflasche war fast leer, zum ersten Mal hatte ich mich allein betrunken. Im Kamin knisterte leise eine dunkle Glut. Ich legte neue Holzscheite nach und Flammen loderten auf, Funken sprühten. Langsam trank ich das Glas aus, mein Kopf wurde schwer. Ich sah zu, wie die Flammen im Kamin tanzten. Hinter meinen halb geschlossenen Lidern sah ich sie schwanken, sich strecken und verneigen – ich schlief ein.

Als Franz spät in der Nacht nach Hause kam, schreckte ich hoch. Bestimmt war er bei seiner Geliebten gewesen, bei der Geliebten und deren Kind. »Was hast du deinen Geliebten eigentlich zu bieten außer deinem phänomenalen Schwanz«, zischte ich wütend. »Du kannst ihnen ja keine Zukunft versprechen, hast keine Zeit für sie, und in finanzieller Hinsicht kannst du auch nicht großzügig sein, denn das würde ich sofort merken – was hast du ihnen also erzählt? Was versprichst du ihnen?« Franz schwieg. Und plötzlich überfiel mich der glühende Wunsch, mich zu rächen. Ich wollte ihm wehtun, ihn leiden sehen, und spontan erzählte ich ihm eine Geschichte: »Als ich vor Kurzem in einem Sportgeschäft Skianzüge probierte, habe ich bemerkt, wie mich ein anderer Kunde ständig taxierte – ein junger, dunkelhaariger Mann, um die dreißig. Er hat mich angelächelt, ich habe zurückgelächelt, und nachdem ich den vierten Skianzug probiert hatte, sagte er in gebrochenem Deutsch: ›Nehmen Sie den zweiten, er steht Ihnen am besten.‹ Ich habe ihn sehr anziehend gefunden, er mich offenbar auch, jedenfalls lächelte er mich charmant an und sagte: ›Könnten wir nach Ihrem Einkauf noch eine Tasse Kaffee zusammen trinken, darf ich Sie einladen?‹ Und stell dir vor, wir sind in eines der Lokale in der Sendlinger Straße gegangen. Seine Heimatstadt ist Rom, er ist Jurist und geschäftlich in München. Seine Familie besitzt Holzschlagkonzessionen in Amazonien, und die Hälfte des Jahres verbringt er auf Reisen. Er hat eine Frau und drei Kinder. Nach dem Kaffee hat Emilio Wein bestellt, sehr charmant eine Episode nach der anderen erzählt und schließlich meine Hand ergriffen und ›Sie sind eine zauberhafte Person‹ gemurmelt. Dann hat er mich gefragt, ob ich ihn zum Hotel Rafael begleiten wolle. Eindeutiger kann eine Aufforderung nicht sein, das kannst du mir glauben. Es ging um Sex, und ich konnte Ja oder Nein sagen. Ich habe mich für Ja entschieden.

Und der Sex war gut, leidenschaftlich und erfahren, er hatte einen schönen, durchtrainierten Körper.«

Die Geschichte stimmte bis auf einen entscheidenden Punkt: Ich hatte Emilio nicht ins Hotel begleitet, sondern war nach Hause gefahren, hatte mich nuttig und ein kleines bisschen geschmeichelt gefühlt.

Franz schüttelte mich und brüllte: »Das glaube ich dir nicht, ich kenne dich zu gut, du bist nicht die Frau für flüchtige Abenteuer.«

Endlich hatte ich Franz aus der Reserve gelockt! Endlich war auch er eifersüchtig.

Hilde

Die Kriegsjahre 1940 bis 1943

Einen Monat vor Karls Kriegsdiensteinzug heirateten wir im Standesamt Mannheim.

Ich hatte damit gerechnet, mein Kind Anfang Mai zu bekommen, aber Klara kam erfreulicherweise eine Woche später zur Welt. Da waren die Männer allerdings schon im Kriegsdienst. Karl ist jetzt in Belgien, eine Nachricht von ihm habe ich noch nicht bekommen.

Nach einer langen Geburt im Luisen-Krankenhaus bin ich erschöpft, das kleine Mädchen, das ich unter Schmerzen geboren habe, liegt auf meinem Bauch. Ich kann kaum die Augen von ihr lassen, suche Ähnlichkeiten mit ihrem Vater, doch das ist wohl noch zu früh. Ihre Augen sind geschlossen, die Haut ist leicht verrunzelt, die Händchen sind zu Fäusten geballt. Ob Kurt je erfahren wird, dass er Vater geworden ist? Karl dagegen darf stolz sein, beide Väter werden sich nie kennenlernen – warum sollten sie auch? Ich denke an Kurt und weine.

Durch das Fenster sticht die Mittagssonne. Als ich die Vorhänge zuziehe, beschweren sich zwei andere Mütter. Ich will einfach nur schlafen, in der vergangenen Nacht habe ich kein Auge zugemacht. Meine Brüste beginnen zu schmerzen, die Milch schießt ein; ich knöpfe mein Nachthemd auf, lege mein Kind an die Brust und mir kommen wieder die Tränen. Das Gefühl ist einfach berauschend. Die Brustwarzen scheinen anzuschwellen, dann spüre ich das kräftige Saugen des Kindes.

Am Nachmittag kommt die Familie. Vater und Mutter sind die Ersten, Vater stellt mir einen Korb voll Obst aufs Bett, dann kommt Henny mit einem großen Blumenstrauß. Und kurz darauf zwängt sich Lene mit ihrem dicken Bauch durch die Tür. Alle küssen mich, gratulieren mir, Lene besonders herzlich; sie hat mir zwei Bücher mitgebracht, »Kleiner Mann – was nun?« von Fallada und von Pearl S. Buck »Die gute Erde«.

»Ach, ist die süß«, sagen sie. Mutter fragt mich, ob sie ihre Enkelin hochnehmen darf.

»Wie schrecklich ist es, dass der Karl sein Kind nicht sehen kann«, seufzt Lene, setzt sich auf einen Stuhl, kurzatmig, und schlingt die Arme um den Körper. »Ich wollt, ich wär schon so weit, die letzten Wochen sind kaum auszuhalten.«

»Was machst du mit den Kindern, wenn das neue da ist – kommt Mama zu dir?«, frage ich.

Lene sieht zu Mutter, bekommt aber keine Antwort.

Mir ist gleich klar, warum. Willi lebt jetzt schon vier Monate bei den Eltern, er hat sich in seinem alten Holzverschlag eingeigelt. Seinetwegen will Mutter nicht dauerhaft außer Haus sein.

Mein Geschäft geht schlecht. Welche Frau braucht in Kriegszeiten schon neue Kleider oder neue Tischdecken? Am liebsten würde ich den Laden schließen, tue es dann aber doch nicht, denn es würde mich zermürben, den ganzen Tag in der Wohnung zu verbringen. Auch wenn sie nichts kaufen, kommen meine Kundinnen. Es ist Sommer, wir sitzen im Hof unter dem Kirschbaum, stillen unsere Kinder und unterhalten uns.

Abends mache ich das Radio an, höre die Nachrichten, lausche der widerlichen Stimme von Hitler und stille Klara. Das Köpfchen ist mittlerweile nicht mehr nackt, rotgoldene zarte Locken sprießen. Ich spiele mit ihr, die Fingerchen greifen nach mir, ihre grünen Augen strahlen. Dann schläft sie ein, und meine Gedanken wandern zu Kurt, er müsste längst in Argentinien heimisch geworden sein.

Neulich hat mich ein Albtraum geschüttelt: Ich sehe mich eine steile Schlucht hinunterfallen, überschlage mich, schlage mich blutig, schreie vor Schmerzen. Schweißbedeckt bin ich hochgeschreckt. Ich habe von Roberts Unfall geträumt. Letzte Nacht musste ich besonders oft an ihn denken, an sein sinnloses Sterben. In anderen Träumen sehe ich Kurts Schiff mit hohen Wellen kämpfen, sie werden immer größer, und kurz bevor das Schiff versinkt, schrecke ich hoch.

Erst ab Ende Juli bekomme ich Feldnachrichten von Karl:

> Mein liebes Hiddele,
> bin ich schon Papa geworden?
>
> Heute Morgen haben wir uns aufgemacht, ziehen weiter. Es ist ein Jammer, wie es in Belgien aussieht, stets begegneten wir Flüchtlingen. Wir kamen an zerstörten Orten vorbei, andere hingegen sind völlig unbeschädigt. Mich erschütterte der ununterbrochene Flüchtlingsstrom. Was haben wir hier zu suchen?
>
> In meinen schlaflosen Nächten muss ich sehr oft an Dich (oder Euch) denken.
>
> Dein Karl

* * *

Meine geliebte Frau,
und nun eine Überraschung: Heute in den zeitigen Morgenstunden ist Dein Mann als deutscher Soldat durch die Hauptstadt Frankreichs, durch Paris, marschiert. Unsere Marschroute habe ich Dir auf beigegebener Karte eingezeichnet. Mein Eindruck von Paris war sehr positiv. Ich muss offen bekennen, eine schönere und elegantere Stadt habe ich bisher nicht gesehen. Die Bewohner waren überaus liebenswürdig. Gern würde ich mit Dir, geliebte Frau, diese schöne Stadt besuchen. Einen starken Kontrast zu der prächtigen Innenstadt bilden die Vororte, die Industrieviertel mit den Elendsquartieren. Wenn man diesen Unterschied gesehen hat, dann versteht man, dass nur in dieser Stadt die größte aller Revolutionen entstehen konnte.

Bleib gesund, Du meine geliebte Frau …
Dein Karl

* * *

Meine wunderbare Frau,
Du hast mir ein Kind geschenkt, ich könnte weinen vor Glück. Der Krieg wird härter und grausamer. Ich befinde mich im Raum Saarbrücken. Als Kurier sitze ich den ganzen Tag auf dem Motorrad. Unser Generaloberst Wilhelm Ritter von Leeb stieß im Südwesten auf französisches Gebiet

vor. Im Raum Saarbrücken durchbrachen unsere Panzertruppen die Maginot-Linie. Einen weiteren Abschnitt eroberten wir am Oberrhein nördlich von Colmar. Der französische Widerstand war damit endgültig gebrochen. Am 17. Juni überschritten unsere Panzertruppen die Maginot-Linie und schlossen den Großteil des französischen Heeres ein. Vom frühen Morgen bis zum späten Abend kreuze ich mit meinem Motorrad über blutige Erde, umgehe Berge von Gefallenen. Du darfst Dich nicht ängstigen, mein Engel, ich hoffe aus ganzem Herzen, dass dieser Krieg bald zu Ende sein wird.

Dein Dich liebender Mann

Fast täglich sitzen Lene, Henny und ich mit den Kindern zusammen bei den Eltern. Mein Geschäft habe ich inzwischen zugemacht. Mutter legt immer ihre schönste, handbestickte Tischdecke auf, wenn wir kommen, und deckt mit dem Porzellan, das noch von ihrer Mutter stammt; den angeschlagenen Tassen und den Tellern mit den Sprüngen sieht man das Alter an. Heute ist es unter dem Dach nicht auszuhalten, die Holzdecke knackt in der Hitze, die Luft bewegt sich nicht, durch das einzige Fenster, das nicht größer ist als ein Bettvorleger, wabert glühende Luft ins Zimmer. Mutter schiebt den Vorhang davor, was aber nicht viel hilft.

Wir essen den frischen grünen Salat aus dem Garten, dazu gibt es Hase, den Mutter geschlachtet hat.

Henny sitzt mir gegenüber, ich wundere mich über ihr weißes Gesicht, die rot geweinten Augen, ihr Schweigen, die gefurchte Stirn und die hängenden Mundwinkel. Mit der Gabel sticht sie heftig in die Tischdecke. Dann plötzlich schüttelt sie ein Lachen, das in einen Tränenfluss mündet.

Ihr SS-Mann ist gefallen.

Vater steht hinter ihr, streichelt ihr sanft über den Kopf und murmelt: »Sch…, sch…, mein Liebling, weine nur, fluche weiter, wir sind alle zusammen verloren.« Selten habe ich Vater schimpfen oder gar fluchen hören, seine Resignation geht mir zu Herzen. Jetzt zieht er Henny auf seinen Schoß, schaukelt sie wie ein Kleinkind und summt vor sich hin. »Weißt du, wo der Hans gefallen ist?«

Henny nickt, schnäuzt in ein Taschentuch und fängt wieder an zu weinen. Dann springt sie von Vaters Schoß, rennt um den Tisch herum und brüllt: »Er war in den Ardennen, sie waren erst zwei Wochen dort. In Sedan wurde Hans zerstückelt, man hat nur noch Teile von ihm gefunden.« Henny wirft sich auf den Boden, zieht die Beine wie ein Kleinkind an sich, hält die Hände vors Gesicht und schluchzt zum Erbarmen.

In der Stille höre ich das leise Jauchzen meines Kindes, Klara greift nach meinen Haaren, zieht daran und meine Tränen fallen auf ihren Bauch.

Erst einige Zeit später bemerke ich, dass Willi in die Küche gekommen ist, er hat sich neben den Ofen gesetzt, sein Gesicht ist schneeweiß, in den weit aufgerissenen Augen sehe ich Angst. Seine Schultern hängen tief. Ich gebe Mutter das Kind, knie mich neben ihn, nehme ihn in die Arme und schaukle ihn hin und her. Dann versuche ich, ihn hochzuziehen, er ist so federleicht; ich muss ihn zwingen, sich zu uns an den Tisch zu setzen. Mutter füllt ihm den Teller, muntert ihn auf zu essen.

»Willi, was machst du denn den ganzen Tag?«, frage ich. »Du musst doch vor lauter Langeweile krank werden.«

Es dauert, bis er antwortet, seine dunklen Augen schauen ins Nirgendwo, seine Hände klopfen erst auf den Tisch, dann auf die Schenkel. »Ich lerne Sprachen, ich habe mir vorgenommen, Englisch zu sprechen, weil ich mir nicht vorstellen kann, dass dieser irrsinnige Krieg ewig dauern wird.« Er spricht sehr schnell. »Irgendwann wird man Dolmetscher brauchen, die Engländer, die Amerikaner, die Franzosen werden uns hoffentlich besiegen.«

»Mein Gott, Willi, was hast du nur alles im Kopf!«, fahre ich ihn an. »Du glaubst doch nicht, dass dieser Krieg morgen vorbei sein wird. Willst du tatsächlich Jahre in deinem dunklen Loch leben?«

Willi nickt heftig. »Lieber verrecke ich in meinem Loch unterm Dach, als in einem Drecksloch auf dem Feld zerrissen zu werden.« Ganz plötzlich verändert sich sein finsteres Gesicht. Er lächelt, streckt die Arme nach Klara aus, wirft sie in die Luft und fängt sie wieder auf. Dem Kind gefällt das, es gluckst vor Freude.

Kurz vor Weihnachten klingelt es spätabends, ich erwarte niemanden und frage: »Wer kommt noch so spät zu mir?«

Ich erkenne das leise Lachen sofort. Karl! Ich reiße die Tür auf und stehe vor einem fremden Mann. Er ist schmal, hat graue Haare, ein faltiges Gesicht und trägt eine schlabbrige Uniform. Das kann nicht Karl sein!

»Hiddele, kennst du mich nicht mehr?«, fragt der abgemagerte Mann. »Kennst du mich nicht mehr?«

Die Wirklichkeit trifft mich mit voller Wucht. Statt zu antworten, werfe ich mich in seine ausgestreckten Arme und drücke mein Gesicht an seine Uniform. Er riecht nach Erde und Schweiß. Fast schüchtern betritt Karl danach die Wohnung, sieht sich neugierig um, stellt sein Köfferchen auf den Boden und wartet. Ich nehme ihn an der Hand, ziehe ihn ins Wohnzimmer, drücke ihn in einen Sessel, renne in die Küche und hole ihm den Rest meines Abendessens. Karl hat sich nicht gerührt, nur seine Augen sind in Bewegung. Bestimmt will er sein Kind sehen.

»Klara schläft schon lange«, sage ich. »Komm, Karl. Schauen wir unser Kind an.« Das Kinderzimmer ist schwach beleuchtet, Klara liegt in einem Gitterbettchen, sie schläft auf dem Rücken, die Ärmchen neben den Ohren, die dunkelblonden Locken auf dem Kissen, auf der Stirn kleben feuchte Haarsträhnen. Karl berührt ihr Händchen, es öffnet sich und er steckt den Zeigefinger hinein, das Kind klammert sich daran. Dann höre ich Karl schluchzen.

Wir gehen hinaus. Karl verschlingt die Bratkartoffeln, den Spinat und das Ei, ohne ein Wort zu sagen. Ich ziehe ihm die Jacke aus, spüre seine Rippen, streiche über seine Haare und die Wangen und ziehe ihn aus dem Sessel. »Komm, Karl, du musst dich ausruhen, morgen ist auch noch ein Tag, dann kannst du mir alles erzählen.«

Karl liegt zu mir gewandt und schaut mich an. Seine Augen sind traurig, seine Hand kommt zu mir herüber, ich rücke näher zu ihm, seine Arme umschlingen mich. Karl schläft unruhig, dreht sich ständig um, und als ich am frühen Morgen aufwache, fühle ich mich wie gerädert. Das Bett neben mir ist leer, ich lausche, ob Karl im Bad ist, aber kein Wasser ist zu hören, er muss im Kinderzimmer sein. Barfuß gehe ich hinüber. Karl hat das Kind aus dem Bett geholt, sie sitzen auf einem Stuhl, Karls Augen blitzen vor Freude. »Wie niedlich ist mein Töchterchen mit ihren runden Armen.« Klara greift nach seinen Haaren und gluckst fröhlich. Er hält sie dicht vor sein Gesicht, lächelt sie an, riecht ihren Duft.

Drei Tage bleibt Karl bei mir. In den Nächten klammern wir uns aneinander. Ein riesiger Berg Briefe liegt inzwischen auf meinem Tisch, ich lese sie immer wieder. Zwischendurch kommt monatelang gar keine Post von ihm, dann fürchte ich, dass er gefallen ist. Doch ich schreibe unermüdlich, will durch Schreiben die Schrecken des Krieges lindern.

Heute, über ein Jahr nach seinem Besuch, habe ich wieder einen Brief bekommen:

> Frankreich, Februar 1942
>
> Mein süßes, herzliebes Mädchen!
> Heute Abend bekam ich beruhigende Nachricht durch Deinen Luftbrief 535. Hoffentlich ist Euch weiterhin nichts passiert. Von dem Schrecklichen und Furchtbaren der Angriffe habe ich genug gehört, aber niemand konnte mir von Euch berichten. Dieser Krieg hat eine radikale Wende genommen. Die Front in einer oder zwei Linien gibt es nicht mehr, sie ist jetzt einfach flächenhaft geworden und überall. Unsere Abwehr ist solchen Angriffen nicht gewachsen. Aber wir wollen nicht verzagen, sondern uns ganz fest umschließen und durch unsere herzliche Liebe stark bleiben.
>
> Ich hoffe, dass ich bald zu Euch kommen kann.
>
> Dein Dich liebender Mann

Nach einem weiteren kurzen Heimaturlaub bin ich wieder schwanger, ich hadere nicht mit dem Schicksal, ich glaube an die Liebe, an die Veränderungen im Leben und an die Flüchtigkeit des Glückes. Unser Kind soll im Oktober geboren werden.

Der Sommer ist heiß, in meiner Wohnung im vierten Stock ist es nicht auszuhalten. Lenes Parterrewohnung ist geräumig, die Zimmer sind hoch, sie hat mir und unseren Eltern vorgeschlagen, zu ihr zu ziehen. Ich bin froh darüber, doch bei meinen Eltern war alles Zureden umsonst. Auch Willi weigert sich. Er fürchtet sich wohl zu sehr davor, eingezogen zu werden, sobald er seine Bruchbude verlässt. Henny, die nach dem Tod ihres Geliebten in der Stadt herumgestreunt war, ist wiedergekommen. Sie wirkt müde, redet kaum und lächelt nicht mehr, aber sie spielt mit den Kleinkindern.

Als die Herbstkälte Einzug hält, legen Lene, ich und die Kinder uns abends völlig angezogen ins Bett. Wenn die Sirenen losgehen, brauchen wir so nur unser Gepäck zu schnappen und in den Keller zu steigen. Jeder Tag wird anstrengender für mich. Henny trägt die Kinder hinunter, neben die Kohlen legen wir einige Decken, die Luft ist eisig. Wir sind angezogen wie die Eskimos und sitzen eng nebeneinander, insgesamt sind wir vierzehn Leute. Neben dem Kohlenberg liegen Kartoffeln, ich darf gar nicht hinschauen, denn darüber kriechen dicke Schnecken und hinterlassen schmierige Spuren.

In einer Bombennacht im Oktober beginnen die Wehen. Ich komme in ein Reservelazarett. Als einzige Frau liege ich hier zwischen Hunderten von Verletzten. Der Arzt, der mir hilft, das Kind zu gebären, ist sehr jung. Bestimmt hat er noch nie eine Geburt erlebt. Um mich herum seufzen und schreien Männer. Meine Schreie gehen unter. Der junge Arzt zieht das Kind aus meinem Leib, hält es hoch und klopft ihm sanft auf den Rücken. Mein kleiner Sohn Günter lebt. Aber mein Körper macht nicht mehr mit, er will gar nicht mehr aufhören zu bluten, der Arzt wird nervös, um mich wird es dunkel. Als ich wieder aufwache, lächelt mich der junge Arzt an, gratuliert mir und sagt, dass ich fast verblutet sei. Ich ziehe seinen Kopf herunter und umarme ihn.

Nach einer furchtbaren Bombennacht mache ich mich frühmorgens auf den Weg, gehe vorbei an riesigen Trümmerhaufen. Schon von Weitem sehe ich, dass unser Haus gebrannt hat. Die Wände sind schwarz, das Dach ist verwüstet. Schweren Herzens steige ich die vier Treppen hoch. Ich halte mir ein Tuch vor den Mund, weil es nach Rauch stinkt. Als ich im vierten Stock ankomme, ringe ich nach Luft. Fast alles in meiner Wohnung ist vernichtet. Die Küche ist ein schwarzes Loch, im Wohnzimmer glimmen noch die Möbel, nur ein Zimmer ist verschont geblieben, unser Schlafzimmer. Ich reiße ein Fenster auf, lasse Luft herein, der weiße Vorhang bläht sich auf. Ich werfe mich auf das Bett und beginne zu schluchzen.

Klara

Ein entscheidender Schritt 1980

Eines Nachts kurz vor Weihnachten fing es an zu schneien. Als wir morgens aufwachten, war es merkwürdig hell. Ich schaute aus dem Fenster auf unseren Garten, einen stillen weißen Ozean. Die Schneefläche glitzerte und kein Laut war zu hören.

Noch vor dem Frühstück nahm Franz die schwere Schneeschaufel und schippte den Schnee von unserer hundert Meter langen und drei Meter breiten Hauseinfahrt.

Dampfend wie ein Pferd kam er dann zum Frühstück, riss sich schon an der Tür die Kleider vom Leib und rief: »Ich bin völlig durchgeschwitzt, ich muss noch mal duschen, so kann ich nicht ins Büro.«

Philipp war hingerissen vom Schnee. Er konnte es kaum erwarten hinauszukommen. Also zog ich ihm rasch Overall, Stiefel und Fäustlinge an und gab ihm einen kleinen Korb, den ich mit Karotten und Salatblättern gefüllt hatte. »Philipp, komm, gehen wir an die frische Luft und füttern die Häschen«, sagte ich. Der Schnee knirschte unter unseren Füßen. Als Fridoline, die Häsin, uns kommen sah, stellte sie lauschend ihre

Löffel auf und ihre Schnurrbarthaare begannen zu zittern. Ich öffnete den Käfig, nahm sie heraus und legte sie Philipp in die Arme. Fridoline schnupperte aufgeregt und begann, an Philipps Overall zu nagen.

»Setz sie auf den Boden, dann kann sie ein bisschen hüpfen«, schlug ich vor. Philipp setzte sie in den Schnee, und Fridoline bewegte nervös ihren Stummelschwanz. Ganz plötzlich machte sie zwei Riesensprünge und sauste hakenschlagend durch den Schnee. Schnell zeigte Philipp ihr eine Möhre, und schon kam sie wieder angeprescht und fing hastig an zu knabbern. Fridolines sechs Kinder mümmelten tief im Heu vor sich hin. Jedes Häschen bekam von Philipp ein Salatblatt und eine Möhre.

Danach zog ich Philipp auf dem Schlitten in den Kindergarten. Wir brauchten lange, bis wir dort ankamen, denn immer wieder begegneten wir Kindern, die sich mit Schneebällen bewarfen; und Philipp wollte mitmachen.

Selten hielt die weiße Pracht länger als drei Tage, meistens machte ihr dann ein Föhneinbruch mit frühlingshaften Temperaturen und warmen Winden den Garaus. Doch in diesem Jahr hatten wir Glück. Jeden Morgen liefen wir ans Fenster und sahen neue Schneeflocken durch die Luft wirbeln, sie fielen und fielen.

Von meinen Eltern hatte ich den Brauch, vor Heiligabend gemeinsam in die Oper zu gehen, übernommen. Die erste Oper meiner Brüder und mir war »Hänsel und Gretel« von Humperdinck gewesen. Wenn uns Kindern damals auch die Musik nicht viel sagte, so waren wir doch von der Handlung gebannt: die armen Eltern, die ausgesetzten Kinder und die bitterböse Hexe, die den Hänsel fressen wollte. Noch Tage danach gruselte es uns. Wir mochten auch die Stimmung: die festlich gekleideten Eltern und den Zuschauerraum mit dem riesengroßen Lüster an der Decke, dessen geschliffene Kristalle im matten Licht funkelten. Ich liebte es noch heute, wenn es im Saal langsam dunkel wurde und der Vorhang aufging.

Bis auf Philipp hatten alle unsere Kinder »Hänsel und Gretel« bereits mehrfach gesehen. Jetzt waren sie teils schon erwachsen und hörten sich vorweihnachtliche Konzerte in der Münchner Philharmonie an. In diesem Jahr genossen wir eine venezianische Weihnacht mit Stücken von Vivaldi und Händel.

Meine Töchter und ich erregten Aufsehen. Drei Frauen in Abendrobe: eine große Blondine im roten Kleid, dessen schulterfreies Mieder den Oberkörper eng umschloss und das in einen wallenden Glockenrock überging; eine zierliche Rothaarige in einem schwarzen Samtkostüm, dessen kurzer Rock ihre schönen Beine zeigte; und die dritte mit den dunkelblonden Haaren im königsblauen langen Kleid aus Seide.

Franz sah uns an und genoss den Anblick sichtlich. Auch auf Michael ruhte sein stolzer Blick: Mit Anzug und Krawatte sah er beeindruckend aus. Fast so beeindruckend wie sein Vater, der bestaussehende Mann im ganzen Saal. Wie sicher und leger er sich doch in seinem dunkelblauen Smoking, dem weißen Hemd und den Lackschuhen bewegte, mit uns plauderte und lächelte. Ich verschlang ihn mit den Augen.

Die Mädchen und ich spielten unser altes Spielchen, wir lehnten am Geländer der Galerie, sahen auf das Publikum hinunter und suchten nach gut aussehenden Männern.

Nach der Vorstellung gingen wir zum Parkhaus, tauschten unsere Pumps gegen Stiefel und stapften durch den knisternden Schnee zu dem Restaurant, in dem ich Plätze reserviert hatte.

Franz und ich stießen fröhlich mit unseren Kindern an.

»Hoffentlich kommt das Essen bald«, sagte Michael. »Nach zwei Stunden Vivaldi habe ich jetzt einen Mordshunger.«

»Du bist auch ein Kunstbanause«, schalt Franz und grinste.

»Also, der Händel gefiel mir besser«, warf Christine ein, »aber zwei Stunden Barockmusik sind doch ein bisschen einschläfernd.«

Silvie meinte: »Ich habe immer die Musiker beobachtet, das fand ich viel interessanter.«

Schon seit Wochen hatte jeder von uns seine Geheimnisse, die erst an Heiligabend gelüftet wurden. Michael schloss sich in seinem Zimmer ein. Wir hörten gedämpftes Bohren, Sägen, Summen und Klopfen. Aus dem Zimmer der Mädchen drang Musik, Franz arbeitete in seiner Werkstatt. Vor einigen Tagen war er schwer beladen nach Hause gekommen – die Einfahrt war fast zu schmal gewesen für die breite Sperrholzplatte, die er auf dem Dachträger des Autos befestigt hatte.

»Kannst du mir helfen, sie reinzutragen?«, bat er mich.

»Was willst du denn damit machen?«, fragte ich neugierig und gab ihm einen Kuss.

»Ich möchte für Philipp eine Landschaft darauf bauen. Erst verlege ich die Eisenbahnschienen, dann kommen die Häuser und zuletzt die Natur.«

»Die Idee finde ich toll, darf ich dir helfen?«, bat ich und freute mich schon auf eine gemeinsame nächtliche Geheimniskrämerei.

Aber Franz schüttelte den Kopf. »Nein«, sagte er. »Das will ich ganz alleine machen.«

Meine Nähmaschine stand schon seit Tagen auf der Galerie vor einem hohen Fenster. Die Sonne fiel auf mein Nähzeug, und die Maschine ratterte von morgens bis abends. Langsam nahm mein Geheimnis Formen an: Aus Pannesamt nähte ich lange Röcke für meine Mädchen, Michael sollte einen Strickpulli bekommen und Philipp eine Stoffpuppe in Lebensgröße. Kopf, Arme, Beine und den Körper hatte ich mit Kapok ausgestopft, bis sie schön rund waren und die Puppe fast von alleine stand. Während ich ihr gerade eine lange rote Mähne verpasste, für die allein ich hundert Gramm Wolle verarbeitete, sah ich auf die gestickten himmelblauen Augen, die Stupsnase und den breit lachenden Mund. Als letzten Schliff würde ich ihr noch Sachen anziehen, die Philipp zu klein geworden waren.

Staubig kam Franz aus dem Keller, setzte sich zu mir vor das Kaminfeuer und sagte: »Jetzt will ich nur noch ein Bier.«

»Was macht deine Landschaft?«, erkundigte ich mich.

»Ich habe einfach zu spät damit angefangen; wenn das so langsam weitergeht, muss ich glatt noch eine Nachtschicht einlegen, aber ab morgen habe ich ja zum Glück Urlaub«, stöhnte er und warf sich aufs Sofa.

»Mein Pullover wird wahrscheinlich auch nicht mehr fertig, das Norwegermuster ist einfach zu kompliziert«, tröstete ich ihn und zeigte ihm das halb fertige Teil.

An Heiligabend herrschte enorme Hektik und Aufregung, aber das gehörte dazu, es erhöhte die Spannung. Es war wie vor einer großen Zirkusaufführung. Wir schmückten das Haus, stellten Kerzen auf und hängten Strohsterne an die Fenster. Franz klopfte den Schnee vom Christbaum und holte ihn ins Haus. Wir behängten die Weißtanne mit unseren selbst gebastelten Figuren, bunten Glaskugeln, Engeln und Lametta, dann befestigten wir die Kerzen in den Haltern. Bunte Teller mit Weihnachtsmotiven wurden mit selbst gebackenen Plätzchen gefüllt, und in der Küche türmten sich die Zutaten für das Abendessen.

Um sechs Uhr war es so weit: Bescherung. Die Kinder waren in ihren Zimmern und packten ihre Geschenke ein.

Franz legte eine Schallplatte auf, zündete die Kerzen am Baum und auf dem Tisch an und löschte dann alle Lichter.

In voller Lautstärke sang nun ein Kinderchor: »Ihr Kinderlein kommet, o kommet doch all …« Das war das Zeichen. Die Kinder – mit Philipp und den Geschenken auf dem Arm – eilten die Wendeltreppe hinunter. Die Kerzen flackerten, es roch nach Wachs, die Kugeln leuchteten rot und golden.

»Hast du das Christkind gesehen?«, fragte Franz. Philipp schüttelte den Kopf. »Stell dir vor, es ist gerade hinausgeschlüpft, aber schau mal, was es alles gebracht hat.« Franz ging mit Philipp zu der großen Eisenbahnplatte mitten im Wohnzimmer. Wir bildeten einen Kreis darum und bestaunten sie.

»Papa, das hast du toll gemacht«, riefen Silvie, Christine und Michael begeistert. »Wie hast du denn die Berge hinbekommen? Die sehen ja aus wie die Alpen – und die Häuser, Straßen, Seen und Flüsse und Brücken?«

Franz drückte stolz auf einen Knopf und die Eisenbahn ratterte los, in den Häusern gingen Lichter an, Signale und Weichen bewegten sich. Franz hatte vergangene Nacht bis zwei Uhr früh an diesem Wunderwerk gearbeitet.

Jetzt überreichte mir Silvie ihr Geschenk, ein Büchlein. »Es ist für euch beide – fröhliche Weihnachten, Mama und Papa!«

Sie hatte uns eine Geschichte geschrieben und mit Tuschezeichnungen illustriert.

»Es war einmal eine Familie«, las ich, »eine Königsfamilie. Der König war mächtig und stolz, die Königin stets traurig. Sie hatten vier Kinder: Der älteste Sohn verzichtete freiwillig auf die Thronanwartschaft und ging unter die Weisen, die älteste Tochter warf sich einem fahrenden Sänger an den Hals, die zweite Tochter war liebreizend und anhänglich. Und man hoffte, einen Prinzen aus gutem Hause für sie zu finden. Der König setzte nun auf den jüngsten Sohn – er war der Hoffnungsträger, aber noch viel zu jung, um das Königreich zu regieren. Der König musste sich also noch viele Jahre gedulden.«

Was für eine wunderschöne Geschichte! Ich umarmte meine Tochter. Christine schenkte mir wegen meines Faibles für Frösche einen Frosch aus Keramik mit Ornamenten in leuchtenden Farben. Und Michael hielt vorsichtig ein kleines Regal aus Glas, das einen Rahmen aus Silberdraht hatte und auf das ich alle meine mundgeblasenen Väschen und Schälchen stellen konnte. Nach der Bescherung griffen Christine und Silvie zu ihren Gitarren und wir sangen Weihnachtslieder vor dem knisternden Kaminfeuer.

Eng aneinandergelehnt saßen Franz und ich zusammen. Das Feuer war bereits ausgegangen, aber in mir glimmte das Glück. Immer noch fiel Schnee, morgen würde der Garten wieder wie ein stiller Ozean daliegen. Die Kinder waren zu Bett gegangen, zufrieden und glücklich. Christine hatte uns beim Gute-Nacht-Sagen versichert: »Weihnachten ist das schönste Fest – es gibt kein schöneres.«

Es hatte aufgehört zu schneien, die Ferien waren vorüber. Hart und kalt leuchtete die Sonne am stahlblauen Himmel und blendete mich. Ich kniff die Augen zusammen. Das Buchenwäldchen warf dunkelblaue Schatten auf die gleißende Schneefläche. Ununterbrochen flatterten Meisen um die Knödel, die wir aufgehängt hatten, und pickten die Sonnenblumenkerne heraus.

Das Haus war leer, Franz war im Büro, Michael und Christine in der Uni, Silvie in der Schule und Philipp spielte bei einem Freund. Ich hatte keine Lust auf Hausarbeit, ich war müde.

Unsere Weihnachtsidylle hatte Franz und mir wenig bei der Bewältigung unserer Probleme geholfen. Im Gegenteil, sie machte mich nur noch trauriger. Wochen vergingen, bevor ich mich zu dem Schritt entschloss, durch den ich mich von der Last befreien wollte.

An einem Frühlingstag griff ich zum Hörer. Sonja Winter hatte inzwischen geheiratet, einen Kollegen von Franz. Sie lebte in Stuttgart. Ich rief den Mann an.

»Hier ist Klara Berghoff«, krächzte ich, »wir haben noch nie miteinander telefoniert.«

»Guten Tag, Frau Berghoff«, sagte er und schwieg, es folgte kein »Wie geht es Ihnen?«.

Ich wusste nicht, wie ich anfangen sollte, und er half mir auch nicht weiter. »Es gibt da etwas, das mich sehr bedrückt.«

»Ja?« Er klang ungeduldig.

»Es betrifft das Verhältnis zwischen Ihrer Frau und meinem Mann.«

»Aber das ist doch zehn Jahre her«, sagte er ruhig.

»Ich glaube, da irren Sie sich«, flüsterte ich.

»Wie kommen Sie auf so etwas Absurdes?« Er sprach jetzt lauter und schneller.

»Ich bin nicht von alleine darauf gekommen«, sagte ich und schluckte. »Mein Mann hat mir erzählt, dass er das Verhältnis mit Ihrer Frau nie beendet hat.«

»Das kann ich nicht glauben«, bellte er. »Aber das werde ich herausfinden.«

»Vielleicht bestreitet sie das, vielleicht verrät Ihnen Ihre Frau dann ja aber auch, wer der Vater Ihres Kindes ist. Denken Sie an die vielen Geschäftsreisen nach München, auf denen Ihre Frau Sie begleitet hat.«

Jetzt konnte ich ein Schluchzen nicht mehr unterdrücken und hängte auf.

Es dauerte keine Stunde, bis ich einen Anruf von Sonja Winter bekam. Sie war aufgeregt. »Warum haben Sie das getan,

Frau Berghoff? Warum haben Sie meinen Mann da mit hineingezogen?«, schrie sie.

»Weil ich auf der Suche nach der Wahrheit bin. Weil Sie mir jahrelang wehgetan haben, Frau Winter. Und jetzt sollen Sie auch ein kleines bisschen von der Hölle mitkriegen, in der ich gelebt habe, als Sie es mit meinem Mann getrieben haben.«

»Aber Sie haben doch überhaupt nichts davon gewusst! Wir haben uns so viel Mühe gegeben, es zu verheimlichen«, sagte sie mit gepresster Stimme – und ich fühlte, wie Hass und Abscheu in mir hochstiegen.

»Das war ein Trugschluss«, teilte ich ihr kühl mit. »Warum haben Sie sich in eine junge Familie hineingedrängt, haben den Kindern den Vater genommen und mir den Mann?«

Sie zögerte, bevor sie antwortete: »Ich dachte, ich nähme Ihnen nichts weg. Franz hat mir immer erzählt, dass Ihre Beziehung quasi beendet sei.«

Ich lachte schrill, zu schrill vielleicht. »Haben Sie nie darüber nachgedacht, wie es einer Frau mit vier Kindern gehen könnte?«, fragte ich, und mein Ton wurde bitter. »Was ich damals dringend benötigt hätte, wäre ein einfühlsamer und verantwortungsvoller Partner gewesen. Aber Franz hat mich im Stich gelassen, für ihn war die Befriedigung seiner Bedürfnisse immer vorrangig. Und Sie waren zur richtigen Zeit das richtige Gefäß, in das er sich entleeren konnte.« Wie ordinär ich sein konnte! Aber Sonja Winter zu schocken tat gut. »Und dann begannen die Jahre voller Lügen und Verrat. Und das kann ich jetzt nicht länger ertragen. Ich will von Ihnen die Wahrheit über diese schmutzige Affäre wissen.«

»Woher wissen Sie das alles?«, schrie sie, ihre Stimme klang schrill.

»Zum Beispiel durch einen Liebesbrief von Ihnen und durch Fotos. Zudem hat mir Franz von Ihren Zusammenkünften erzählt. Falls Sie es genau wissen wollen, Details, die einen ganz bestimmten Verdacht erhärten: Ist Franz der Vater Ihres Kindes?«

»Ich kann das nicht glauben«, keuchte Sonja Winter, »das ist nicht wahr, das ist verrückt. Ich werde Franz anrufen und mit ihm reden.« Sie sagte noch vieles mehr, aber eine Antwort auf meine Frage bekam ich nicht. Ich legte den Hörer auf die Gabel.

Am Abend sagte ich zu Franz: »Ich habe heute mit Sonja Winter gesprochen und auch mit ihrem Mann – ich konnte nicht anders, ich muss alles wissen, und auch sie sollen die Wahrheit wissen.«

Er schüttelte mich wie ein Wahnsinniger und brüllte: »Bist du verrückt geworden? Das darf doch nicht wahr sein! Was hast du ihnen gesagt?« Franz zitterte vor Wut.

»Alles, was ich von dir weiß«, antwortete ich ruhig.

»Du kannst dich doch nicht einfach in das Leben anderer Menschen einmischen. Weißt du eigentlich, was du alles kaputtgemacht hast?«, tobte er.

Ich dagegen ließ mich zu keinem Gefühlsausbruch hinreißen. »Du hast mir keine Wahl gelassen.« Meine Stimme zitterte nur leicht. »Hast du dir jemals Gedanken darüber gemacht, was du alles zerstört hast?«, fragte ich und fixierte ihn mit festem Blick. Ich wollte, dass er mir in die Augen sah und antwortete, aber er dachte gar nicht daran.

»Was bist du doch für ein Klotz am Bein«, brüllte er, »warum habe ich dich nur all die Jahre mit herumgeschleppt!«

Daraufhin zog ich mich in den Hobbyraum zurück.

Das Haus schlief, ich hörte nur das leise Ticken des Regulators. Mein Kopf fühlte sich dumpf an. Aber ich musste einen Brief schreiben:

Sonntagnacht

Franz,
seit einem halben Jahr spielen wir ein Drama, das Du Psychoterror nennst. Du hast mir die Geschichte deiner Ehebrüche offenbart. Mein Verhalten aber nennst Du pathologisch. Ich frage mich, wer hier eigentlich spinnt. Ich stehe da mit der ganzen widerlichen Wahrheit und fühle einen grenzenlosen Hass, empfinde Unglauben und Verachtung.

Ist es da verwunderlich, dass ich versuche, mich zu rächen, indem ich auch von einem Liebhaber spreche? Im Gegensatz zu Dir konnte ich es aber nicht ertragen, Dich leiden zu sehen, und gestand Dir meine Lüge. Offenbar hast Du mir den Ehebruch sowieso nicht zugetraut.

In zwei Briefen wollte ich Dich dazu bewegen, endlich Deine Lüge zu gestehen. Du nennst meine Hartnäckigkeit »Psychoterror«. Wie lange willst Du mich noch quälen?

Du sagst, ich zeige keine Bereitschaft zur Versöhnung – hast Du an meinen Reaktionen nicht gespürt, wie sehr ich Dich liebe? Dass ich einfach keine Ruhe geben kann, bis diese offene Frage zwischen uns geklärt ist?

Warum hast Du mich mit dieser Brutalität behandelt? Warum diese Beleidigungen und Schläge unter die Gürtellinie, die ich nicht parieren kann?

Die letzten Jahre, seit Philipp da ist, waren meine glücklichsten Ehejahre. Ich habe Dir das gesagt, und Du hast geantwortet, dass Du es nicht so empfunden hast. Ich kann mir das aber doch nicht alles nur eingebildet haben. Missgönnst Du mir auch dieses Gefühl? Willst Du mir einreden, dass Du nicht beteiligt warst? Hasst Du mich jetzt, weil Du erkannt hast, wie viele Jahre wir glücklos zusammengelebt haben und nicht fähig waren zu kommunizieren, nichts unternommen haben, um unseren hungernden Seelen Nahrung zu geben? Auf Schweigen folgt Schweigen.

Du bist von einer unglaublichen Unbeherrschtheit, zeigst einen kindischen Trotz und sadistische Züge – warum konntest Du nicht einräumen, dass Du gelogen hast? Warum kannst Du mir die Frage, ob Du der Vater des Kindes bist, nicht beantworten? Du musst Dir doch ausmalen können, wie ich darunter litt und leide, dass Du mit einer Frau jahrelang ein Verhältnis und womöglich gar ein Kind hast. Du kannst Fehler offenbar nicht zugeben. Wenn ich Dich beim Lügen ertappe, gerätst Du in Rage und reagierst wie ein trotziger Fünfzehnjähriger.

Ich habe darüber nachgedacht, mit Philipp wegzugehen. Vielleicht weißt Du noch, was Du alles zu mir gesagt hast. Vielleicht hast Du auch alles ernst gemeint. Jedenfalls ist dadurch viel zerstört worden. Ich weiß nicht mehr weiter. Aber ich wünsche mir, dass Du mir einmal auf einen Brief antwortest. Warum können wir nicht miteinander reden? Es gibt keine friedlichen Diskussionen zwischen uns, wir bewegen uns nur an der Oberfläche; sobald sich das Wasser kräuselt, gibt es Streit.

Ich frage Dich: Genüge ich Dir immer noch nicht? Kannst Du Dich nicht erinnern an den wunderschönen Konzertabend mit den Kindern?

Klara

Hilde

Schwarzwald, Enzklösterle 1943

Wie soll es weitergehen? Wo sollen wir hin? Lene und ich sitzen auf dem Boden und spielen mit den Kindern. Wir schweigen uns an, aber vermutlich macht sich Lene dieselben Sorgen wie ich. Wie sollte es auch anders sein – auf die Dauer ist Lenes Wohnung für drei Erwachsene und fünf Kinder zu klein. Vorläufig aber bin ich fast glücklich, weil ich noch lebe. Ich schlafe mit den Kindern in einem Zimmer, Klara schläft durch, doch Günter will alle drei Stunden gestillt werden, mein Schlafdefizit macht mir zu schaffen. Ich versuche, Karl in seiner Kompanie zu erreichen, doch er ist unterwegs mit dem Motorrad. Ich erkläre dem Soldaten am Telefon meine Sorgen, dass ich sozusagen mit zwei kleinen Kindern auf der Straße stehe. Der Mann verspricht, sich sofort mit Karl in Verbindung zu setzen. Das Grübeln über die Zukunft zermürbt mich. Henny ist ein Engel, stundenlang spielt sie mit den Kindern, sie trauert noch, kann aber wieder lachen, ist wieder lebendig geworden. Spät am Abend kommt der Anruf von Karl. »Hiddele, ich bin so froh, dass ihr noch lebt, ich werde zu euch kommen, so schnell ich kann.«

Am zweiten Tag nach dem Bombenangriff trauen Henny und ich uns erneut nach draußen. Die Stadt wirkt verlassen, auf den Straßen qualmen noch immer die Trümmer, es stinkt. Mein Herz klopft schnell. Ob Vater und Mutter noch leben? Bisher hatte ich nicht den Mut, nach ihnen zu schauen, habe meine Befürchtungen verdrängt. Schon von Weitem sehe ich unser Haus, es steht noch, ist keine Ruine, aber die beiden Nachbarhäuser liegen in Trümmern.

Die Fenster sind zerbrochen, es ist totenstill im Treppenhaus. Willi muss uns gehört haben, er rennt uns entgegen, umarmt uns. Noch nie habe ich ihn weinen sehen, doch jetzt rinnen ihm Tränen aus den Augen.

»Ist alles gut bei euch, leben Papa und Mama?«, flüstert Henny und stürzt in die Wohnung. Vater und Mutter sehen um Jahre älter aus, die Küche ist verwüstet, vor den leeren Fensterrahmen hängen verbrannte Vorhänge, auf dem Boden liegen Scherben, es stinkt nach Rauch. Meine Eltern sitzen da wie Salzsäulen. Ich werfe mich auf die Knie, lege den Kopf auf Mutters Schoß, sie streicht mir sacht über die Haare. Henny tut dasselbe bei Vater. Nach einigen Minuten beginnt Vater zu sprechen. Seine Stimme ist brüchig, sehr leise, er erkundigt sich nach den Kindern und lächelt, als ich ihm erzähle, dass wir alle noch leben. »Lenes Haus steht noch, meine Wohnung ist ausgebrannt, vorläufig können wir weiter bei Lene wohnen, doch irgendwann müssen wir eine Unterkunft finden.«

Vater nickt und dann erzählt er, dass sie Wasser vom Brunnen holen. »Strom gibt es auch nicht«, sagt er und seufzt. »Hoffentlich ist das Wasser nicht vergiftet.«

»Wir können euch nicht hierlassen, ihr solltet auch zu Lene ins Haus kommen«, sagt Henny und umarmt die Eltern.

Doch die beiden schütteln den Kopf. »Das schlagt euch mal aus dem Kopf. Wenn's nicht besser wird, gehen wir in unseren Garten, im Augenblick haben wir Früchte, Gemüse, Kartoffeln und noch ein paar Hasen; also verhungern und verdursten werden wir nicht.« Mutter lehnt sich zurück in ihrem Sessel und schließt die Augen, ihre Hände bewegen sich unruhig auf ihrem Schoß. »Ach, Kinder, was ist das für ein schrecklicher Krieg! Der zweite, den wir erleben. Wir haben gehungert, haben alles verloren, und jetzt bin ich trotzdem glücklich, weil ich noch alle meine Kinder habe.« Ganz plötzlich huscht ein Lächeln über ihr Gesicht. »Warum ist mir das nicht gleich eingefallen, Hilde! Ja, das wäre für euch auch genau das Richtige. Ihr wisst doch, dass ich eine Cousine im Schwarzwald habe, der Ort heißt Enzklösterle, meine Cousine Herta hat da ein Restaurant mit Unterkunft. Wir haben uns schon lange nicht mehr gesehen oder gehört, nie haben wir es dorthin geschafft, der Weg war uns einfach zu weit. Wartet, ich werde sie anrufen.«

Mutters Gesicht glüht vor Freude, sie sucht die Telefonnummer in einem zerfledderten Heft. Dann drückt sie auf die Tasten und ich drehe heftig die Kurbel. Erst geht niemand ans Telefon, aber Mutter gibt nicht auf, sie wartet, bis plötzlich ihre Augen aufleuchten und ihre Hände zu zittern beginnen. »Herta, ich bin's, deine Cousine. Wie geht es dir und den Kindern? Lebt ihr alle noch?« – »Oh, das ist ja schrecklich! Wo ist dein Mann gestorben?« – »Ach, das tut mir leid. Und wie ist es mit deinen Kindern? Sie müssen doch schon alle erwachsen sein?« – »Das freut mich. Herta, ich habe eine Bitte: Hildes Haus ist ausgebrannt, sie steht auf der Straße; wäre es möglich, eine Unterkunft in Enzklösterle für sie zu bekommen?«

Mutter horcht aufmerksam, Freude breitet sich auf ihrem Gesicht aus, sie nickt uns lächelnd zu. »Herta, du bist ein Engel, ich hoffe, wir haben Glück. Ich soll dich von allen Kindern grüßen.«

Kaum hat Mutter aufgelegt, erzählt sie uns mit einem glücklichen Lächeln, dass Tante Herta sich im Dorf umhören will. Bei einigen Bauern sind allerdings schon Flüchtlinge untergebracht, es wird nicht einfach sein.

Nach drei Tagen meldet sich Herta wieder. »Ihr könnt beim Bauern Lindner auf dem Dachboden unterkommen. Möbel gibt es nur wenige und einen alten Ofen. Auch fließendes Wasser fehlt, mach dir aber keine Sorgen, Hilde, ihr könnt von mir ein paar Kübel und Matratzen bekommen, und Bettwäsche gibt's genug, im Augenblick habe ich keine Urlauber.« Sie lacht leise.

Ich sitze am Fenster und versuche zu lesen, aber ich bin zu unruhig. Ständig lege ich das Buch auf den Schoß. Die Kinder krabbeln um meine Beine, Günter versucht, sich an mir hochzuziehen. Das meiste, was in unserer Wohnung nicht verbrannt ist, habe ich in zwei Koffer gepackt, hauptsächlich Bettwäsche und warme Kleidung.

Zwei Tage später steht ein Lastwagen vor Lenes Wohnung und ein Mann steigt aus. Ich muss zweimal hinschauen, bevor ich Karl erkenne. Ich reiße die Tür auf und werfe mich dem abgemagerten Mann in die Arme. Klara ist mir nachgerannt. Sie schaut den fremden Mann an und fängt an zu weinen, als er sie auf den Arm nimmt. »Ich bin doch der Papa«, flüstert Karl. Auch Günter ist mir nachgekrabbelt, er zieht sich an mir hoch und schaut seinen Vater an, dem die Tränen aus den Augen laufen. »Mein Gott, mein Gott«, flüstert Karl. »Was für ein Glück ich habe, dass ihr noch lebt.«

Wir brauchen einen ganzen Tag, um die Schränke und Betten aus unserer Wohnung zu zerlegen, es entsteht ein Berg von Brettern. Vom ständigen Hinauf und Hinunter bekomme ich einen Hexenschuss, mit gekrümmtem Rücken klemme ich mir die Bretter unter die Arme und stolpere stöhnend die vier Stockwerke hinunter. Karl steht auf dem Lastwagen und stapelt. Dann verabschieden wir uns von Henny, Lene und den Kindern. Ich winke, und erst als wir außer Sicht sind, kommen mir die Tränen.

Zu viert thronen wir vorne auf den hölzernen Sitzen, Karl am Steuer, ich daneben mit Günter auf dem Schoß; Klara ist es zu eng geworden, sie hat sich zu meinen Füßen ein Nest gebaut. Dort hockt sie mit zwei Puppen und singt leise vor sich hin. Alle halbe Stunde hält Karl an, steigt auf die Ladefläche und versorgt den glühenden Holzvergaser mit kleinen Holzstücken. Beim Einsteigen spuckt er jedes Mal auf seine roten Hände, wedelt in der Luft und bläst kräftig, damit sie abkühlen. »Scheiße, scheiße, warum habe ich keine Handschuhe mitgenommen!«

Hinter Karlsruhe führt das Sträßchen bergauf und bergab. Im Enztal tuckern wir an dem kleinen Fluss entlang und beschließen, Rast zu machen. Wir setzen uns in das saftige Grün der Wiesen, sehen hinauf zu dem Schwarzgrün der Tannen und sind überwältigt davon, wie geborgen wir uns fühlen. Günter findet das Gras interessant, er rupft die Halme aus und will sie essen, Klara pflückt Blumen. Karl und ich liegen in der Sonne, wir halten uns an der Hand und küssen uns, bis Karl plötzlich aufspringt, sich seine Uniform vom Körper reißt, mich hochzieht und beginnt, mich zu entkleiden. »Komm, Hilde, gehen wir ins Wasser. Wer weiß, wann wir wieder richtig baden können.« Im Wasser balgen wir uns und spritzen uns an, dann legen wir uns unter eine Tanne in den Schatten. Günter schläft eingerollt wie eine Katze unter einem Busch, Klara sucht im Wald Blaubeeren. Karl und ich schauen uns an. Unsere Körper sind hager. Wir lächeln und berühren uns, Karl versucht, mit mir zu schlafen, aber sein Körper macht nicht mit. Ich sehe seine traurigen Augen und mir kommen die Tränen.

Als sich die Wolken am Himmel verdichten, wird Karl unruhig. Rasch sammeln wir unsere Kinder ein und rennen zum Auto. Schon zerreißt ein Blitz die Wolken und dicke Regentropfen zerplatzen auf der Windschutzscheibe. Die Bäume werden vom Sturm gerüttelt, Zweige peitschen auf unseren Lastwagen. Wir ducken uns und drängen uns dicht aneinander.

Wir kommen in der Dämmerung an. Der Schwarzwaldhof ist noch viel schöner und größer, als ich ihn mir vorgestellt habe. Von den weißen Mauern heben sich die grünen Holzläden an den Fenstern und das Dach mit den roten Ziegeln ab. Tante Herta und ihre zwei Töchter stehen vor einem geöffneten Tor, sie umarmen uns und schauen uns neugierig an. Die stattlichen Frauen haben offenbar noch keinen Hunger gelitten. Herta hakt sich bei mir unter. Am Ende eines langen Ganges halten wir an und Herta schließt ein Zimmer auf. Diese Pracht! Ich glaube fast, im Himmel zu sein! »Ruht euch erst mal aus, ihr braucht heute noch nicht abzuladen, morgen ist ja auch noch ein Tag«, sagt sie. Ich werfe mich auf das breite Bett und jauchze vor Freude. Dann stehe ich wieder auf und bewundere den riesigen blauen, mit bunten Blumen bemalten Schrank; an der Wand stehen eine Couch und ein Gitterbett, und auf dem Boden liegen gewebte Teppiche.

Tante Herta legt mir den Arm um die Schultern. »Ruht euch ein bisschen aus, Hilde, ihr müsst doch schrecklich müde sein nach der Tortur, die ihr in Mannheim erlebt habt; ich pass auf die Kleinen auf.« Ich umarme sie und Karl und ich nicken dankbar. Neid steigt in mir hoch, dann frage ich mich, warum meine Tante uns nicht anbietet, bei ihr zu wohnen. In diesem Haus gibt es mindestens dreißig leere Zimmer! Warum hat sie uns auf dem Dachboden eines Bauernhauses untergebracht? Aber mein Kopf macht nicht mehr mit, ein heftiger Schwindel überfällt mich. Nach den vielen durchwachten Nächten schlafe ich in diesem riesigen, weichen Bett sofort ein. Karl muss es ähnlich gegangen sein; als wir aufwachen, sehen wir uns erstaunt an und umschlingen uns glücklich.

Früh am Morgen wirft Karl den Holzvergaser an, der Bauernhof ist einige Hundert Meter vom Hotel entfernt. Der Bauer begrüßt uns, sein Gesicht verzieht sich kurz zu einem Lächeln, er scheint sich aber nicht über uns zu freuen. »Ich bin der Gustav Lindner«, stellt er sich vor. »Kommen Sie mit.« Hinter ihm steigen wir zwei finstere Stockwerke hoch bis zum Dachboden. »Schaun's sich das an, und wenn Sie etwas brauchen, dann sagen's mir.« Er dreht sich um und steigt die Treppe wieder hinunter.

»Komischer Kauz«, sagt Karl. »Er hat uns nicht mal die Hand gegeben.«

»Wie würdest du dich verhalten, wenn plötzlich eine Frau und zwei Kinder bei dir unterm Dach wohnen wollen?«

»Na, du hast recht, sehr begeistert wäre ich auch nicht.«

Der Dachboden sieht schlimmer aus, als ich ihn mir vorgestellt habe. Die Dachziegel sind zu sehen, im Winter wird es also kalt werden. An einer Strippe hängt eine Birne; als ich auf den Schalter drücke, geht sie an. Die angeschimmelten Wände sind grob verputzt, auf zwei Seiten des spitzen Daches gibt es vier schmale Luken, jede vielleicht einen halben Meter breit; die Sonne wird hier nie hereinscheinen. Der Boden knarzt, die Bretter liegen locker, in einer Ecke steht ein eiserner Ofen mit einem Haufen Holz daneben. Erfrieren werden wir jedenfalls nicht. Betten sehe ich keine, aber damit haben wir auch nicht gerechnet – die haben wir mitgebracht. Möbliert ist der große Raum mit einem runden Tisch und vier Stühlen, an einer Wand steht ein Schrank mit vielen Fächern. Karl umschlingt mich, küsst mich und trocknet meine Tränen. »Komm, Hiddele, holen wir die Betten rauf. Wir werden es ein bisschen gemütlicher machen, du kannst mit den Kindern oft an die Luft gehen, die schrecklichen Tage sind vorbei.«

Wie Tante Herta uns gesagt hat, gibt es kein fließendes Wasser, ich gehe vor die Tür und finde das Klo, ein Plumpsklo;

an der Wand gegenüber hängt eine eiserne Schale mit einem Wasserhahn.

Die folgenden Tage fühle ich mich berauscht vor Erleichterung, endlich sind wir in Sicherheit und müssen keine Angst mehr haben! Und bestimmt wird der Krieg nicht mehr lange dauern. Aber dann muss Karl wieder zurück zu seiner Einheit in Frankreich, und die beschwingten Tage sind vorüber.

Wir verhungern nicht, ich arbeite auf den Feldern, lese stundenlang die Käfer von den blühenden Kartoffeln. Als sie reif sind, hacke ich sie aus den Furchen und werfe sie in einen Korb, der neben mir steht. Günter habe ich auf den Rücken geschnallt, er weint ständig und tritt mich mit den Beinchen. Klara ist ein tapferes Kind, sie spielt mit anderen Kindern, und wenn ich weine, tröstet sie mich. Unseren freien Tag vertreiben wir uns im Wald. Klara trägt einen Korb und sammelt Heidelbeeren. Ihre Händchen und ihr Mund sind blau verschmiert, sie stopft sich voll mit den Beeren.

Der Herbst bringt die Stürme. Der heftige Wind draußen verschlägt uns den Atem; durch die Dachziegel kommt eisige Kälte und der alte Eisenofen wird nicht heiß; Klara bekommt eine Lungenentzündung. Das Kind glüht, ihr Puls rast, Panik steigt in mir hoch, ich habe Angst, in Ohnmacht zu fallen.

Am dritten Tag packe ich das Kind in eine Decke und laufe zum Schwarzwaldhof. »Warum bist du nicht früher gekommen«, schimpft meine Tante. »Das Kind kann ja kaum noch atmen.« In der warmen Küche legt sie Klara behutsam auf das Sofa und streichelt sie sacht. Dann zieht sie Klara das Hemdchen über den Kopf und horcht ihre Brust ab. »Das Herz schlägt heftig, ich werde die Brust mit warmem Schmalz einreiben, das hat meinen Kindern das Leben gerettet.« Stundenlang sitzen wir zusammen, ohne viel zu sprechen, und horchen Klaras Brust ab.

Drei Wochen lang hustet sich das Kind die Seele aus dem Leib, dann ist die Krankheit überstanden.

Der Winter ist hart, die Kartoffeln, die ich ernten darf, sind erfroren. Jeden Tag koche ich sie auf unserem eisernen Ofen, doch sie werden nicht weich. Ich brate sie in einer Pfanne, aber das nützt auch nichts. Von meiner Tante bekommen wir jeden Tag einen Liter Milch, Klara trinkt sie begeistert zum Essen. Als ich dann die Tasse ausspüle, fallen die ausgespuckten Kartoffelscheiben heraus, die Klara nicht essen mochte.

Endlich Frühling! Der Schnee schmilzt und in den Wäldern gluckert das Wasser, langsam wird es grün.

Günter macht die ersten Schritte, manchmal ist ihm das zu schwierig, dann krabbelt er wieder.

Ich habe einen kleinen Spiegel. Zum Glück ist er klein, mein Gesicht ist hohlwangig, meine Kleider schlottern an meinem Körper.

Eines späten Nachmittags im Sommer höre ich ein Motorrad knattern. Kurz darauf knarzen die Stufen, die Tür springt auf und Karl steht vor mir und strahlt. Die Kinder erstarren, Günter krabbelt unter den Tisch, Klara lächelt ängstlich; sie kennen den fremden Mann nicht. Sie sträuben sich, als er sie auf den Arm nimmt, Günter beginnt zu weinen.

Einmal lassen wir die Kinder zwei Stunden allein, gehen in den Wald und suchen uns einen moosigen Fleck, auf dem wir uns lieben. Als wir nach Hause kommen, trifft uns der Schlag. Günter hat eine Zigarre in der Hand, die letzte aus der Schachtel, die neben ihm steht. Alle anderen sind zerbröselt. Karl beginnt zu toben, Günter krabbelt unter den Tisch, aber Karl zerrt ihn an einem Fuß hervor, reißt ihn hoch und schlägt ihn wie ein Wilder. Ich falle Karl in die Arme, damit er unseren Sohn nicht erschlägt. In dieser Nacht rast mein Puls und ich glaube, ohnmächtig zu werden. Ich weigere mich, mit Karl zu schlafen, zeige ihm meinen Ekel, drehe den Kopf auf die Seite, weiche seinen Küssen aus und wünsche mir, diesem Mann nie begegnet zu sein.

Nach einem dreiviertel Jahr, als es wieder Frühling ist, höre ich ein Rasseln, Schaben, Klappern und Zischen. Ich renne zum Fenster. Riesige Panzer, Motorräder und Lastwagen voller Menschen rollen über die schmale Straße. Ich renne zum anderen Fenster, das zur großen Wiese zeigt, und sehe, dass sie dort haltmachen. Der Krach hat die Kinder geweckt, ich streichle ihnen über die Köpfe und sage: »Ich komme gleich wieder.« Dann rase ich die zwei Treppen hinunter und treffe die Bauernfamilie, die sich verängstigt aneinanderdrängt. Die Haustür ist verrammelt, der Bauer geht ein paar Stufen hoch, schaut durch ein kleines Fenster und flucht wie ein Irrsinniger.

Später beobachten die Kinder und ich aus dem Fenster, wie die Männer auf der Wiese große weiße Zelte aufbauen. Einige von ihnen haben eine dunkle Haut und tragen Turbane und lange Mäntel. Sie sehen verwahrlost aus. Nur der kleine Kartoffelacker trennt sie von unserem Haus.

Ich kann nicht schlafen, traue mich nicht mehr, aus dem Haus zu gehen, bis tief in die Nacht höre ich die Nachrichten im Radio. Fortwährend wird von Gräueltaten beim Einmarsch berichtet:

Die marokkanischen, algerischen und tunesischen Soldaten werden immer ganz vorne an der Front eingesetzt. Obwohl sie die höchsten Verluste zu beklagen haben, werden sie als französische Soldaten zweiter Klasse angesehen. Jetzt sind sie erschöpft und ausgehungert – und so beginnen viele, ihren Gefühlen freien Lauf zu lassen. Häufig plündern sie die Häuser. Sie nehmen alles mit, was sie brauchen können.

Spät am Abend kommt aufgeregt ein Knecht vom Schwarzwaldhof, er schwingt einen Zettel:

> Hilde, du musst mir helfen, hier im Haus
> muss ich zehn Offiziere und Sergeants
> bekochen und Zimmer herrichten. Natürlich
> kannst du die Kinder mitbringen. Herta

Mit den Kindern und einem kleinen Koffer siedle ich um in den Schwarzwaldhof. Herta, der nie viel am Kontakt mit mir gelegen hat, umarmt mich.

»Wo soll ich anfangen. Sag mir, was ich tun soll.«

»Zum Bettenbeziehen ist jetzt nicht der richtige Moment«, meint Herta. »Die stinkigen Kerle haben sich, schmutzig wie sie sind, in die Betten geworfen, nicht mal die Stiefel haben sie sich von den Füßen gezogen. Außerdem versteh ich kein Wort! Das Einzige, was mir an ihnen gefällt, ist das Lächeln. Wenn sie runter zum Essen kommen, musst du ihnen die Zimmer herrichten und dann wieder in der Küche helfen. Der Förster wird gleich kommen, der muss uns Wild schießen, ich kann doch unseren Leuten hier nicht einfach die Hühner und Hasen wegnehmen.«

»Und was mache ich mit meinen Kindern?«

»Die bringst du zur Tante Frieda, die kennst du doch, die leitet den Kindergarten. Am besten gebe ich ihr auch gleich ein Zimmer hier im Haus.«

In der Küche herrscht Hochbetrieb, zwei Köche und drei Mägde schälen Kartoffeln, ein geschlachtetes Schaf liegt auf dem langen Tisch. Man schickt mich in den Keller, um Wein hochzuholen. Keinen der Offiziere habe ich bis jetzt gesehen. Nach der Zerstörung von Freudenstadt werden sie sich ausruhen müssen.

Der Bratenduft muss den französischen Männern in die Nasen gestiegen sein, jedenfalls stolpert einer nach dem anderen die Treppe hinunter in den Gastraum. Sie sehen verwahrlost aus, ihre Uniformen schlackern um ihre abgemagerten Körper, die langen Haare kleben am Kopf, am Kinn hängen ihnen lange, ungepflegte Bärte. Herta streckt ihnen die Hand entgegen, doch die Männer reagieren nicht, sie setzen sich an den Tisch, legen ihre Hände darauf und warten. Sie scheinen die Sprache verloren zu haben. Einem nach dem anderen stelle ich einen Teller Gulasch auf den Tisch. Herta füllt roten Wein in die großen Gläser.

An den Schulterklappen erkenne ich, wer der zehn den höchsten Rang hat. Einer der Offiziere hebt den Arm, winkt mir zu und schwingt ein Glas. »Bitte Wasser.« Ich stelle einen Krug und zehn Gläser auf den Tisch. »Danke«, sagt er und lächelt leicht. Ich lehne mich neben dem Herd an die Wand und warte auf weitere Wünsche. Die Männer verschlingen das Essen wie wilde Tiere. In wenigen Minuten haben sie den riesigen Topf geleert, lehnen sich zurück und streichen sich über den Mund; der Offizier, der Deutsch sprechen kann, bittet um eine weitere Flasche Wein. Ich renne in den Keller und nehme gleich zwei Flaschen. Herta wirft mir einen zornigen Blick zu.

Ich frage den Offizier, wie viele Männer in einem Zelt Platz haben. »Vier Männer passen hinein, unser Bataillon besteht aus vierhundert Männern, also sind es hundert Zelte.« Mehr sagt er nicht.

»Können Sie mich noch brauchen?«, frage ich. Einer der Männer grinst, streckt mir die Hand entgegen und lädt mich ein, mich zu ihnen an den Tisch zu setzen. Ich bekomme Angst, aber dann höre ich den Offizier, der Deutsch spricht, lachen. »Keine Angst, kleine Frau, das ist nur Spaß.«

Am nächsten Tag um die Mittagszeit kommt mir Tante Herta mit hellrotem Gesicht entgegen, in der Hand eine Zeitung. »Ich kann's nicht glauben, ich kann's nicht glauben«, ruft sie ein ums andere Mal. Ich setze mich an den Tisch und lese, dass in Enzklösterle ein furchtbares Verbrechen geschehen ist. Die ganze Familie des Försters Schultheiß, zehn Personen, sind erschossen im Forsthaus Rombach gefunden worden. Nur ein siebenjähriger Junge, der sich versteckt hatte, ist noch am Leben. Er hat möglicherweise die Täter gesehen, die unter der französischen Truppe vermutet werden.

Das brutale Verbrechen versetzt das Dorf in Angst. Tante Herta und ihre Töchter trauen sich nicht mehr aus dem Haus. Ich will unbedingt wissen, ob man die Mörder inzwischen gefunden hat. Als sich die französischen Offiziere abends am Tisch versammeln, nehme ich meinen ganzen Mut zusammen und wende mich an den Deutsch sprechenden Offizier.

»Monsieur, haben Sie die Täter schon gefunden?«

Der Mann schüttelt den Kopf. »Aber wir werden es bald wissen, wir lassen alle Männer auf der Wiese aufstellen, und der Junge kann durch die Reihen gehen. Er kann sich Zeit lassen, den Männern in die Gesichter zu schauen. Wollen Sie sich das nicht ansehen? Diesen Anblick werden Sie nie mehr vergessen.«

Das ganze Bataillon, vierhundert Männer, stehen auf der Wiese.

Der siebenjährige Fritz geht verängstigt durch die Reihen. Manchmal zögert er, er ist sich nicht sicher; wenn er dann den Kopf schüttelt, beginnt das Gesicht des Mannes vor ihm zu strahlen. Der Junge kann sich nicht erinnern. Das grausame Verbrechen bleibt ungesühnt.

Es dauert nicht lange, bis neben dem Bach drei große Zeltwagen stehen. Davor reihen sich die Männer in ihrer Freizeit in eine Schlange ein. Sie besuchen die Huren, und die Dorffrauen atmen auf.

Abends möchten die Kinder nicht einschlafen, ich muss sie mitnehmen in die Küche. Günter sitzt in einem

Kinderstühlchen, doch Klara läuft mir immer nach. Sie sieht süß aus in ihrer roten Jacke, die ich aus meiner Weste genäht habe. Sie liebt diese Jacke, will am liebsten auch noch mit ihr ins Bett gehen. Jetzt hat sie sich die Kapuze über den Kopf gezogen und umrundet den Tisch der Offiziere. Sie schaut die bärtigen Männer neugierig an, Angst hat sie nicht. Und die Männer fangen doch tatsächlich an zu lächeln, strecken ihr die Hände entgegen, einige greifen sogar in die Hosentaschen und geben ihr einen Schokoladenriegel.

»Wie heißt du?«, fragt der Offizier, der Deutsch spricht.

»Klara«, sagt sie.

Der Mann streicht ihr über den Kopf und sagt: »Das ist ein schöner Name.«

Ich bin gerührt und kann es nicht lassen, ihn zu fragen, ob er auch Kinder hat.

»Ich habe drei Kinder, zwei Buben und ein Mädchen.« Der Offizier setzt Klara auf seinen Schoß und lässt sie auf den Knien hüpfen. Mir kommen fast die Tränen; hier sitzen verwahrloste Männer, fern von ihren Familien, Frauen und Kindern, alle haben gemordet … wie lange soll das noch gehen?

Klara beobachtet die Männer interessiert.

»Und wie heißen Sie?«, frage ich den Offizier.

»Ganz einfach, Jean, Hans auf Deutsch.«

Der Mann folgt mir in die Küche, er trägt Klara auf dem Arm, das Kind lächelt und hat einen Arm um seinen Hals gelegt. »Und wo kommen Sie her?«, frage ich.

»Aus Strasbourg. Seit einem halben Jahr habe ich meine Familie nicht mehr gesehen, aber wie es aussieht, wird der Krieg in Kürze zu Ende sein, die Amerikaner sind gelandet, es ist aus mit Deutschland. Es dauert nicht mehr lange, dann ist Hitler weg.«

Der Franzose schaut mich traurig an, und ehe ich weiß, was ich sagen will, frage ich: »Wollen Sie, dass ich Ihnen die

Uniform wasche? Sie können doch nicht so verwahrlost nach Hause kommen.«

»Das kann ich Ihnen nicht aufladen. Die müssten sie heute Nacht waschen und trocknen.«

»Sagen Sie mir Ihre Zimmernummer und ich bringe sie Ihnen zurück.«

Um Mitternacht klopfe ich, die Tür geht sofort auf, der Mann mir gegenüber hat sich den Bart abrasiert, er trägt nur Unterhose und Hemd. Ich weiß nicht, wie lange wir so voreinanderstehen. Dann mache ich den ersten Schritt und umarme ihn, er schließt die Tür hinter uns.

Er ist nicht ängstlich, aber er weiß nicht, wie er sich verhalten soll. Nur lachen kann er noch. Wir liegen eng zusammen und küssen uns. Dann drängen sich unsere Körper zueinander. Als er in mich dringt, glaube ich zu fliegen. Ein paar Augenblicke lang bin ich im Paradies.

Zwei Tage später ziehen die Franzosen ab, die Wiese vor dem Bauernhof ist zertrampelt und bedeckt mit Müll. Die Zeltwagen sind verschwunden, eine traurige Stimmung liegt über dem Dorf. Die Menschen verstecken sich immer noch in ihren Häusern, sie trauen dem Frieden nicht.

Zwei Wochen bevor das Nazireich in einem Meer aus Blut und Tränen versinkt, kommt Karl nach Hause. Ich schlafe unruhig, höre die Mäuse trappeln, die Kinder seufzen, dann knarzen die Treppenstufen und eine heisere Stimme ruft meinen Namen. Ich frage: »Wer ist da?«

Dann höre ich ein Lied, die Melodie kenne ich, ich springe aus dem Bett und öffne Karl die Tür. Er lässt zwei Taschen fallen und wir umarmen uns, ich beginne zu weinen, und Karl beginnt, mich zu streicheln. Klara wird wach und ruft: »Mama, Mama, wo bist du?« Im Dunklen gehen wir zu ihr und Karl drückt sie an sich.

Karl schläft zwei Tage durch, er ist zu schwach, um zu essen. Ich behandle ihn wie ein Kleinkind, füttere ihn und wasche ihn. Er ist abgemagert, sein Körper voller Narben. Nach zwei Tagen beginnt er zu erzählen. »Ich bin desertiert, tagsüber habe ich mich versteckt. Es waren über hundert Kilometer. Die Uniform loszuwerden war schwierig. Erst in der zweiten Woche habe ich eine Frau Wäsche aufhängen sehen, eine Männerhose und ein Hemd waren dabei, die habe ich dann in der Dunkelheit geklaut. Danach hatte ich weniger Angst.«

Tante Herta leiht uns einen Lieferwagen, in den wir unsere Wäsche und zwei Koffer laden. Die Bretter meines geliebten goldfarbenen Kleiderschranks aus Walnussholz durften wir bei ihr unterbringen. Wir reisen nach Stuttgart, in Karls Heimatstadt, zu dem fünfstöckigen Wohnhaus, in dem seine Mutter wohnt.

Die Stadt zu sehen ist grausam, die ganze Innenstadt ist zerstört. Karl umkreist dreimal das Viertel und parkt dann vor dem einzigen Haus, das noch steht. »Das muss es sein, in ihrem letzten Brief hat Mutter geschrieben, dass sie nicht ausgebombt wurde.« Mit den Kindern auf den Armen gehen wir drei Stufen hoch und drücken die schwere Eichentür auf. Finsternis und Rauch umfangen uns. Während wir die Kinder beruhigen, steigen wir nach oben. In jedem Stockwerk sind drei Wohnungen, doch den Namen Fischer finden wir nicht. Ich keuche, bekomme kaum Luft, Günter brüllt, ich drücke auf eine Klingel. Es dauert lange, bis die Tür geöffnet wird und ein Kind vor uns steht. »Bitte ruf mal deine Mama, sie kann uns sicher sagen, wo die Frau Fischer wohnt.«

»Ach, die, die kenne ich«, sagt das Kind. »Sie müssen noch einen Stock höher gehen, oben unterm Dach wohnt sie.«

Das kleine Mädchen schaut mich neugierig an. »Was wollen Sie denn von der Frau Fischer? Die ist ziemlich krank, Mama bringt ihr immer was zu essen.«

Karl beugt sich zu ihr hinunter. »Sie ist meine Mutter, wir werden bei ihr einziehen.«

Das Kind unterbricht ihn. »Das geht nicht, sie hat nur ein Zimmer, da oben wohnen viele Leute und es gibt viele Ratten.«

Die letzte Treppe ist sehr steil, sie hat kein Geländer, das Holz knarrt unter unseren Füßen; im Halbdunkeln tasten wir uns weiter, bis wir vor einer schmalen Tür stehen. Karl klopft, es kommt keine Antwort, er drückt sie auf und wir stehen im Dunkeln.

»Mutter, wo bist du, wir sind gerade angekommen.«

»Ihr seid ganz nah, ihr müsst nur vier Schritte machen, dann seid ihr an meinem Bett.«

In dem schmalen Raum ist es heiß, wir tasten uns voran. Dann sehe ich, wie sich eine alte Frau auf einem Sofa aufrichtet, nach einer Streichholzschachtel greift und eine Kerze anzündet. Mir wird schlecht. Die Frau ist dürr, ihre Haare sind strähnig, der Raum riecht modrig. Karl kniet sich vor die Couch, streichelt ihre Hand und die Wangen, dann höre ich ihn weinen.

Klara

Treuebrüche und Vergeltung 1983

Schon um vier Uhr schaltete ich an diesem trüben Novembertag die Lichter an. Regen trommelte gegen die Scheiben, aber im Haus war es warm, der Kachelofen bollerte. Auf dem Esstisch lagen Lötzinn und ein Lötkolben, mit dem Michael für seinen kleinen Bruder ein Elektrospielzeug bastelte. Kleine Rauchwolken stiegen auf, wenn der Lötzinn zu schmelzen begann. Philipp sah Michael interessiert bei der Arbeit zu. »Komm nicht so nah ran, das Zeug ist heiß«, warnte Michael. Silvie hatte ausnahmsweise mal keinen Malkasten vor sich liegen, sie war viel zu beschäftigt damit, ihren neuen Freund Fabian verliebt anzuhimmeln. Der las in einer Geo-Zeitschrift und verschlang nebenher ein Stück Kuchen nach dem anderen.

»Silvie, ich möchte endlich mit dem Kleid anfangen, das ich dir versprochen habe. Schau doch mal, welches Modell würde dir gefallen?«, fragte ich.

Wir blätterten zusammen ein Modejournal durch, bis uns ein Schnittmuster zusagte. »Wann fängst du damit an?«, fragte Silvie.

»Vielleicht übermorgen, ich muss vorher in die Stadt und den Stoff besorgen.«

Das Kleid wurde nie genäht, denn danach beschäftigten mich andere Dinge – alles veränderte sich.

Seit einem Monat wohnte Christine nun bei ihrem Freund, dem Fotografen. Ich vermisste sie sehr, ihren Witz, ihren Charme, das Klappern ihrer Stricknadeln, wenn sie wieder mal an einem ihrer fantastischen Pullover arbeitete, und sogar die Streitereien zwischen den Schwestern. All das gab es nicht mehr, es war ruhiger geworden bei uns.

Um acht Uhr schlief Philipp, und die Großen waren längst in ihren Zimmern verschwunden. Jetzt lag ein Buch auf meinen angezogenen Knien. Der Sturm heulte im Kaminrohr und die Regentropfen trommelten gegen die Scheiben.

Franz war wieder mal nicht da. Ich dachte über den Brief nach, den ich ihm nie gegeben hatte, und beschwor alle schönen Erinnerungen herauf, machte einen Bogen um Schmerz und Trauer. Und ich musste an den Abend vor zwei Tagen denken. Ich hatte den Wunsch nach einem eigenen Auto geäußert, den mir Franz mit »Mach, was du willst« abgeschlagen hatte, einer Bemerkung, die einem kategorischen Verbot gleichkam. Warum war er überhaupt wieder so lange im Büro? Ob er eine neue Geliebte hatte? Es gab ja eine neue Sekretärin, Ingrid Mertz. Je länger ich darüber nachdachte, umso mehr misstraute ich meinem Mann. Spontan griff ich zum Telefon und wählte die Nummer der Frau, die ich im Telefonbuch gefunden hatte. Nach dem fünften Klingelton hob sie ab.

»Guten Abend, Frau Mertz«, sagte ich leise, dann schwieg ich. Sie kannte meine Stimme. »Oh, hallo«, antwortete sie ebenso leise.

»Das Wetter ist schlecht, mein Mann ist nicht da, und da habe ich an Sie gedacht.«

»Und warum?«, fragte sie vorsichtig.

»Ich denke oft darüber nach, ob Sie Franz wohl lieben und ihn treffen – ist das so?«

»Ja.«

»Und ist er zufällig jetzt bei Ihnen?«

»Ja.«

»Bitte sagen Sie ihm nicht, dass ich angerufen habe«, flüsterte ich, dann sackte ich zusammen und blieb halb besinnungslos auf dem Boden liegen. Ich fühlte mich wie gelähmt, mein Herz raste, ich keuchte, bekam kaum noch Luft. Mein ganzes Gesicht brannte, doch es kamen keine Tränen. Als ich mich wieder einigermaßen erholt hatte, schleppte ich mich ins Bad und spritzte mir kaltes Wasser ins Gesicht. Dann wartete ich auf Franz.

Er kam bald, gut gelaunt wie selten nach einem langen Arbeitstag. Er küsste mich und fragte: »Na, wie war dein Tag bei diesem verregneten Wetter?«

»Langweilig«, quetschte ich hervor und versuchte, mich auf den Beinen zu halten.

Franz schien meine Stimmung nicht zu bemerken. Er ging in die Küche und holte sich ein Bier aus dem Kühlschrank. Dann fragte er noch einmal, wie mein Tag war.

»Bei dem Regen kann man ja nicht viel anfangen.«

Ich drehte den Kopf zur Seite, um ihn nicht ansehen zu müssen. Franz trank sein Bier in einem Zug aus und sagte: »Ich geh jetzt ins Bett, ich bin hundemüde.«

Ohne mich zu waschen, lag ich im Bett und fror. Franz duschte lange. Irgendwann kam er ins Schlafzimmer und legte sich im Dunkeln neben mich. Ich roch seinen sauberen Körper. Er umschlang mich von hinten mit den Armen, umfasste meine Brüste, begann, mich zu streicheln. Er schien sich meiner Reaktionen sicher, aber ich blieb trocken. Es dauerte ein Weilchen, bis Franz bemerkte, dass ich auf seine Berührungen nicht reagierte. »Ist was mit dir?«, fragte er leise.

In dieser Nacht blieb nicht viel von den Gefühlen übrig, die mich in den letzten Monaten Glück hatten empfinden lassen. Meine Reserven waren erschöpft. Ich wollte nur noch etwas tun, um den Hass zu überdecken, der in mir brannte wie heißes Öl. All die Erinnerungen tauchten wieder auf, tanzten wie Derwische in meinem Kopf, jagten durch mein gequältes Hirn: nackte Körper, sich küssende Münder, Schreie und Stöhnen, ein Frauenkopf, der erschöpft an der Schulter des Geliebten ruhte. Ich konnte nicht mehr glauben, dass sie sich nur trafen, um Sex zu haben – davon hatte Franz im letzten Jahr eigentlich genug gehabt –, es musste auch Liebe im Spiel sein, und auch das verstörte mich.

Womöglich traf sich Franz ja auch noch mit Sonja Winter und sah sich hin und wieder das Kind an, das er wohl mit ihr gezeugt hatte. Er hatte es immer mir überlassen, was ich glauben wollte, obwohl es doch so leicht gewesen wäre, meinen Verdacht zu zerstreuen. Aber ich hatte auf meine vielen Fragen nie eine Antwort erhalten. Warum sagte er nichts dazu, wollte er mir wehtun? Dieser Verrat traf mich tief, und in dieser Nacht reifte in meinem Kopf ein Plan.

Am nächsten Morgen deckte Silvie schon den Tisch, als ich ins Wohnzimmer kam.

»Morgen, Mama, du bist aber heute früh dran! Hast du was vor?«, begrüßte sie mich. Ich begann, meine Rolle zu spielen. Silvie war meine erste Zuschauerin.

»Die Sonne hat mich geweckt – ich glaube, das wird ein schöner Tag«, sagte ich und lächelte. »Ich werde eine Wanderung machen.« Bewegung in der Natur half mir immer am besten, Probleme zu bewältigen. Je größer die Anstrengung, umso weniger Raum blieb für böse Gedanken und Grübeleien.

Eine Waldlichtung, die mehr als doppelt so groß war wie ein Fußballfeld, war mein Ziel. Als ich zu laufen begann, waren meine Beine bleischwer. Mein Atem pfiff und das Herz schlug mir bis zum Hals, ich musste meinen ganzen Willen aufbringen, um mich nicht auf den Boden zu werfen. Zwei Stunden lief und joggte ich, bis mir der Schweiß in Strömen am Körper hinunterlief.

Das Mittagessen fiel karg aus, rasch warf ich für Silvie und Philipp ein paar Würstchen in die Pfanne und schnipselte den Salat klein, während ich fast im Stehen einschlief. Am Abend packte ich mein Turnzeug ein. Silvie lag, umgeben von einem Berg von Kissen, mit Philipp auf dem Sofa und las ihm eine Geschichte vor. Philipp sah kaum auf, als ich mich verabschiedete. »Tschüs, ihr beiden. Silvie, kannst du bitte Philipp ins Bett bringen? Ich geh turnen.«

»Du bist ja heute verdammt sportlich«, antwortete Silvie. »Hat dir dein Halbmarathon heute Morgen nicht gereicht?«

»Bis später«, antwortete ich, küsste sie auf den Nacken und lächelte, ohne weiter auf ihre Frage einzugehen.

In der Turnstunde war mir ein Mann aufgefallen, der mich immer anlächelte. Matthias. Er schien mir der geeignete Kandidat für mein Vorhaben zu sein, mir einen Geliebten zuzulegen und Franz seine Herzlosigkeit heimzuzahlen. Um kurz vor zwanzig Uhr füllte sich die Trainingshalle langsam, ich sah mich suchend um. Er war noch nicht da. Dann schlenderte ich zu meinen drei Freundinnen, die an einer Sprossenwand lehnten und sich unterhielten. Im selben Augenblick ging die Musik an, unser Trainer stellte sich in die Mitte des Raumes, pfiff durch die Finger und das Training begann. Mein Blick schweifte immer wieder zu den Umkleidekabinen, und nach der zweiten Einlaufrunde sah ich Matthias hereinkommen. Er schaute sich kurz um, grüßte in verschiedene Richtungen, teilte freundschaftliche Schläge aus und schloss sich dann den Laufenden an. Mein Herz schlug schneller. Jeder Läufer bestimmte sein

Tempo selbst, wer schneller laufen wollte, durfte überholen. In der dritten Runde zog Matthias an mir vorbei, drehte sich kurz um und lächelte mir zu.

Bestimmt würde ich leichtes Spiel haben.

Wir sprangen, hüpften, grätschten und dehnten, absolvierten unsere Übungen, und immer wieder begegneten meine Augen seinem Lächeln.

Als ich die Wirtsstube des Hofbräustüberls betrat, schlugen mir Stimmengewirr und Gelächter entgegen. Der Bratenduft erinnerte mich daran, dass ich den ganzen Tag kaum etwas gegessen hatte. Die Kellner begrüßten mich freundlich, ich strebte unserem Stammtisch zu und setzte mich neben Matthias.

»Du warst lange nicht da«, begrüßte er mich. »Warst du krank?«

»Nein, bei uns war einfach zu viel los in letzter Zeit.« Matthias sah mich fragend an, aber ich sprach nicht weiter.

»Trink erst mal einen Schluck Bier«, sagte er und bot mir sein Glas an. Ich leerte es fast zur Hälfte.

Matthias schmunzelte. »Du hast aber einen Zug, ich hoffe, dein Bier kommt bald.«

»Ich bin am Verdursten!«, stöhnte ich. »Außerdem ist es viel zu heiß hier drin.« Ich begann, mir die Jacke auszuziehen, stellte mich aber sehr ungeschickt an. Matthias half mir bereitwillig, den Arm aus dem Ärmel zu ziehen. Mein Puls wurde schneller, als er mich berührte, und beschleunigte sich weiter, als ich an mein Vorhaben dachte. Warum spürte ich plötzlich diese körperliche Anziehung? Nach drei Jahren, die ich Matthias schon kannte. Wahrscheinlich war mir vorher einfach nie in den Sinn gekommen, mehr als einen Sportkameraden in ihm zu sehen. Außer dem ein oder anderen zufälligen Lächeln, oberflächlichen Begrüßungen und scherzhaften Wortgeplänkeln hatten wir ja nichts miteinander zu tun. Jeden Mittwoch traf sich unsere Runde am Stammtisch, wir scherzten, erzählten von Berg- und

Skitouren, aber was sonst im Leben der anderen passierte, das wusste ich nicht.

Unser Essen kam und ich stürzte mich auf meinen Leberkäse.

»Es ist schön, dir beim Essen zuzuschauen – mir gefallen Frauen, die gerne essen«, sagte Matthias und grinste.

»Ich bin sonst nicht so verfressen, aber das ist heute meine erste Mahlzeit«, antwortete ich. Als ich satt war, lehnte ich mich zurück und betrachtete verstohlen Matthias. Sein Gesicht wirkte hager, die Nase war leicht gebogen und zu streng für den zarten Mund. Sein Lächeln war wunderschön: sanft, heiter, spitzbübisch. Wenn er lachte, warf er den Kopf in den Nacken. Seine blonden Haare kräuselten sich leicht im Nacken, eine feuchte Strähne fiel ihm über die Augen. Er strich sie zurück, stützte den Ellbogen auf den Tisch und legte sein Kinn in die Hand. Wir sahen uns an und lächelten.

Unser Trainer schaute auf die Liste vor sich und fragte in die Runde: »Wer von euch fährt Anfang Dezember mit zum Skitraining? Ich muss langsam die Termine abklären.« Vier Männer hoben die Hand, auch Matthias.

»Hast du keine Lust mitzufahren?«, fragte er und sah mich erwartungsvoll an.

»Lust hätte ich schon, aber ich habe eine große Familie.«

»Schade, wir haben da immer viel Spaß!«

»Hast du keine Kinder?«

»Doch, zwei, aber sie leben bei der Mutter.« Mehr sagte er nicht, und ich wagte nicht weiterzufragen.

Gegen elf Uhr nachts brachen wir alle zusammen auf. Draußen schlug uns die kalte Luft entgegen. Nebel waberte über die Straße, und alle strebten eilig zu ihren Autos. Nur ich war zu Fuß gekommen. Matthias ging neben mir, gleich würden sich unsere Wege trennen. Wir blieben stehen, sahen unseren weißen

Atem, er legte mir kurz die Hand auf die Schulter. »Komm gut nach Hause, Klara – bis nächste Woche.«

Dann wandte er sich um und ging. Als er schon einige Schritte entfernt war, rief ich: »Matthias, kannst du mich morgen früh anrufen?«

Er hielt an und drehte sich um, in der Dunkelheit konnte ich nicht erkennen, ob er überrascht war. Sein »Ja« kam schnell, ich sah ihn nicken, dann verschwand er im Nebel. Der eine Kilometer bis zu unserem Haus kam mir ewig lang vor, mein Herz schlug rasend schnell – ich hatte den ersten Schritt getan! Morgen früh würde sich herausstellen, ob es einen zweiten geben würde. Zum Glück schlief Franz schon, als ich nach Hause kam. Vorsichtig legte ich mich neben ihn, um ihn nicht zu wecken, und lauschte seinem ruhigen Atem.

Der Tag war lang und anstrengend gewesen, mein Körper war erschöpft, doch mein Geist noch nicht. Skrupel überfielen mich – hoffentlich meldet er sich nicht, wünschte ich mit schlechtem Gewissen. Und fragte mich im nächsten Moment, was ich machen sollte, wenn er nicht anrief. Irgendwann überwältigte mich endlich die Müdigkeit und meine Gedanken begannen, sich zu verwirren, der Schlaf kam.

Matthias rief um zehn Uhr an. Voller Panik überlegte ich, was ich sagen sollte oder wollte; es war wohl kaum möglich, mit der Tür ins Haus zu fallen und ihm zu sagen: »Ich brauche einen Geliebten – bist du bereit dazu?« Als ich seine Stimme hörte, war dann aber mit einem Mal alles ganz einfach.

»Guten Morgen, Klara, du hast mich gerufen, hier bin ich!« Seine Stimme klang weich und warm.

Meine dagegen war rau. »Möchtest du mit mir spazieren gehen?«, krächzte ich.

»Aber sicher, wann hättest du Lust dazu?«

»Am liebsten jetzt gleich.«

»Und wo können wir uns treffen?«

»Ich habe kein Auto, ich werde an der großen Waldlichtung am Ortsausgang auf dich warten«, antwortete ich. Meine Stimme zitterte. Hoffentlich merkte Matthias das nicht. »In einer Viertelstunde bin ich dort.«

»Ich werde da sein«, sagte Matthias und hängte auf.

Ich konnte es kaum glauben. Wie einfach das gewesen war!

Sein silberner Audi stand schon am Waldrand, als ich ankam. Er öffnete die Beifahrertür von innen und ich stieg ein. Matthias legte seine warme Hand auf meine kalte und sagte: »Ich bin völlig überrascht.« Dann schwieg er und sah mich fragend an.

»Könnten wir vielleicht nach Aying fahren und dort spazieren gehen?«, war meine Antwort.

Matthias sah jung aus, er trug Jeans und einen grauen Wollpullover; sein Anorak lag auf der Rückbank, ich legte meinen dazu. Während der Fahrt hielt er meine Hand – ich zitterte, aber nicht vor Kälte. »Klara«, begann Matthias noch einmal. »Du hast dir doch sicher bei dem Ausflug etwas gedacht?«

»Ja, das habe ich, ich wollte dich sehen«, flötete ich.

Er lächelte wieder und zog meine Hand zu seinem Mund. »Es ist schön, dich so unvermutet zu treffen.«

Wir parkten vor dem prächtigen Gutshaus mit dem Landgasthof, der zu einer Brauerei gehörte. Der Tag war grau. Einige Krähen saßen in den Ackerfurchen der abgeernteten Felder und pickten nach Nahrung. Als wir in ihre Nähe kamen, flogen sie krächzend davon. Es war windstill, der Himmel war dunkel, es roch nach Regen oder Schnee.

»Schau mal, wie scharf die Silhouetten der Berge sind«, sagte Matthias. »Meistens bedeutet das einen Wetterumschwung.«

»Ich mag diese trübe Stimmung im November überhaupt nicht – kaum zu glauben, dass die Sonne dort oben irgendwo versteckt ist.«

Mit den Händen in den Hosentaschen schlenderten wir am Waldrand entlang, dann blieb Matthias plötzlich stehen, stellte sich vor mich, legte seine Hände auf meine Schultern und fragte: »Es gibt doch einen Grund, warum wir hier sind, oder?«

Ich legte ihm kurzerhand die Arme um den Hals und küsste ihn. »Warum fragst du so viel?«, murmelte ich. Im nächsten Moment spürte ich, wie er seine Arme um mich schlang und fordernd meinen Kuss erwiderte.

»Ich kann es immer noch nicht glauben«, keuchte er nach einer Weile »Du hast mich völlig überrascht. Drei Jahre kenne ich dich jetzt, wir sehen uns jeden Mittwoch am Stammtisch, ich schaue dich ständig an, ich bewundere und verehre dich, aber du hast nie zu erkennen gegeben, dass du das gemerkt hast … Frauen sind schon rätselhaft.« Mit den Worten küsste er mich erneut. »Komm, gehen wir ins Lokal, hier draußen wird es langsam ungemütlich.«

Die Gaststube war fast leer. Wir setzten uns in eine der behaglichen Nischen an einen Holztisch. Eine rot karierte Tischdecke aus grobem Leinen lag darauf und auf der Sitzbank türmten sich Kissen. Als wir uns gegenübersaßen, wurden wir etwas verlegen, deshalb drehte ich mich um und betrachtete die wenigen Leute im Raum. Matthias folgte meinem Blick und sagte: »Um diese Zeit wirst du keine Bekannten treffen, höchstens ein paar Bauern beim Frühschoppen, und die sitzen da drüben an ihrem Stammtisch.« Er zeigte in Richtung des grün glasierten Kachelofens.

»Kennst du dich hier aus?«, fragte ich. *Das* hatte ich nicht erwartet.

»Ich komme ab und zu hier vorbei nach dem Langlaufen oder Joggen, aber wenn ich Gäste habe, bin ich drüben im Hauptrestaurant.«

»Mein Mann kommt auch oft mit Gästen hierher, meistens mit Amerikanern.«

»Möglicherweise kenne ich ihn.«

»Das glaube ich kaum.«

Meine hochgezogenen Brauen ließen ihn das Thema wechseln. Wie sensibel!

»Was möchtest du essen? Ich weiß ja, dass du immer Hunger hast«, fragte er.

Ich lachte. »Am liebsten Weißwürste und dazu ein dunkles Bier.«

Das Bier kam und wir prosteten einander zu. Matthias wischte mir den Schaum von den Lippen, dann griff er nach meiner Hand und fragte: »Wie alt ist denn dein Kleiner?«

»Er ist erst acht, aber ich habe noch drei erwachsene Kinder.«

Matthias sah mich ungläubig an und fragte: »Ist das wahr?«

Ich konnte mich dem Zauber unseres Anfangs nicht entziehen. Er überraschte mich, weil ich diesen Schritt nicht aus Liebe gegangen war, sondern aus Berechnung. Aber Matthias' Offenheit und Zuneigung entwaffneten mich. Ich begann, ihn einfach zu mögen. Sein schmales Gesicht, die anthrazitfarbenen Augen mit den Fältchen in den Augenwinkeln, seine langen Finger, die immer wieder die Haarsträhnen zurückstreiften. Seine Hand lag immer noch auf meiner, ich ballte meine Finger zur Faust. Langsam holte er sie zurück, einen nach dem anderen. Ein Kribbeln breitete sich in meinem ganzen Körper aus und machte mich plötzlich so froh, dass ich anfing zu lächeln.

»Wann seh ich dich wieder?«, fragte Matthias.

»Wenn du willst, morgen«, antwortete ich, und wir wussten beide, was das bedeutete.

»Wo soll ich dich abholen?«

Ich nannte ihm den Namen der Straße, die fünf Minuten von zu Hause entfernt lag.

Matthias' Wohnung war so anders als die unserer Freunde, der verheirateten Paare mit Kindern, an die ich gewöhnt war. In dem großen Raum, in den er mich führte, herrschte Unordnung. Als Erstes fiel mir ein Schreibtisch ins Auge, der mit einem Berg von Manuskripten und Büchern bedeckt war. Und nicht nur dort lagen Bücher, sondern auch auf Stühlen, auf dem Boden und sie füllten lange Regale. An den Wänden hingen moderne Grafiken neben Bildern von Impressionisten, Götterskulpturen aus Stein und Holz standen an den Seiten des breiten Panoramafensters, und auf kleinen Tischen entdeckte ich wunderschön geschwungene Keramikschalen. Auf einer Couch lag eine Decke wie achtlos zurückgeworfen. Matthias sah meinen Blick und sagte: »Hier schlafe ich oft ein, wenn ich den Absprung ins Bett nicht rechtzeitig geschafft habe.«

»Hast du heute Nacht auch hier geschlafen?«

»Ich hab's versucht, aber ich musste viel zu sehr über dich nachdenken«, antwortete er und zog mich heftig an sich.

»Gemach, gemach«, flüsterte ich. »Zuerst mal habe ich einen Riesenhunger, denn ich habe noch nicht gefrühstückt, so eilig hatte ich es hierherzukommen.« Ich hatte längst den üppig gedeckten Frühstückstisch entdeckt.

»Ich weiß, dass du gerne isst – und vielleicht solltest du dich wirklich vorher ein bisschen stärken.« Er grinste.

Matthias hatte an alles gedacht: Brezeln und Brötchen, Wurst, Käse und Paté, und in einem Sektkübel stand eine Flasche Champagner. Wir begannen mit dem Champagner, sahen uns ernst an und leerten das Glas in einem Zug. Dabei blieb es vorerst, denn wir begannen, uns zu küssen. Plötzlich hatten wir es eilig, uns die Kleider auszuziehen, unsere nackten Körper zu berühren. Sicher hatte Matthias auch ein Schlafzimmer, aber das sah ich an diesem ersten Tag nicht, wir liebten uns auf der Couch, auf der er die Nacht verbracht hatte.

Es fühlte sich anders an als mit Franz, ich empfand nicht diese Leidenschaft, das wahnsinnige Begehren; mit Matthias war es eher ein Suchen nach Harmonie, ein süßes Schmelzen, ein leichtes Dahingleiten. Eng umschlungen lagen wir unter der bunten Wolldecke, klebrig und feucht. Matthias richtete sich auf, stützte sich auf einen Ellbogen und fuhr langsam über meine Brüste, streichelte sacht über meinen Hals und bis zu meinem Mund. Dort blieb seine Hand liegen. Sein Zeigefinger begann, die Konturen meiner Lippen nachzuziehen, stieg höher zu meiner Nase, über meine Wangen, umkreiste meine Augen, die ihn unverwandt anblickten. Ganz plötzlich begann er zu lächeln, dann zu strahlen.

Er beugte sich über mich und flüsterte: »Die Frau, das unbekannte Wesen.« Dann vergrub er sein Gesicht in meinen Haaren und murmelte: »Was hast du doch für tolle Haare«, bevor er sich aufsetzte und fragte: »Soll ich dir was zu trinken holen?«

»Mmh, könntest du mir bitte auch eine Brezel mitbringen, ich sterbe vor Hunger.«

»Möchtest du Musik hören?« Ich nickte träge.

Matthias schlenderte zum Radio. Leise Unterhaltungsmusik erklang. Er bewegte sich völlig unbefangen; ich betrachtete ihn neugierig. Er war kleiner als Franz, schmaler, hatte die Taille eines Jünglings, einen festen Hintern, kräftige Waden und war braun gebrannt. Dieser Mann hatte gerade noch auf mir gelegen, war in mir gewesen, sein Körper hatte meinen schwingen lassen. Freude breitete sich in mir aus. Mit zwei Gläsern Orangensaft kam Matthias zurück.

»Wie kommt es, dass du so braun bist?«, fragte ich.

»Ich bin quasi den ganzen Sommer an der Isar. Ich kenne da einen Strand, wo man nackt baden kann.«

»Und was für einen Sport treibst du noch außer der Skigymnastik?«

»Ich bin kein Abfahrtsläufer, mir gefällt Langlauf besser«, erzählte er. »Da kann man sich so richtig verausgaben ohne die Ansteherei an den Liften. Voriges Jahr war ich mit Freunden in Norwegen. Wir haben uns da eine kleine Hütte gemietet und sind täglich weite Strecken gelaufen. Das hat unheimlich viel Spaß gemacht. Heimkommen, in die Sauna gehen, sich im Schnee abkühlen, den Kamin anmachen und dann zusammen kochen. Herrlich!«

»Ich war noch nie im Norden, wir ziehen die wärmeren Länder vor.« Das Wort *wir* war ein Fehler gewesen, Matthias wandte den Kopf ab. Dann fiel mein Blick auf meine Uhr am Handgelenk, und ich erschrak. »Mein Gott, es ist ja schon nach zwölf – ich muss Philipp von der Schule abholen!« Verschwitzt und klebrig, wie wir waren, schlüpften wir in unsere Kleider und im Hinausgehen schnappte ich mir noch eine Brezel.

Im Auto hielt er meine Hand und seufzte: »Ja, so ist das halt mit einer verheirateten Frau, nur gut, dass ich über meine Vormittage frei verfügen kann.«

So vieles wusste ich nicht von Matthias, ich kannte nicht einmal seinen Beruf.

»Was machst du am Nachmittag, gehst du arbeiten?«, erkundigte ich mich.

»Ich bin Lektor in einem Verlag und kann viel zu Hause erledigen. Aber nachmittags bin ich meistens im Büro, um Manuskripte zu lesen und zu bearbeiten. Wenn ein Manuskript spannend ist, nehme ich es mit nach Hause und lese auf der Couch weiter. Und dort schlafe ich dann oft ein.«

»So wie heute Nacht«, sagte ich lächelnd.

Mit einem Mal war ich ungeheuer froh, mehr über ihn zu wissen. Das machte mich irgendwie zu einem Teil von ihm.

»Mmh – was mir da durch den Kopf ging, war auf jeden Fall so spannend, dass ich deswegen nicht einschlafen konnte.«

»Und … war die Vorstellung besser oder die Realität?«, fragte ich kokett.

Matthias beugte sich zu mir hinüber und küsste mich auf den Hals. »Kann ich dich morgen wiedersehen?«

»Morgen – um dieselbe Zeit – an der gleichen Ecke«, bestimmte ich, und mein Herz begann, wild zu klopfen.

Ein flüchtiger Kuss, dann hatte ich schon den Türgriff in der Hand. Als ich mit Philipp nach Hause kam, geriet ich in Hektik. Duschen war das Wichtigste. Philipp blieb mir immer auf den Fersen, erzählte von der Schule. Fieberhaft versuchte ich, in einer Stunde das hinzukriegen, wofür ich sonst drei Stunden Zeit hatte. Voll Energie machte ich mich an die Hausarbeit: die Küche, mit Bergen von Geschirr, die Bäder mit dem Schmutz am Wannenrand und die Kinderzimmer mit der Kleidung auf dem Boden. Ich sammelte die Schmutzwäsche ein, putzte und räumte auf und hatte dabei genügend Zeit zum Nachdenken, *ein* Vorteil als Hausfrau. Kurz vor zwei Uhr kamen Silvie und Michael, und es war mir gerade noch gelungen, Ravioli aufzuwärmen und eine große Schüssel Salat anzumachen. Warum aßen die Kinder bloß so gerne Ravioli? Ich fand den Geschmack grässlich.

Nachdem ich Philipp ins Bett gebracht hatte, setzte ich mich wie jeden Abend mit einem Glas Wein in die Kaminecke und versuchte, mich auf das Buch zu konzentrieren, um zu vermeiden, dass Bilder von Franz und seiner Geliebten sich in mein Bewusstsein drängten. Doch immer wieder umschwirrten mich Gedanken an die beiden wie trunkene Libellen, verwandelten sich in die ineinander verschlungenen Leiber. Franz war mein Mann, ich konnte ihn mit keiner anderen teilen, dieser Wahnsinn musste ein Ende haben. Um ihn zu vergessen, dachte ich an Matthias, daran, wie sich unsere Körper am Morgen zum ersten Mal begegnet waren. Ich spürte, wie die unbekannten Männerhände mich berührten, jeden Zentimeter Haut erkundeten, erinnerte mich an meine lustvolle Erwartung. Auch meine Hände waren in ständiger Bewegung gewesen, hatten den fremden Mann erforscht.

Jetzt verstand ich heimliche Liebesverhältnisse, sie hatten ein Ziel: die Kopulation; und in dem Wissen um den Grund für das Treffen setzte man alles daran, sich den höchstmöglichen Lustgewinn zu verschaffen. Und ich suchte etwas, das mir selten vergönnt gewesen war bei der Liebe, viel Zeit: Musikalisch gesprochen war der Liebesakt für Franz ein kurzer Presto-Satz in fortissimo, für Matthias – wie in Mozarts herrlichem Klavierkonzert Nr. 21 – eine Variation von zärtlichem Andante und fröhlichem Allegro in forte.

Um neun Uhr schloss Franz die Haustür auf. Kühle Luft wehte ins Zimmer, als er die große Schwingtür aufstieß.

»Hallo, Schatz – ich komme gleich –, ich zieh mich nur noch um und hol mir ein Bier.« Als eleganter, dynamischer Manager war er am Morgen von zu Hause weggegangen, jetzt präsentierte er sich mir müde, im Trainingsanzug mit durchhängenden Knien. Seine Hände hielten eine Bierflasche und ein Glas; er beugte sich zu mir herunter und küsste mich.

»Wie kannst du es nur jeden Tag vierzehn Stunden im Büro aushalten?«, fragte ich und umschlang seinen Hals.

Wir begannen unseren Lügendialog. Franz war durch langjähriges Training erfahren, es unterlief ihm kein Fauxpas. Wir redeten über das Tagesgeschehen, und bei jedem zweiten Satz fragte ich mich, ob er mir die Wahrheit erzählte.

»Was hast du denn zu Mittag gegessen?«, fragte ich und sah ihn direkt an. Am Ausdruck der Augen erkannte man am schnellsten, wenn jemand log. Franz war überrascht und musste nachdenken.

»Ich hab's vergessen.«

»Na, vielleicht hast du überhaupt nicht zu Mittag gegessen.«

»Ganz so schlecht ist mein Gedächtnis nun auch nicht. Warum ist das so wichtig?«

»Warum kommst du nicht ab und zu mal nach Hause zum Mittagessen, Philipp sieht dich nur am Wochenende.«

»Mit Hin- und Rückfahrt bleibt mir dann gerade noch eine halbe Stunde, das ist mir zu stressig.«

»Franz, dieser ganze Stress macht unsere Ehe kaputt. Erinnerst du dich, wie wir noch vor Kurzem im Überschwang der Gefühle davon geträumt haben, uns irgendwann ein Haus auf La Palma zu kaufen, um unser kürzlich entdecktes übergroßes Potenzial zu genießen? Glaubst du, dass in zehn oder fünfzehn Jahren noch etwas davon übrig ist, wenn wir so weitermachen?«

»Du hast ja recht, ich hatte auch vor, mir mehr Zeit für dich und den Kleinen zu nehmen, aber ich kann den Job nicht ändern und auch nicht an den Nagel hängen.« Franz senkte die Augen.

Lügner! Natürlich könnte er uns mehr Zeit widmen, er wollte es aber nicht. »Franz, ich habe beschlossen, etwas für mich zu tun.«

»Und das wäre?«

»Ich möchte studieren. Ich mag nicht mehr nur Hausfrau und Mutter sein. Das reicht.«

Franz sah mich ungläubig an, dann schüttelte er den Kopf. »Wieder so eine Schnapsidee von dir. Wer soll denn dann den Haushalt führen und die Kinder versorgen? Willst du, dass Philipp ein Schlüsselkind wird? Schlag dir das mal aus dem Kopf!«

»Du kannst sicher sein, dass ich das nicht tue«, fauchte ich. »Hast du dir eigentlich jemals Gedanken gemacht, was ich mir wünsche?«

Wie so oft, wenn Franz ein Thema nicht passte, beendete er es abrupt. Er stand auf und nahm sein Glas, um es in die Küche zu tragen. »Ich habe morgen einen anstrengenden Tag, es ist zu spät für unsinnige Diskussionen, ich gehe ins Bett.«

Zornig und aufgebracht blieb ich in meiner Kaminecke und trank den letzten Schluck Wein. Die Wut tat mir gut, sie verhinderte, dass ich verzweifelte.

Was mich in Matthias' Arme trieb, war nicht der Sex – sondern ein Gewirr von Gefühlen, das meinen Verstand außer Kraft setzte. Das Bedürfnis nach Rache und das Verlangen, all die Demütigungen zu kompensieren, um den Schmerz vergessen zu können, dominierten.

Nach und nach war dieser Schmerz jedoch ein wenig gewichen und in Matthias' Armen keimten Lebensfreude und Lust auf. Es war Matthias, der Romantik suchte, Gefühle in unsere Beziehung einbrachte, der mich lieben wollte. Mit unheimlicher Geduld gelang es ihm, mich aus meiner Traurigkeit herauszulocken, die ich nicht immer vor ihm verbergen konnte. Er fragte mich niemals, warum ich mich damals plötzlich auf ihn eingelassen hatte; sicherlich machte er sich seinen Reim darauf, denn es war ja kaum anzunehmen, dass sich eine glücklich verheiratete Frau mit einem kleinen Sohn aus heiterem Himmel einen Liebhaber nehmen würde. Und dass mich Liebe zu ihm geführt hatte, war noch unwahrscheinlicher. Er wartete also, und er wurde belohnt. Meine Gefühle wurden stärker; ich begehrte Matthias, auch wenn ich nicht in ihn verliebt war. Bald schwand das schlechte Gewissen, ihn nur aus Berechnung ausgewählt zu haben.

Ich mochte den Sommer von allen Jahreszeiten am liebsten. Wenn die Luft vor Hitze flimmerte, die Natur von Farben und Gerüchen nur so strotzte, die Sonne glühte und meine nackte Haut wärmte, dann erwachten alle meine Lebensgeister. Matthias dagegen mochte den Winter lieber. Die klirrende Kälte, der Frost und unberührter Schnee, so weit das Auge reichte, ließen sein Herz höherschlagen.

Der Winter des Jahres 1984 entsprach ganz seinen Vorstellungen, denn man konnte sich praktisch schon vor der Haustür die Skier anschnallen und losfahren. Nachdem Matthias vierzehn Tage in Norwegen verbracht hatte, rief er an und verkündete: »Klara, ich bin wieder da. Wir sind um Mitternacht zurückgekommen. Die Fahrt war verflucht anstrengend, ich kann's kaum erwarten, dich zu sehen.«

»Ich hab dich auch vermisst, die vierzehn Tage sind mir schrecklich lange vorgekommen. Können wir uns am Nachmittag treffen?«

»Weißt du, was wir machen? Du nimmst deine Langlaufskier mit und wir unternehmen eine kleine Skitour – hast du Lust?«

Fröstelnd stand ich mit meinen Skiern an der vereinbarten Ecke, stampfte mit den Füßen auf den gefrorenen Boden und schlug meine behandschuhten Hände zusammen, um sie zu wärmen. Eine Schneeräummaschine ratterte an mir vorbei, sie schob grauweißen Schneematsch vor sich her und häufte ihn entlang der Gehsteige auf. Die Minuten vergingen – eine, zwei, drei. Nach fünf Minuten sauste endlich der silbergraue Audi um die Kurve und hielt mit quietschenden Bremsen. Matthias sprang heraus, rannte über die Schneematschhügel und umarmte mich. »Es kam noch ein dringender Anruf, hoffentlich bist du nicht erforen.«

Im Auto war es warm. Wir küssten uns, und nach einer Weile scherzte Matthias: »Na, wird dir jetzt ein bisschen wärmer, du kleiner Eisbär?«

»Mir bricht gleich der Schweiß aus, wenn du mich weiter so drückst«, sagte ich und kuschelte mich noch enger an ihn. »War der Urlaub schön?«

»Norwegen ist ein Langlaufparadies«, schwärmte Matthias. »Die Landschaft ist wie ein Märchen: glitzernde Schneeflächen, dunkle Wälder, Seen, ab und zu begegnest du einem Elch oder einem Bauern mit einem Hundegespann. Wir sind täglich um die fünfzig Kilometer gelaufen.«

»Und wie war die Gruppe? Habt ihr euch gut verstanden?«

»Wir kennen uns ja schon seit Jahren, da gibt's keine unangenehmen Überraschungen, wir sind wie eine Familie.«

Zum ersten Mal war ich eifersüchtig auf Matthias' anderes Leben, das nichts mit mir zu tun hatte. Bisher war das nie Thema gewesen, ich vermied es, neugierig zu sein, denn Neugier würde Nähe und Verbundenheit herstellen, Vertrautheit. Den Status quo aber – die rein körperliche Anziehung – konnte ich nicht aufrechterhalten. Mich begann der Mann zu interessieren, seine Gedanken, seine Vergangenheit und seine Zukunft. Bis jetzt wusste ich nur, dass er zwei Kinder hatte, die bei der Mutter lebten.

»Waren auch Frauen dabei?«, fragte ich scheinbar unbefangen, während wir über die verschneiten Landstraßen fuhren.

»Was bist du denn auf einmal so neugierig? Natürlich waren Frauen dabei, aber keine ist mir so lieb wie du.« Matthias lächelte.

Zwei Stunden lang glitt ich hinter ihm durch den Schnee. Mir wurde warm, meine Muskeln wurden locker, weiße Atemwolken quollen aus unseren Mündern und formten Eiskristalle auf unseren Gesichtern, bildeten weiße Bärte rund um den Mund. Immer wieder legte Matthias kurze Sprints ein, scheuchte Krähen auf, die empört krächzend davonflogen, und jagte ein paar Hundert Meter voraus, dann drehte er um. Wie ein Hund, dem es zu langsam ging.

»Lass uns heimgehen«, schlug er nach zwei Stunden vor. Wir standen in der Kälte und drückten uns aneinander. »Ich mache uns einen Glühwein, dann wird uns warm. Und noch wärmer wird es uns, wenn wir uns lieben.«

Erhitzt vom Glühwein und der Liebe lagen wir auf der breiten Couch, berührten und streichelten uns. Ich fühlte mich geborgen und unendlich leicht, frei von Verantwortung und Schuld. Als wir uns trennten, fragte ich: »Hast du vielleicht mal Zeit, um mit mir ein Auto zu kaufen?«

Statt erstaunt nachzufragen, nickte er nur mit dem Kopf. »Natürlich, wann immer du willst.«

Mobil sein! Das war mein nächster Schritt, und er führte mich mit Matthias zum Gebrauchtwagenhändler. Meine Wahl fiel auf einen Fiat Uno, der fast neu war, und am Tag darauf war ich Besitzerin eines Autos. Die Kinder jubelten und ich unternahm mit ihnen eine Probefahrt.

Am Abend kam dann die gefürchtete Frage von Franz nach dem Wagen vor unserer Garage.

»Es ist meiner«, sagte ich laut.

Franz schüttelte nur den Kopf. »Du machst doch immer, was du willst.« Danach schwieg er mich drei Tage an, aber das konnte ich gut ertragen, beschwingt, wie ich mich fühlte.

Die ersten Vorboten des Frühlings waren da, ein warmer Südwind strich über die Alpen und ließ den Schnee schmelzen. Und über Nacht kamen die Stare aus ihren Winterquartieren in Afrika zurück. Zu Hunderten saßen sie auf den kahlen schwarzen Ästen unserer Buchengruppe und schlugen so laut mit den Flügeln, dass ich davon aufwachte.

Alles ging mir jetzt leicht von der Hand. Sämtliche Vorhänge nahm ich von den Fenstern, wusch sie, ließ sie von Wind und Sonne trocknen und hängte sie noch am selben Tag wieder auf. Ich kaufte viele Eimer Farbe und bemalte die Wände unseres Hauses. Das Ergebnis gefiel mir; jetzt gab es keine eierschalenfarbenen Pastelltöne mehr, nein, das Wohnzimmer erstrahlte in kräftigem Ocker, das Schlafzimmer leuchtete sonnengelb und die Zimmer der Kinder ochsenblutfarben und indigoblau, den Hobbyraum hatte ich in einem dezenten Violett gestrichen. Den Kindern gefiel das, aber Franz' Begeisterung hielt sich in Grenzen: »Da hast du aber kräftig in den Farbtopf gelangt!«, kommentierte er.

Matthias und ich sahen uns täglich. Meine Zeit hatte ich so eingeteilt, dass ich nicht ins Schleudern kam: Ich bügelte am späten Abend, kochte Gerichte in doppelter Menge, damit ich einen Teil einfrieren und bei Bedarf wieder auftauen konnte. Matthias hatte mittlerweile konkrete Zukunftsvisionen; immer häufiger sprach er von gemeinsamen Unternehmungen, und oft bekam ich von ihm zu hören: »Ich werde aus dir nicht schlau und weiß nicht, was du willst, du hältst mich in einer Warteposition, lässt mich am ausgestreckten Arm verhungern – glaubst du, es macht mich glücklich zu rätseln, woran ich mit dir bin?«

»Kannst du es nicht einfach genießen?«, fragte ich dann immer leicht genervt.

»Nein, das kann ich nicht, ich will keine Zeit verplempern. Ich will nicht ständig im Geheimen verharren. Du musst dich irgendwann entscheiden – ich hoffe bald.«

Ich sah seine Enttäuschung und Niedergeschlagenheit und wusste, dass seine Vorwürfe gerechtfertigt waren, konnte ihm aber im Moment keine Antwort geben.

Die Entscheidung fiel vier Wochen später. Es war Faschingszeit, und in genau diese Zeit fiel unser fünfundzwanzigster Hochzeitstag. Franz hatte von der Firma zwei Karten für den Presseball im Deutschen Theater bekommen. Alles, was in München Rang und Namen hatte, würde daran teilnehmen. Das Defilee schöner Frauen in teuren Abendroben und beeindruckenden Männern in Smokings war atemberaubend.

Das plissierte Oberteil meines schulterfreien Kleides aus anthrazitfarbenem weichem Crêpe de Chine lag eng an meinem Oberkörper und betonte Arme, Schultern und Dekolleté, der doppelt verarbeitete Stoff des Rockes schwang beim Gehen und Tanzen um meine Beine. Meine langen, dunkelblonden Haare kontrastierten wunderschön mit dem dunklen Farbton des Kleides. Um den Hals trug ich ein Collier aus Aquamarinen, das mir Franz einmal mitgebracht hatte, als er geschäftlich in Südafrika gewesen war. Die Männer unterschieden sich nur durch die unterschiedliche Farbe ihrer Fliegen – beim einen rot, beim anderen schwarz – und durch die Hemdbrust, die gefaltet oder plissiert war. Der ein oder andere hob sich noch durch einen Kummerbund ab. Alle waren attraktiv und gepflegt.

Franz konnte dank seiner Größe von über einem Meter neunzig alles überblicken und entdeckte eine Menge bekannter Gesichter. Eifrig nickten, grüßten und lächelten wir während des Tanzens nach allen Seiten. Die heißen südamerikanischen Rhythmen brachten uns in Fahrt – Salsa war gerade in, und mir wurde bewusst, dass dies wahrscheinlich der letzte Tanz mit Franz war.

»Du siehst bezaubernd aus«, flüsterte er mir ins Ohr. »Ich könnte mich glatt in dich verlieben.«

»Das kann ich dir nicht glauben«, sagte ich und drückte mich noch enger an ihn.

Es war schon zwei Uhr morgens, als wir uns auf den Heimweg machten. Musik zum Träumen kam aus dem Lautsprecher, in unserem Mercedes war es heiß. Ich legte meine Hand zwischen Franz' Schenkel und nestelte an seinem Reißverschluss. Die nächste Viertelstunde verbrachte ich mit dem Kopf auf seinem Schoß, bis Franz stöhnte: »Stopp, Schatz, mach eine kleine Pause.« Seine Finger schoben sich unter meinen weiten Rock, zwängten sich durch Strumpfhose und Slip und wanderten zielstrebig zwischen meine Beine.

In diesem Moment hörte ich mich sagen: »Franz, ich habe einen Geliebten.« Seine Finger erstarrten, mit einem Ruck zog er sie zurück. Langsam richtete ich mich auf, zog den Rock über meine Beine und legte meinen Silberfuchs über die nackten Schultern. Im Licht der Straßenlaternen, an denen wir vorbeifuhren, sah ich Franz' Gesicht. Es war starr wie eine Maske. Er umklammerte das Steuerrad so fest, dass die Knöchel weiß hervortraten. Schweigen.

Vorsichtig legte ich meine Hand auf seinen Unterarm und fragte mit zitternder Stimme: »Franz, hast du gehört, was ich gesagt habe?«

Franz stieß meine Hand beiseite und brüllte: »Fass mich nicht an! Ich habe dich gehört, aber ich denke, ich habe mich verhört!«

»Nein, hast du nicht – es gibt ihn.«

Franz gab Gas, das Auto fing an zu schlingern, prallte gegen den Randstein, fing sich wieder. Ich spürte seinen Zorn, seine Wut, seine Verzweiflung.

»Und warum sagst du mir das gerade jetzt?«

»Weil ich es dir einfach sagen musste, jeder Augenblick ist richtig.«

»Mein Gott«, stöhnte Franz. »Du warst für mich immer eine Art Heilige, die Mutter meiner Kinder, ich kann das nicht glauben!«

»Das musst du aber! Ich habe nämlich keine Lust mehr, die Heilige zu spielen.« Das Blut rauschte in meinen Ohren.

»Und wie lange geht das schon?«

»Drei Monate«, sagte ich, obwohl es ein Jahr war.

»Ich kann's nicht fassen, du bist völlig übergeschnappt! Seit einem Jahr bin ich verrückt nach dir, und du setzt alles aufs Spiel. Du bist zu weit gegangen!«

Ich lachte höhnisch. »Das habe ich gar nicht gemerkt. Aber bei dir wird Moral offenbar mit zweierlei Maß gemessen:

Welches Gewicht hat denn dein Fremdgehen und welches meines?«

Wir verloren im Streit jedes Maß, wollten einander nur noch verletzen.

»Ich habe nie etwas mit dir anfangen können!«, brüllte er.

»Warum hast du nie versucht, etwas aus mir zu machen?«, flüsterte ich. »Zwei Jahrzehnte hast du meinen Körper als Selbstverständlichkeit betrachtet, hast dir nie Gedanken darüber gemacht, wie er funktioniert. Du glaubst gar nicht, wie hungrig er nach dieser langen Durststrecke ist! Mein Appetit ist geweckt, er ist unersättlich, du alleine kannst ihn nicht stillen. Bei mir setzt die Selbstverwirklichung eben etwas später ein als bei dir.« Ich fing an zu weinen.

»Was bin ich gestraft mit so einer Frau!«

»Ich bin des Kämpfens müde, ich fühle mich wie in einer Falle.«

»Du, in einer Falle? Du kannst doch machen, was du willst – du hast ein schönes Haus, gut geratene Kinder – Geld …«

»Ja, du hast mir großzügig dein Geld zur Verfügung gestellt, ich durfte deine Kinder großziehen, ich hatte jede Freiheit, mich *selbst* zu beschäftigen; aber ich war immer allein, und das ist der springende Punkt. Ich werde nicht weitere zwanzig Jahre Hausfrau spielen, zuschauen, wie du die Karriereleiter immer weiter hinaufsteigst, mich vergisst und dir, wenn ich im Frust versinke, wieder eine Geliebte suchst, weil von mir keine Resonanz mehr kommt. Ich weiß im Übrigen, dass dein Verhältnis mit der Winter immer noch läuft. Ganz zu schweigen von deiner neuen Sekretärin.«

»Scher dich doch zum Teufel!«

Mein Nachtlager schlug ich wieder im Hobbyraum auf. Während ich unter meiner Decke fror, überdachte ich die Möglichkeiten. Wie sollte ich mein *zweites* Leben beginnen?

Ich könnte Matthias anrufen und ihm die frohe Botschaft verkünden: Ich wäre frei. Doch diesen Gedanken verwarf ich, irgendetwas hielt mich zurück, ich wollte nicht schon wieder Erwartungen erfüllen, ohne zu wissen, was ich selbst wollte.

Wahllos füllte ich am nächsten Morgen zwei große Koffer. Kleider, Pullover, Unterwäsche, Strümpfe und Kosmetika warf ich hinein, nahm die Fotos von meiner Frisierkommode, einige Alben aus dem Schrank und drückte sie obendrauf. Dann schlug ich die Deckel zu. Der Gedanke, meine Kinder und mein Haus verlassen zu müssen, brachte mich fast um den Verstand. Philipp war noch in der Schule, als ich ging. Am Morgen hatte ich ihn innig umarmt, geküsst und gelächelt, obwohl mir zum Weinen zumute gewesen war. »Mama kommt bald wieder!«, hatte ich versprochen, woraufhin er mich erstaunt angesehen und fröhlich zum Abschied gewinkt hatte.

Für Silvie legte ich einen Zettel auf unseren Tisch. Darauf schrieb ich nur: »Silvie, kannst Du Dich um Philipp kümmern? Ich ruf Dich heute Abend an. Küsse – Deine Mama«.

Ich stand auf der Straße und wusste nicht, was ich machen sollte. Lethargie überkam mich, ich musste etwas tun. Ein Funken Hoffnung glomm in mir auf, als mir das kleine Hotel um die Ecke einfiel. Ich mietete mich vorläufig für vier Wochen ein. Mein Zimmer war gemütlich, besaß Aussicht auf den Garten, auf die Blumen und Bäume.

Am Abend rief ich Silvie an und sagte: »Ich werde heute nicht nach Hause kommen.«

»Wo bist du denn?«

»Ach, das ist egal«, schluchzte ich. »Ich habe Papa verlassen.«

»Mama!« Silvie klang fassungslos. Ich ließ den Hörer fallen.

Nach zwei Tagen rief ich bei Matthias an. Kaum hatte ich meinen Namen genannt, sagte er: »Seit vorgestern versuche ich, dich zu erreichen. Bei euch ist offenbar niemand zu Hause, keiner hebt ab. Stimmt irgendwas nicht, warum diese absolute Funkstille, wo bist du?«

»In einem Hotel – ich habe Franz verlassen.«

»Mein Gott, warum bist du nicht zu mir gekommen? Das wäre doch das Naheliegendste gewesen!«

»Nein. Ich kann nicht den einen Mann verlassen und gleich bei dem nächsten einziehen, ich brauche Zeit zum Nachdenken, bitte versteh mich.« Meine Stimme wurde brüchig. Matthias schwieg, ich hörte seinen schweren Atem. Schon wieder fühlte ich mich schuldig. Wahrscheinlich hatte ich ihn verletzt.

»Du machst mich traurig.« Matthias' Stimme war kaum zu hören. »Ich dachte, du hättest ein bisschen mehr Vertrauen zu mir. Und in uns … aber ich werde warten.«

Bevor er auflegte, fiel mir ein, dass er mir helfen könnte. »Ich brauche eine Wohnung in Schwabing, sie muss unbedingt in der Nähe der Dolmetscherschule sein, denn ich will studieren«, platzte es aus mir heraus.

»Ich schau mich um«, sagte er kurz, dann hörte ich ein Klicken: Matthias hatte aufgelegt.

Die Dolmetscherschule war mir in einer durchgrübelten Nacht eingefallen. Eine Bekannte in meinem Alter, die ich mal auf einer Messe kennengelernt hatte, studierte dort Russisch. Ich rief sie an, wir trafen uns und sie erzählte mir mit Begeisterung von der Schule.

Im April gab ich die Anmeldung ab. Da ich glaubte, nach Kursen an Volkshochschulen und dem Spanischen Kulturinstitut die Grundlagen der spanischen Sprache zu beherrschen, meldete ich mich für das dritte Semester an. Es folgte eine Prüfung. Meine Kenntnisse in *Allgemein-Spanisch* waren zwar ausreichend, doch von der Fachterminologie *Wirtschaft* hatte ich keine Ahnung, sie war mir so neu, dass ich gar nicht wusste, wo ich mit dem Lernen anfangen sollte. Schließlich wurde ich unter der Voraussetzung angenommen, dass ich diese Wissenslücke im Selbststudium füllen würde.

Mein Apartment lag im zweiten Stock eines Altbaus im Herzen von Schwabing, nur einen Katzensprung von der Dolmetscherschule entfernt. Fast täglich machte ich lange Spaziergänge. Schwabing war für mich eine Art neuer Erdteil; nie zuvor war ich hier gewesen, obwohl wir seit über zwanzig Jahren in München wohnten. Alles war lebendig: die vielen Geschäfte und Läden, die jungen Leute, die Restaurants und Kneipen. Aber es gelang mir nicht, mich zu freuen, und es fehlte mir der Mut, mich allein in eines der Lokale zu setzen. Zuschauen tat weh – wenn andere lachten, empfand ich Trauer.

Matthias rief mich jeden Abend an und wollte mich sehen. Meine Absagen und die Weigerung, ihn zu treffen, enttäuschten ihn. Doch ich wollte mein neues Leben ohne einen Mann beginnen, wollte zuerst mich und meine Wünsche kennenlernen, mich selbst formen, frei werden von Selbstverleugnung, mich nicht einem Mann unterwerfen oder auch nur mit jemandem zusammen sein, der vielleicht versuchte, mich zu verändern und meinen Charakter zu verbiegen. Matthias war zwar ganz und gar nicht der Mann, der irgendwelche Zwänge auf mich ausüben wollte, doch seine Liebe machte mir im Augenblick Angst, weil ich nicht wusste, ob ich bereit oder fähig war, genügend zurückzugeben. Was ich jetzt brauchte, war eine Phase der Ruhe, des Nachdenkens, und ich mochte ihm nicht wehtun. Als ich ihm das sagte, meinte er: »Hoffentlich dauert diese Phase nicht zu lange, denn ich vermisse und brauche dich.«

Nachts lag ich im Bett und wartete vergeblich auf den Schlaf. Die Nächte waren voll Melancholie, ich fragte mich, wie es den Kindern ging, ich vermisste sie und machte mir große Vorwürfe. Ich nahm mir vor, jeden zweiten Tag zu ihnen zu fahren.

Am ersten Tag an der Dolmetscherschule stieg ich zusammen mit einer Menge anderer Studenten, vorwiegend Frauen, in den ersten Stock und betrat mein Klassenzimmer.

»Hallo«, grüßte ich und setzte mich an meinen Tisch. Ich betrachtete meine Kommilitonen: Neun waren jung, um die zwanzig – sie hatten wahrscheinlich gerade ihr Abitur gemacht –, drei Frauen waren älter, ich schätzte sie auf etwa dreißig. Eine sah wie eine Spanierin aus, die andere hatte einen südamerikanischen Einschlag, die dritte wirkte nordisch. Die Klasse kannte sich schon seit einem Jahr, die Frauen und Männer gingen locker und vertraut miteinander um.

Um Punkt acht klingelte die Glocke, Professor Sánchez erschien und begann gleich, in schnellem und hartem Castellano zu sprechen. Ich horchte konzentriert, doch das Tempo war enorm, und mir kamen Zweifel, ob mein Volkshochschulspanisch ihm standhalten würde. Professor Sánchez schaltete das Radio auf seinem Schreibpult ein und ließ uns Nachrichten hören. Nach fünf Minuten wandte er sich an die Klasse: »*Han entendido todo?*« Im Unterricht wurde kein Wort Deutsch gesprochen. Alle nickten, bis auf mich, ich hatte nicht alles verstanden.

»Fabiola«, wandte er sich an die südamerikanisch aussehende Frau, »erzählen Sie mir doch ein bisschen davon.« Fabiola war zierlich und hatte ihre pechschwarzen Haare zu einem Zopf geflochten. Sie antwortete fließend und langsam. Ich verstand sie, was für ein Glück! Immer wieder deutete der Finger von Sánchez auf einen von uns und zwang uns zum Reden. Mich verschonte er zunächst, wahrscheinlich hatte er Mitleid.

So langsam erfuhr ich mehr über meine Kommilitonen. Sechs Frauen und zwei Männer waren Deutsche. Zwei Frauen kamen aus Spanien, Fabiola war Bolivianerin und Toril Norwegerin, die zehn Jahre mit ihrem Mann in Venezuela gelebt hatte. Warum besuchten Spanisch sprechende Frauen eine Dolmetscherschule für Spanisch? Nuria aus Valencia erklärte es mir: »Ich möchte in Deutschland arbeiten, aber ohne Ausbildung ist das schwierig. Wenn ich ein Diplom habe, sieht die Sache anders aus.«

»Wo hast du Deutsch gelernt?«

»Ich habe mein Abitur an einer deutschen Schule in Spanien gemacht.«

Die Spanisch sprechenden Frauen waren allerdings entgegen meiner Annahme nicht die besten im Kurs, denn wir übersetzten vom Spanischen ins Deutsche und umgekehrt, und mit der deutschen Sprache hatten die Spanierinnen die gleichen Probleme wie wir Deutschen mit der spanischen. Sie mussten ebenso Grammatik und Vokabeln büffeln wie wir.

Die ersten Wochen waren schwer. Was den Zwanzigjährigen spielerisch leichtfiel, musste ich mit harter Disziplin erarbeiten. Ich musste büffeln. In Ägypten hatte ich das letzte Mal die Schulbank gedrückt, und das war zwanzig Jahre her. Jeden Tag bekamen wir einen Berg Übungsaufgaben, mit denen wir uns zu Hause auf den nächsten Tag vorbereiten mussten. Um zwei Uhr war der Unterricht zu Ende und ich lief müde heim. Zu müde, um etwas zu essen, trank ich einfach einen Campari mit Orangensaft. Der Alkohol entspannte, ließ mich aber auch noch müder werden, ich fiel auf die Couch und schlief auf der Stelle ein. Es gab keine Haushaltspflichten mehr und keinen Zeitdruck, ich konnte meinen Tag einteilen, wie ich wollte, war nur noch für mich allein verantwortlich. Den späten Nachmittag verbrachte ich an meinem Schreibtisch und erledigte die Hausaufgaben: dachte nach, übersetzte, blätterte im Wörterbuch, schrieb und füllte Seite um Seite mit meinen Übersetzungen. Nachts schlief ich tief und fest.

Der Tagesablauf begann, mir immer mehr Spaß zu machen. Schwungvoll betrat ich morgens das Klassenzimmer, begrüßte fröhlich meine Kameradinnen, deren Mutter ich hätte sein können, die mich jedoch als ihresgleichen adoptiert hatten. Mit drei von den Frauen befreundete ich mich sogar enger.

Gerlinde war in Rumänien geboren worden; sie entstammte einer Familie von Donauschwaben, die vor vielen Generationen ausgewandert war. Sie sprach ein etwas altmodisches Deutsch und sah auch altmodisch aus, alles an ihr war zugeknöpft und altjüngferlich. Ihr Gesicht war rund, ihr Mund spitz und vor den kurzsichtigen Augen trug sie eine Brille mit starken Gläsern. Weil das rumänische Abitur in Deutschland nicht anerkannt wurde, hatte sie ein Schuljahr und die Abiturprüfung wiederholt. Gerlinde war enorm ehrgeizig – sie wollte es zu was bringen. Der Luxus in Deutschland beeindruckte sie sehr, aber sie war arm. Von den siebenhundert Mark BAföG, die sie erhielt, musste sie auch ihr Zimmer im Studentenwohnheim bezahlen. Der Rest reichte gerade für Essen und Trinken, aber nicht für Kleidung, deshalb jobbte sie zweimal in der Woche im Unicafé als Bedienung.

Heidi hatte ihre Kindheit in Südafrika verbracht. Sie legte wenig Wert auf Luxus, jedoch nicht, weil sie ihn sich nicht leisten konnte, sondern weil sie Einfaches vorzog. Sie liebte ausgeleierte Sackhosen, die ihr auf den schmalen Hüften hingen, dazu trug sie verwaschene T-Shirts und einen Schal. Ihre Haare waren dünn und fransig, ihr schmales Gesicht schaute immer ernst und wirkte dennoch freundlich. Auch sie lebte von BAföG und verdiente sich etwas dazu als Babysitterin.

Die Dritte im Bunde war Fabiola, die kleine Frau aus Bolivien. Sie war die Ärmste von allen, bezog kein BAföG, was bedeutete, dass sie neben dem Studium viele Stunden arbeiten musste. Sie nahm alles, was sich bot: schenkte im Foyer des Theaters Sekt aus, verkaufte Himbeeren mit Vanilleeis oder kleine Kanapees, arbeitete in einem großen Münchner Brauhaus und hin und wieder auch als Platzanweiserin in einem Kino. Als sich mal nichts anderes ergab, schuftete sie sogar als Klofrau.

Hilde

Jahre der Einsamkeit 1976

Ich bin allein, wohne in einer wunderschönen Villa, die mir mein Sohn Günter gebaut hat. Er ist jetzt Architekt. Voriges Jahr hat er das Haus entworfen, da war alles noch in Ordnung. Karl und ich haben jeden Pfennig auf die Seite gelegt, um uns dieses Haus leisten zu können. Es liegt an einem Hang, ich kann weit schauen, tue es aber nicht, weil meine Augen vom vielen Weinen schmerzen. Ich bin jetzt neunundsechzig Jahre alt, so alt wie Karl, Karl wird aber das Ende dieses Jahres nicht mehr erleben. Er liegt in einer Klinik und wartet auf den Tod. Der Krebs hat ihn zerfressen, er ist abgemagert, sein Bauch dagegen ist voller Wasser.

Klara hat sich mit den Kindern auf die zweihundertfünfzig Kilometer lange Reise gemacht und ist völlig erledigt in Stuttgart angekommen. Meine Enkelkinder erkennen den abgemagerten Mann nicht. Sie haben ihn neugierig angestarrt, und erst als ich sie aufforderte, zum Opa zu gehen, setzten sie sich ängstlich zu ihm. Die Erklärung, warum Franz nicht mitkommen kann, ist immer dieselbe: »Franz ist beruflich schwer belastet, er lässt grüßen.«

Ich könnte ein Buch über mein Leben schreiben. Vielleicht tue ich das auch. Alles ist mir noch gegenwärtig: das unerträgliche Leben nach Kriegsende bei Karls Mutter, Schwangerschaft und Geburt, meine fehlende Liebe zu Karl, das vergebliche Warten auf Nachricht von Kurt, die Schuljahre der Kinder, die Berufsjahre von Karl.

Bin ich stolz auf meinen Mann? Kann sein. Die Jahre sind an mir vorbeigerauscht wie ein reißender Fluss, die vielen Urlaube mit den Kindern, die jetzt alle erwachsen sind und sich nicht besonders um mich kümmern. Ich lebe in einem riesigen Haus, in dem eine ganze Familie Platz hätte. Wenn ich im Krankenhaus neben Karls Bett sitze, erinnern wir uns an früher. Es heißt, die Erinnerungen des Herzens seien die sichersten, aber das Herz vergisst unter der Last der Anstrengungen sehr schnell.

Ich sitze in einem weichen Ledersessel allein vor den riesigen Fenstern, habe einen prachtvollen Ausblick über das Remstal, aber ich bin einsam. Die Angst vor der Zukunft hält mich nachts wach, ich kann nicht Auto fahren, zum Einkaufen brauche ich eine halbe Stunde, der Weg ist so steil. Was hat sich mein Sohn bloß dabei gedacht, dieses Haus so weit draußen zu bauen? Günter lebt im Souterrain, im größten Zimmer ist sein Architektenbüro, ausladende Arbeitstische stehen da und an den Wänden hängen Baupläne.

Mein Sohn hat keine finanziellen Sorgen, er musste keinen Pfennig in dieses Haus stecken, doch ich mache mir Sorgen. Wenn Karl stirbt, werde ich Probleme bekommen; die Summe, die wir uns geliehen haben, ist immens hoch, meine kleine Rente wird nicht reichen, um sie zurückzuzahlen. Ich muss mit Günter sprechen.

»Günter, ich überlege mir Tag und Nacht, wie ich dieses Haus halten kann. Ich weiß nicht, wie mein Leben nach Papas Tod weitergehen soll. Ich kann zwar nähen, aber ich habe keinen Beruf gelernt, der mich jetzt aus dieser Bredouille holen könnte. Du musst dich an den Kosten beteiligen. Es war eine Schnapsidee weiterzubauen, während Papa im Sterben liegt. Hast du dir nie Gedanken gemacht, was aus mir wird?«

»Mama, red keinen Unsinn, ihr wolltet das Haus, ich hab mir Mühe gemacht, ihr wart begeistert von dem Entwurf, also habe ich angefangen, und jetzt kommst du mir mit Vorwürfen.«

Günter funkelt mich an, ballt seine Hände zu Fäusten und schlägt auf den Tisch, ich fange an zu weinen. Ein bisschen Mitleid scheint er wohl zu haben, er streicht mir über den Kopf, was mich absolut nicht beruhigt. »Ohne Beteiligung von dir kann ich das Haus nicht halten, ich muss es verkaufen.«

»Mein Gott, Mama, fällt dir nichts Besseres ein? Wie wär's, wenn du dir eine Arbeit suchen würdest? Ich glaube, du solltest mehr unter Menschen sein, um besser mit deiner Trauer klarzukommen.«

Ich finde tatsächlich Arbeit in einer Schokoladenfabrik und kann mit dem mickrigen Gehalt das Haus halten.

Dann heiratet Günter, baut sich ein Riesenhaus hundert Meter von meinem entfernt. Seine Frau ist eine elegante Blondine, die ihm drei Kinder schenkt, zwei Jungs und ein Mädchen; ich sehe mein Glück in den Enkeln, das mir jedoch bald genommen wird, denn die Schwiegertochter kommt zu mir ins Haus, beschimpft mich und verbietet mir, den Kindern Schokolade zu geben.

Meinen Sohn Manfred sehe ich vielleicht einmal im Jahr. Er ist Tierarzt und lebt mit seiner Familie auf dem Land.

Niemand kümmert sich um mich außer Klara, die jeden Sommer zwei Wochen bei mir verbringt. Einmal lässt sie ihr viertes Kind bei mir, als sie nach Portugal ans Meer fahren. Philipp ist erst ein halbes Jahr alt. Das süße Kind macht mich glücklich.

Klara

Liebe bestimmt das Leben 1985

Es war später Nachmittag, in einer Stunde wollte ich unser Haus wieder verlassen. Das Zimmer von Philipp sah chaotisch aus, wie eine kleine Höhle, überall gab es Nischen, in denen er sich verkriechen konnte. Sein Bett schwebte auf Pfosten einen Meter über dem Boden, darunter lagen Kissen und Stofftiere. Hier hörte Philipp seine Lieblingskassetten.

In seinem kleinen Reich fühlte sich Philipp wie ein König. Franz hatte die Wände mit einer rot-weiß gestreiften Tapete beklebt und mit selbst gemalten Bildern von Philipp geschmückt. In einem Holzregal standen seine Bücher und Kisten mit Bergen von Spielzeug. Der Schreibtisch vor dem Fenster war ein richtiges Kunstwerk, höhenverstellbar mit anpassbarer Tischplatte. Es war perfekt. Philipp malte aber lieber auf dem Boden als am Schreibtisch. Dort entstand ein Bild von Indianern mit Revolvern, aus deren Mündungen sich Pulverrauch kräuselte, nach dem anderen.

Immer wieder stand er auf und setzte sich dicht neben mich, um meine Nähe zu fühlen. Er war viel ruhiger geworden, darüber war ich traurig.

Dreimal in der Woche kam ich nach Hause, um mit Philipp zusammen zu sein. Ich blieb nur drei Stunden, von drei bis sechs Uhr. Die Zeit verging jedes Mal viel zu schnell. Philipp musste eine innere Uhr haben, denn schon eine Stunde, bevor ich ging, wurde er unruhig, konnte sich nicht mehr konzentrieren und hatte keine Lust mehr zum Spielen.

Von der Galerie aus überblickte ich mein Haus. Ein Haus gewährt mehr als ein Tagebuch einen intimen Einblick in das eigene Leben. Hier hatte sich nichts verändert außer Philipps Zimmer, und trotzdem kam es mir fremd vor. Alles war sauber, Franz hatte sich ein Au-pair-Mädchen zugelegt, das fünf Stunden täglich im Haus arbeitete und hauptsächlich für Philipp die Verantwortung trug. Die Seele des Hauses war jetzt Silvie, sie deckte nach wie vor jeden Morgen den Frühstückstisch und bereitete am Abend das Essen für den Rest der Familie. An den Tagen, an denen ich hier war, half ich ihr dabei.

Bevor ich heute ging, warf ich noch einen Blick in unser Schlafzimmer. Trotz der achtlos auf einen Stuhl geworfenen Kleidungsstücke wirkte es unbewohnt. Meine Betthälfte war nur mit einem Betttuch bespannt, weder ein Kissen noch eine Bettdecke lagen darauf. Der Anblick war niederschmetternd. Ich nahm eine Wolldecke, bezog ein Kopfkissen und legte beides auf das verwaiste Bett. War es wirklich so verwaist? Meine Fotos und Andenken hatte ich mitgenommen, nur ein Bild hing noch an der Wand, die Kohlezeichnung, die ein Maler in Paris auf der Place du Tertre von mir gemacht hatte. Wie ertrug es Franz nur, täglich diese lachenden Augen zu sehen? Ich setzte mich auf mein Bett und seufzte. In dem großen Spiegel unseres Schrankes sah ich eine zusammengesunkene Frau, die mir merkwürdig fremd war. Sie passte nicht in dieses Zimmer, vor diesen Spiegel, der Zeuge so vieler vergnüglicher Spiele gewesen war. Konnte Franz jetzt seine Freiheit genießen oder hatte er die Heimlichkeit gebraucht, den Kick des Verbotenen?

Mein Gefühl sagte mir, dass in diesem Haus keine neue Frau lebte, aber Gefühle hatten mich schon oft getrogen. Also öffnete ich den Kleiderschrank, in dem ich einen Großteil meiner Garderobe gelassen hatte. Alles wirkte unberührt, und genauso wenig wie eine fremde Zahnbürste im Bad sah ich hier unbekannte Kleidungsstücke.

Kaffeeduft drang durch die geschlossene Tür und ich ging zu Silvie, Fabian und Philipp ins Wohnzimmer. Die drei saßen an unserem Tisch und spielten »Mensch ärgere dich nicht«. Jedes Mal, wenn Philipp einen Mitspieler rausschmeißen konnte, hörte ich Freudengeheul. Wurde er selbst rausgeworfen, zog er ein langes Gesicht.

»Du bist ein richtiger Spielverderber«, schimpfte Silvie. »Man muss auch verlieren können!« Dann wandte sie sich an mich: »Mama, willst du mitspielen?«

»Ich weiß nicht, ob ich noch so viel Zeit habe.« Ich wollte Franz nicht begegnen.

»Du brauchst dir keine Sorgen zu machen, Papa kommt nie vor neun Uhr nach Hause«, beruhigte mich Silvie und schob mir einen Stuhl zurecht.

»Dann seht ihr euch ja nie zum Abendessen und Philipp ist längst im Bett!« Ich setzte mich.

»Manchmal ist Philipp noch wach, wenn Papa heimkommt. Dann will er ihm viel erzählen. Weißt du, eigentlich sehen wir Papa nur am Wochenende, dann gehen wir zusammen einkaufen. Und sonntags bleibt die Küche kalt, dann gehen wir in den Wienerwald.« Silvie lachte.

Fabian würfelte und schob sein Figürchen vorwärts. »Du bist dran«, sagte er zu Philipp.

»Eine Sechs«, jubelte Philipp und bugsierte eins seiner Männchen sechs Felder weiter.

»Nein, du musst rausgehen«, meinte Fabian und schob die Figur wieder zurück.

»Ich mag nicht mehr mitspielen!« Philipp schleuderte den Würfel auf den Tisch.

»Wie ist es dir im Abitur ergangen?«, fragte ich Fabian.

»Ich kann nicht klagen, mein Durchschnitt ist 1,3. Wenn ich Englisch im Kolloquium nicht versaut hätte, wär's eine glatte Eins geworden.«

Silvie blickte ihren gut aussehenden, blond gelockten Freund liebevoll an. Als Ältester der vier Geschwister würde er wahrscheinlich in die Fußstapfen seines Vaters treten und Arzt werden.

»Frau Berghoff, ich möchte Sie etwas fragen.« Fabian schaute leicht verlegen. »Nächste Woche beginnen die Sommerferien, darf Silvie mit mir in die Türkei fahren?«

Ich war überrascht und wollte gerne darüber nachdenken, aber die beiden sahen mich so erwartungsvoll an, dass ich sagte: »Natürlich darf sie mit, sie ist ja volljährig«, worauf Jubel ausbrach und Silvie mir um den Hals fiel.

»Kommt Michael eigentlich immer so spät nach Hause?«, wechselte ich das Thema.

»Ach, das weißt du ja noch gar nicht: Michael hat seit drei Wochen eine Freundin und ist unheimlich verliebt.«

»Endlich«, meinte ich. »Wie ist sie?«

Silvie zuckte mit den Schultern. »Ich habe sie erst zweimal gesehen, er hat sie an der Uni kennengelernt, sie studiert Psychologie. Vicky hat ein Zimmer in der Stadt und Michael übernachtet fast täglich bei ihr.«

»Wie sieht sie denn aus?«

»Sie hat rote Haare, ist hübsch und sehr selbstbewusst.«

»Gott sei Dank«, sagte ich – warum, wusste ich auch nicht.

Die Kinder waren flügge geworden, sie begannen, ihr eigenes Leben zu leben, mein Auszug beschleunigte wahrscheinlich den Abnabelungsprozess. Christine lebte immer noch bei ihrem Fotografen in Schwabing, nur einen Häuserblock von mir entfernt; ich hatte sie allerdings noch nicht dort besucht, weil ich bis jetzt noch nicht das Bedürfnis gehabt hatte, ihren Partner kennenzulernen.

Da Philipp wusste, dass ich gleich aufbrechen würde, wurde er immer stiller. Ich durfte mich nicht lange verabschieden, es musste schnell gehen; ich küsste ihn und er schlang die Arme um meinen Hals. »Philipp«, flüsterte ich, »Mama kommt bald wieder.« Dann nahm ich die Tasche vom Stuhl und ging. Silvie und ich hatten das so besprochen. Als ich im Auto saß, brach mir fast das Herz. Jedes Mal von Neuem. Blind vor Tränen fuhr ich los, am liebsten wäre ich wieder ins Haus gestürzt, hätte mein Kind in die Arme genommen und wäre nie wieder fortgegangen. Doch das war ja nicht möglich.

Kolonnen von Autos mit Männern am Steuer kamen mir entgegen. Sie hatten ihr Tagewerk beendet und eilten zu ihren Familien nach Hause. Der Verkehr stockte, dreimal wechselte die Ampel von Grün auf Rot, bevor ich über die Kreuzung kam. Neben mir auf dem Beifahrersitz lag meine Handtasche; ich versuchte nervös, die Sonnenbrille herauszuziehen, um meine verquollenen Augen zu verbergen. Selbst jetzt, um neunzehn Uhr, brannte die Sonne noch aufs Autodach und ich fühlte mich wie in einem Backofen. Der Schweiß lief mir über den Rücken, mein Kleid klebte am Körper und meine Hände fühlten sich glitschig an. Ich brauchte eine Dreiviertelstunde bis nach Schwabing. Müde stieg ich die zwei Stockwerke zu meiner Wohnung hoch.

Als ich die Tür öffnete, hörte ich das Telefon läuten.

Es war Matthias. »Da bist du ja endlich, ich habe mir schon die Finger wund gewählt«, begrüßte er mich überschwänglich. »Ich bin fest davon ausgegangen, dass du noch bei mir vorbeikommst – ich muss dich unbedingt sehen.«

Seine Heiterkeit hob meine Stimmung. »Mein Kleines«, sagte er, »ich hatte eigentlich vor, bei mir ein richtiges italienisches Essen für dich zu kochen, aber jetzt packe ich das Zeug zusammen und bin in einer Stunde bei dir.«

Eine Stunde blieb mir also. Ich legte mich in die Badewanne, spürte, wie langsam die Spannung des Tages von mir wich, und freute mich auf die nächsten Stunden. Mein Körper begann, angenehm zu kribbeln. Ich betrachtete ihn: Bis auf einen schmalen Streifen über dem Schamhaar war er goldbraun, einen Büstenhalter hatte ich seit vierzehn Tagen nicht mehr getragen. Ich fing an, meinen Körper wieder zu lieben, den ich in den letzten Monaten kaum gespürt und wahrgenommen hatte. *Tempora mutantur, nos et mutamur in illis* – Die Zeiten ändern sich, und wir ändern uns in ihnen. Und die Zeit heilte auch Wunden.

Sorgfältig cremte ich mich ein, parfümierte mich, föhnte meine Haare, zog meinen neuen Rock an und ein tief dekolletiertes T-Shirt. Als Matthias um acht Uhr klingelte, begrüßte ich ihn strahlend. Ans Kochen dachten wir vorläufig nicht. Stattdessen fielen wir übereinander her; diesmal gab es kein Tasten und sanftes Verharren. Und zum ersten Mal sagte Matthias: »Ich liebe dich, ich hätte es keinen Tag länger ohne dich ausgehalten.« Labsal für meine Seele!

Unsere erste gemeinsame Nacht nach so langer Zeit war sehr leidenschaftlich und wurde nur von kurzen Schlummerphasen unterbrochen. Als der Morgen dämmerte, fühlte ich mich dennoch nicht müde, mein Kopf war klar, mein Körper vibrierte. Matthias machte Frühstück, und ich fiel mit Heißhunger darüber her, war doch das Abendessen ausgefallen. Dann begleitete er mich zur Dolmetscherschule, das in einem alten, aus roten Ziegeln gemauerten Gebäude untergebracht war.

Zum Abschied küsste er mich.

Während unserer halbstündigen Frühstückspause gingen Heidi, Fabiola, Gerlinde und ich meistens in die Cafeteria des

Geisterhauses, wie wir die Fakultät der Geisteswissenschaften nannten. Wir kauften uns einen Becher Kaffee, Gebäck oder eine Brezel. Ich bezahlte häufig, die jungen Frauen waren mir dankbar dafür. Dann zündeten die drei ihre Zigaretten an, sie rauchten alle wie die Schlote. Heidi erzählte von dem Chaoten, mit dem sie liiert war und von dem sie nicht loskam. Gerlinde jammerte, dass es verdammt schwierig sei, überhaupt einen Mann zu finden, und Fabiola berichtete von ihren vielen flüchtigen Abenteuern. Ich dachte an den Tag zurück, als sie total verweint und blass in die Schule gekommen war.

»Was ist los mit dir?«, hatte ich sie gefragt.

»Ich kann's dir jetzt nicht sagen – kann ich vielleicht heute Nachmittag zu dir kommen?«

Am Nachmittag hatte sie dann bei mir auf der Couch gesessen wie ein Häufchen Elend. »Ich bin schwanger – was soll ich machen?«, schluchzte sie. »Das Geld für eine Abtreibung habe ich nicht – ich bin fix und fertig.«

Kurz erinnerte ich mich an meine eigene Abtreibung. Ich verstand die Not der jungen Frau. »Warum nimmst du denn keine Pille?«

»Weil ich das Geld sparen wollte.«

»Und wie sieht's mit dem Vater aus?«

»Ach, den kannst du vergessen.«

»Such einen Arzt – ich werde ihn bezahlen«, tröstete ich sie.

Sie war am nächsten Tag nicht in den Unterricht gekommen, am darauffolgenden erschien sie dann mit dunkel umschatteten Augen. Ihre Dankbarkeit zeigte sie mir seitdem jeden Tag mit kleinen Gesten: einem Taschenbuch mit einer Widmung, einer kleinen Zeichnung oder einem Gedicht. Durch Fabiola lernte ich die südamerikanischen Schriftsteller kennen und schätzen. Ich verliebte mich in die Literatur von Cortázar, García Márquez, Borges, Amado und Bastos, neben denen mir die deutschen Literaten fade und langweilig erschienen. In der Nähe unserer Dolmetscherschule betrieb einer unserer Professoren eine Bodega. Neben Wein und Tapas konnte man hier Bücher kaufen oder tauschen. Oft gingen wir gleich nach Schulschluss dorthin, aßen eine Kleinigkeit und schmökerten in den Büchern. Viele junge Leute, Studenten aus der Universität oder den Sprachinstituten, trafen sich hier. Ich gewöhnte mich an dieses Leben und fing an, den Rhythmus zu lieben, genoss das Zusammensein mit den jungen Menschen und deren Unkompliziertheit.

In der altvertrauten Umgebung spürte ich inzwischen keine Wehmut mehr; ich fühlte mich mehr und mehr als Besucher, nicht als Besitzer, wenn ich über die Türschwelle trat. Erst wenn Philipp mich begrüßte, mich mit Beschlag belegte, wurde es wieder zu einem Heim. Wir blieben nicht immer im Haus, häufig nahmen wir die Fahrräder und radelten durch die Felder und Wälder. Ein anderes Mal gingen wir ins Schwimmbad, wo man auch bei klirrender Kälte unter einer Dampfglocke im Freien schwimmen konnte und Philipp wie ein Fisch hin und her tauchte. Die Begeisterung fürs Wasser hatte er wohl von Franz geerbt, ich mochte es nicht, den Kopf unter Wasser zu tauchen. Philipp war gewachsen, er hatte nicht mehr den Kleinkinderbauch, seine Taille war schmal geworden, und Muskeln bildeten sich an Armen und Beinen, er hatte Franz' Figur. Immer wenn er aus dem Wasser auftauchte, suchten seine Augen mich. Hatten wir genug vom Schwimmen, gingen wir in die Cafeteria und tranken Kakao mit Sahne. Manchmal schauten wir uns auch die Nachmittagsvorstellung im Kino an. Wenn wir nach Hause kamen, trafen wir auf Silvie und Fabian. Sie hielten immer noch an unserem Brauch fest, den Nachmittagstee an unserem großen Tisch zu trinken, aber nur zu zweit sahen sie etwas verwaist aus.

Hin und wieder setzten sich Michael und Vicky dazu, dann war es fast wieder so wie früher, doch ich wusste, dass ich jetzt nicht mehr ihr Mittelpunkt war und sie nicht mehr meiner waren. Wenn ich ging, war der Abschied nicht mehr so schmerzlich.

Eines Tages drückte mir Michael beim Abschied einen Briefumschlag in die Hand, küsste mich und rief: »Bis bald, Mama, wir können uns doch mal in der Mensa treffen!« Als ich das Haus verließ, warf ich noch einen Blick in den Garten: Der Steingarten mit den vielen Steinen und Felsbrocken, die wir von unseren Bergtouren mitgebracht hatten, war fast zugewachsen, der Efeu hatte die Hauswand zugewuchert, das Gras musste geschnitten werden und vertrocknete Blüten hingen an den Sträuchern.

Eine Viertelstunde später war ich in Matthias' Wohnung, setzte mich ans Fenster und öffnete den Briefumschlag. Ich erkannte sofort Franz' Schrift, kleine Buchstaben, rasch geschrieben.

> Ich muss jeden Tag an Dich denken, ich
> vermisse Dich … bitte komm wieder!
> Franz

Ich hatte mich nicht entschließen können, mit Matthias zusammenzuwohnen, denn so war das Leben voller Erwartung, Spannung und immer neuer Impulse, die mit der Zeit in der Alltagsroutine verloren gegangen wären. Wenn ich Matthias traf, fand ich immer einen Mann vor, der sich von seiner besten Seite zeigte: aufmerksam, verliebt, erfinderisch, und so sollte es auch noch ein bisschen bleiben.

Wenn ich zu ihm kam, gab er mir das Gefühl, ihn mit meiner Anwesenheit zu beschenken. Auch heute. Mit einer weiß-rot karierten Küchenschürze um den Bauch stand er in der Küchentür, es roch verführerisch nach angebratenem Knoblauch. Er breitete die Arme aus.

»Mmh«, sagte ich an seinem Ohr. »Das riecht ja vielversprechend, was gibt es denn heute Gutes zu essen?«

»Was Italienisches, du Vielfraß – aber vorher musst du mich küssen«, flüsterte er zärtlich und drückte mich an sich.

Dann goss er Chianti in zwei bauchige Gläser, wir stießen an und er fragte: »Musst du heute viele Hausaufgaben machen?«

»Warum?«

»Weil ich gerne mit dir ins Kino gehen möchte.«

»In was für einen Film?«

»Er soll lustig sein, ein Kollege hat ihn mir empfohlen: ›Männer‹, mit Heiner Lauterbach und Uwe Ochsenknecht.«

»Hausaufgaben habe ich immer – ich muss sie dann halt nach dem Kino machen.«

Kurz darauf saßen wir zwei Stunden händchenhaltend im rauchigen Dunkel, lachten zusammen oder waren gemeinsam gerührt.

Als es langsam wieder hell wurde im Zuschauerraum, fragte Matthias: »Hat dir der Film gefallen?« Er hielt immer noch meine Hand.

»Ich fand ihn toll, manche Szenen sind zum Totlachen, andere zum Weinen.«

Der Sommer war vorbei, man spürte den Herbst, es nieselte, als wir aus dem Kino kamen. Wir schlugen die Kapuzen unserer Mäntel hoch und schlenderten eng umschlungen durch die feucht glänzenden Straßen. »Willst du noch was trinken?«, fragte Matthias.

»Nein«, ich schüttelte den Kopf, »ich muss die Hausaufgaben hinter mich bringen.«

Zu Hause versuchte Matthias noch einmal, mich von meinem Vorhaben abzubringen. Er umarmte mich und sagte: »Sei doch nicht so eine kleine Streberin, komm ins Bett.«

Ich lachte und wehrte ihn ab: »Die Pflicht ruft. Wenn ich jetzt nichts vorbereite, kann ich den morgigen Tag vergessen.«

Matthias nahm sein Buch und ging ins Schlafzimmer. »Lass mich nicht zu lange warten!«

Um Mitternacht war ich müde. Obwohl sich mein spanischer Wortschatz gewaltig vergrößert hatte und ich jede Woche hundertfünfzig neue Wörter lernte, musste ich beim Übersetzen ununterbrochen Vokabeln im Wörterbuch nachschlagen, denn immerhin umfasste die spanische Sprache rund fünfzigtausend Wörter.

Im Schlafzimmer brannte eine Nachttischlampe, Matthias schlief auf meiner Betthälfte. Ich legte mich in die Kuhle vor seinem Bauch und löschte das Licht.

»Da bist du ja endlich«, seufzte er und seine Hand strich sacht über meine Brüste und meinen Bauch, glitt tiefer zu meinem Schoß. Von seinen Fingern schienen kleine Stromstöße auszugehen, wir drängten zueinander, ineinander.

Und die ganze Zeit musste ich an Franz denken.

Um sieben Uhr morgens verließ ich Matthias' Wohnung. »Bis heute Abend«, hatte ich ihm ins Ohr geflüstert. Er hatte genickt und sich auf die andere Seite gedreht. Die U-Bahn war voller Menschen, ich bekam keinen Sitzplatz. Eingezwängt, die Hand in einem Haltegriff, der von der Decke baumelte, stand ich zwischen Männern und Frauen. Aftershave, Schweiß, Parfüm und Moschus stiegen mir in die Nase, vermischt mit dem Geruch von Leder und Wolle. Die Gesichter der Leute waren verschlossen. Was dachte wohl der Mann mit den grauen Haaren und dem gepflegten Bart oder das junge Mädchen, das verträumt dastand und hin und wieder lächelte – dachte es an die vergangene Nacht?

Zweimal musste ich umsteigen, ich ließ mich treiben vom Strom der Menschen, Rolltreppen hinauf und wieder hinunter, die U-Bahn rollte an, Menschen zwängten sich heraus, Türen schlossen sich. Kurz vor acht Uhr erreichte ich die Schule. Ich stand mitten im Leben.

Der Morgen des 19. Februars 1988 war kalt und trübe. Um halb acht verließ ich das Haus und eilte durch die Dunkelheit zur Dolmetscherschule. Im Unterrichtszimmer ließen wir den ganzen Tag das Licht an, so grau, wie es draußen war. Die Frauen und die beiden Männer hatten gute Laune, denn ein verlängertes Wochenende stand bevor – vier Tage frei, am Dienstag war Fasching –, die Schule begann erst wieder am Mittwoch. Das vorletzte Semester war gerade zu Ende gegangen, heute sollten wir die Noten bekommen –, ich wusste, dass sie gut waren. Die Texte im letzten halben Jahr waren immer schwerer geworden und gespickt mit Fachterminologie. Die Begriffe kamen aus unterschiedlichen Bereichen: aus Wirtschaftstheorie und Wirtschaftspolitik, Demografie, Unternehmen, Finanzierung und Investition, Gesellschaften und Zusammenschlüssen, der Börse, dem Handel, dem Bank- und Versicherungswesen, Messen und Ausstellungen etc. Das Lehrbuch umfasste vierhundertzweiundachtzig todlangweilige Seiten. Zum Glück lag unser Schwerpunkt auf Dolmetschen. Von den zwei Arten des Dolmetschens zog ich das simultane vor, bei dem die Übersetzung sofort zu erfolgen hatte, Wort für Wort. Beim konsekutiven unterhielten sich Gesprächspartner und zwischendurch gab es eine Pause für die Übersetzung. Den Inhalt des Gesagten dann exakt wiederzugeben erforderte eine ungeheure Konzentration des Dolmetschers. Für beide Arten galt: Der Wortschatz musste gut sein, es blieb keine Zeit zum Nachdenken, Suchen oder Rätseln; fiel einem ein Wort nicht ein, musste man sofort eine Umschreibung dafür finden. Im zweiten Studienjahr hatten wir uns alle davor gedrückt, freiwillig zu dolmetschen. Hörte man anderen zu, schien das alles so einfach zu sein, doch sobald man selbst in der Situation war, stellte sich Panik ein, was oft zum Blackout geführt hatte. Doch jetzt, gegen Ende des vorletzten Semesters, waren wir routiniert.

Schon um ein Uhr war heute Schulschluss. Heidi, Gerlinde, Fabiola und ich standen vor dem Gebäude und verabschiedeten uns voneinander.

»Du hast es gut«, seufzte Fabiola. »Du kannst Ski fahren. Ich werde den ganzen Tag bedienen und am Abend geschwollene Beine haben.«

»Ich fahre mit meiner Schwester zu meinen Eltern«, erzählte Heidi. »Das ewige Babysitten hängt mir langsam zum Hals raus, ich muss mal wieder ausschlafen.« Und Gerlinde jammerte: »Ich weiß noch gar nicht, was ich anfange, ohne euch wird es stinklangweilig werden.« Wir umarmten uns, dann strebten wir jede in eine andere Richtung.

Um vier Uhr war ich mit Ilona in einem Café in der Innenstadt verabredet, vorher wollte ich noch einkaufen. Ilona kannte ich jetzt schon einige Jahre, sie war seit einem halben Jahr mit dem Studium fertig und hatte einen Job gefunden. Zuerst hatten wir uns nur in den Pausen getroffen, irgendwann aber angefangen, gemeinsam essen oder ins Theater zu gehen. Wir waren Freundinnen geworden.

Als ich nach Hause eilte, fielen Schneeflocken auf mein Gesicht. Mit der Zunge fing ich sie auf. Die Straßen glänzten schwarz, der Schnee blieb noch nicht liegen. Trotzdem fuhren die Autos langsam wegen der Glatteisgefahr.

Zu Hause warf ich meine Tasche neben den Schreibtisch. Vier Tage keine Hausaufgaben – wie herrlich! Schnell machte ich mir noch einen Kakao, dann lief ich zur U-Bahn-Station um die Ecke. Von Schwabing bis zum Marienplatz waren es nur wenige Haltestellen. Ganz selten war ich in den letzten beiden

Jahren in der Innenstadt gewesen, ich hatte einfach keine Zeit zum Bummeln gehabt, fuhr ich doch jeden zweiten Tag von der Schule zum Stadtrand zu Philipp und Silvie. Ich dachte daran, wie ich immer zuerst ins Schlafzimmer ging und mir vorstellte, dass Franz dort mit seiner Geliebten schlief.

Ich stieg aus dem U-Bahn-Schacht und trat hinaus auf den Marienplatz. Bei schönem Wetter bestaunten hier Menschen aus aller Herren Länder mit gezückten Kameras das Glockenspiel – die Figuren, die sich im Turm des prächtig verzierten Rathauses zum Schäfflertanz im Kreise drehten. Heute aber eilten die Leute, ohne den Kopf zu heben, dick vermummt daran vorüber.

Ich strebte zu dem großen Sportgeschäft in der Sendlinger Straße, in dem Franz und ich uns immer für unsere Bergtouren ausgestattet hatten. Ich liebte diese Einkaufsstraße, sie war für mich die schönste in der Altstadt; vermutlich hatte sie vor zweihundert Jahren genauso ausgesehen wie heute, bis auf die vielen Menschen, die jetzt dort flanierten, einkauften oder essen gingen.

Ich war auf der Suche nach Langlaufkleidung und warmen Winterstiefeln, doch ohne dass ich es merkte, ging ich in die Bergsteigerabteilung. Hier stand ich nun etwas verwirrt zwischen Rucksäcken, Bergstiefeln, Eispickeln und Bergseilen und musste intensiv an Franz denken. Die Dinge um mich herum weckten Erinnerungen, sie rissen die Barriere nieder, die ich zum Selbstschutz aufgebaut hatte. Ich sah uns, wie wir hier stundenlang Schuhe, Hosen und Jacken anprobierten, wie begeistert wir waren, wenn wir eine neue Tour vorbereiteten. Ärgerlich versuchte ich, die Erinnerungen wegzuwischen, doch es gelang mir nicht. Immer wieder drehte ich mich um, weil ich das Gefühl hatte, Franz stünde hinter mir. Danach erledigte ich zerstreut meine Einkäufe, stieg von Stockwerk zu Stockwerk, betrachtete das riesige Angebot an Waren und war froh, als der Zeiger der Uhr auf vier Uhr vorrückte. Ich ging zu dem Café, in dem ich mit Ilona verabredet war, und setzte mich in eine Ecke, von der aus ich den Eingang überblicken konnte. Es war warm, roch nach Kuchen, Kaffee und dem Parfüm der vielen Frauen an den Nebentischen. Während ich wartete, dachte ich über meine Ehe nach. Schwach erinnerte ich mich an einen Vers von Hölderlin: *Ein Gott ist der Mensch, wenn er träumt, ein Bettler, wenn er nachdenkt.*

Unsere Ehe war wie ein Baum. Der Schössling hatte mit voller Kraft getrieben, seine Wurzeln gruben sich gefräßig in die weiche, fruchtbare Erde, verzweigten und verästelten sich auf der Suche nach Nahrung und Wasser. Starke Zweige wuchsen, sein Laubwerk leuchtete grün und gesund, einige Jahre später hatte er eine ausladende Krone. Er erinnerte sich an alles, in seinen Ringen spiegelte sich das Wetter vergangener Jahre, Regen, Sonnenlicht, Temperaturen und Stürme. Doch im Alter erkrankte der Baum, sein Wuchs wurde langsamer, die Äste trockener und dürrer. Lange Jahre hatte der Baum so gesiecht, doch irgendwann hatte er dicht über der Erde angefangen, neu zu sprießen. Solange die Wurzel nicht tot war, lebte er.

Ilona betrat das Café in einem langen Lammfellmantel und Pelzstiefeln. Ihr Gesicht war von der Kälte gerötet und auf ihren dunklen Haaren glitzerten Schneekristalle. Sie blickte sich suchend um, und ich winkte ihr aus meiner Ecke zu.

»Das war heute eine Hetze«, entschuldigte sie sich, während sie den Mantel auszog. Darunter trug sie einen schwarzen Wollrock und einen flaschengrünen Kaschmirpullover, der gut zur Farbe ihrer Augen passte.

»Warum, was ist passiert?«

»Eigentlich dürften wir den Laden gar nicht zumachen, wir sind gerade dick mit Aufträgen eingedeckt, ich dachte schon, ich müsste dir absagen.«

»Du bist aber gar nicht gestresst«, bemerkte ich. Ilonas ungeschminktes Gesicht wirkte entspannt, die Augen blitzten.

»Ich arbeite auch gerne dort, mein Chef ist Ungar, wir haben sehr viele Kontakte zu Russland, und ich bin zuständig für die gesamte Korrespondenz!«

»Ist die hauptsächlich russisch?«

»Ja, größtenteils.«

»Und macht's Spaß?«

»Ja, enorm. Ich bin froh, dass ich mich damals für die Dolmetscherschule entschieden habe.«

»Ich habe noch gar keine Vorstellung, was ich machen werde, wenn ich fertig bin. Was hast du vor an diesem verlängerten Wochenende – fährst du mit deinem Mann weg?«

»Nein, wir bleiben zu Hause – unser Sohn kommt mit seiner Freundin aus Taiwan, und die will ich natürlich kennenlernen. Was wirst du machen?«

»Ich fahre mit Matthias und Freunden zum Langlaufen nach Bad Gastein.«

»Freust du dich nicht?«, fragte Ilona.

»Ich weiß es nicht, ich habe heute einen Durchhänger. Als ich eben in einem Sportgeschäft war, haben mich urplötzlich Erinnerungen an meine Ehe mit solcher Macht überfallen, dass ich direkt Angst bekam. Ich hatte geglaubt, das alles hinter mir zu haben.«

»Da täuscht man sich oft«, meinte Ilona. »Wenn man etwas verdrängt, ist die Angelegenheit damit ja nicht aus der Welt. Warum hast du nie versucht, einmal mit Franz zu sprechen?«

»Ich habe oft daran gedacht, hatte aber immer Angst davor. Am Anfang war ich verletzt und wütend, dann habe ich darauf gewartet, dass Franz den ersten Schritt macht. Und als das nicht passierte, dachte ich, er habe mich abgeschrieben, vergessen – war fest davon überzeugt, dass er mich hasst und froh ist, mich los zu sein. Ich habe ihn aus Furcht, zurückgewiesen zu werden, nie angerufen. Im Übrigen habe ich keine Ahnung, ob er noch oder wieder eine Geliebte hat.« Während ich sprach, fiel mir ein, dass es doch einen Schritt von Franz gegeben hatte. Den Brief, dass er mich vermisste. Doch mehr als die wenigen Worte hatte er nicht zu sagen gehabt. Zu wenig für mich.

»Vielleicht geht es Franz ja ähnlich – vielleicht hat auch er Angst, zurückgewiesen zu werden, kannst du dir das nicht vorstellen?«, gab Ilona zu bedenken und fragte dann ganz direkt: »Liebst du eigentlich Matthias?«

Ilonas Frage kam überraschend, ich zögerte mit der Antwort: »Ich glaube schon, ich freue mich jeden Tag, ihn zu sehen, ich bin gerne mit ihm zusammen, er ist zuverlässig, intelligent und interessant, ich schlafe gerne mit ihm, er liebt mich, doch eine Leidenschaft, die mich himmelhoch jauchzen lässt, empfinde ich nicht für ihn.«

»Das ist mehr, als die meisten Frauen jemals bekommen werden«, sagte Ilona und drückte meine Hand.

Inzwischen hatten wir beide zwei Stück Torte gegessen und Kaffee getrunken. Wir bestellten uns zwei Gläser Rotwein. Neben uns saßen andere Frauen, wie wir ins Gespräch vertieft. Ihre Einkäufe waren erledigt, ihre Tüten standen auf dem Boden.

»Morgen sind Franz und ich achtundzwanzig Jahre verheiratet«, sagte ich düster.

»Na, nun lass den Kopf nicht hängen, du hast in der letzten Zeit so viel geleistet, du hast zu dir gefunden und bist mit einem Mann zusammen, der dich liebt – also Kopf hoch!«

Es war sieben Uhr abends, als ich nach Hause kam. Ich hatte nur noch das Bedürfnis, in die Badewanne zu steigen. Achtlos warf ich meine Kleider auf den Boden, stieg in das dampfende Wasser und wartete auf das wohlige Gefühl der Entspannung. Doch das Gegenteil trat ein. Wie eine Sturmflut überschwemmten mich Erinnerungen, brachen Dämme, wurden

Brücken niedergerissen. Die Vergangenheit bäumte sich auf und berührte die Gegenwart – alles Verdrängte erwachte wieder zum Leben. Unaufhaltsam flossen die Tränen. Ich sah mich mit Franz am Vorabend unserer Hochzeit im Haus meiner Eltern mit Vorbereitungen beschäftigt: Wir buken Kuchen, wir bereiteten Salate zu, unsere Hände trafen sich auf der Tischplatte, unsere Blicke berührten sich wieder und wieder und unsere Seelen verbanden sich, wir lächelten uns verliebt zu; und ich dachte immer daran, dass ich morgen eine glückliche, verheiratete Frau sein würde. Dann sah ich das Gartenhäuschen vor mir, in dem wir das erste Mal miteinander geschlafen hatten, dann die Skihütte und ich erinnerte mich an unseren ersten gemeinsamen Urlaub, als ich seit vier Wochen gewusst hatte, dass ich schwanger war.

Das Wasser war kalt geworden, ich fröstelte. Nur mit einem Bademantel bekleidet, begann ich, meine Reisetasche zu packen. Pullover, Hosen, Jacken und Socken lagen auf dem Tisch, meine neue Skiausrüstung lehnte an der Wand. Im Zimmer sah es chaotisch aus.

Um acht Uhr klingelte es. Ich rechnete nicht mit Besuch und überlegte, ob ich aufmachen sollte. Ich war nicht angezogen, meine Augen waren verquollen und um meine feuchten Haare hatte ich ein Handtuch wie einen Turban geschlungen. Doch dann öffnete ich und erstarrte, als ich sah, wer vor mir stand. Es war Franz, an der Hand hielt er Philipp, der mir einen kleinen Strauß Schneeglöckchen entgegenstreckte. Ich war sprachlos, doch schon stürzte Philipp auf mich zu und umarmte mich. »Mama, ich habe Papa mitgebracht! Ich habe ihm gezeigt, wo du wohnst.«

Ich konnte mich nicht bewegen, Franz sich offenbar auch nicht. Sprechen konnten wir ebenso wenig, wir standen steif da und blickten uns in die Augen. Ich sah nur seine Augen. Das kräftige Blau hatte mich schon immer fasziniert.

»Komm rein«, flüsterte ich. »Entschuldige, aber bei mir sieht es schrecklich aus.«

Franz trat zögernd ins Zimmer und schaute sich um. Sein Blick schweifte über das Durcheinander, über die Kleidungsstücke und die halb gepackte Tasche. »Willst du verreisen?«

Ich nickte. »Ja, ich fahre morgen in die Berge.« Ein Schatten huschte über sein Gesicht. Er zögerte, dann drehte er sich um und ging langsam zur Tür. Leise sagte er: »Dann gehe ich wohl besser.«

Kurz bevor er sich umdrehte, sah ich seinen Ehering am Finger. Jahrelang hatte er ihn nicht getragen, selbst in Brüssel war seine Hand schmucklos gewesen. Mein Herz fing an, wild zu schlagen, und ehe ich mich versah, rief ich: »Nein, Franz, bleib da!«

Er drehte sich um, seine Augen leuchteten, er breitete die Arme aus und ich stürzte hinein.

Meine Mutter war alt geworden und irgendwann ging es nicht mehr: Ihr Haus war vernachlässigt, in der Küche roch es nach verdorbenem Essen. Ich erkundigte mich bei der Gemeinde danach, wie sie versorgt werden könnte, und man schlug mir eine Pflegerin vor, die jeden Tag mehrere Stunden nach ihr schauen würde. Eines Tages bekam ich einen Anruf von der Kreissparkasse in dem Wohnort meiner Mutter. Die Angestellte erzählte mir, dass sie ständig mit einer Frau komme und Geld abhebe. »Ihre Mutter hat keinen Pfennig mehr auf dem Konto. Ich bin mir sicher, dass sie bestohlen wird.« Ich handelte schnell, verkaufte das Haus und rechnete nach, für wie viele Jahre der Erlös reichen würde, falls eine Unterkunft im Heim nötig werden sollte. Meine Geschwister hielten schon die Hände auf, um die Summe unter sich aufzuteilen, doch ich verdarb ihnen den Spaß. Zunächst nahm ich dann meine Mutter mit nach

München in mein Haus, aber nach wenigen Wochen war ich am Ende: Sie geisterte nachts durch das Haus und öffnete alle Türen; wenn ich sie angezogen hatte, zog sie sich wieder aus; sie wusch sich die Hände im Klosett. Eines Tages verschwand sie, die Polizei lieferte sie nach vier Stunden wieder bei uns ab, meine Mutter trug nur Unterhose und Hemdchen. Franz tobte. Daraufhin brachte ich sie in einem Heim unter. Dort war sie zehn Jahre recht glücklich. Ich besuchte sie jede Woche mit meiner Enkelin Sophia. Fünf Jahre erkannte sie uns noch, danach verdunkelte sich ihr Gehirn.

Sie starb friedlich.

Mein bewegtes Leben ging weiter.

Quellenverzeichnis

Vargas Llosa, Mario, »Lob der Stiefmutter«, übersetzt von Elke Wehr, Frankfurt am Main, Suhrkamp, 1989.

Druck:
CPI Druckdienstleistungen GmbH
im Auftrag der
Zeitfracht GmbH
Ein Unternehmen der Zeitfracht - Gruppe
Ferdinand-Jühlke-Str. 7
99095 Erfurt